근대서사와『황성신문』
（1898~1910）

글쓴이

반재유 潘在裕, Ban Jae-yu
연세대학교 문리대학 국어국문학과를 졸업한 뒤, 같은 대학에서 박사학위를 받았다. 사단법인 유도회 장학반을 졸업했으며, 현재 연세대학교 근대한국학연구소 HK연구교수로 재직 중이다. 저역서와 자료집으로는, 『근대지식과 조선-세계 인식의 전환』, 『모시명물도설』, 『시사총보 논설자료집』(이상 공저) 등이 있으며, 논문으로는 「황성신문 고사연재물의 저자규명 시론」, 「경남일보의 삼강의일사 연구」, 「근대신문 소재 해외풍속기사 연구」 등이 있다.

근대서사와 『황성신문』(1898~1910)
초판인쇄 2022년 3월 18일 **초판발행** 2022년 3월 31일
지은이 반재유 **펴낸이** 박성모 **펴낸곳** 소명출판 **출판등록** 제13-522호
주소 06643 서울시 서초구 서초중앙로6길 15, 2층
전화 02-585-7840 **팩스** 02-585-7848
전자우편 somyungbooks@daum.net **홈페이지** www.somyong.co.kr

값 21,000원 ⓒ 반재유, 2022
ISBN 979-11-5905-684-0 93810

이 책은 2017년 정부(교육부)의 재원으로 한국연구재단의 지원을 받아 수행된 연구임(NRF-2017S1A6A3A01079581)

연세
근대한국학HK+
연구총서
007

근대서사와
『황성신문』
(1898~1910)

반재유 지음

MODERN KOREAN NARRATIVES AND
HWANGSEONG SINMUN (1898~1910)

머리말

근대란 무엇인가. 고전문학 전공자가 근대라는 세계에 호기심을 갖게 된 것은 「신단공안」이라는 존재 때문이었다. 애당초 『용도공안』의 번안 작으로서, 낙선재 『포공연의』와 함께 연구사 차원에서 언급만 하려던 것이, 일이 커지게 되었다.

근대의 번안소설, 신문연재소설, 국한문소설, 공안소설, 옴니버스소설 등 「신단공안」을 정의하는 수많은 명칭들을 따라, 일찍이 여러 연구자들로부터 관심을 불러일으켰지만, 왜 해당 작품이 『황성신문』에 연재되었는지에 대한 답을 주지 못했다.

「논설」을 펼쳐보다 보니, 「고사」를 보게 되었고, 「잡보」면의 기사를 기웃거리기 시작했다. 그 과정에서 소논문 몇 편 쓴 자신감으로 『황성신문』을 학위주제로 삼게 되었고, 그 인연으로 근대한국학연구소에 들어와 근대시기 매체연구에 집중하게 되었다. 고작 『황성신문』 하나 들여다 본 것으로 어찌 근대매체를 논할 수 있을까란 걱정은, 필자보다 앞서 이 시기를 공부했던 동학들의 도움이 있었기 때문에 어느 정도 덜어낼 수 있었다. 논문 편수가 늘어가고 다루는 매체의 범위도 넓어질수록 조금씩 자신감은 붙고 있지만, 제대로 공부하고 있는가에 대한 자문에는 늘 한없이 작아진다.

근대의 신문, 잡지는 당대 내로라하는 지식인들이 주필로 활동했던 공간이다. 그들이 직접 서술하고 편집한 서사문학에는 동아시아의 어지러운 한문문법과 수많은 고전들이 인용되어 있으며, 유행처럼 지면에 소개되기 시작한 서역서와 풍속기사들은 세계정세에 대한 지식 없이는 이해가 불가능하다. 다행인지는 모르겠지만 쉽게 빠지고 그만큼 또 쉽게 싫증 내는 필자의 성격에도, 조금의 지루할 틈을 주지 않는 학문영역이다.

필자와는 달리 아버지는 평생 바둑만을 취미로 삼으셨다. 어린 시절에는 휴일마다 기원에서 시간을 보내는 아버지가 원망스러웠는데, 지금은 노년까지 한결같은 취미를 즐기시는 모습이 참으로 보기 좋다. 돌이켜보면, 부자 간 놀잇거리라고는 아들이 몰래 바둑판 위 흑돌 하나를 감추면 아버지가 없어진 흑돌을 찾아서 제자리로 돌려놓는 놀이가 전부였다. 어쩌면 근대에 대한 연구도 문학사 안의 잃어버린 조각 몇 개를 제자리로 돌려놓는 작업이 아닐까 싶다. 몇 개의 흑돌만 자리를 찾아주면 되는데, 얕은수로 연신 아다리アタリ만 외치고, 또 이내 자충수였음을 깨닫는 절망의 연속이다. 솔직히 지금도 어렵고 두렵다. 그나마 확신하는 것은, 이 『황성신문』의 기사들이 근대서사에 대한 의문을 풀어줄 단서가 될 것이라는 사실이다.

이 책은 필자의 학위논문을 바탕으로 삼아, 보태고 다듬은 것이다. 두 해는 먼저 나왔어야 했을 책이지만 한동안 장지연張志淵의 늪에 허우적거리며 시간을 지체했다. 덕분에 「고사」·「국조고사」의 작자를 고증하기도 했는데, 이 책의 논의 흐름에 어울리지 않아 덜어낸 것이 못내 아쉽다.

이 책이 나오기까지 너무 많은 분들에게 은혜를 받았다. 지도교수인 임성래 선생님과 은사인 윤덕진, 김영민 선생님께 먼저 감사드린다. 세 분 선생님을 보며 학자다운 것이 무엇인지를 깨달을 수 있었다. 논문의 심사를 맡아주셨던 한수영, 유춘동 선생님과 이 책이 완성되도록 힘써 주신 김형태 선생님, 그리고 학과 선생님들께 머리숙여 감사드린다. 한문에 눈뜰 수 있게 해주신 지산 장재한, 송정 김교희 선생님과 인서구로人書俱老의 즐

거움을 전해주신 운암 박종학 선생님께도 깊이 감사드린다.

대학원시절 논문모임을 이끌어주셨던 배정상, 배현자, 손동호 선생님, 늘 곁에서 도와주셨던 선후배님들, 그리고 근대라는 울타리 안에서 인연을 맺었던 연구소·사업단 선생님들, 아직 내가 그들과 동행하고 있다는 사실이 너무나 감사하다.

무엇보다도 공부하는 자식과 사위, 동생을 위해 늘 헌신하고 기도해주는 가족들에게 고마움을 전한다. 동학이자 사랑하는 아내인 혜진과, 아들 우현에게도 이 책을 바친다.

2022년 이른 봄

반계 유

차례

제1장

『황성신문』의 서사문학

1. 왜『황성신문』의 서사문학인가

『황성신문』은 1898년 3월 2일『경성신문』이라는 이름으로 출발하였다. 사장인 윤치호尹致昊와 사무원 정해원鄭海源 등에 의해 발행된『경성신문』은 11호1898년 4월 6일 자부터『대한황성신문』으로 제호가 바뀌었으며, 동년 9월 5일부터 남궁억南宮檍이 판권을 물려받으면서, 비로소『황성신문』이 탄생하였다.

한일병합조약 이후, 일제가 '대한大韓', '제국帝國', '황성皇城' 등 독립을 상징하는 단어를 사용하지 못하게 함에 따라,『황성신문』은 1910년 8월 30일 자부터『한성신문』으로 제호를 바꾸면서 발행을 이어갔다. 결국 경영난 등으로 인해 같은 해 9월 14일 자로 폐간하지만,『황성신문』이 이어간 약 12년의 기간 동안 대한제국을 비롯한 동아시아 역사의 서사들을 고스란히 담아내었다. 이 책은 바로 그 서사가 전개되는 논설과 소설, 그리고 잡보 기사들에 주목한 것이며, 해당 작품과 기사들의 흐름 및 특징에 대한 고찰을 통해 전통서사와 맞닿아있는 근대초기 서사문학의 면모를 드러내고자 이 책을 계획하게 되었다. 이를 위해 「소설」란이 등장하기 이전, 『황성신문』의 다양한 지면을 통해 발생과 분화의 과정을 거쳤던 '서사문학'을 추적하고, 「소설」란 등장 이후에도 지속되었던 전변轉變과 회귀回歸의 흔적들을 다양한 주제와 문체 변화의 과정 등을 통해 살펴보고자 한다.

『황성신문』은 대한제국시기, 『제국신문』·『내한매일신보』와 함께 국내의 여론을 형성한 대표적 민족지로, 당대 식자층이었던 유생계층을 독자층으로 두며 새로운 문명담론을 전개했던 근대매체였다. 그로 인하여 『황성신문』에는 다양한 서사의 실험장으로서, 전통적 글쓰기가 근대사고·담론·매체와 충돌하며 새로운 변화를 모색했던 우리 문학사의 과도기적 면모를 온전히 담고 있다. 그 구체적 면모는 시기를 달리하며 등장했던 「논설」란논변류 고사, 독후설과 「고사」란「고사」, 「잡보」란「국조고사」·「대동고사」·「별계채탐」, 「비설」, 「국외냉평」, 「소설」란「신단공안」·「몽조」 등의 '서사문학'을 통해 드러난다. 그 일련의 흐름을 정리하면 다음 〈표 1〉과 같다.

「신단공안」「소설」란, 1906.5.19이 등장한 1906년은 『대한매일신보』1906.2.6를 비롯해 『만세보』1906.7.3, 『제국신문』1906.9.18, 『경향신문』1906.11.30 등에서 「소설」란[1]이 동시다발적으로 등장한 시기이다. 이 같은 현상은 근대

---

1 「소설」란의 등장은 『漢城新報』, 1897.1.12부터 1897.1.16까지 3회에 걸치는 「孀婦寃死害貞男」으로 거슬러 올라갈 수 있는데, 『漢城新報』의 「소설」란에는 이담, 속담, 설화, 염사 등 국문 독자를 끌어들일 만한 흥미 있는 다양한 이야깃거리들이 실렸다(김재영, 「근대계몽기 소설 개념의 변화」, 『현대문학의 연구』 22, 한국문학연구학회, 2004, 7~46쪽). 그러나 당시 「소설」란의 등장은 일회성으로 그친다. 이후 1906년에 이르러서야 비로소 「소설」란이 재등장하게 되는데, 그사이 비슷한 유형의 서사양식들이 다양한 매체들을 통해 소개되었지만 「소설」란을 빌리지는 않았다.

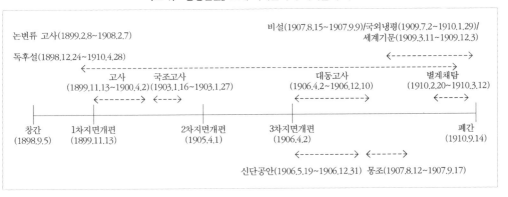

〈표 1〉『황성신문』 소재 서사문학의 시기별 추이

신문들 사이에 이미 「소설」란이 등장할 수 있는 내적 준비과정을 거쳤음을 의미한다. 그 과정에는 서구나 일본 정론지의 영향도 있었지만, 무엇보다도 전통적 산문양식의 차용과 매체·지면의 특성에 따른 변용의 측면에 주목할 수 있다.

『황성신문』의 경우, '고사'를 소재로 했던 서사물이 '논변류 고사'「논설」란을 통해 등장한 뒤 「고사」「고사」란와 「국조고사」「잡보」란를 통해 분화의 과정을 겪고, 1906년을 기점으로 「대동고사」「잡보」란와 「신단공안」「소설」란으로 양분되는 형태를 보인다. 그 과정에는 전통 서사양식인 '기사체'가 지면별 성격에 맞추어 적용방식을 달리하며, 다양한 서사문학을 발생하고 변화시키는 면모를 확인할 수 있다.

또한 각 서사문학별로 독자층을 확대하기 위한 다양한 문체변화의 시도들도 엿볼 수 있다. 이전 서사문학에 비해 서사성허구성이 강화된 「소설」란은 「신단공안」1906.5.19~1906.12.31의 '한글협비'와 「몽조」1907.8.12~1907.9.17의 새로운 표기수단인 순한글체를 선택함으로써, 기존 한문 독자층뿐만 아니라 한글 독자층까지 흡수하려는 의도를 드러냈다.

그러나 이후 「잡보」란에서는 「별계채탐」1910.2.20~1910.3.12이 표기수단 으로 '국한문혼용체'를 선택하고, 동시에 '고사故事 · 고적古蹟'과 '단형서사', '시평時評', '해외풍속기사' 등 다양한 서사문학을 발표하면서, 다시금 여타 한글신문과의 변별성을 강조하는 형태로 회귀하는 흐름을 보였다.

이 책에서 서사문학의 흐름에 주목한 것은, 근대소설의 발생 · 형성과정 이라는 문학사 연구의 중심과제와 맞닿아 있기 때문이다. 근대소설사의 흐름에 맞추어 순차적으로 출현하기 시작한 단형서사와 장형서사의 면모 는 이 책에서 제2장과 제3장으로 구분하여 정리할 것이다. 아울러, 제4장 에서는 '고사' · '시평' · '해외풍속기사' 등을 다루며 근대서사문학의 전변 轉變에 대해 논의해 보고자 한다.

지금껏 『황성신문』의 서사문학 전반을 아우르는 논의가 이루어지지 않 았다. 기존 『황성신문』의 논의들은 대부분 개별 작품신단공안 · 몽조 · 별계채탐 등 에만 초점을 맞추었는데, 연재물간표기수단 · 문체 · 주제의식 등의 유기적이지 못 한 혼란함이 지엽적인 연구의 흐름을 만들었다고 볼 수 있다. 그렇지만 이 러한 면모는 근대 전변기에 전개된 서사문학의 공통된 흐름이자 특징으 로, 전통의 굴절변용과 다층적 전개과정을 대표적으로 보여주는 것이다. 따 라서 해당 시기의 서사문학을 논의하기 위해서는 다양한 지면 속에서 발 생과 분화, 소멸을 반복했던 서사문학의 존재와 상호 영향관계에 대한 검 토 등이 선행되어야 한다. 이는 이 책이 근대시기 다채로운 서사문학의 모 습을 보여줄 수 있는 텍스트로서, 『황성신문』을 선정한 이유이기도 하다.

이 책에서 중점적으로 다루고자 하는 것은, 『황성신문』 각 지면에 발표 된 서사문학의 특징과 발생 · 분화의 양상, 원인 등에 대한 구명이다. 본 논문에서 지칭하는 '서사문학'은 '서사적논설'을 포함한 '단형서사'와,

소설을 포함한 '장형서사'를 아우르는 개념이다. 소설novel의 형식을 갖추지 못한 작품들까지 아우르기 위해 서사문학이란 용어를 선택했다. 따라서「논설」란에 게재된 논변류 고사와 독후설,「고사」·「잡보」·「소설」란에 실린 고사연재물고사·국조고사·대동고사과 소설연재물신단공안·몽조·별계채탐 및 국내시평비설·국외냉평, 해외풍속기사세계기문 등을 연구대상으로 삼는다.

여기서『황성신문』은 한국문화간행회韓國文化刊行會의 영인본影印本, 1994을 저본으로 하며,『시사총보』고려대 소장본·영남대 소장본와『대한매일신보』한국신문연구소, 1976~1977,『독립신문』독립신문영인간행회, 1981의 영인본·촬영본을 참조한다. 기타 근대 신문 및 잡지들은 '대한민국신문 아카이브'와 '한국역사정보통합시스템'의 자료를 활용할 것이다.

또한 전통의 계승과 변용이라는 측면을 검토하기 위해서『표점영인標點影印 한국문집총간韓國文集叢刊』민족문화추진회, 1988~2012과『한국구비문학대계韓國口碑文學大系』한국정신문화연구원, 1980~1992,『한국문헌설화전집韓國文獻說話全集』동국대학교부설 한국문학연구소, 1981,『고금소총古今笑叢』민속학자료간행회, 유인본, 1958,『사민필지士民必知』국립중앙도서관, 1895,『용도공안龍圖公案』성균관대 존경각본,『박안경기拍案驚奇』삼민서국, 1990,『이각박안경기二刻拍案驚奇』춘풍문예출판사, 1994,『경세통언驚世通言』·『성세항언醒世恒言』·『유세명언喩世明言』삼민서국, 1983,『음빙실문집飮氷室文集』광지서국, 1905 등 국내외 문헌자료 등을 참조하여『황성신문』에 발표된 서사문학과의 비교분석을 시도할 것이다. 이 책은 근대시기에 발생한 서사문학의 특징과 분화과정, 전변 양상 등을 단일매체의 통시적 관점에서 살펴보는 작업이 될 것이다.

2. 『황성신문』 서사문학에 대한 인식

『황성신문』은, 을사조약1905.11.17의 부당함을 폭로하고 공박한 장지연의 「시일야방성대곡是日也放聲大哭」「논설」1905.11.20이 실린 신문으로 널리 알려져 있다. 그로 인해 『황성신문』은 근대시기 대표적 항일언론신문이자 민족지로서 대중들에게 각인되었다. 더불어 『황성신문』이 발행되었던 약 12년의 기간은 대한제국의 역사를 함께했던 시기로, 기사의 면면에는 국가적 위기에 대응하는 당대 지식인의 고민들이, 정치·제도의 개혁, 교육을 통한 계몽 등 다방면에서 고스란히 드러나고 있기 때문에, 학계에서도 『황성신문』은 중요한 연구 테마라 할 수 있다.

특히, 『황성신문』이 독자층을 확보하기 위해 전략적으로 선택했던 국한문체 및 논설과 소설, 잡보란의 다양한 서사물들은 '텍스트'와 '매체'[2] 등을 중심으로 많은 성과들이 집적되었다. 그 가운데 '텍스트'를 중심으로 이루어진 '서사문학 연구'는 크게 '장형서사 연구'와 '단형서사 연구'로 분류할 수 있다. 문학연구자들을 중심으로 논의된 '서사문학 연구'는 많은 부분 「신단공안」과 「몽조」 등의 '장형서사'에 초점을 맞추고 있지만, '단

---

2 『皇城新聞』에 대한 '매체' 중심 연구는 신문의 창간과 운영, 그리고 신문사와 발행진의 정보·기록 등을 분석한 논의를 지칭한다. 대표적 연구자로는 최준(『한국신문사』, 일조각, 1960, 80~83쪽), 이광린(「『皇城新聞』 연구」, 『동방학지』 53, 연세대국학연구원, 1986), 강만생(「皇城新聞에 나타난 개혁구상에 관한 연구」, 연세대 석사논문, 1986; 「〈皇城新聞〉의 현실개혁구상연구」, 『학림』 9, 연세사학연구회, 1987), 최기주(「황성신문에 관한 고찰」, 『호남대학교학술논문집』 8-1, 호남대, 1987), 정진석(『한국언론사』, 나남, 1990, 167~171쪽), 최경숙(「皇城新聞의 啓蒙思想에 關한 硏究」, 영남대 박사논문, 1991), 최기영(「초기신문사 연구의 새로운 자료」, 『한국근현대사연구』 3, 한국근현대사학회, 1995; 「『皇城新聞』의 역사관련 기사에 대한 검토」, 『한국근현대사연구』 2, 한국근현대사학회, 1995), 안종묵(「皇城新聞의 愛國啓蒙運動에 關한 硏究」, 한국외대 박사논문, 1997), 채백(「〈황성신문〉의 경영연구」, 『한국언론학보』 43-3, 한국언론학회, 1999) 등이 있다.

형서사'「논설」·「잡보」를 대상으로 작품의 출현 및 매체와의 영향관계, 문학사적 맥락 등을 고려한 연구들도 꾸준히 진행되었다.[3]

1) 『황성신문』의 장형서사 연구

『황성신문』의 장형서사 작품으로는 「신단공안」과 「몽조」, 「별계채탐」을 들 수 있다. 세 작품 모두 장르적인 측면이나 주제의식, 문체 등에서 주목할 만한 텍스트이지만, 「몽조」와 「별계채탐」은 「신단공안」에 비해 상대적으로 많은 논의가 이루어지지 못했다.

먼저 「몽조」의 경우, '일종의 종교소설'[4] 내지 '친일성격이 없는 개화소설'[5]로 본 초기 연구 이후, 줄곧 '기독의식'이나 '종교적 근대성'이 구현된 작품으로 평가하고 있다.[6] 그 뒤 최원식[7]이 「몽조」의 저자를 석진형으로 지목하면서, 작가관련 연구[8]도 일정부분 진행되었다. 그러나 같은 「소설」란에 연재되었던 「신단공안」과의 연관성과 신문연재소설로서 『황성신문』과의 영향관계 등에 대한 논의의 공백은 아쉬움을 느끼게 한다.

「별계채탐」은 「잡보」란에 실린 작품이지만, 논자에 따라 '한문단편의 잔존태'[9] 내지 '한문소설'[10]로 지칭한다. 해당 연구를 통해, 「소시종투신

---

3 본장에서 후술할 연구사검토는 2017년에 정리한 저자의 논문(「황성신문 소재 서사문학연구」, 연세대 박사논문)에서 수정 없이 가져온 것임을 밝힌다.
4 송민호, 『한국 개화기 소설의 사적연구』, 일지사, 1975, 121~126쪽.
5 이재선, 『한국개화기소설연구』, 일조각, 1972, 55쪽.
6 조남현, 「개화기 소설의 생성과 전개」, 『소설과 사상』 11, 고려원, 1995; 김경완, 「개화기소설 「夢潮」에 나타난 기독교정신」, 『숭실어문』 15, 숭실어문학회, 1999; 양진오, 「기독교수용의 문학적 방식과 그 의미에 관한 연구」, 『어문학』 83, 한국어문학회, 2004; 조경덕, 「구한말 소설에 나타난 기독교의 의미」, 『우리어문연구』 34, 우리어문학회, 2009.
7 최원식, 「반아 석진형의 「夢潮」」, 『한국 계몽주의 문학사론』, 소명출판, 2002.
8 임기현, 「반아 석진형의 「夢潮」 연구」, 『현대소설연구』 39, 한국현대소설학회, 2008.
9 한기형, 「한문단편의 서사전통과 신소설」, 『민족문학사연구』 4, 민족문학사연구소, 1993.

향노참령읍구연少侍從愉新香老參領泣舊緣」「별계채탐」 제1화은 이해조의 소설인 「박정화」『대한민보』 1910.3.10~1910.5.31 ·『산천초목』유일서관. 1912과 함께 실사實事에 근거한 작품으로 평가되어 후속논의를 기대할 수 있었다. 그러나 관련 자료의 부족과 작자를 단정 지을 수 없다는 점 등이 논의의 진전을 저해하였고, 미결작인 「몽매야취우전언산화천석불생진夢梅夜翠羽傳言散花天石佛生嗔」「별계채탐」 제2화에 대한 해석의 문제와 난해한 백화식의 표현, 비약적인 서사전개 등도 「별계채탐」을 연구자의 관심으로부터 멀어지게 한 이유로 작용하였다.

반면, 「신단공안」은『황성신문』의 국한문체를 따른 유일한 소설텍스트이자 독립된 7편의 작품으로 구성되어 있는 특징 때문에, 비교적 이른 시기부터 다양한 주제의 논의들이 이루어졌다.

대부분의 「신단공안」 연구는 소설 전편을 다루기보다는 개별 몇몇 작품을 중심으로 이루어진 경우가 많았다. 작품별 연구들은 전대 양식의 계승·변모양상이나 동시대 유사작품과의 연관성을 살핀 것 등 다양한 층위에서 연구가 진행되었다. 시기별로는 세 가지가·나·다 큰 흐름으로 나눌 수 있었는데, 구분은 아래와 같다.[11]

　　(가) 「신단공안」의 발굴(1970년대 초반~1980년대 초반)

10　조상우,「〈皇城新聞〉 소재 한문소설 〈別界採探〉 연구」,『한국언어문학』 65, 한국언어문학회, 2008.
11　이 같은 구분이 자칫 균형에 맞지 않는, 단순 시대적 나열이라 생각할 수도 있다. 실상 연구의 수량이나 업적·가치 등으로 평가했을 때, (나)의 시기에 지나치리만큼 편중된 것도 사실이다. 그러나 「神斷公案」을 처음 발굴하고 연구의 초석을 다진 (가)의 시기와 선행연구를 바탕으로 다양한 가능성을 시도한 (다) 시기의 연구동향들을 살펴본다면, (나) 시기 연구만큼의 가치 있는 결과들을 이루었다고 생각한다.

(나-a) 제4·7화 중심의 연구(1980년대 초반~2000년대 초반)

(나-b) 번역·번안의 성격을 밝히는 연구(1980년대 초반~1990년대 후반)

(다-a) 동시대 한문현토소설에 대한 연구(1900년대 후반~최근)

(다-b) 장르에 대한 연구(2000년대 초반~최근)

(가)「신단공안」의 발굴: 「신단공안」은 1970년대에 이르러 이재선, 송민호 등의 연구자들에 의해 학계에 소개되었다. 비록 소설사적 가치에 대해서는 냉혹한 평가가 뒤따랐지만,[12] 한문현토漢文懸吐 속의 방대한 서사들은 그 잠재적 가치를 입증하기에 충분했다.[13] 특히, 송민호는 「신단공안」 각 편마다의 내용과 단평桂巷稗史, 聽泉子의 소개를 통해 「신단공안」의 문제의식社會相·장르적 성격公案類, 艶情類, 傳記·志怪類 등을 설명함으로써 본격적인 논의의 기틀을 다졌다.

이후 홍성대[14]는 송민호의 논의에 덧붙여, 문체한문현토·이두식 표기·백화식 표기·괄호 속 문장 등나 동시대 『대한일보』 소재 현토 한문소설 등과의 관계를 설명하였다. 해당 논의들은 추후 「신단공안」 연구의 여러 단초를 제공했다는 의의를 가지지만, 그에 대한 정밀한 분석이나 의미도출의 단계까지는 미치지 못한 한계점을 가진다.

이 같은 1970년대 「신단공안」의 연구는 개화기 소설·한문현토소설 등

---

12 "內容을 보아도 전연 創作的인 스토리가 아니고 (…중략…) 漢主國從에서 조금도 脫皮하지 못한 한문체"(이재선, 앞의 책, 49~51쪽), "新小說에서와 같이 근대적 개화사상의 고취는 물론, 신사조의 반영은 전연 볼 수 없다."(송민호, 앞의 책, 86쪽)
13 "『大韓每日申報』와 함께 新小說의 出現을 準備하는 한 外的 要因으로서의 모티브"(이재선, 앞의 책, 51쪽), "小說史上 漢文小說의 마지막 再興으로 보는 것이 妥當하다."(송민호, 앞의 책, 86쪽)
14 홍성대, 「개화기한문소설고」, 고려대 석사논문, 1983.

의 연구범위 안에서 「신단공안」을 소개한 초창기 논문에 해당한다. 따라서 논의의 깊이 면에서는 다소 아쉬움을 느끼게 하지만, 이들이 제기한 다양한 문제의식들을 기반으로 보다 깊이 있는 후속연구들이 나오기 시작하였다. 이후 「신단공안」 연구는 '제4·7화 중심의 연구'나-a와 '번역·번안의 성격을 밝히는 연구'나-b로 이분화되는 흐름을 보인다.

  (나-a) 제4·7화 중심의 연구 : 제4·7화 중심의 연구는 최원식[15]과 이연종[16]을 필두로 시작되었다. 시기적으로는 최원식의 논의가 앞서지만, 각각 제4화최원식, 제7화이연종를 중심으로 건달전승과의 연관성에 주목하였다는 공통점을 가진다.

  최원식은 제4화의 근원설화인 '봉이설화'의 이야기가 평양지방에서 전국적으로 광포되었음을 설명하며, 「신단공안」이 건달전승의 채록사적 측면과 함께 설화의 소설화 과정을 살펴볼 수 있는 자료임을 주장하고 있다.

  이연종 또한 최원식의 논의를 바탕으로 제7화의 특색을 규명하고 있다. 그는 이 같은 '건달전승'을 조선시기 '의적전승', '방자전승'과 함께 우리 문학사에서 '리얼리즘의 발전선상에서 차지하는 독특한 의의'를 갖는 작품으로 평가하고 있다.

  두 연구 모두 기존 채록단계에 머물렀던 건달전승이 「신단공안」을 통해 대규모 소설화된 의미를 보여줌으로써 작품의 자료적 가치와 문제의식들을 재고하게 해주었다. 그로 인하여 이후 김헌선[17]과 정환국,[18] 정훈

---

15 최원식, 「봉이형 건달의 문학사적 의의」, 『이조후기 한문학의 재조명』, 창비, 1983; 최원식, 「봉이형 건달의 문학사적 의의」, 『한국근대소설사론』, 창비, 1986.
16 이연종, 「乾達傳承의 文學史的 意義 -『神斷公案』 제7화를 중심으로」, 『國語國文學 論文集』 13, 동국대 국어국문학회, 1988.

식,[19] 조상우,[20] 김찬기[21] 등에 의해 작품의 근대성, 현실인식 등과 관련된 진일보한 논의들이 나오기 시작했다.

'제4·7화 중심의 연구'는 선행연구의 문제의식을 기반으로 출발한 것들이 많기 때문에 중복된 논의도 발견되지만, 개별 작품들에 대한 정치한 분석과 고찰을 통해「신단공안」의 문제의식과 양식적 특질을 밝힘으로써 작품의 소설사적 위치를 보다 명확히 해주었다는 의미를 찾을 수 있다.

(나-b) 번역·번안의 성격을 밝히는 연구 : '번역·번안의 성격을 밝히는 연구'의 흐름은 이헌홍[22]과 증천부에 의해 시작되었다. 이헌홍은「신단공안」제1·2·3화가 중국『포공안』을 번역한 낙선재본『포공연의』「觀音菩薩托夢」· 「阿彌陀佛講話」·「三寶殿」와 같은 내용이며, 제4화商人趙平男의獄事는『낭음비사』의 「자산지간子産知姦」·「장준의곡莊遵疑哭」, 제5화는『당음비사』의「이걸매관李傑買棺」과 모티프가 같음을 언급했다.[23] 비록 소개 차원에서 그쳤지만, 번역·번안작으로서의「신단공안」연구에 새로운 국면을 열어주었다. 이후 증

17 김헌선,「건달형 인물이야기의 존재양상과 의미」,『경기어문학』8, 경기대 국어국문학회, 1990.
18 정환국,「『神斷公案』제7화〈魚福孫傳〉연구」, 성균관대 석사논문, 1994; 정환국,「애국계몽기 한문소설의 현실인식-〈어복손전〉의 경우」,『민족문학사연구』8, 1995.
19 정훈식,「〈金鳳本傳〉의 구조와 서사적 전통」, 부산대 석사논문, 1997.
20 조상우,「애국계몽기 한문소설〈魚福孫傳〉연구」,『國文學論集』18, 단국대, 2002.
21 김찬기,「근대계몽기 전 양식의 근대적 성격-『神斷公案』의 제4화와 제7화를 중심으로」,『상허학보』10, 상허학회, 2003.
22 이헌홍,「朝鮮朝 訟事小說 研究」, 부산대 박사논문, 1987, 72쪽.
23 그러나『棠陰比事』의「子産知姦」·「莊遵疑哭」은『神斷公案』제4화가 아닌,『龍圖公案』卷2 「白塔巷」과 깊은 관련을 가진 작품이다. 제5화의 경우도『棠陰比事』의「李傑買棺」와 결말부의 사건이 유사하지만, 전반적인 내용을 전혀 담지 못하고 있으므로, 전체적으로『棠陰比事』와의 직접적인 관계를 논하기는 힘들 것 같다.『譯註 神斷公案』(한기형·정환국 역주, 창비, 2007, 9~11쪽)에서도『神斷公案』제5·6화가『棠陰比事』의「子産知姦」·「李傑買棺」등과 모티프가 같다고 언급하고 있지만, 이 또한 再考할 부분이다.

천부[24]는 「신단공안」 제5화가 『초각박안경기』 권17과 『속금고기관』 권17에 수록되어 있는 「서산관설록도망혼 개봉부비관추활西山觀設錄度亡魂 開封府備棺追活命」을 번안한 것임을 밝혔다. 그리고 심경호[25]는 「신단공안」 제1~3화의 작품이 『용도공안』에서 번안되어 나왔다며 앞서 이헌홍의 논의를 정정했다. 이들의 논의는 다시 손병국[26]과 증천부[27]에 의해 이어져, 명대화본소설백화단편소설 수용양상이라는 큰 틀 속에서 원작과의 작품별 비교분석이 이루어졌다.[28]

'번역·번안의 성격을 밝히는 연구'는 「신단공안」의 뿌리를 밝히는 작업일 뿐만 아니라, '한국과 중국 두 나라 사이의 문화적 환경, 소설독자의 성향, 표기문자의 차이에 따른 소설의 변모를 통시적으로 밝힐 수 있는'[29] 의미 있는 논의라 할 수 있다.

비록 해당 작품이 실린 매체신문·잡지의 특성에 대한 고려가 미흡하다는 한계가 있지만, 동시대 유사 장르의 작품들까지 함께 연구 범위에 넣음으로써 개화기 소설의 한 축을 형성했던 한문현토소설에 대한 이해의 폭을 넓히고 후속 연구들에 대한 다방면의 가능성을 열어주었다는 의의를 가진다. 이후 연구는 크게 '동시대 한문현토소설에 대한 연구'다-a와 '장르에 대한 연구'다-b로 분류하여 정리할 수 있다.

---

24 증천부, 「韓國小說의 明代擬話本小說 受容의 一考察」, 부산대 석사논문, 1988, 55~67쪽 참조.
25 심경호, 「조선 후기소설고증(1)」, 『한국학보』 56, 1989, 85~86쪽.
26 손병국, 「한국고전소설에 미친 명대화본소설의 영향」, 동국대 박사논문, 1990, 112~119쪽.
27 증천부, 「한국소설의 명대 화본소설 수용 연구」, 부산대 박사논문, 1995, 48~75쪽.
28 손병국은 이헌홍의 연구에 덧붙여 제1·2·3화가 『初刻拍案驚奇』 권6 「酒下酒趙尼媼迷花 機中機賈秀才報怨」과, 권26 「奪風情村婦捐軀 假天語幕僚斷獄」, 그리고 『二刻拍案驚奇』 권28 「程朝奉單遇無頭婦 王通判雙雪不明冤」이 비슷한 모티프를 지닌 작품이라 언급했다(손병국, 「개화기 신문연재소설에서의 명대백화단편소설수용양상」, 『동악어문논집』 35, 동악어문학회, 1999, 111쪽 참조).
29 증천부, 앞의 글, 1995, 125쪽.

(다-a) 동시대 한문현토소설에 대한 연구 : 본 시기의 연구들은 근대시기 소설을 다룸에 있어 부분적으로 「신단공안」을 언급한 논문들이 대부분이다. 특정시기 한문현토소설들이 동시다발적으로 출현한 동기와 그 의미 등을 밝힌 연구라 할 수 있으며, 문체에 대한 논의 또한 심화되는 경향을 보인다.[30] 대표적 연구자로는 김형중,[31] 심재숙,[32] 정환국,[33] 윤성룡,[34] 한영균[35]을 들 수 있다.[36] 심재숙은 애국계몽적 지향을 드러내는 신작 고소설들과 함께 작품을 분석하고 있으며, 김형중과 정환국,[37] 윤성룡은 『대한일보』 소재 한문현토소설들과 함께 「신단공안」을 논의하고 있다. 한영균의 경우, 기존 연구자들과는 달리 어문법적 측면에서 「신단공안」을 분류 · 분석하고 있다. 그는 근대계몽기 국한혼용문의 여섯 유형 중 하나로 '신단공안류'를 상정하였는데,[38] 기존 현토식한문 원문에 한글로 토를 붙인 구결문과는

---

30   문체에 대한 부분은 초창기 연구(최원식, 앞의 글, 185쪽; 이연종, 앞의 글, 110쪽)부터 꾸준히 논의되던 것으로, 실상 시기구분이 무의미하다. 또한 대부분 문체에 대한 문제 제기가 소략하게 다뤄졌고 연구자 간 중복된 논의들도 많기 때문에 논의의 편의상 해당시기(1990년대 후반~최근) 연구를 중심으로 정리하되, 소개가 필요한 선행연구들은 각주 등을 통해 보충하고자 한다.

31   김형중, 「한국 애국계몽기 신문연재소설연구」, 한림대 박사논문, 1999.

32   심재숙, 「근대계몽기 신작 고소설의 현실대응양상연구」, 고려대 박사논문, 2000.

33   정환국, 「애국계몽기 한문현토소설의 존재방식」, 『고전문학연구』 24, 한국고전문학회, 2003.

34   윤성룡, 「1906년도 신문연재 한문체소설 연구」, 고려대 박사논문, 2015.

35   한영균, 「근대계몽기 국한혼용문의 유형·문체특성·사용양상」, 『구결연구』 30, 구결학회, 2013.

36   이전 한원영의 연구(「한국개화기 신문연재소설연구」, 청주대 박사논문, 1989)도 있지만, 개화기 민족지에 연재된 제반소설들을 설명하면서 「神斷公案」 일곱 편의 내용을 간략히 소개하는 수준에서 머물고 있다.

37   정환국이 「神斷公案」의 특징으로 지적한 '이중평어', '한자어의 우리말식 표현' 등은 기존 연구(송민호, 홍성대, 증천부 등)에서도 언급되었던 부분이지만, 다시금 한문현토소설의 변모점 가운데 하나로 제시함으로써 그 특징과 중요성을 재고했다는 의미를 가진다. 그러나 여전히 「神斷公案」의 문제가 '현장성을 완전하게 재현할 수 없는', '불가피하게 국문구어로의 표현의 전환이 필요했던', '근본적인 한계를 내포한'(정환국, 「애국계몽기 한문현토소설의 존재방식」, 200쪽) 형태로 거론될 수밖에 없는 것은 과거 평어방식과의 차이 내지 확장 분화된 형태의 원인 등에 대한 구체적 모색이 부재했기 때문이다. 이에 대해서는 본서(제3장-2.-1))에서 자세히 다룰 예정이다.

구분된 「신단공안」 문체의 특징[39]을 설명하고 있다. 수많은 변칙과 다양성을 보이는 해당시기의 텍스트들을 일괄하여 유형 분류를 시도했다는 자체만으로도 의미 있는 작업이라 생각한다.

이 같이 본 시기의 연구들은 동시대 작품들인 신작고소설, 한문현토소설 등과의 관계 속에서 「신단공안」의 소설사적 위치와 자료적 가치 등을 가늠할 수 있게 하였다는 데 의의를 찾을 수 있다.

(다-b) 장르에 대한 연구 : '장르에 대한 연구'는 2000년대 초반 이후 '동시대 한문현토소설에 대한 연구'다-a와 함께 진행된 논의이다. 기존 공안·송사소설로 거론되던 「신단공안」을 탐정·범죄·추리 등의 여타장르로 해석을 시도한 연구들이다.

조성면[40]은, 국내 탐정소설의 기원을 설명하는 과정에서 송사소설과 함께 「신단공안」을 거론했다. 오혜진[41]도 근대추리소설의 출발점을 조선 후기 송사소설로 보고 있는데, 「신단공안」을 송사소설에서 신소설로 옮겨진 구한말의 대표적 작품으로 분류하고 있다. 이들 연구에서는 비록 소개 차원에서 그쳤지만, 기존 시각과 달리 송사소설과 탐정·정탐소설의 가교 역할로서 「신단공안」을 주목했다는 의의를 찾을 수 있다.[42]

---

38 나머지 다섯 가지 유형에는 '시일야방성대곡류', '서유견문류', '국민소학독본류', '노동야학 독본류', '기타류'가 포함된다.

39 한영균은 「神斷公案」類 國漢混用文 텍스트를 다른 口訣文 텍스트와 구분할 준거로서, 다음 네 가지를 설명하였다. ① '單音節 / 2音節 漢字+ㅎ-'형 用言의 출현유무, 종류, 결합관계 ② 속격 조사 '의'와 결합한 명사구의 존재 유무와 그 용법 ③ 한글로 표기된 어미류가 포함된 어절 중 漢文 虛辭의 기능과 중복되는 예들의 용법 ④ 기타(한영균, 앞의 글, 228~233쪽 참조).

40 조성면, 「한국의 탐정소설과 근대성」, 『대중문학과 정전에 대한 반역』, 소명출판, 2002, 21~22쪽.

41 오혜진, 「근대추리소설의 기원연구」, 『한민족문화연구』 29, 한민족문화학회, 2009.

42 이전에도 '송사소설'을 한국의 전통적 범죄소설 장르로 인식한 연구들(이헌홍, 앞의 글, 1987. 등)이 있지만, 「神斷公案」을 근대 정탐·탐정·범죄소설과의 연장선상이나 계보로서 논의하

이후 박소현[43]은 유럽에서 근대매체를 통해 탐정소설 장르가 탄생한 것처럼, 그리고 근대 중국에서도 기존의 공안·협의 장르가 신문지면을 통해 범죄소설로 개량되어 실림으로써 독자의 호응을 얻은 것처럼, 「신단공안」도 근대를 지향하는 시점에서 나타난 과도기의 형식이라 설명하고 있다.

반면 정환국[44]은 앞선 연구들조성면·박소현이 근대라는 기준에서 해석하려는 강박을 보여주고 있음을 비판하며, '공안소설의 외피를 쓴 조선적 범죄소설의 새로운 유형'이라는 작품의 장르적 성격과, 잔혹서사의 의미를 밝히고 있다

이처럼 현재까지 진행된 「신단공안」 연구를 살펴보면, 작품의 문체적 특징부터 장르석 성향까지 포괄적으로 전개되어 왔음을 알 수 있다. 하지만 작품이 실린 매체와의 연관성이 깊이 있게 다뤄지지 못했다는 아쉬움이 남는다. 따라서 이 책에서는 「신단공안」을, 『황성신문』과 신문에 실린 다양한 서사문학과의 영향관계를 분석함으로써 논의의 방향을 새롭게 모색하고자 한다. 이를 위해서는 또 하나의 『황성신문』 연구흐름인 '단형서사 연구'에 대한 선행연구의 검토와 함께, '장형서사 연구'와의 종합적 논의가 더불어 이루어져야 할 것이다.

2) 『황성신문』의 단형서사 연구

『황성신문』의 '서사문학 연구'는 주로 '장형서사 연구'를 중심으로 이루어졌기 때문에, '단형서사 연구'는 다양성의 측면에서 상대적으로 빈약

지는 않았다.

43 박소현, 「과도기의 형식과 근대성」, 『중국문학』 63, 한국중국어문학회, 2010.
44 정환국, 「송사소설의 전통과 「神斷公案」」, 『한문학보』 23, 우리한문학회, 2010.

하다. 그러나 데이터베이스대한민국신문아카이브 구축으로 인해 자료의 접근성
이 높아짐에 따라, 매체 간 비교연구들이 축적되고 있으며, 데이터나 통계
자료에 기반을 둔 논의들도 확대되는 경향을 보이고 있다.

　'단형서사 연구'는 대부분 「논설」에 게재된 단형의 서사문학을 중심으
로 진행되었으며, 『황성신문』 단일매체보다는 동시대 신문의 서사문학
작품들과 함께 논의되는 특징을 가진다. 해당 연구는 이재선[45]의 선구적
성과를 출발점으로 삼고 있다.[46]

　이재선은 한국단편소설사의 전사적 배경과 장르체계를 정리하기 위하
여 '단형서사문학Kurzepik'이라는 용어를 사용하고, '전개적형태史傳·傳奇'와
'단순형태逸話·民譚·傳說·神話·戲謔·寓話·喩話'로 도식적 분류를 시도했다. 근대
초기 단형의 서사양식들을 근대문학의 연구범위 안에 편입시킬 가능성을
열어주었다는 의의가 있지만, 구체적으로 단형서사작품을 제시하거나 작
품분석을 통한 양식적 특징을 거론하지 못한 한계점을 가진다.

　이후, 김중하[47]에 이르러 『대한매일신보』의 토론체 작품[48]을 연구범위
에 넣으며, 본격적인 '단형서사'의 연구가 진행되기 시작했다. 그는 토론
체소설의 발생학적 연원으로 전대 문학사적 전통'說話에서의 전승', '漢文小說 또는
前代敍事文學의 영향' 외에, 문답형식을 근거로 '개화기 신문논설의 영향'을 설
명하고자 한다.

45　이재선, 「개화기 서사문학의 두 유형」, 『국어국문학』 68 · 69, 국어국문학회, 1975; 이재선,
　　『한국단편소설연구』, 일조각, 1975.
46　송민호도 『大韓每日申報』의 「쇼경과 안즘방이 문답」(1905.11.17~12.13), 「車夫誤解」(190
　　6.2.20~3.7) 등 개별적 작품에 대한 논의는 진행했지만, 별도의 '단형서사'의 범주에서 다룬
　　것이 아닌, '한말 정치류 소설'로 한정하고 있다.(송민호, 앞의 책, 180~191쪽 참조)
47　김중하, 「개화기 토론체소설연구」, 『관악어문연구』 3, 서울대 국어국문학과, 1978.
48　「향로방문의생이라」, 「소경과 안즘방이의 문답」, 「거부오해」, 「향객담화」, 「시사문답」.

『황성신문』에서는 「논설-삼한문답三早問答」1903.6.27과 「논설-만주문제문답滿洲問題問答」1903.10.16을 실례로 들었는데, 양식의 유사성과 의도적 풍자성, 해설적 역할 등을 근거로 토론체 소설양식 발생에 연맥되어 있다고 주장하였다.[49] 그러나 해당 논설들은 토론체 소설양식의 발생근거로만 제시한 것이기 때문에,『황성신문』에 대한 분석은 논외로 다루고 있다.

『황성신문』의 단형서사에 대한 연구는 박일용[50]에 와서야 비로소 이루어진다. 그는 기존연구에서 다루었던『대한매일신보』의 '단형서사'와 함께『황성신문』의 '몽유록', '토론', '우화'의 작품들까지 연구범위에 포함시켰다. 다만, 분석과 예시의 대상이 소수 특정 작품[51]으로 한정되었기 때문에 개화기 서사문학의 한 단면만을 보여주었다는 한계를 가지지만, 논문 말미에『황성신문』의 '작품연보' 등을 첨부하며 후속연구에 초석을 마련했다는 의미를 가진다.

이후 형서사는 '토론체 양식'[52]과 '단형서사체',[53] '서사적논설',[54] '단편

---

49 더불어, 비록 소설이라 명칭하지 않았지만 토론체 소설에 소속시킬 수 있는 몇몇 작품들을 추가로 발굴하였다. 그 가운데『皇城新聞』에 실린 최영표(崔永彪)의 「寄書-天下大勢問答」(1903.9.22)을 거론하며, 토론체 양식의 중심에 닿아있는 불완전한 토론체소설이라 설명하고 있다.

50 박일용, 「開化期 敍事文學의 一研究」, 『관악어문연구』 5, 서울대 국어국문학과, 1980.

51 ①夢遊錄-「寄書 : 蜜亞生」, 『皇城新聞』, 1900.10.17; 「論說-笑山子가 寄送惺惺夢記」, 『皇城新聞』, 1899.3.6; 「論說」, 『皇城新聞』, 1899.8.19; 「論說」, 『皇城新聞』, 1899.1.16; 「論說」, 『皇城新聞』, 1898.10.14 ②討論-「論說-漁樵問答」, 『皇城新聞』, 1899.9.20; 「論說-其渠是何物也」, 『皇城新聞』, 1903.8.15 ③寓話-「論說-讀虎叱一嘆」, 『皇城新聞』, 1901.6.29; 「論說-得過且過」, 『皇城新聞』, 1899.12.23; 「論說-得過且過」, 『皇城新聞』, 1899.12.23; 「論說」, 『皇城新聞』, 1899.2.8.

52 김주현, 「개화기 토론체 양식 연구」, 서울대 석사논문, 1989; 이강엽, 『토의문학의 전통과 우리소설』, 태학사, 1997.

53 유영은, 「개화기 단형서사체 연구」, 서울대 석사논문, 1989.

54 김영민은『한국근대소설사』(솔, 1997)에서 근대시기 신문 논설의 서사적 특질을 밝혀내는 시도를 하였는데, 글이 표방하는 형식은 논설이지만 내용은 서사로 이루어진 글을 '서사적논설'로 지칭했다. 이 작품들은 조선 후기 야담 및 한문단편과 맥을 같이한다고 보았으며, 더불어 신소설과 역사전기류 소설 등장의 기반이 되었다고 주장했다.

서사물'[55] 등으로 지칭되며 꾸준한 연구성과를 단축적한다. 그 과정 속에서 『황성신문』 단형서사도 점차 연구 범위를 넓히기 시작했다.

유영은[56]은 개화기 신문·잡지에 수록된 단형서사를 다루면서 『황성신문』에 게재된 우화 14편, 몽유록 13편, 토론체 47편을 다뤘으며, 정선태[57]는 『황성신문』 134편 『독립신문』·『매일신문』·『제국신문』 포함 228편의 '서사적논설'을 분석하고, '신문 논설의 서사수용 양상'이라는 문학적 특징을 고찰하였다.

이 같은 연구토대는 『황성신문』 단형서사에 대한 다층적 논의들이 출현하는 배경으로 작용한다. 그 가운데 주목할 만한 것은 개화기 단형서사의 글쓰기 방식이 전대 '우언寓言'에서 이어져 왔다는 입장이다.

양승민[58]은 애국계몽기 1894~1910의 작품 가운데 전대 문학사의 전통을 계승한 우언작품들을 선별하였는데, 그 가운데 『황성신문』 논설 5편[59]이 포함되었다. 이들 작품은 문답·의론 방식을 활용하거나 민간설화나 가전체 서술기법 등을 수용하면서 양식적 교섭을 시도했다고 평가하였는데, 전대 문학사의 맥락에서 작품을 분석하여 애국계몽기 우언의 존재양상과 역사적 의의를 도출했다는 의의를 가진다.

그와 같은 시각은 조상우[60]와 윤승준[61]에게도 드러난다. 조상우는 연구

55   한기형, 『한국 근대소설사의 시각』, 소명출판, 1999; 한기형, 「신소설 형성의 양식적 기반」, 『민족문학사연구』 14, 민족문학사연구소, 1999.
56   유영은, 앞의 글, 1989.
57   정선태, 「개화기 신문 논설의 서사 수용 양상에 관한 연구」, 서울대 박사논문, 1999.
58   양승민, 「애국계몽기 우언의 존재 양식과 그 역사적 의의」, 『우리문학연구』 13, 우리문학회, 2000.
59   「論說」, 『皇城新聞』, 1899.2.8; 「論說-寓言」, 『皇城新聞』, 1899.3.8; 「論說」, 『皇城新聞』, 1899.3.10; 「論說-暗室欺心神目如電」, 『皇城新聞』, 1899.3.20; 「論說」, 『皇城新聞』, 1899.3.22.
60   조상우, 「애국계몽기의 우언에 표출된 계몽의식」, 『동양학』 34, 단국대 동양학연구소, 2003.
61   윤승준, 「근대계몽기 단형 서사문학과 우언」, 『동양학』 38, 단국대 동양학연구소, 2005.

의 초점이 악습의 개혁, 교육계몽, 제도개혁 등의 계몽의식에 맞춰져 있지만, 『황성신문』의 작품[62]을 포함한 애국계몽기 신문·잡지의 몽유우언들이 외형의 형식에 있어 과거 몽유양식을 그대로 이어받았음을 주장하고 있다.

윤승준은 근대계몽기 단형 서사를 서사와 논설이 결합된 글쓰기로서, 서사보다는 논설에 의의를 두었다는 점에서 우언 글쓰기와 다르지 않다는 것을 보여주었다. 단형서사의 주요 서사방식인 문답과 토론, 우화, 몽유 등[63]을 전대우언과 관련하여 재검토하며 근대계몽기 우언의 문학사적 위상을 설명했다.

이후 단형서사의 언구는 근대매체의 독자창작 및 참여제도를 밝히는 근거[64]로서 다뤄지기도 하지만, 대체로 「논설」란에 연재된 「독의대리건국삼결전」, 「독월남망국사」의 특징을 밝히는 연구들[65]로 채워지게 된다.

---

62 「論說-笑山子가寄送惺惺夢記」, 『皇城新聞』, 1899.3.6; 「論說」, 『皇城新聞』, 1899.8.19; 密啞生, 「寄書」, 『皇城新聞』, 1900.10.17; 逍遙子, 「寄書-夢見滄海力士」, 『皇城新聞』, 1908.3.29; 「論說-夢拜白頭山靈」, 『皇城新聞』, 1908.9.12; 「論說-南廓子記夢」, 『皇城新聞』, 1901.3.9; 「論說」, 『皇城新聞』, 1898.10.14; 「論說」, 『皇城新聞』, 1899.1.16; 「論說-石佛點頭」, 『皇城新聞』, 1900.6.5; 「論說-夢遊動物園」, 『皇城新聞』, 1901.8.10; 「論說-醉與夢亦必諫之覺之」, 『皇城新聞』, 1901.11.30.

63 『皇城新聞』의 작품으로는 '문답': 「論說-衆老人의 聽蛙劇談」(1907.6.15), '우화': 「論說-有眼者詛學盲魚」(1900.6.16); 「論說-倉鼠厠鼠之嘲」(1902.11.15), '몽유': 「論說-夢中問答」(1899.1.16) 등을 다루었다.

64 김영민은 근대매체의 독자창작 및 참여제도를 소개하는 가운데, 『皇城新聞』의 「기서」란에 소매생(小梅生)의 「상평전(常平傳)」(1900.1.17)과 「상의의국(上醫醫國)」(1900.2.7), 이감생(易感生)의 「관구미각국산수인물도유감(觀歐美各國山水人物圖有感)」(1908.2.8), 소요자(逍遙子)의 「몽견창해역사(夢見滄海力士)」(1908.3.29) 등이 발표되었음을 설명하며, 이들 서사물의 성격 또한 한글 신문의 서사물들처럼 대체로 계몽적 성향을 드러낸다고 주장했다.(김영민, 「근대 매체의 독자 창작 참여제도연구(1)」, 『현대문학의 연구』 43, 한국문학연구학회, 2011)

65 해당 연구들은 대부분 '역사 전기물의 한국적 수용' 내지 '근대시기 번역·번안에 대한 논의'들이 주류를 이루어 본서에서 중점을 둘 '서사적 전통의 계승'과는 변별점을 가진다. 대표적 연구로는 우림걸의 「梁啓超 역사·전기소설의 한국적 수용」(『한중인문학연구』 6, 중한인문

지금까지 살펴본 바에 의하면 『황성신문』의 '서사문학 연구'는 '장형서사'와 '단형서사'로 구분되어 논의가 진행되었다. 선행연구들의 성과로 인해 개별 작품들의 특성이 상세히 밝혀지고 있지만, 『황성신문』의 서사문학을 검토할 만한 종합적 논의는 아직까지 부재하다. 사실상 부분적 연구의 집합으로 이루어져 있다고 볼 수 있다.

『황성신문』의 서사문학에 대한 종합적 연구가 진행되지 않은 까닭은, '신문의 긴 발행기간'과 '순한문에 가까운 국한문체', 그리고 '논자 간 연구범위의 차이'에서 기인한다. 그러나 '신문의 긴 발행기간'은 꾸준히 발표된 서사문학을 통해 일정한 사적 흐름을 읽어낼 수 있으며, 신문에 사용된 '순한문에 가까운 국한문체'는 전통적 산문양식과의 관계를 중심으로 집필진의 의도를 읽어낼 수 있는 근거로써 활용할 수 있다. 또한 '논자 간 연구범위의 차이'를 인정한다고 하더라도, 연구의 대상이 단행본으로 출간된 작품이 아닌 신문에 게재된 서사물이기 때문에, 각 지면의 특수성과 서사물 간의 영향 관계를 배제한 채 해당 작품의 특징만을 도출한다는 것은 본질적인 한계를 내포한다고 볼 수 있다.

따라서, 이 책은 『황성신문』이 창간하여 폐간되기까지, 약 12년간 지면에 발표된 서사물에 대한 종합적 검토에 중점을 두고자 한다. 이를 통해 근대매체에 사용된 과거 전통적 산문양식이 각 지면의 특수성에 맞추어 변화해가는 양상을 통시적으로 살펴볼 수 있을 것이라 기대한다.

과학연구회, 2001), 정환국의 「근대계몽기 역사전기물 번역에 대하여」(『대동문화연구』 48, 성균관대 동아시아학술원, 2004), 김주현의 「「월남망국사」와 「의대리건국3걸전」의 첫 번역자」(『한국현대문학연구』 29, 한국현대문학회, 2009) 등이 있다.

제2장

『황성신문』의 단형서사

1. 논설란 속 서사문학의 발생

1) 논설란과 논설·논변류

『황성신문』의 전신인 『경성신문』과 『대한황성신문』이 순한글 전용이
었던 것에 반해, 『황성신문』은 국한문혼용을 채택하였다. 이는 「옥파비망
록沃波備忘錄」1898.9.5에도 밝힌 바, 중류이상中流以上의 지식층을 신문독자로 상
정했기 때문이다.[1] 그로 인하여 한말의 신문은 '한글전용'과 '국한문혼용'
으로 양분되었다. 특히, '한글전용'의 『제국신문』1898.8.10~1910.8.2을 '암雌
신문'으로, '국한문혼용'의 『황성신문』을 '숫雄신문'으로 부르면서, 독자층
도 자연히 구분되어 부녀자와 중류층 이하의 서민들은 『제국신문』을 많이
읽고, 『황성신문』은 지식층과 상류층이 주로 읽었다.[2]

---

1 이광린, 「황성신문 연구」, 『동방학지』 53, 연세대 국학연구원, 1986, 11~12쪽 참조.
2 최준, 『한국신문사』, 일조각, 1960, 80~83쪽; 이광린, 위의 글, 1986, 2~15쪽; 정진석, 『한국

초대사장이었던 남궁억南宮檍과 당시 주필主筆이었던 박은식朴殷植을 비롯하여, 장지연張志淵, 主筆·제2대 사장, 신채호申采浩, 主筆, 남궁훈南宮薰, 제3대 사장, 김상천金相天, 제4대 사장, 유근柳瑾, 主筆·제5대 사장, 성선경成善慶, 제6대 사장 등은 대부분 한학에 조예를 가지고 있었던 유생儒生이면서도 서구의 사상과 학문을 받아들이려는 개량적 유학사상을 지녔던 사람들이었다. 또한 이들은 독립협회獨立協會와 교육활동은 물론 애국계몽운동단체인 대한자강회大韓自强會, 대한협회大韓協會 등에 관여하며, 언론활동과 병행하였다.[3] 따라서 이들에 의해 집필되었던 『황성신문』, 특히 「논설」란은 전대의 한학을 근간으로 하면서도, 애국계몽·개화 등의 사상이 복합적으로 드러나는 양상을 보인다. 기존연구에서도 주로 「논설」란의 기사를 근거로 『황성신문』의 담론을 펴고 있지만, 이 같은 「논설」란의 발생과 성격·전대 양식과의 상관관계 등을 논의하는 작업에 있어서는 진전을 보이지 못하고 있다.[4]

국내로 한정했을 때 근대매체에서 「논설」란이 정착된 시점을 살펴본다면, 1896년에 창간된 『독립신문』을 들 수 있다. 우리나라 최초의 근대 신문이라 할 수 있는 『한성순보』에도 「논설」이 등장하지만,[5] 실제로는 『한성순보』 자체의 「논설」이 아니라 다른 나라 신문의 「논설」을 옮긴 듯한 '각국근사各國近事'의 성격을 가졌기 때문이다.[6] 하물며, 『한성주보』에는 「논설」란이라는 지면조차 보이지 않아 아직 「논설」란이 확고하게 정립되었다고 볼 수 없다. 그로부터 약 10년 뒤, 『독립신문』 1면에 「논설」란이

언론사』, 나남, 1990, 167~171쪽 참조.

3　안종묵, 「皇城新聞 발행진의 정치사회사상에 관한 연구」, 『한국언론학보』 46-4, 한국언론학회, 2002, 217~248쪽 참조.

4　본서 '제1장-2.-2)'을 참조.

5　제6호(8편)와 제8호(3편)에 간헐적으로 「논설」란을 둔 면모를 확인할 수 있다.

6　정진석, 앞의 책, 68~69쪽 참조.

등장한 이후부터는 『황성신문』·『시사총보』를 포함한 근대 신문들이 공통적으로 「논설」란을 신문 1·2면에 고정 배치되었던 것이다. 당대 신문의 지면 구성에 있어 일본 정론지의 영향을 배제할 수는 없지만,[7] 『독립신문』이 일정부분 체제적 기준을 마련했다고 볼 수 있다.[8]

『독립신문』을 살펴보면 영문판4면의 「EDITORIAL」은 국문판1면의 「논설」에 해당하는 명칭으로 사용되었는데, 이는 당시 「독립신문」의 편집진들이 논설이라는 명칭을 서구식 'EDITORIAL'의 번역어로서 인식하고 있었음을 의미한다. 그러나 3년간 한글판·영문판의 「논설」 공동게재가 전체 논설의 20~22%한글논설 117/517, 영문논설 117/576만을 차지[9]하고 있어, 영문판이 「EDITORIAL」과 국문판의 「논설」이란 표제어를 등가로서 판단할 수 있을 것인가에 대한 논의도 병행되어야할 것 같다.

이 같은 논설에 대한 인식은 『황성신문』에도 큰 차이가 없이 이어지게 된다. 정치·사회·경제와 더불어 교육·문화·외교·군사에 이르기까지 다양한 주제를 함의한 'EDITORIAL社說' 성격의 글이 다수 「논설」에 수록되면서 집필진의 의도를 직설적으로 서술하고 있지만,[10] 그 다양성의 이

---

7 1896년 이전, 「논설」란의 면모를 참조할 수 있는 것은 메이지 초기의 일본뿐이다. 당시 논설의 형태는 일본의 초기 정론지 '사설'이나 '연설' 같은 '설' 계열과, '평론'과 같은 '론' 계열의 성격을 모두 아우르는 것이었다. 국내에는 19세기 말 이후 신문과 잡지를 통해 주장하는 글쓰기 양식으로 자리를 잡기 시작한다(배수찬, 『근대적 글쓰기의 형성과정연구』, 소명출판, 2008, 186~223쪽 참조).

8 채백은 『독립신문』의 참여인물연구』(『한국언론정보학보』 36, 한국언론정보학회, 2006, 116~119쪽)에서 『時事新報』(官令, 公報, 敍任賞勳, 論說, 雜報, 物價, 廣告)와 『漢城旬報』(國內官報, 國內私報, 各國近事, 論說, 集錄과 本局告白, 市直深報) 기사분류체제의 상이점을 들어 신문편집과 제작에 있어서 어느 정도 일본의 영향은 있었으나 일방적인 수용은 아니었음을 주장한다.

9 1896년 영문판 「EDITORIAL」의 124편 가운데, 약 1/3에 해당하는 43편이 국문판 「논설」과 같은 내용이었다.(김유원, 「영문판 독립신문의 논조에 관한 연구」, 중앙대 박사논문, 1991, 99~162쪽; 채백, 위의 글, 148쪽)

10 주혜영은 「皇城新聞 논설기사의 계량적 분석」(세종대 석사논문, 2002, 5~6쪽 참조)에서

면에는 근대매체 속 「논설」란의 모호한 위치와 전개과정이 고스란히 반영되고 있었다.

> 論說論說하니 論說이 무엇신고 盛衰를 論說함이오 邪正을 論說함이오 賢愚를 論說함이니 此外에 千歧萬緒라도 其大旨는 勸善懲惡하는디 不過호되 直陳其事도 하고 委曲風諭도 하고 見景生情도 하야 그 世道風化를 神益하도록 함이라 (…중략…) 論說이라 ᄒ는 것슨 무엇신고 ᄒ니 吾의 國의 盛衰를 憂ᄒ야 盛ᄒ기를 願ᄒ고 衰홈은 不願ᄒ는 말이오 論說이라 ᄒ는 것슨 무엇신고 ᄒ니 吾의 官人의 邪正을 辨홈이니 正ᄒ기를 勸ᄒ고 邪홈은 駁ᄒ는 말이오 論說이라 ᄒ는 것슨 무엇신고 ᄒ니 吾의 國民의 賢愚를 論홈이니 愚ᄒ 者를 導ᄒ야 賢ᄒ도록 ᄒ고쟈 하미라 (…중략…) 此를 推하야 見홀진디 可히 我國의 興論으로 作홀지니라[11]

위 인용문은 1899년 2월 24일 자 「논설」란에 실린 글이다. 논설에 대해, '직진기사直陳其事도 하고 위곡풍유委曲風諭도 하며 견경생정見景生情도 하여 세도풍화世道風化를 이익이 되도록 한다'는 기능적 측면을 설명하고 있다. 또한, '나라의 성쇠를 근심하고吾의 國의 盛衰를 憂', '우리 관인들의 사와 정을 구별하며吾의 官人의 邪正을 辨', '우리 국민의 현우를 논하기도吾의 國民의 賢愚를 論' 하면서 '자국의 여론을 형성하는我國의 興論으로 作홀' 중요한 매개체로서의 역

1898년부터 1901년까지의 논설기사(756편)를 분석하였는데, 전통사회의 붕괴와 제국주의 침략으로 인해 민족적 위기의식이 고조되었던 시기였기 때문에 당연히 정치(200편, 26.5%)·사회(198편, 26.2%) 분야의 내용이 주를 이룰 수밖에 없었음을 통계를 통해 밝히고 있다. 이는 앞서 신문의 '논평적 기능'이라 언급했던 '현실의 문제에 대한 의견·판단·비판 등을 통해 독자들을 계몽하고 교육하는' 신문의 기능이 당대 혼란했던 시대적 상황과 맞물리며 신문사마다 필수불가결한 형태로 「논설」란을 지속했던 것으로 볼 수 있다.

11 「論說」, 『皇城新聞』, 1899.2.24(강조 인용자, 이하 인용문에서도 동일함).

할도 강조하였다. 오늘날 신문의 논설 개념과 비교하였을 때 논설의 범위와 대상을 폭넓게 인식하고 있었음을 확인할 수 있다.

논설에 대한 이러한 인식은 독자들 사이에서도 동일하게 나타났다. '세상을 경계하고 세속을 나무라는 양문良文'에서부터 '골계와 속된 해학의 소리가 잡다한 글'[12]에 이르기까지, 모두 '논설'의 성격으로 받아들여졌던 것이다. 이를 통해 당시 『황성신문』의 「논설」란에서는 다양한 형식의 글쓰기들이 실험되고 있었음을 짐작할 수 있다.

「논설」란의 다양한 서사 가운데, 이 책에서 주목한 것은 단형서사의 형태로 구현된 작품들이다. 선행연구에서는 이를 '서사적논설'[13]이라 명칭하였는데, '1890년대 이후 근대계몽기 신문 논설란에 발표된 단형의 이야기 문학을 지칭하는 용어'[14]로서, 근대소설의 초석이 되는 과도기적 문학양식이라고 할 수 있다. 결국 미분화되지 않은 다양한 양식들이 「논설」란이라는 한정된 공간 속에서 발표되었다는 것을 의미한다. 이 같은 양식들의 근원을 찾기 위해서는 논설이라는 명칭이 무엇을 의미하는지를 밝히는 작업에서부터 출발해야 할 것이다.

먼저, '논論'의 형식을 검토해보면, 『문심조룡』에서 "정치의 진술은 '의議'·'설說'과 부절을 같이하고, 경서의 해석은 '전傳'·'주注'와 체재가 섞이며, 역사를 비평함에는 '찬贊'·'평評'과 동등하게 쓰이고, 문장을 설명함에는, '서敍'·'인引'과 함께 쓴다"[15]고 정의했다. 여기에서 '논論'은 한 가지 도

---

12 "至於論說하야난 果然 警世刺俗之良文 而雜以滑稽俚諧之音하야 有味乎其可讀也라"(「寄書」, 『皇城新聞』, 1903.2.11).

13 김영민, 「한말의 〈서사적논설〉연구」, 『작가연구』 2, 새미, 1996; 김영민, 『한국근대소설사』, 솔, 1997; 정선태, 「개화기 신문 논설의 서사 수용 양상에 관한 연구」, 서울대 박사논문, 1999.

14 김영민, 「한국 근대 소설 발생 과정 연구」, 『국어국문학』 127, 국어국문학회, 2000, 314쪽.

15 "祥觀論體 條流多品 陳政 則與議說合契 釋經則與傳注參體 辨史則與贊評齊行 銓文則與敍引共

리를 정밀히 따져서 시비를 정확히 판별하는 글인 '논변류論辨類'에 대한 범칭이다.[16] 결국 논설의 '논'은 이미 명칭 자체에서부터 다양한 글쓰기의 가능성을 열어두고 있었던 셈이다. 실제 작품들에서도 확인할 수 있듯이, 「논설」란의 작품들은 특정 단일양식으로 저술된 것이 아니라 '논변류'를 포함한 기존의 전통 산문양식들이 착종되어 다양한 형태로 구현되고 있다.

기존 연구에서는 『황성신문』의 '서사적논설'을 '문답식 구성', '토론식 구성', '일화식 구성'으로 구분하였다.[17] 문답식과 토론식 구성의 차이는 '서술자가 특정인물의 의견을 전적으로 옹호하고 있는지'와 '서술자가 등장인물들로부터 비교적 객관적 거리를 유지하고 있는지'의 여부에 따라 결정되며, 그 외 문답이나 토론의 형식을 띠지 않는 서사적인 글들은 모두 '일화식 구성'으로 분류된다. 이는 과거 논변류의 문답체 산문들이 서술자의 개입양상에 따라 '숨어있는 서술자'와 '수용적 서술자', 그리고 '비판적 서술자'로 구분이 가능한 것[18]과 비견되는 것으로, 결국 전통적 논변류의 양식이 근대매체 속 「논설」란을 통해 구현된 것이라 볼 수 있다.

또한 '설說'의 형식은, '논논변류'의 하위개념으로, '의론議論을 위주로 어떠한 사실을 설득력 있게 설명·주장하는 장르'[19]이므로, 「논설」란의 다양한 문학형식의 글'서사적논설'에 교착될 수 있는 필연성을 내포한다. 특히 우

紀"(劉勰, 『文心雕龍』, 論說 第十八)

16 양승민, 「고려조 의론체 산문의 우언적 성향과 의미」, 『우언의 서사문법과 담론양상』, 학고방, 2008, 223쪽 참조.

17 정선태, 『개화기 신문 논설의 서사 수용 양상』, 소명출판, 1999, 151~185쪽 참조. 이는 한글로 창작된 '서사적논설'에서도 공통적으로 드러나는 특질이다. 김영민은 『근대계몽기 단형서사문학 자료전집』상(소명출판, 2003, 557~563쪽 참조)에서 '서사적논설'을 세 가지 유형('서술체 방식'·'문답체 방식'·'토론체 방식')으로 분류한 바 있다.

18 이강엽, 『토의문학의 전통과 우리소설』, 태학사, 1997, 73~90쪽 참조.

19 양승민, 앞의 책, 226쪽 참조.

언우言을 위주로 하는 '설'의 경우, 세태와 풍속을 우회적으로 풍자하여 문학성이 높은 것이 많은데 문장의 전반부에서 허구적인 상황을 설정하고 후반부에서는 전반부에서 설정된 상황으로부터 유추된 결론을 바탕으로 새로운 자신의 뜻을 서술한다.[20] 이는 '서사적논설'에서 특정 일화를 설명한 이후 '편집자 주해석'를 덧붙인 형태와 매우 유사한 면모라 할 수 있다.[21] 기존연구에서는 일찍이 '서사적논설'과 야담과의 연관성을 고찰했는데,[22] 야담의 경우 다양한 산문장르들이 교접해 있는 양식이기 때문에[23] 이미 '설' 양식과의 연계성에 대해 그 가능성을 열어둔 논의였다고 볼 수 있다. 그뿐만 아니라 조선 후기 한문단편이나 '우언'과 단형서사 사이의 연계 가능성에 주목한 연구[24]와 함께 '설' 양식과 '서사적논설'의 연관성을 설명한 논문[25]까지 등장하여, '설' 양식이 다양한 '서사적논설'의 한 축을 남낭했을 것임은 의심의 여지가 없다.

"경서의 뜻을 전하고 다시 자신의 견해를 표출하는 데 있어서 종횡·억

---

20 민병수, 『한국한문학개론』, 태학사, 1996, 349~351쪽 참조.

21 김영민은 '서사적논설'의 특색 가운데 하나로 "서사가 시작되기 전이나 후에 편집자 주 혹은 편집자적 해설이 붙거나 서술자의 교훈적 견해가 직접 노출되는 경우"를 지적하고 있다.(김영민, 『한국근대소설사』, 23~48쪽 참조)

22 김영민, 「한국 근대소설 발생 과정 연구」, 『한국근대소설의 형성과정』, 소명출판, 2005.

23 한문단편도 야담에 속한 개념일 뿐만 아니라 야담에는 다양한 장르들이 교접해 있다. 일찍이 박희병은 야담에 대해 소설, 설화 등과 동일 범주를 형성하는 게 아니라 그보다 상위범주를 형성하는 것으로 '야담계 한문단편소설'로 지칭하기도 했다. 이 같은 명칭에 따르자면, 박지원이나 이옥 등의 작품을 지칭하는 '열전계 한문단편소설'들도 다양한 형태로 '서사적논설'의 한 축을 형성한다(박희병, 「조선 후기 야담계 한문단편소설 양식의 성립」, 『한국학보』 7-1, 일지사, 1981; 박희병, 「야담과 한문단편 장르 규정의 몇 가지 문제에 대하여」, 『한국한문학연구』 8, 한국한문학회, 1985).

24 이강엽, 앞의 책; 양승민, 앞의 책; 조상우, 「애국계몽기의 우언에 표출된 계몽의식」, 『동양학』 34, 단국대 동양학연구소, 2003.

25 문한별, 「『독립신문』 수록 단형서사와 '설' 문학의 연계성 고찰」, 『한국문학이론과 비평』 38, 한국문학이론과 비평학회, 2008; 문한별, 「한국 근대 소설 양식의 형성과정 연구」, 고려대 박사논문, 2007.

양으로써, 자세하고 풍부한 것을 최고로 여길 뿐이다"[26]라는 『문체명변』의 설명처럼 '설'은 특유의 다채롭고 풍부한 표현법을 지닌 장르이면서, '입언류로서 자신의 주장을 효과적으로 전달하는 방식의 글의 속성'[27]을 지녔기 때문에, '설'을 활용한 서사구현은 당대 식자층들을 독자층으로 포섭하기 위한 효과적인 글쓰기였을 것이다. 따라서 「논설」란의 서사 구현은 '좀 더 자세하면서도 여유 있게 표현하는, 유연한 속성을 가진'[28] '설' 양식을 적극 활용했을 것으로 짐작된다.

이렇듯 논설은 한자 문화권에서 전통적인 기술방법으로 자리 잡고 있었던 '논論'과 '설說'이 결합하여 생긴 말이다.[29] 그러나 '논설이란 표제어 자체가 근대신문과 함께 생겨난 명칭論＋說'[30]이란 전제에 대해서는 일정부분 수정이 필요할 듯하다. 기존 한문학에서 '논설류'란 명칭은 '논변류'와 별반 다름없이 간주되고 있기 때문이다.[31]

---

26 "要之傳於經義 而更出己見 縱橫抑揚以詳贍爲上而已", 徐師曾, 『文體明辯』卷之四十二, 說條.
27 이병철(「근대신문의 논설텍스트와 서사관계」, 『한국사상과 문화』 68, 한국사상문화학회, 2013, 63~64쪽)은 기존 '설'에 대한 해석을 모아서 '설'의 개념적 속성을 다음 두 가지로 정리하였다. "첫째, 자신의 의사를 자세하고 여유 있게 하는 유연한 느낌으로 설은 곧 우의적 표현에 있다는 사실을 발견할 수 있다. 둘째, 입언류로서 자신의 주장을 효과적으로 전달하는 방식의 글의 속성을 지적하고 있음이다. 이것은 다름 아닌, '설'의 개념이고 의미적 속성인 것이다." 그 외, '설'의 서사성(문학성)과 관련하여 '소설적 변개'에 대한 부분은 이강엽의 논의(앞의 책, 32~65쪽)를 참조.
28 이종찬, 『한문학개론』, 이우, 1989, 235쪽.
29 자기의 의견을 직접적으로 주장하여 서술하는 '논(論)'과, 사물에 대한 의견을 진술하거나 의미를 우회적으로 표현하는 '설(說)'이 개화기의 근대적 신문에 '논설(論說)'이라는 이름으로 재등장하여 계몽의 담론을 이끄는 강력한 수단으로 사용되었던 것이다.(정선태, 『개화기 신문 논설의 서사 수용 양상』, 소명출판, 1999, 43~44쪽 참조)
30 이병철, 앞의 글, 62쪽 참조.
31 논변류 문장은 고대 산문의 대종(大宗)을 이루는 설리적(說理的) 문체이다. 그것은 내용(內容)과 용도(用途) 사법(寫法)의 차이에 따라 논(論), 사론(史論), 설(說), 해(解), 원(原), 변(辨), 의(議), 평(評), 박(駁), 고(考) 등의 이름으로 문체가 하위분류되는데, 劉勰은 『文心雕龍』에서 이를 총괄하여 논설(論說)이라고 하였고, 요내(姚鼐)는 『古文辭類纂』에서 논변(論辨)이라고 하였다.(홍성욱, 「고려 후기 논변류 산문 연구」, 『한국한문학의 이론 산문』, 보고사,

예컨대, 「본보발간지취지本報發刊之趣旨」『시사총보』1899.1.22에서 신문은 '사기史記의 갈래流'이며, 논설은 '사가史家의 평론評論하는 체體'라고 정의하고 있다.[32] 이를 근거한다면, 논설이라는 용어자체가 산문양식으로서의 '논설·논변류'에서 출현했음을 의미한다.

그렇다면 조선시기를 포함하여 당대 관습적으로 사용된 논설이란 어휘의 의미도 이 같은 개념을 전제한 것이었을까. 한국고전번역원의 한국고전종합DB[33]에서 '논설論說'을 검색해보면 『한국문집총간』에서만 1824건 간행연도 1543~1960의 용례를 확인할 수 있다. 그중 간행연도가 1800년대인 문집 가운데 몇 편을 예시하면 다음과 같다.

① 然非敢以論說自處. 實出於稟疑之意.

그러나 저의 소견은 감히 논설로써 자처하는 것이 아니라, 실은 의심나는 곳을 여쭙는 뜻에서 나온 것입니다.

— 金樂行, 『九思堂集』卷之二, 1801

② 此亦與朴丈論說. 每每不相諳悉.

이것이 또한 박태초 어른과 논설할 때 매번 서로 숙지하지 못한 점입니다.

— 梁得中, 『德村集』卷之七, 1806

③ 珥本欲留此一轉說. 以待吾兄自爲論說.

2007, 351~352쪽) 과거 文類로서 '論說'에 대한 인식은 송혁기의 「논설문의 특성과 작품 양상」(『한국한문학의 이론 산문』, 보고사, 2007, 13~17쪽)을 참조.

32 「本報發刊之趣旨」, 『時事叢報』, 1899.1.22.
33 한국고전번역원 한국고전종합DB(http://db.itkc.or.kr/)

저는 본래 한번 변전變轉시키는 **논설**을 보류해 두고 형이 스스로 **논설**하기를 기다리려고 하였는데,

― 李珥, 『栗谷全書』卷之十, 1814

④ 或云亦兼動靜. **論說**紛紜. 未有究竟. 伏乞下教.

혹자는 말하기를 "하절도 또한 동정을 겸하였다"라고 하여 **논설**이 분분하여 끝이 나지 않으니, 가르침을 내려 주시기 바랍니다.

― 鄭宗魯, 『立齋集』卷之十五, 1835

⑤ 試以古人之所嘗**論說**者而擬之. 則子曾子所謂

옛사람이 일찍이 **논설**한 것으로 견주어 본다면, 증자曾子가 이른바

― 朴震壽, 『桐溪集』卷之二, 1852

⑥ 則宜不敢妄有**論說**. 而旣承勤示. 若不貢愚. 更何以得聞至**論**.

함부로 **논설**하지 않는 것이 당연하겠으나, 그대의 간곡한 글을 받고 나서 만약 어리석은 내 의견을 전달하지 않으면, 다시 어떻게 지극한 **논**을 들을 수 있겠습니까.

― 宋穉圭, 『剛齋集』卷之四, 1865

⑦ 萬古無人識到先主孔明此意. 有多少**論說**. 知人果未易哉.

만고에 선주와 공명의 이러한 뜻을 아는 사람이 없어서 이러저러한 **논설**이 많았으니, 과연 사람을 안다는 것이 쉽지는 않다.

― 魏伯珪, 『存齋集』卷之十四, 1875

⑧ 遂取前日所與小子輩論說者.

　　이에 드디어 전날에 나이 어린 사람들과 **논설**하였던 것과

　　　　　　　　　　　　　　　　　— 曺好益, 『芝山集』卷之五, 1883

⑨ 以尊長居田野. 往來不過一二同志. **論說**一二公理. 有何所傷而致此哉.

　　존장尊長으로 말할 것 같으면, 시골에 살면서 왕래라고는 겨우 한두 사람

　　의 동지들과 한두 가지 공리公理만을 **논설**하는 데에 불과하였을 터인데,

　　무엇이 그토록 상심되어 이 지경에 이르렀습니까?

　　　　　　　　　　　　　　　　　— 柳成龍, 『西厓集』卷之十, 1894

⑩ 卿前在經帷. **論說**古今.

　　그대가 전에 경연에서 고금을 **논설**할 때는

　　　　　　　　　　　　　　　　　— 柳希春, 『眉巖集』卷之九, 1897

　　위 예시문을 살펴보면, 논설이라 표현이 모두 '논설·논변류' 양식만을
지칭한다고 보기는 어렵다. ⑤ '試以古人之所嘗論說者而擬之 則子曾子所
謂'·⑩ '卿前在經帷 論說古今'의 경우, 논설은 분명 '논설·논변류' 양식
을 지칭한다고 볼 수 있지만, ④ '論說紛紜'·⑤ '則宜不敢妄有論說'·⑧
'與小子輩論說者'의 경우, 논설이란 단어는 '論논의'에 방점을 두고 있는 표
현으로 '논의論하는 이야기說'의 의미로 보아야 할 것이다.

　　그러나 나머지 예시문을 비롯하여 『한국문집총간』에서 추출했던 수많
은 논설 어휘들은 대부분 중의적인 해석이 가능한 것들이다. 실상 오랜 역
사동안 수많은 문인들을 통해 저술되어온 산문양식으로서의 '논설·논변

류'와 관습적 언어로 사용되어 온 '논의하는 이야기'의 변별점을 짧은 문맥만으로 구획하기는 어렵다.

제재적 측면만을 고려했을 때, '논설·논변류'와 '논의하는 이야기' 모두 공통적으로 '정치·역사·인물·사회 비판' 등의 주제의식과 긴밀한 연관을 가진다. 論에 대해서는 유협『文心雕龍』이 "경을 서술하여 이치를 설명한 것述經敍理曰論"[34]이란 정의 이후 다양한 학자들에 의해 논의되었는데, '하나의 일관된 논리를 가지고 어떤 사실을 정연하게 분석한 글'[35]로서, '이론보다는 정치적 견해에 대한 의론이나 역사적 사실에 대한 의론을 전개한다'[36]는 특징을 가진다. 따라서 조선시기에 '論'은 추강秋江 남효온南孝溫 이후 성호星湖 이익李瀷에 이르기까지 오랜 기간에 걸쳐 과문科文의 주류를 형성한 문체였다.[37] 이는 앞서 '논의하는 이야기'의 연원 자체가 '논설·논변류'와 전혀 무관하다고 볼 수 없는 이유이기도 하다. 전통적으로 '論'은 '논설·논변류'에 대한 범칭이기도 했듯이,[38] 과거 산문문체로서의 '論'은 당대 '논설'이라는 어휘를 인지하는데 있어 핵심적 개념이라 할 수 있다. 이 같은 '논설'이란 어휘가 근대 초기「EDITORIAL Leitartikel」의 번역어로 재소환되면서 해당 주제의식'정치·역사·인물·사회 비판'을 함의한 작품들이 발표되는, 특정지면의 역할을 부여받게 된 것이다. 따라서 해당 지면에 발표된 '서사적논설' 또한, '논설·논변류'의 속성을 복합적으로

---

34 『文心雕龍』論述 第十八.
35 李鍾建·李福揆,『韓國漢文學槪論』, 寶晉齋, 1991, 200쪽.
36 홍성욱, 앞의 글, 355쪽.
37 18세기에 들어오면서 제재와 주제가 확장되는데, 조선의 현실에 기반을 둔 글쓰기가 확산되어 하나의 조류로 자리를 잡았다.(김윤조,「한문산문 '論'의 형식과 문체적 특징」,『대동한문학회지』39, 대동한문학회, 2013, 207~210쪽 참조)
38 양승민, 앞의 책, 223쪽 참조.

보여주게 된다. 본장에서는 '서사적논설' 가운데 논변류의 수사법인 '사류事類'를 확인할 수 있는 '논변류 고사'에 주목하였다.

2) 논변류 고사의 계승과 변용

'논변류 고사'는 「논설」란에 발표된 '서사적논설' 가운데, 논설자의 주장에 대한 근거로서 고사故事를 활용한 일련의 작품군을 지칭한다. 기존 연구에서는 해당 작품군을 '고사故事'로 지칭하며, '서사 상황이 설정되어 있고 문학성 역시 찾아볼 수 있는 작품으로 전래의 고사를 재인용함으로써 논설의 설득 효과를 높이려 한 집필자의 의도는 충분히 짐작할 수 있으나, 서사(문학)적 논설로 포함하기 어렵다'고 단정했다. 더불어 '의견을 개진하기 위한 논거로 사용되고 있을 뿐 이른바 명현전고名賢典故의 형식에 지나지 않기 때문이며 그 분량도 미미한 편'이라는 이유 등을 들어 '서사적논설'의 연구 범위에 포함시키지 않았다.[39] 그러나 「논설」 작품 속에서 '논설자의 의견 개진을 위한 논거로서 고사를 사용한 예'는 그 범위를 한정하기 어려울 정도로 많은 수가 있을 뿐만 아니라, '명현전고의 형식'은 '논변류'의 다섯 가지 수사법立意·破理·事類·形象·周密[40] 가운데 '사류事類'에 해당하는 것으로 '서사적논설'의 특징을 밝히기 위해 반드시 연구범위에 포함시켜야 할 대상들이다.

『문심조롱』에서는 '사류'를 "문장의 밖에서 유사한 뜻을 가진 고사를 인용하고, 현재의 것을 증명하기 위해 옛이야기를 원용援用하는 것"[41]이라

---

39 정선태, 앞의 책, 144~145쪽 참조.
40 진필상(陳必祥)은 '논변체 산문의 예술적 기교'를 다섯 가지('立意'·'破理'·'事類'·'形象'·'周密')로 나누어 설명했다(진필상, 『漢文文體論』, 이회, 1995, 164~175쪽 참조).
41 "事類者 蓋文章之外 據事以類義 援古以證今者也"(劉勰, 『文心雕龍』 事類 第三十八)

정의하며, "이치를 밝히기 위하여 성어를 인용하고 뜻을 증명하기 위해 고인의 사적을 낱낱이 드는 것은, 성현의 원대한 계획이요 경전에 공통된 법식"[42]이라 설명하고 있다. 이 같은 '사류'의 형식이 한학에 조예가 깊었던 근대 신문의 집필진들에게는 일종의 작문습관과도 같았기 때문에, 다양한 변체變體[43]의 형태로 수많은 '논설' 속에 원용되었다고 볼 수 있다. 『황성신문』 내에 '사류'의 형식을 확인할 수 있는 다수의 '논변류 고사' 작품이 존재하는 것도 이 같은 배경에 기인한다.

'논변류 고사'의 광범위함은 도리어 연구의 범위를 구획하는 데 있어서 어려움을 야기한다.[44] 예컨대, 「논설－세여방휼어인수공勢如蚌鷸漁人收功」『황성신문』, 1901.11.19은 주변 청나라의 행보를 타산지석으로 삼을 것을 경고한 글이다. 제목에서 확인할 수 있는 '방휼어인수공蚌鷸漁人收功', 즉 '방휼지쟁蚌鷸之爭'은 논설에서 '사류'로서 기능한 '성어成語'이다. 그러나 정작 작품 내에는 '방휼지쟁'에 대한 출전이나 유래에 대한 설명을 생략하고 있어, 논거의 역할보다는 단지 작품의 이해를 돕기 위한 비유적 수사법으로서 '성어'를 택한 것이라고 볼 수 있다. 이처럼 '논변류 고사' 가운데는, '사류'가 논설자의 의견개진을 위한 논거로서 기능했다고 단정하기 어려운 작품들까지 존재한다. 이는 '사류'가 '고사故事를 인용하는 방식'直用·渾用·綜合·假設[45]에서도 다양성을 가지기 때문이다. 특히, '혼용渾用'의 방식은 "비록 고사를

---

42 "明理引乎成辭 徵義擧乎人事 酒聖賢之鴻謨 經籍之通矩也"(劉勰, 『文心雕龍』事類 第三十八)
43 이 같은 글쓰기 습관이 애국계몽·개화 등의 사상과 접목되면서 전통적 '사류'와는 다른, 변체의 형태로 드러나게 된다. 자세한 예시는 '제2장-1.-2)'에서 후술하기로 한다.
44 '논변류 고사'는 주로 '일화식 구성(서술체 방식)'을 보이지만, 경우에 따라서는 '문답식 구성'과 '토론식 구성'을 띠기도 한다. 또한 각 작품에서 논거로서 기능하는 각 삽화(揷話)들에는 '옛 인물들의 전적(前續)'이나 '지명(地名)의 유래', '동물우언(動物寓言)' 등을 포함한다.
45 劉永濟, 『文心雕龍校釋』, 武漢大學出版社, 2013, 115~118쪽 참조.

숨기는 것이 있으나 문장 가운데 분명하지 않은 자취로 혼화"[46]되어 서술되므로, 작품 내 '사류'의 형식을 확인하기 어렵다. 따라서 본장에서는 『황성신문』의 '논변류 고사' 가운데, '고사' 단락이 '논설자의 의견 개진을 위한 논거'直用·綜合·假設로서 기능했다고 단정할 수 있는 논설작품[47]을 중심으로 근대시기 '논변류 고사'의 특징적 면모들을 확인해 보고자 한다.

다음 인용문은 비교적 초창기에 발표된 『황성신문』의 논설들이다. 작품 속 '고사'의 분량이나 글의 논지 등으로 보았을 때, 단순히 논거의 기능으로서 '사류'가 활용된 것이 아님을 알 수 있다.

> 昔에 郭汾陽은 一身에 四十年安危를 自擔ᄒᆞ야 唐室을 中興ᄒᆞ얏스니 其茅土를 享ᄒᆞ고 綿福을 致홈이 非倖이오 宜也라 范文正은 廟堂에 居ᄒᆞ야ᄂᆞᆫ 其民을 憂ᄒᆞ고 江湖에 處ᄒᆞ야ᄂᆞᆫ 其君을 憂ᄒᆞ야 進退의 憂로 其樂을 未暇ᄒᆞ얏스니 宋室의 賢相을 論홈ᄋᆡ 韓富에 伯仲ᄒᆞ니라 我東野話云 漢南에 一宰相이 有ᄒᆞ니 (姓名은 逸) 位至一品이오 望推當世라 (…중략…) 後人이 曰若個二三子가 其出處ᄂᆞᆫ 或異ᄒᆞ나 其憂之一字ᄂᆞᆫ 亦同ᄒᆞ니 國家安危의 責을 擔홈은 彼此一時라 云ᄒᆞ더라[48]

> 嘗論騶忌之琴諫이라가 未嘗不三擊其節而嘆美也호라 騶忌之求見齊威王也에

46 "渾用之法, 雖暗有故事, 而文中渾化之使不著跡也."(劉永濟, 위의 책, 117쪽)

47 「論說」(1899.2.8), 「論說－寓言」(1899.3.8), 「論說」(1899.3.22), 「論說」(1899.4.10), 「論說」(1899.4.15), 「論說」(1899.6.26), 「論說－得過且過」(1899.12.23), 「論說－有眼者詎學盲魚」(1900.6.16), 「論說－雲淵子虎尾說」(1900.9.22), 「論說－猩兮莫貪酒人兮莫貪禍」(1900.10.27), 「論說－千古奇才商鞅一人」(1900.12.21), 「論說－騶忌琴諫」(1901.1.17), 「論說－大讀貨殖傳」(1901.5.9), 「論說－禽鳥樂」(1901.8.24), 「論說－狐假虎威」(1901.11.23), 「論說－爲士者當識物情」(1901.11.28), 「論說－倉鼠厠鼠之嘲」(1902.11.15), 「論說－十年工夫阿彌陀佛」(1903.8.17), 「論說－野人俚談」(1904.4.9), 「論說－西隣富翁傳」(1908.2.7).

48 「論說」, 『皇城新聞』, 1899.4.10.

有曰 臣이 知琴ᄒ야 聞王好音樂ᄒ고 特來求見이니이다 王이 召見ᄒ고 賜坐進琴
ᄒᄃᆡ 忌ㅣ 撫絃不彈이어늘 王曰 不彈은 何也오 (…중략…) 忌曰 今王이 撫國而
不治ᄒ시니 何異臣之撫琴而不彈乎잇가 臣이 撫琴不彈이면 無以暢大王之意오
王이 撫國不治ᄒ시면 無以暢萬民之意也니이다 (…중략…) 一辭ㅣ 不得以格君
之非ᄒ고 反謂吾君不能而暢君之惡者ᄂ 皆騶忌之罪人也로다[49]

첫 번째 논설은 중국의 '곽분양郭汾陽, 697~781'과 '범문정范文正, 989~1052',
조선의 모某재상이 벼슬 중에는 물론, 직책에서 물러난 이후에도 항상 나
라를 근심하는 모습을 서술하고 있다. 각기 시대나 국가별로 다른 세 인물
의 이야기지만 공통적으로 국가의 안위를 돌보는 관료의 모습을 제시함
으로써, 현재 나라의 어려움 속에서 직분 있는 자들의 책임의식에 대한 화
두를 던진 것이라 할 수 있다.

두 번째 논설은 '추기騶忌'가 제齊 '위왕威王'에게 거문고의 이치琴理를 들어
간했던 일화를 소개하고 있다. 해당 일화를 통해, '추기' 같이 건백建白하여
천심을 감동시킴이 없이 오직 군주의 불능하고 악함만을 진술하는 자들
의 문제점을 지적하고 있다.

위 두 작품은 서두부에 옛 이야기, 즉 '고사'를 소개함으로써 독자의 이
목을 집중시키고 있으며, 이를 근거로 현실의 문제점을 함께 지적하고 있
다는 공통점을 지닌다. 이 같은 형식만으로 보았을 때, 전통적인 '사류'를
활용한 '논변류'의 작품으로 볼 수 있다. 그러나 첫 번째 작품에는 세 인물
들의 행적을 기술한 부분 외에 구체적으로 의견을 개진하는 부분은 찾을

---

49 「論說－騶忌琴諫」, 『皇城新聞』, 1901.1.17.

수 없다. 다만, 논설의 말미에 1~2줄의 부가설명[50]이 보이는데, 이 또한 '고사'를 근거한 편집자의 주장이라기보다는 '고사'에 대한 '편집자의 주' 내지 '해설'에 가깝다. 결국, 공통된 주제'관료의 책임의식'를 가진 다양한 일화 의 예를 모은 것이라 할 수 있다. 두 번째 논설도 한 작품 내, 고사에 대한 서술이 많은 비중을 차지하고 있으며, 고사에 대한 설명방식도 단순 요약 이 아닌 서사성을 갖춘 한편의 이야기로 완성되어 있다. 글의 구성적 측면 에 있어서도 먼저 고사의 내용을 상술한 뒤 이에 대한 '편집자 해설(주)'을 약술하는 방식으로 구성하고 있다.[51] 두 작품 모두 분명 '사류'의 형식을 따랐지만, '고사' 부분을 단순히 필자의 주장을 근거하기 위한 직용直用이 나 혼용渾用 등으로 서술한 것이 아니라는 것이다.

유영제劉永濟가 "문학가가 전고를 인용하는 것 또한 수사의 한 방법이니, 전고를 인용하는 요점은 적은 글자를 가지고 많은 뜻을 밝히는 것에서 벗 어나지 않는다"[52]라고 하였듯이, 전통 '사류'에서 '고사'는 원관념이 아닌, 보조관념으로 작용하는 것이다. 그러나 "보조관념으로서의 '고사'가 원관 념보다 비대해지면 작가 자신의 의경意境은 사라지고 용사用事의 사상과 내 용만 표출될 위험이 있다"[53]고 볼 수 있는데, 위의 두 인용문도 이에 해당 한다고 볼 수 있다.

---

50 "後人이 曰若個二三子가 其出處는 或 異ㅎ나 其憂之一字는 亦同ㅎ니 國家安危의 責을 擔홈은 彼此一時라 云ㅎ더라"(「論說」, 『皇城新聞』, 1899.4.10).
51 '서사적논설'은 편집자 해설부분에 별도의 표식('本記者曰', '余曰' 등)을 두어 본문과 평어부 의 경계를 보다 명확히 하였다. 『皇城新聞』의 「論說」란에 이 같은 표식이 나타나기 시작한 것은 「論說－關東峽客問答」(『皇城新聞』, 1902.1.9)에서부터인데, 초기에는 문단을 새로 시 작하거나, 심지어 평어부 문단전체를 들여쓰기까지 하면서 글의 성격을 구분 지으려는 시도를 보인다.
52 "文家用典, 亦修辭之一法. 用典之要, 不出以少字明多意"(劉永濟, 앞의 책, 116쪽).
53 김원중, 「用事攷」, 『중국어문학』 23, 영남중국어문학회, 1994, 6쪽.

결국 '논변류 고사'는 전통 '사류'가 아닌 '사류의 변형變形', 즉 '논변체의 변체變體'로서 접근해야 함을 의미한다.[54] 일찍이 민병수는 『황성신문』의 「아환선생문답亞寰先生問答」1904.5.6을 들어, 근대시기에도 논변류의 한 변체로서 '필기류'가 이어져 왔음을 설명했다.[55] 비록 「아환선생문답」이 '논변류 고사'가 아닌 대화(토론)체 산문으로 분류되지만, 동일시기 '논변류 고사'와 함께 논변류의 다양한 변체로서 창작된 작품임을 보여주는 실례라 할 수 있다. 그러나 '논변류 고사'를 '필기류'라고 정의할 수는 없다. 이는 얼핏 '설說'과도 구분하기 힘들 정도로 양식 간 착종된 면모에 근거한다. 「논설」에서 '사류'의 형식을 갖춘 작품들을 살펴보면 많은 부분 '설'의 문체를 활용하고 있는데, 실제 과거 '설' 작품 가운데에서도 '고사'나 '일화'를 근거로 필사의 주장을 서술한 글을 종종 찾을 수 있다.

有里中婦者 天下之醜婦也 嘗病其醜 艶西子之矉而效之 於是其里人見以爲鬼而避之 噫 世之人 苟守其本分 則猶足稱人 而變之則爲鬼 其見而不避者鮮矣 夫爲人爲鬼 只在一念之間 可不懼哉[56]

隣有貧婦焉 薄田而衆口 秋之所穫 不足以支冬春也 則貧婦能撙節伸縮而補葺之 有其道也 及乎來歲之秋而有餘也 里之人咸歎服焉 客往問之 對曰 有餘而費之 則吾

54　'필기류'의 형식과는 비견할 수 있다. 필기는 고대의 문체 분류에서는 '잡기류'에 속하였다. 즉 '필기'는 중국 고대의 '필기류'와 '잡기류' 작품 속에 수록된 각종 내용·형식의 '소품'과 '고사' 등을 가리킨다. '잡기'라 불리는 산문이 곧 '필기' 산문이다.(진필상, 앞의 책, 128쪽 참조) '필기류'에는 여러 서적에 편린으로 존재하는 '神話', '故事', '逸話', '寓言', '傳說'을 비롯하여 독립된 책으로 간행되는 '漫錄', '逸話', '野談·野史集' 등이 모두 포함된다.(민병수, 앞의 책, 419쪽 참조)
55　민병수, 위의 책, 427쪽 참조.
56　李睟光, 「里婦說」, 『芝峰集』卷二十一 雜著條(『標點影印 韓國文集叢刊』, 民族文化推進會, 1988~2012).

不知其爲有餘也 不足而節之 則吾不知其爲不足也 曰 嗚呼 此古有道之士保國養身

之說也 今吾得諸貧婦[57]

첫 번째 인용문은 중국의 고사 '서시빈목西施顰目'을 인용한 짧은 '설'이며, 고사를 근거로 '세상 사람들이 진실로 그 본분을 지킬 것世之人苟守其本分'을 권하고 있다. 그렇지 않으면 서자西子·서시西施의 찡그림을 본받은 추부醜婦처럼, 도리어 마주치면 피하지 않을 자가 드물게 된다는 것이다. 인용문의 밑줄 부분은 '고사'를 활용하여 세인들에게 전하고자 했던 교훈이라 할 수 있다.

두 번째 인용문도 구전된 이야기로 추정되는 특정 일화逸話[58]를 차용하여 서술한 작품이다. 글의 말미에, 옛 선비들이 나라를 보전하고 몸을 기르는 '빙법道'을 가난한 부인이 식구들을 보살피는 지혜로운 '방법道'에 비견하고 있음을 확인할 수 있다.

두 작품 모두 제명에 '설'이라는 명칭이 포함되거나, 특정 시문집木齋集에 '설조說條'로 분류되고 있는 글이다. '설'의 작품자체가 워낙 다양한 성격을 지닌 작품들이 많기 때문에 인용한 작품들이 '설'의 대표성을 지녔다고 단정하기는 어렵지만, 『황성신문』의 '논변류 고사'와 유사한 우의寓意 형식을 통해 필자의 주장을 전달하고자 한, '사류'의 수사법을 확인할 수 있다는 점에서 주목할 만하다.

예부터 '설'을 비롯한 많은 '논변류'에 고사 인용이 잦았는데, 이는 과

---

57 洪汝河, 「貧婦說」, 『木齋集』 卷五. 說條.
58 대략적 줄거리는 다음과 같다. 이웃에 가난한 부인이 있었는데, 척박한 밭에 식구가 많아서 가을수확으로 겨울과 봄을 버티기가 어려웠다. 가난한 부인은 아끼고 융통하며 보태었는데, 그 방법으로 다음해에 가을까지 남음이 있었으니, 마을사람들이 모두 탄복하였다. 부인이 객의 물음에 대답하길 "남으면 쓰게 되니, 저는 남음을 알지 못하고, 부족하면 절약하니 저는 부족한 것을 모릅니다"라고 하였다.

거 봉건사회에서 역대 제왕의 통치가 선성선철先聖先哲에서부터 근거를 찾아야만 했던 면모들이 후대에까지 이어져온 것이라 할 수 있다.[59] 고사 인용은 이후 초학자初學者나 동몽童蒙의 교육적 목적윤리도덕 등으로 적극 활용되기에 이른다. 실례로 명대明代 출현한 '유서類書' 가운데, 제명에 '고사故事'라는 명칭을 부기한 작품들을 확인 할 수 있다.[60] 그 중 많은 비중을 차지하는 '고사집록故事輯錄' 형식의 유서는 순수한 이야기나 서사성이 비교적 강한 옛일을 가지고 도덕교육의 교재로 삼아 교육 효과를 높였다고 할 수 있다.[61] 다만 근대에는 교육적 목적을 '윤리·도덕'에서 '개화·계몽'으로 대체하여 '고사'를 활용하게 된 것인데, 전통 한학 교육을 받아왔던 『황성신문』의 필진들은 신문의 주요독자층이었던 유생층을 타깃으로 '고사'의 인용을 글쓰기의 전략으로 적극 활용했다고 볼 수 있다.

따라서 '논변류 고사'는 '성어成語'를 사용함에 있어서도 '은괄檃括'[62] 보다는 '전구全句'[63]를 사용하고, 더불어 원전의 내용을 '직용直用, 明用'하여 서술함으로써 교육적 효과를 극대화시키고 있다.

虎者는 百獸之長也라 爪牙ㅣ 利銳ᄒ고 威風이 凜冽ᄒ야 獸之微弱者를 輒噉之ᄒ니 百獸ㅣ 畏伏ᄒ야 号曰 山君이라 嘗遇狐而欲食之ᄒᄃᆡ 狐曰 吾ㅣ 受命于天

---

59 진필상, 앞의 책, 169쪽 참조.
60 『書言故事大全』·『君臣故事』·『日記故事大全』·『金璧故事』·『勸懲故事』·『故事雕龍』·『故事必讀成語考』·『雅俗故事讀本』·『藝林伐山故事』·『白眉故事』·『黃眉故事』(최환, 「明代'故事'命名 類書 연구」, 『동아인문학』 24, 동아인문학회, 2013, 139~169쪽 참조)
61 최환(앞의 글, 139~169쪽 참조)은 명대 고사명명 유서를 세 가지 유형, '어휘 및 성어사전 형식'(『書言故事大全』·『藝林伐山故事』), '고사집록 형식'(『君臣故事』·『日記故事大全』·『金璧故事』·『勸懲故事』), '작문학습용 문장 집록형식'(『故事雕龍』·『故事必讀成語考』·『雅俗故事讀本』)으로 나누고 있다.
62 "全用其意, 而略約其辭以爲之也."(劉永濟, 앞의 책, 119쪽)
63 "一字不易, 幾同集句"나 "略加改易, 殆爲直用全語"(劉永濟, 앞의 책, 118~119쪽)

ᄒ야 使制百獸ᄒ니 君雖多力이나 食我則 違天이리 必受其禍ᄒ리라 (…중략…)
余嘗甚惡狐之媚而姣也로라 噫라 此必有所指者也로다 (…중략…) 此ᄂᆞᆫ 列邦出使
者ㅣ 假其國之威也니 古今之勢ㅣ 何以異哉리오 統以論之면 內外古今에 假其威
則 一也로딕 如羣小之假君威와 狎豪之假權威와 兵校之假官威ᄂᆞᆫ 病其國者也오
如張儀輩之假秦威와 列邦使之假國威ᄂᆞᆫ 利其國者也라 然則 假威之中에 亦有大小
利害之別ᄒ니 假者假之者ㅣ 何擇於斯오[64]

위 논설은 특정 '고사성어故事成語'를 차용한 작품이다. 작품의 제목에서
도 해당 성어의 전구狐假虎威를 밝힐 뿐만 아니라, 글의 서두에 '성어'의 원
전 내용을 '직용'하여 서술하고 있다. 필자는 군소羣小들이 군위君威를 빌림
과 압색狎豪·호예豪隷가 권위權威를 빌림과 관교官校·대병隊兵이 관위官威를 빌
림이 모두 '호가호위'와 동일한 것으로 치부하며, 그 나라의 병폐를 설명
하고 있다. 더불어 전국시대 때 장의張儀가 진秦의 위엄을 빌림도 호가호위
의 유형이라 설명하고 있는데, 이는 '호가호위'의 출전인 「초책楚策」『戰國
策』에서 전국시대 때 북방나라들이 초나라 재상이었던 '소해휼昭奚恤'을 두
려워한 까닭과 비견한 서술이라 할 수 있다.[65]

단, 「장의열전張儀列傳」『史記』에서 '장의張儀'는 뛰어난 언변을 가진 유세객遊
說客으로 그려지고 있지만, 위 논설에서 다시 인용된 '장의'는 단지 강대한
진 나라의 위엄을 빌려 힘을 행사한 인물에 지나지 않는다. 이처럼 근대시
기 '논변류 고사'는 당시의 시대적 상황과 작품이 실린 매체, 그리고 필자

---

64 「論說－狐假虎威」, 『皇城新聞』, 1901.11.23.
65 결국 논설에서는 진나라의 '장의(張儀)'를 초나라 '소해휼'과 같은 호가호위의 유형으로 설명
   함으로써, 지금의 열방(列邦) 사신(使臣)이 나라의 위엄을 빌림도 순전히 자국의 이익만을
   위한 것이므로 경계해야 함을 당부한 것이다.

등에 따라 원전의 기록과 상치되는 평가나 서술이 동반될 수 있다. 심지어, 과거 논변류의 작품들이 '고사'의 미담을 통해 교훈을 전했다면, 근대의 '논변류 고사'는 때론 모순적인 '고사'의 내용을 비판하며, 현실의 모습을 투영하기도 한다.

晉王述이 簡默無華ᄒᆞ니 時人이 以爲癡라 ᄒᆞ더니 桓溫이 擧而爲椽ᄒᆞ고 始見에 問以江東米價ᄒᆞᆫ딕 述이 張目熟視ᄒᆞ고 不對而出이어늘 溫이 謂人曰 王椽이 不癡라 ᄒᆞ니 余ᄂᆞᆫ 以爲當時桓與王이 俱失其宜라 ᄒᆞ노라 (…중략…) **惟此兩失을 特書於史ᄒᆞ야 傳爲美談ᄒᆞ니 此ᄂᆞᆫ 史氏之失也로다** (…중략…) 爲上僚者ㅣ 固當問其價오 爲下僚者ㅣ 亦當言其價ᄒᆞ야 上下相議에 宜有以濟民之策이어늘 今世之驟出於政者ㅣ 未聞有問米價之上僚ᄒᆞ고 亦未聞有應對之下僚ᄒᆞ니 爲上僚者ㅣ 知其桓溫之所失ᄒᆞ고 內懷欺詐ᄒᆞ야 不欲爲問而然歟아 爲下僚者ㅣ 學於王述之不痴ᄒᆞ야 外視倨傲ᄒᆞ야 不爲應對而然歟아 究其上下ᄒᆞ면 專昧物情ᄒᆞ고 不通時務ᄒᆞ야 但知米作飯이오 不知將錢換이라 ᄒᆞ노라[66]

위 논설에서는 쌀값米價의 물음에 대해 침묵을 일관했던 왕술王述을 진晉 '환온桓溫'이 찬미한 고사를 소개하고 있는데, 본 내용을 다루는 논설의 어조는 매우 비판적이다. 심지어 "오직 환온과 왕술의 잘못을 특별히 역사에 기록하여 미담으로 전하니, 이는 역사가의 잘못이다惟此兩失을 特書於史ᄒᆞ야 傳爲美談ᄒᆞ니 此ᄂᆞᆫ 史氏之失也로다"라고 하며, 해당 고사를 미담으로 전한 역사가를 직접적으로 비판하기도 한다. 전술했듯이, 현재의 것을 증명하기 위해 '고

---

66 「論說-爲士者當識物情」,『皇城新聞』, 1901.11.28.

사'의 미담을 그대로 원용했던 전통 '사류'의 면모와는 이질적인 것이라 할 수 있다.

'논변류 고사'에서는 '고사'와 이를 전한 역사가에 대한 비판을 통해 독자들로 하여금 틀에 박힌 유가적 사유방식을 탈피시키고자 하였다. 이 같은 시각은 작품 내에서 당대 관료에 대한 문제제기로 이어졌다. 금세의 상료上僚와 하료下僚들도 '환온'·'왕술'과 같은 보수·권위적 사고방식에 사로잡혀, 물정物情에 어둡고 시무時務에도 능통하지 못함을 꾸짖은 것이다.

또한, '논변류 고사'에는 '가설假設'의 형식을 띤 작품들도 존재한다. '가설'이란, '고사故事를 인용하는 방식' 가운데 하나로, 실제로는 있지 않은 허구의 일이나 인물을 비유하는 것子虛烏有'이며, 거듭 옛것을 인용하여 지금을 밝힌 뜻을 잃지 않게 함'仍下失援古體今之義'을 의미한다.[67] 이 같은 '가설'의 형식은 동물우언動物寓言[68]인 동물설動物說[69]의 형태로 발현된다.

밍꽁이가 空際를 仰視ᄒ미 蝴蝶의 翩翩ᄒ게 香國에 遨遊홈을 歎羨ᄒ야 曰호 딕 彼ᄂ 何를 修하야 身體도 輕快ᄒ고 文采도 粲爛ᄒ고 稟質도 馨香ᄒ도다 (…중략…) 際에 二三頑童이 蛛網으로 密籠ᄒ 蒲葵大扇을 持ᄒ고 逐隊競進ᄒ야 霎時間에 蝴蝶을 撲捕ᄒ야 一回를 頑耍ᄒ미 金粉이 摧殘ᄒ고 兩翅가 折落ᄒᄂ지

---

67 劉永濟, 앞의 책, 118쪽.
68 논자에 따라 우언을 수사적 기법·서술원리로 파악하기도 하며, 하나의 독립된 양식으로 파악하기도 한다. 그러나 본서에서는 "우언이란 우의를 기탁하는 이야기 방식, 또는 그러한 방식으로 기술된 이야기라는 의미에서 일종의 수사기법 내지는 표현방식"이라 정의한 윤승준의 견해를 따르기로 한다. (윤승준, 「조선 후기 동물우언의 전통과 우화소설」, 단국대 박사논문, 1997, 12쪽 참조)
69 동물설(動物說)은 전통적인 한문학의 한 갈래인 '說'을 이용하여, 동물에 관한 설화나 기이한 사실, 또는 동물 세계에서 일어난 일을 우언(寓言)으로 하여 인간 본성이나 현실 사회를 풍자(諷刺)하고 암유(暗喩)하기 위한 목적으로 지어진 일련의 작품을 지칭한다. (윤승준, 「朝鮮時代 '動物說'에 대한 一考察」, 『한문학논집』 15, 근역한문학회, 1997, 227쪽 참조)

라 於是에 밍꽁이가 水澤에 潛身ᄒᆞ야 氣를 屛ᄒᆞ고 息을 斂하야 스스로 思維ᄒᆞ
ᄃᆡ 彼蝶이 自晦하ᄂᆞᆫ 道에 蒙昧하고 文采와 輕快함을 誇耀하다가 大禍를 遭하도
다 古語에 曰ᄒᆞᄃᆡ 薰以香自燒하고 膏以明自煎이라 하니 彼蝶을 謂함이로다 我
輩ᄂᆞᆫ 自今으로ᄂᆞᆫ 但이 汚泥中에 蟄處ᄒᆞ야 世人의 厭聽ᄒᆞᄂᆞᆫ 鈍濁ᄒᆞᆫ 聲音이ᄂᆞ 時
로 不平의 鳴을 寧作ᄒᆞ야 慵夫懶婦의 罷睡醒夢ᄒᆞᄂᆞᆫ 工夫나 할지언정 彼誇耀致
禍ᄒᆞᄂᆞᆫ 蝴蝶을 奚羡ᄒᆞ리오[70]

倉鼠ㅣ 遇厠鼠而問曰君은 處溷厠之間ᄒᆞ야 居處湫卑ᄒᆞ고 飮食汚穢ᄒᆞ니 未知有
何樂生고 厠鼠ㅣ 顰蹙曰有甚樂生이리오 (…중략…) 倉鼠ㅣ 乃默然有間曰君은 何
爲不祥之言也오 永某氏之說이 皆妄也라ᄒᆞ고疾走旋歸ᄒᆞ더니 未幾에 倉吏ㅣ 見其
鬪暴聱嘮之聲ᄒᆞ고 遂縱猫而盡除之ᄒᆞ니라 本記者ㅣ 曰人生世間에 其榮枯苦樂이
果有因地處而生不同之勢ᄒᆞ야 賢智英才ᄂᆞ 每多坎坷之歎ᄒᆞ고愚不肖ㅣ反居榮達
ᄒᆞ니 (…중략…) 嗚乎라 權勢盛滿은 固造物者之所忌也라 彼貪饕權利之夫ᄂᆞᆫ 宜
鑑戒于此而無爲厠鼠之所笑也夫힌져[71]

첫 번째 작품에서는, 진흙에 살던 맹꽁이鼂, 밍꽁이가 백화심처百花深處를 자
유롭게 날아다니는 나비蝶, 太上仙蝶를 보고 그 아름다운 자태를 부러워하며 자
신의 신세를 한탄하는 모습과, 이후 아이들의 그물에 나비가 처참히 포획당
하는 모습이 자회自晦가 아닌 과시誇示로 인한 화였음을 깨닫는 장면들을 차
례로 서술하였다. 맹꽁이의 이야기를 통해, 논설에서는 허황된 과요誇耀를
부러워말고 학문을 닦아ᄀᆞᆺ 무지함에서 깨어날 것罷睡醒夢을 권고하고 있다.

70 「論說－寅言」,『皇城新聞』, 1899.3.8.
71 「論說－倉鼠厠鼠之嘲」,『皇城新聞』, 1902.11.15.

두 번째 작품은, 창서倉鼠와 측서厠鼠의 상호간 처해진 환경에 대한 대화내용을 통하여, 인간 또한 아무리 창서와 같은 좋은 처지라 할지라도 권리만을 믿고 방자히 행하다가는 참혹을 면치 못한다는 주제를 전달하고 있다.

두 논설 모두 간략한 제목「寓言」·「倉鼠厠鼠之嘲」을 작품 앞에 명시함으로써, 독자의 흥미를 유도하고 기사에 대한 전달력을 높이고 있다. 첫 번째 작품의 제명이기도한 '우언'은 '설說'을 비롯한 다양한 문학양식「戒」·「言」·「志」 등에서 향유되어온 수사법인데,[72] 특히 '동물우언'의 경우, 야담野談과 설說,[73] 전傳[74]에서 널리 활용되었다. 단, '야담'이나 '전'에 수용된 동물우언이 주로 동물과 인간과의 사이에서 일어난 사건을 중심으로 하여 그 사건을 통해 결과된 현실적 가치, 즉 도덕적·윤리적 가치에 중점을 둠으로써 교훈적 성격이 강조되고 있다면, '설'에 수용된 동물우언은 전반적으로 정치적 혹은 사회적 현실에 대한 비판에 초점을 맞추고 있다.[75]

余僑大家寓居. 家有鼠狃於永某氏. 常白日爲群. 睢盰縱恣. 或床上拎鬢. 或戶間

72　陳蒲淸, 오수형 역, 『중국우언문학사』, 태학사, 1996, 349쪽.

73　尹南漢의 『韓國文集記事綜覽類別索引 雜著記說類記事索引』을 바탕으로 조선시대에 지어진 동물우언 가운데 '설'에 수용된 작품의 목록을 정리하면 총 187편에 달한다.(윤승준, 앞의 글, 80쪽 참조)

74　동물을 대상으로 한 가전 작품으로는 고려 때 李奎報의 「淸江使者玄夫傳」, 李允甫의 「無腸公子傳」, 조선 때 權韠의 「郭索傳」, 崔孝騫의 「山君傳」, 金三樂의 「金衣公子傳」, 趙龜命의 「烏圓子傳」, 南有容의 「屈乘傳」, 崔南復의 「鈍馬傳」, 柳本學의 「烏圓傳」, 黃玹의 「金衣公子傳」 등이 있다.(윤승준, 앞의 글, 34쪽 참조)

75　설화의 흥미성을 추구하면서도 이를 통해 교훈적 의미나 세교적 효용성에 가치를 둔 것이 '野談'에 수용된 동물우언이라면, '傳'에 수용된 동물우언은 '거사직필(擧事直筆)'하여 '전범어후(傳範於後)'하려는 '傳'의 본질적인 성격으로 인하여 단편적인 하나의 사건, 동물의 기적이행(奇蹟異行)을 통해 인간 사회에 귀감이 될 만한 규범적 가치를 끌어내려 하였다. 그에 비해 '說'에 수용된 동물우언은 특정문제(특히 정치적·사회적 문제)에 대해 자신의 주장을 구체적으로 펼치는 '說'의 본질적 성격과 관련하여 현실에 대한 우의와 비판의 특성이 두드러진다. (윤승준, 앞의 글, 108~109쪽 참조)

出額. 穿墉穴桷. 室無全宇 (…중략…) 倩隣家貍奴置突奧使捕之. 則見其鼠. 熟視
之若無覩. 豈徒不捕 又從而狎之. 群聚校穴. 横恣益甚. 余乃嗟然歎曰. 此貓受人育
怠其職. 何異法官不勤觸邪. 強吏不勤扞敵哉 (…중략…) 今夫圓首方足. 盜名蠹義.
貪利害物. 甚於鼠者多矣. 有國家者. 盍思所以去之之道乎. 吾觀貓之捕鼠. 有似乎去
邪. 而竊有感焉. 遂作說[76]

위 글은 최연崔演의 『간재집艮齋集』에 실린 「묘포서설貓捕鼠說」이란 작품이
다. 필자가 우거寓居하는 집에 쥐鼠들이 무리지어 다니며 온 집안을 어지럽
혔는데, 이웃에 고양이를 빌렸지만 고양이는 이미 사람에게 길들여진 습
관 때문에 쥐잡기를 게을리하였다는 것이다. 최연은 본 일화를 빗대어 벼
슬아치들이 자신의 직분에 게을리하는 것을 경계하였다고 볼 수 있다.

이후 내용에서 매우 사납고 위용 있는 고양이를 다시 얻어 쥐들을 소탕
하는 장면과 함께, 말미강조 부분에 "지금 인간이 명예를 훔쳐 의리를 좀먹
고 이익을 탐하여 남을 해치는 짓을 쥐새끼보다 심하게 하는 자들이 많으
니, 국가를 위하여 일하는 사람이 어찌 그들을 제거할 방법을 생각지 않을
수 있겠는가. 나는 고양이가 쥐를 잡는 것을 볼 때 마치 부정한 자를 제거
하는 것과 비슷하였으므로, 마음속에 느낀 점이 있어 이 글을 쓴다"라는
'평어'를 첨언함으로써, 부정으로 얼룩진 당시의 시대상을 비판한다.[77]

---

76 崔演, 「貓捕鼠說」, 『艮齋集』 卷十一 雜著條.
77 崔演(1500~1549)이 살았던 시대는 勳臣과 士林間의 갈등, 外戚間의 政權爭奪 등으로 士禍가
   계속되고, 정치적 혼란이 극심했던 때였다. 그러나 정권 획득을 위한 암투에만 골몰하는 이들이
   나, 忠臣의 諫言은 멀리하고 奸臣의 甘言만을 따르며 눈앞의 安逸만을 도모하는 君主는 이러한
   정국을 바로잡을 수 없었다. 작자인 崔演은 中宗 10년 金安老를 탄핵하는 啓를 올렸다고 遞職되
   고, 中宗 11년과 13년에 각각 許洽과의 갈등으로 遞職당하기도 하였다. 「貓捕鼠說」은 이러한
   정치 현실을 바로잡고자 하는 의도에서 지어진 작품이다.(윤승준, 앞의 글, 98~99쪽 참조)

이 글은 앞서 인용한 논설 「창서측서지조倉鼠廁鼠之嘲」과 유사한 소재로 창작된 대표적 '동물설'이라 할 수 있다. 전반부의 허구적 상황 설정에 '동물우언'을 통한 '가설'이 활용된 점도 동일하다. 동물의 특징이나 습성 등을 관찰하여 이를 통해 현실을 투영·비판하는 '동물설'의 형식은 앞서 언급한 '사류'의 '가설假設' 형식과 맥을 같이하기 때문에, 근대시기 '논변류 고사'에서도 적극 활용된 것이다. '논변류 고사'의 동물우언은 과거 '동물설'에 비해 그 제재가 한층 다양해져, 국내에 전래된 이야기뿐 아니라 청국리어俚語[78]를 비롯한 해외 「기서」[79]까지 번역·소개하고 있다.

지금까지 살펴본 바와 같이, 「논설」란의 '논변류 고사' 작품들은 '사류'의 형식으로 다양한 '고사'들을 원용하였다. '고사'는 「논설」란 뿐만 아니라, 「고사」란과 「잡보」란, 「소설」란 등 『황성신문』의 다양한 지면 속에서도 수많은 형태로 활용되었던 제재이다.[80] 그러므로 '논변류 고사'에 대한 고찰은 『황성신문』이 전통 산문양식을 각 지면의 특성에 맞추어 수용 내지 변용한 측면을 살피는 작업의 일환이다.

3) 근대의 독후설讀後說

1900년 이후, 「논설」란은 연이은 신문 지면「기서」·「사조」·「소설」 등의 출현으로 인해 더욱 큰 변화를 겪게 된다. 그 가운데 주목할 만한 것은 「소설」란이 등장한 1906년 전후로, 외국서적에 대한 서평형식의 논설이 등장한다는 점이다. 대표적인 예로 「논설-독월남망국사讀越南亡國史」『황성신문』, 1906.8.28~1906.9.5,

---

78 "淸國志士가 俚語 一篇을 誦ㅎ기로 大槩를 譯錄ㅎ노라"(「論說」, 『皇城新聞』, 1899.2.8).

79 "一說을 海外奇書에 暫見ㅎ니"(「論說-有眼者証學盲魚」, 『皇城新聞』, 1900.6.16).

80 '고사'가 「논설」란 외, 여타 신문지면(「고사」란 등) 속에 분화·확장된 면모는 본서 '제2장-2.'을 참조.

총 7회와 「논설-독의대리건국삼걸전讀意大利建國三傑傳」『황성신문』, 1906.12.18~1906.12.28, 총 10회 등을 들 수 있다.

『황성신문』에 연재된 「독월남망국사」와 「독의대리건국삼걸전」에 대해서는 작자와 번역의 문제를 중심으로 검토[81]된 바 있지만, 「논설」란에 연재된 의미와 양식적 성격에 대해서는 조명되지 못하였다. 이들 작품들은 공통적으로 제명에 '독讀'이라는 어휘와 함께 특정 서적의 이름을 병기하고 있는데, 동시기 『황성신문』만이 아닌, 『대한매일신보』「논설」란論說-讀康南海愛國論」, 1906.3.20; 「論說-讀意國名臣嘉富耳傳」, 1906.5.27에서도 다수의 작품들이 발표되었다.[82] 해당 작품들은, 「논설」란을 비롯한 각 지면의 성격이 고착되는 과정에서 잔존한 단형서사이자 근대 논변류 양식이라는 점, 그리고 초기 역사전기류의 번역·번안 형태로서도 주목할 만한 자료라 할 수 있다.

본장에서는 『황성신문』에 발표된 서평 형식의 논설을 중심으로 산문 양식으로서의 연원과 특징에 대해 논의하고자 한다. 이를 통해 근대 「논설」란의 변모과정을 살펴보고, 논변류 양식이 주제와 형식의 변용을 통해 지속적인 흐름을 이어간 면모들을 검토하고자 한다.

(1) 서평 형식의 논변류

『황성신문』에는 「논설-독월남망국사讀越南亡國史」『황성신문』, 1906.8.28~1906.9.5,

---

81 정환국, 「근대계몽기 역사전기물 번역에 대하여」, 『대동문화연구』 48, 성균관대 동아시아학술원, 2004; 김주현, 「「월남망국사」와 「의대리건국3걸전」의 첫 번역자」, 『한국현대문학연구』 29, 한국현대문학회, 2009.
82 다만 「論說」란에서만 게재하였던 『皇城新聞』과는 달리 『대한매일신보』에서는 「잡보」와 「기서」란에서도 작품을 소개했다는 차이점을 가진다. 「雜報-이티리국아마치전」(1905.12.14~1905.12.21, 총 7회), 「雜報-讀波蘭義士高壽斯古傳」(1905.12.29~1905.12.30, 총 2회), 「奇書-讀越南史有感」(1906.9.9~1906.9.11, 총 2회).

총 7회와 「논설—독의대리건국삼걸전讀意大利建國三傑傳」『황성신문』, 1906.12.18~1906.12.28,

총 10회 외에도 「논설—독미국독립사讀美國獨立史」『황성신문』, 1905.8.19, 「논설—독

법국혁신사讀法國革新史」『황성신문』, 1905.8.24~1905.8.26, 「논설—독애급근세

사讀埃及近世史」『황성신문』, 1905.10.7 등 해외서적에 대한 서평형식의 논설들이

다수 발표되었다. 제목에서 확인할 수 있듯, 공통적으로 제명의 맨 앞에

'독讀'자를 덧붙이고 있다. 초기 논설에서도 이 같은 제명을 가진 유사한

성격의 글을 확인할 수 있는데,[83] 대체로 서적書籍이나 사료史料를 소개하는

글에서 나타난다. 앞서 살펴본 논변류 양식 가운데 '서사성'을 가진 작품

들'사류' 등이 제외되면서, 해당 「논설」란의 성격에 맞춘 별도의 양식들이

잔존한 형태라 볼 수 있다. 전통적 산문양식 가운데는 서사증이 '경론經論'

으로 분류한 것에 연원을 두고 있다. 초기 경론은 후대에 주소註疏의 형태

로 흡수되거나 강설講說, 경연설經筵說 등으로 전변되기도 한다. 일부는 '독

讀…후後' 등의 형식을 띠기도 하는데,[84] '설說'이라는 제명과 함께 쓰는 경

우가 많아 '독후설'[85]로 지칭하기도 한다. 이 같은 형태의 작품들은 대체

로 '독讀'이나 '석釋'으로 시작되는 제명이 붙는 경우가 많다.[86] 실제, 한국

---

83 「論說—讀賈生疏有感」(『皇城新聞』, 1900.8.13), 「論說—讀史有感」(『皇城新聞』, 1901.4.24), 「論說—讀姜侍中傳有感」(『皇城新聞』, 1901.6.28), 「論說—讀虎吧一嘆」(『皇城新聞』, 1901.6.29), 「論說—讀史轟飮」(『皇城新聞』, 1901.12.26), 「論說—讀韓孟詩文有感」(『皇城新聞』, 1902.6.5), 「論說—讀史管見」(『皇城新聞』, 1904.6.13~1904.6.14).

84 송혁기, 「논설문의 특성과 작품 양상」, 『한국한문학의 이론 산문』, 보고사, 2007, 22쪽 참조.

85 양현승(『한국 '설'문학 연구』, 박이정, 2001)은 민병수(『한국한문학개론』, 태학사, 1996)가 '직서적 설'과 '우언적 설'로 나눈 일차적 분류를 토대로 내용(제재)별로 15가지(讀後說·名字說·文字說·經說·性理學說·儀禮說·經筵說·堂齋說·事物說·詩文說·戒訓說·講說·夢說·佛說·雜說) 종류로 분류하였다.

86 양현승은 "제명에 〈讀○○○說〉 또는 〈釋○○○說〉 등을 쓰는 경우가 많아 '○○○'에 서책의 이름을 넣어 구체적으로 밝히면서, 해당 서책의 내용을 집중적으로 해석하면서 설명을 덧붙이고 자기의 견해를 써간다. 그리고 여러 가지 서책들에 대한 독후감을 형식 없이 마음 편하게 써내려 간 경우에는 '讀書瑣屑' 또는 '讀書淺說', '看書雜說' 등으로 제명을 붙이기도

문집총간에 유사제명의 칠십여 작품[87]을 찾을 수 있다. 해당 작품들을 모두 '독후설'로 볼 수 있는지에 대해서는 추후 논의가 필요할 듯하지만, 서평 형식을 보이는 작품으로서 기존 논변류 양식과의 차별성을 찾을 수 있다는 면에서 주목할 만하다.

易之爲書 廣大悉備 盡天下之常變 該天下之義理 本不可以一端求之 (…중략…)

한다"고 설명한다.(양현승, 위의 책, 109~110쪽 참조)

87 申欽, 「讀易說」, 『象村稿』 卷六十; 崔澱, 「讀易雜記」 『楊浦遺藁』 雜著; 朴長遠, 「讀中庸說贈李生」, 『久堂集』 卷十五; 朴世采, 「讀書淺說」, 『南溪集』 卷五十五; 河弘度, 「讀書說示人」, 『謙齋集』 卷十; 河弘度, 「讀禮雜識 笋禮輯說」, 『謙齋集』 卷十; 趙觀彬, 「讀李中永封事說」, 『悔軒集』 卷十五; 金樂行, 「讀易說」, 『九思堂集』 卷八; 兪棨, 「讀易瑣說」, 『市南集』 卷十五; 兪棨, 「讀詩瑣說」, 『市南集』 卷十五; 兪棨, 「讀書瑣說」, 『市南集』 卷十六; 權炳, 「讀四書說」, 『約齋集』 卷七; 李元培, 「讀書說」, 『龜巖集』 卷十; 金相進, 「寒宵讀書說」, 『濯溪集』 卷七; 純祖, 「讀書偏夜夜長時說」, 『純齋稿』 卷四; 純祖, 「問寢視膳之暇 讀詩說」, 『純齋稿』 卷四; 金祖淳, 「讀春秋說」, 『楓皐集』 卷十六; 宋穉圭, 「讀書說」, 『剛齋集』 卷六; 李塙, 「讀心無出入說」, 『俛庵集』 卷九; 金邁淳, 「讀三子說贈兪生」, 『臺山集』 卷九; 柳致明, 「讀書說」, 『定齋集』 卷十九; 柳致明, 「讀朱張兩先生仁說」, 『定齋集』 卷十九; 柳致明, 「讀深衣諸說」, 『定齋集』 卷十九; 李漢膺, 「讀葛菴論西厓心無出入說」, 『敬菴集』 卷八; 申弼欽, 「讀定齋格致說」, 『泉齋集』 卷五; 柳重敎, 「讀朱子論孟子操存章說五書小識」, 『省齋集』 卷三十; 李象秀, 「讀孟子 / 讀古文泰誓 / 讀周禮 / 讀世說 / 讀書二則」, 『峿堂集』 卷十七; 許傳, 「讀禮通考斬衰實非三年說辨」, 『性齋集』 卷十; 金平默, 「讀三綱五常說志感」, 『重菴集』 卷三十四; 柳致皜, 「讀李畏庵主靜說」, 『東林集』 卷七; 權璉夏, 「讀李汝霄中庸說義」, 『頤齋集』 卷六; 宋秉璿, 「讀書說贈其瞻汝赫謨」, 『淵齋集』 卷十八; 崔興璧, 「讀書說贈李彙吉」, 『蠹窩集』 卷九; 宋秉珣, 「讀先子大全說」, 『心石齋集』 卷十三; 黃德吉, 「讀書次第圖並說」, 『下廬集』 卷之八; 郭鍾錫,郭鍾錫, 「讀書說一 / 讀書說二 / 讀書說三 / 讀書說四」, 『俛宇集』 卷百二十八; 田愚, 「讀中庸首章說」, 『艮齋集』 卷十四; 田愚, 「讀湖洛前人物性說」 『艮齋集』 卷十四; 田愚, 「讀元亨利貞說」, 『艮齋集』 卷十四; 田愚, 「讀退溪先生答高峯四七說改本」, 『艮齋集』 卷十三; 田愚, 「讀諸聖賢說」, 『艮齋集』 卷六; 李震相, 「讀金農嚴四端七情說」, 『寒洲集』 卷三十四; 金砥行, 「讀弘甫性說辨」, 『密菴集』 卷十三; 李南珪, 「讀星湖禮說」, 『修堂遺集』 卷九; 盧景任, 「讀書說」, 『敬菴集』 卷四; 李恒老, 「讀語類太極說」, 『華西集』 卷二十二; 朴允默, 「讀太極圖說」, 『存齋集』 卷二十四; 金謹行, 「讀屛溪先生虗靈說」, 『庸齋集』 卷十一; 蘇輝昆, 「讀書說」, 『仁山集』 卷十四; 曺兢燮, 「讀寒洲李氏心卽理說」, 『巖棲集』 卷十六; 柳健休, 「讀韓南塘人心道心說辨」, 『大埜集』 卷八; 柳健休, 「讀南子皥性道說疑義」, 『大埜集』 卷八; 金龜柱, 「讀朱子月光盈闕說」, 『可庵遺稿』 卷十九; 金龜柱, 「讀朱子月中山河影說」, 『可庵遺稿』 卷十九; 金春澤, 「看書雜說」, 『北軒集』 卷十八; 金聖鐸, 「釋左傳史趙說」, 『霽山集』 卷十二; 李象靖, 「讀性理大全疑談 / 讀趙月川論朱子中和書疑談 / 讀奇高峯四端七情後說總論 / 讀聖學輯要 / 讀張敬堂上寒岡問目 / 讀存齋答琴仲素書」, 『大山集』 卷四十; 金鍾厚, 「讀李氏原論」, 『本庵集』 卷五.

58　근대서사와 『황성신문』

竊怪夫世之論易者 執其一而遺其全 (…中략…) 是故六十四卦之義 皆以利貞爲主 而又有曰利永貞 永貞 又利之大者也 讀易者 盍亦以此意讀之哉 余乃男之窮者也 余 之爲此言 人必有怪笑之者 然竊恐聖人垂象繫辭之意 不但爲免禍保身之一塗而已 故私識之如此 將以就正于虛受之君子云爾[88]

余童時 見從兄讀春秋左氏傳 愛其簡而文也 從傍竊誦之 及長 猶記其半 釋褐以來 廢而不復講也 頃年居憂少事 始取而閱之 句讀之間 舊業猶有存者 而亦覺意味之勝 於前日也 世多謂左氏之浮夸 不及公羊穀梁之義理 此蓋不達於左氏之論者也 (…中 략…) 然則左氏不但素王之良臣 抑亦爲公 穀之私淑 讀春秋者 不可以不察歟[89]

첫 번째 글은 『역易』에 대한 필자의 견해를 밝힌 글이다. 본래 『역易』은 "광대함을 다 갖추어廣大悉備" 일부분一端으로만 구할 수 없는데, 세상 사람들은 "그 일부만을 잡아 전체를 버린다執其一而遺其全"는 것이다. 따라서 『역』에 대한 간단한 설명과 함께, "64괘의 뜻이 모두 '이정利貞' 두 글자에 있음六十四卦之義 皆以利貞爲主"을 밝히며, 자신의 식견으로 『역』의 의미를 바로잡으려 함을 서술하고 있다.

두 번째 글은 저자가 소싯적 종형을 좇아 『춘추좌씨전春秋左氏傳』을 읽었는데, 근래 다시 그 책을 읽으면서 깨달은 의미를 전하고 있다. 세상 사람들은 『춘추좌씨전』이 가볍고 자만하여 『춘추공양전春秋公羊傳』과 『춘추곡량전春秋穀梁傳』의 의미에 미치지 못한다고 하는데, 이는 『춘추좌씨전』의 논리에 달하지 못하는 자들이니, 배우는 자들이 더욱 궁구하여 살피지 않을 수

---

88 金樂行, 「讀易說」, 『九思堂集』 卷八 雜著條.
89 金祖淳, 「讀春秋說」, 『楓皐集』 卷十六 雜著條.

없음을 이르고 있다.

인용된 두 작품은 특정 서적을 읽고 난 뒤의 감회를 내용에 대한 설명과 함께 기술한 대표적 '독후설'이다. 전통적으로 이 같은 유형의 글들은 '설 說條' 내지 '잡저조雜著條'로 분류되곤 했다. '독후설'은 인용문처럼 십삼경 十三經이나, 정주학程朱學 이론서를 대상으로 한 작품이 대부분이지만, 조선 중기이후에는 전기소설傳奇小說이나 인물전기, 역사서 등의 서적을 소개한 글[90]이 저술되기도 하였다.

余嘗讀周秦行記, 怪其褻瀆無行, 牛思黯名人, 豈其至此, 後觀宋人語, 賈黃中謂 此是韋瓘所撰, 瓘是李德裕門人, 以此誣僧孺, 乃始釋然.[91]

韓末天下奔崩 百姓鳥駭魚竄 士大夫流離 不相保 管寧邴原適東康成萍浮 仲宣飄 蕩皆是也 而荊楚 又戎馬之衝也 獨怪夫襄陽多名士 琳琅並耀一何其從容閒暇也 (… 중략…) 意天詔諸君 陰爲磨礪薰陶之以成就 其器者 所以幷聚於是 然則雖在四戰 之地諸君 固有以遠其害也[92]

첫 번째 인용문은 장유張維, 1587~1638가 『주진행기周秦行記』에 대한 평을 정리한 것이다. "우승유牛僧孺라는 명인이 어찌 이 지경에 이르렀는가牛思黯名 人, 豈其至此"라는 서술에서 알 수 있듯이 서두에 『주진행기』의 기괴함을 혹

---

90 張維, 「讀周秦行記」, 『谿谷集』卷一, 漫筆條; 李象秀, 「讀襄陽耆舊傳」, 『峿堂集』卷十七; 金鍾 厚, 「敬蓮說」, 『本庵集』卷五; 洪大容, 「明記輯略辨說」, 『湛軒書』外集 卷一; 丁範祖, 「辨封建論 說/戰國策說」, 『海左集』卷三十七 등.
91 張維, 「讀周秦行記」, 『谿谷集』卷一, 漫筆條.
92 李象秀, 「讀襄陽耆舊傳」, 『峿堂集』卷十七.

평하지만, 이후 위관韋瓘이 우승유를 무고하기 위해 찬술한 것임을 알고는 비로소 의심을 풀었음을 밝히고 있다. 『태평광기』 권489에 수록된 『주진행기』는 우승유 찬牛僧孺 撰으로 기재되어 있으나 위관이 우승유를 비방하기 위해 이름을 위탁한 것으로 알려진 작품이다.[93]

두 번째 인용문은 이상수李象秀, 1820~1882가 『양양기구전襄陽耆舊傳』[94]을 읽고 난 뒤의 소감을 서술한 것이다. 『양양기구전』는 양양에 살았던 방덕공龐德公을 비롯한 여러 고사高士의 전기를 모은 책이다. 저자는 한말의 혼란한 상황을 『양양기구전』의 시대적 배경위촉오 삼국시대과 결부시켜, 자국의 교화와 훈육의 도구로 삼을 것을 권고하고 있다. 위 두 작품에서 살펴볼 수 있듯이, 독후설에는 단순히 작품 내용에 대한 설명뿐만 아니라, 저자에 대한 정보나 작품의 창작배경, 비평 등을 서술하기도 한다.

『황성신문』에서도 초창기부터 꾸준히 '독후설'류의 논설 작품들이 발표되었다. 한시·묘비문[95] 및 국내외 상소·조칙·서신,[96] 신문기사·기록물·취지서,[97] 성리학 이론[98] 등 다양한 글을 읽고 난 뒤의 소회를 서술하

93　송윤미, 「당 제도와 우이당쟁을 통하여 본 〈주진행기〉 서사의 비평적 고찰」, 『중국문학연구』 32, 한국중문학회, 2006, 59쪽 참조.

94　다른 이름으로 『양양기(襄陽記)』라고 한다. 동진(東晉)의 습착치(習鑿齒, 字 : 彦威)가 저술하였다.

95　「論說－讀韓孟詩文有感」(1902.6.5), 「論說－奉讀廟社誓告文(1907.11.20), 「論說－高句麗廣開土王碑銘紋記」(1905.10.31), 「論說－高句麗廣開土王碑銘附註解」(1905.11.1~1905.11.6), 「論說－病枕에 得李忠武伝有感」(1908.10.30), 「論說－讀高句麗永樂大王(廣開土王)墓碑謄本」(1909.1.6), 「論說－讀松陰詩有感」(1909.4.7).

96　「論說－讀賈生疏有感」(1900.8.13), 「論說－讀聖批志感」(1900.8.18), 「論說－讀袁直督世凱密奏有感(1902.3.14), 「論說－讀淸廷彈劾袁直督世凱之奏有感」(1902.5.28), 「論說－伏讀洞開獄門聖詔」(1903.3.14), 「論說－讀康洪大氏防邊策疏」(1903.6.18), 「論說－恭讀度量衡新頒聖詔」(1903.9.9), 「論說－恭讀聖詔」(1903.11.12), 「論說－伏讀聖詔」(1904.5.13), 「論說－讀崔贊政疏有感」(1905.1.23), 「論說－讀金斗源上書有感」(1905.2.1), 「論說－恭讀 聖詔」(1905.6.10), 「論說－讀蜜啞子書」(1905.8.30), 「論說－恭讀桑港震災後救恤聖詔」(1906.4.28), 「論說－恭讀聖詔」(1907.3.20).

고 있다. 그 중 특기할 만한 것은 특정 서적에 대한 내용을 소개하고 있는 글이다. 해당 작품 목록은 아래 표와 같다.

〈표 1〉『황성신문』독후설 목록

번호	제목	날짜	번호	제목	날짜
1	-99	1898.12.24	13-6	讀越南亡國史(續)	1906.9.3
2	讀史有感	1901.4.24	13-7	讀越南亡國史(續)	1906.9.5
3	大讀貨殖傳	1901.5.9	14-1	讀意大利建國三傑傳	1906.12.18
4	讀姜侍中傳有感	1901.6.28	14-2	讀意大利建國三傑傳(續)	1906.12.19
5	讀虎叱一嘆	1901.6.29	14-3	讀意大利建國三傑傳(續)	1906.12.20
6	讀史轟飮	1901.12.26	14-4	讀意大利建國三傑傳(續)	1906.12.21
7-1	論星湖先生藿憂錄	1903.6.25	14-5	讀意大利建國三傑傳(續)	1906.12.22
7-2	論星湖先生藿憂錄(前号續)	1903.6.26	14-6	讀意大利建國三傑傳(續)	1906.12.24
8	書崧陽耆舊傳後	1903.10.3	14-7	讀意大利建國三傑傳(續)	1906.12.25
9-1	讀史管見	1904.6.13	14-8	讀意大利建國三傑傳(續)	1906.12.26
9-2	讀史管見 (續)	1904.6.14	14-9	讀意大利建國三傑傳(續)	1906.12.27
10	讀美國獨立史	1905.8.19	14-10	讀意大利建國三傑傳(續)	1906.12.28
11-1	讀法國革新史	1905.8.24	15-1	斯巴達小志	1907.4.5
11-2	讀法國革新史 (續)	1905.8.26	15-2	斯巴達小志(續)	1907.4.6
12	讀埃及近世史	1905.10.7	15-3	斯巴達小志(續)	1907.4.8
13-1	讀越南亡國史	1906.8.28	15-4	斯巴達小志(續)	1907.4.9
13-2	讀越南亡國史(續)	1906.8.29	15-5	斯巴達小志(續)	1907.4.10
13-3	讀越南亡國史(續)	1906.8.30	15-6	斯巴達小志(續)	1907.4.11
13-4	讀越南亡國史(續)	1906.8.31	15-7	斯巴達小志(續)	1907.4.12
13-5	讀越南亡國史(續)	1906.9.1	15-8	斯巴達小志(續)	1907.4.13

---

97 「論說-讀帝國新聞有感」(1902.12.22), 「論說-讀大東報閣議說」(1904.6.2), 「論說-讀商會趣旨書」(1904.11.29), 「論說-讀李君寄書有感」(1905.4.14), 「論說-讀蓮洞耶蘇教會爲國祈禱文」(1905.8.2), 「論說-讀共立新報有感」(1906.2.16), 「論說-讀帝國報有感」(1907.9.14), 「論說-讀萬朝報谷子爵의 論評」(1907.10.3), 「論說-讀隆熙元年十二月歷史」(1908.1.7), 「論說-讀海朝新聞」(1908.4.9), 「論說-讀海朝報有感」(1908.4.26), 「論說-讀慶南日報」(1909.10.24), 「論說-讀支那報嘆腐儒心事如出一轍」(1909.11.07).

98 「論說-勸讀論語說」(1908.8.30), 「論說-讀星湖苔說有感」(1909.10.6).

99 Young J. Allen·蔡爾康(玄采 譯)의 『中東戰記』(황성신문사, 1899)를 소개한 논설이다.

번호	제목	날짜	번호	제목	날짜
15-9	斯巴達小志(續)	1907.4.16	17	讀伊太利三傑傳有感	1907.11.16
16-1	滅國新法論	1907.5.1	18	讀美國女傑批茶小史	1909.2.20
16-2	滅國新法論(續)	1907.5.2	19	讀土耳其維新近史	1910.3.24
16-3	滅國新法論(續)	1907.5.3	20	讀渤海攷	1910.4.28
16-4	滅國新法論(續)	1907.5.4			

『황성신문』의 독후설 작품들은, 대체로 제명 끝에 '설'이라는 어휘가 생략되는 대신 '유감有感', '관견管見' 등의 뜻을 명확하게 해주는 어휘가 붙는 경향이 있다.

> 讀高麗侍中姜邯贊傳ᄒ다가 不覺掩卷而太息也호라 (…중략…) 國家用人을 固
> 富如是라 抑或 閱閱華奕ᄒ며 狀貌淸美ᄒ며 辭氣敏婉者에 有如姜侍中一人耶아
> 又或 閱閱이 不華奕ᄒ며 狀貌ㅣ 不淸美ᄒ며 辭氣ㅣ 不敏婉者ㅣ 若竊國之柄ᄒ며
> 秉國之權ᄒ야 不利於國ᄒ며 不澤於民而叨取爵祿ᄒ고 濫受寵榮則 亦豈非姜侍中
> 罪人也리오[100]

> 朴燕巖集中에 有滑稽文 一篇ᄒ니 名曰 虎叱이라 悲憤疎宕ᄒ야 如有呵罵之聲
> ᄒ며 如有譏刺之意ᄒ며 如有怒恚之色ᄒ야 凜乎若不可犯者ᄒ니 可謂 千古奇文
> 이로다 其曰 (…중략…) 此之謂虎之食人이 不若人之相食之多也ㅣ 此豈非千古奇
> 文이리오 評之者ㅣ 曰 始知人心이 猛於虎라 ᄒ더라[101]

첫 번째 인용문은 1901년 6월 28일 자 논설면에 발표된 「독강시중전유

---

100 「論說-讀姜侍中傳有感」, 『皇城新聞』, 1901.6.28.
101 「論說-讀虎叱一嘆」, 『皇城新聞』, 1901.6.29.

김讀姜侍中傳有感」이다. 강감찬948~1031은 고려 현종 때 명장으로, 그에 관한 사실은 최자崔滋 『보한집』을 비롯하여 『고려사』, 『고려사절요』, 『세종실록지리지』, 『동국여지승람』 등 다양한 문헌에 실려있다. 그 가운데 일대기 형식의 전기로는 『고려사』 열전의 「강감찬전姜邯贊傳」과 홍양호洪良浩의 『강감찬전姜邯贊傳』1794 등을 꼽을 수 있다. '논설'의 제명讀姜侍中傳有感으로 보았을 때 이 같은 일대기 형식의 전기물을 읽고 난 뒤의 소회를 쓴, 일종의 감상문임을 알 수 있다. 글의 말미에 '국가의 권력을 훔친 자들이 나라와 백성을 이롭게 하지 못하고 녹봉과 영예만 탐한다면 강감찬에게 죄를 짓는 것이 아니겠는가'라 하여 당대 위정자들에 대한 비판과 함께 국가의 인재 등용에 대한 문제점을 지적하고 있다.

두 번째 인용문은 1901년 6월 29일 자 논설면에 발표된 「독호질일탄讀虎叱一嘆」이다. 본문 속 박연암집은 『연암집燕巖集』을 지칭하는 것으로 그 가운데 골계문의 성격을 가진 「호질虎叱」을 소개하고 있다. '호랑이가 사람을 잡아먹는 것보다 사람들이 서로를 잡아먹는 것이 더 많다'는 내용을 담고 있는 「호질虎叱」을 천고기문千古奇文이라 평가한다. 작품의 이면에 뜻하는 바, '비로소 인심이 맹어호임을 알겠다始知人心이 猛於虎'는 평자評者의 목소리를 통해 당대 각박한 세태를 풍자하고 있다.

「호질虎叱」이 실린 『연암집』은 1900년에 김택영이 6권 2책으로 간행했으며, 그 이듬해인 1901년에는 누락되었던 작품들을 모아 『속연암집』3권 1책을 출간하기도 했다.[102] 그렇다면 본 논설은 『연암집』과 『속연암집』이 한창 시중에 유통되고 있을 당시 게재된 것으로 볼 수 있다.

---

102 오석환, 「창강 김택영의 『중편연암집서』에 대하여」, 『한문고전연구』 5, 한국한문고전학회, 1995, 117쪽 참조.

이후로도 김택영이 저술한 『숭양기구전崧陽耆舊傳』이 1903년에 다시 개정하여 간행되었을 때에도 『황성신문』은 1903년 10월 3일 자 논설 『서숭양기구전후書崧陽耆舊傳後』을 통해 그의 저서를 소개하기도 했다.

滄江 金澤榮氏난 當世之文章鉅筆也라 尤尋於史家를 述之文하야 簡嚴精博하고 典雅鍊確하야 得于孟堅廬陵者ㅣ 尤多而生平에 以刊佈逸史遺文으로 爲己業하야 其所編行이 有崧陽耆舊傳及東史輯略 歷史燕岩集 等 諸書하야 已刊佈于世矣라 其耆舊傳은 (…중략…) 記者ㅣ 於是書에 窃不勝感慨之發일식 略爲附述如右하야 庶冀當世諸君子之益勉於滄江之志也夫ᄂ뎌[103]

위 논설의 말미에는 『숭양기구전崧陽耆舊傳』의 내용과 기자記者의 소회 등을 약술하며, 독자들로 하여금 김택영의 저술 목적에 따라 권면할 것을 당부하고 있다. 본래 『여계충신일사전麗季忠臣逸事傳』은 고려말 난세에 처하여 고려에 대한 충절을 지키고 세상을 은둔한 인물들의 역사전기이며 『숭양기구전崧陽耆舊傳』은 조선시대 개성 지역 명인들의 역사전기이다. 그러나 인용문에서 언급한 『숭양기구전崧陽耆舊傳』은 김택영이 두 문헌을 합본하여 1896년에 간행한 것이다.[104] 이 책은 1903년에 다시 개정하여 간행되었고, 1920년에 증보 산삭하여 『중편한대숭양기구전重編韓代崧陽耆舊傳』으로 재차 간행되었다.

'〈표 1〉 『황성신문』 독후설 목록'에서 확인할 수 있듯, 독후설 작품에서 다루는 범주는 1905년을 기점으로 동양의 고사에서 서양의 역사전기류

---

103 「論說－書崧陽耆舊傳後」, 『皇城新聞』, 1903.10.3.
104 노관범, 「김택영과 개성문인」, 『민족문화』 43, 한국고전번역원, 2014, 379쪽 참조.

로 변화해간다. 이는 애국계몽운동의 일환으로 진행된 당시 출판운동이 외서外書의 번역에 역점을 두고 있었기 때문이다.[105]

1905~1910년 사이는 세계정세에 대한 국가적 관심과 함께 역사물을 중심으로 한 서양 번역서들이 집중적으로 발행되었던 시기였으며,[106] 애국계몽운동의 한 축으로서 민간 출판사황성신문사·탑인사·광문사·박문사의 출현·활동이 본격화된 시점[107]이기도 하였다. 『황성신문』 또한, 1905년은 사내 경영·집필진 등의 교체를 통해 쇄신에 힘을 쏟으면서 신문지면마다 다양한 변화를 가져오던 시기였다. 『황성신문』에서 서적광고가 급증[108]한 시기와, 「논설」란에 해외 번역서에 대한 소개와 연재가 시도된 시점도 2차 지면개편1905.4.1[109] 이후의 변화라 할 수 있다.

(2) 근대 독후설의 성격 - 고사故事에서 역사전기류로

"무릇 우리 지사들은 이 책 한 부를 자리 오른쪽에 각각 배치하고 아침마다 삼가공경하며 밤마다 꿈을 꾸면 애국사업을 이룩할 날이 반드시 있

---

105 계몽적 저널리즘이 출판의 중요성에 본격적으로 집중한 것은 을사늑약이 일어났던 1905년부터이다. '동서양 각국근세사'는 『서사건국지』나 『월남망국사』 같은 개별사로, '유명한 인물의 사적'은 『나파륜전』과 같은 전기류(傳記類)로 '각종학업'은 『국가학(國家學)』 등의 전문학술 서적으로 구체화되었다. 1905년 이후의 출판은 이들 계몽주의자들의 프로그램에 의해 이루어진 것이라 할 수 있다.(강명관, 「근대계몽기 출판운동과 그 역사적 의의」, 『민족문학사연구』 14, 민족문학사학회, 1992, 45~47쪽 참조.)
106 김성연, 『영웅에서 위인으로』, 소명출판, 2013, 69~70쪽 참조.
107 강명관, 앞의 글, 51~52쪽 참조.
108 황영원은 「근대전환기의 서적과 지식체계 변동」(『대동문화연구』 81, 성균관대 동아시아학술원, 2013, 324쪽)에서 『皇城新聞』이 발행된 12년 동안 전체 751종의 서적광고가 있었으며, 1905년 이전에는 25종에 불과했음을 언급하고 있다.
109 『황성신문』은 총 3차(1899.11.13/1905.4.1/1906.4.2)에 걸친 지면개편을 실행하였다. 1차 지면개편에서는 「고사」란이 신설되었으며, 3차 지면개편 이후로는 「소설」란 연재가 시작되었다.

으리라"[110]는 글에서도 확인할 수 있듯이, 『황성신문』에 연재된 일련의 독후설 작품들은 각 나라의 흥망성쇠와, 그 과정에서 큰 역할을 담당한 인물들에 초점을 맞추고 있다. 또한 사회적으로 애국계몽을 위한 도구開民知로서 외적外籍 번역의 필요성이 강조되는 상황에서,[111] 독후설의 소재도 점차 동양의 '고사'에서 서양의 '역사전기류'로 옮겨가게 된다. 당시 이 같은 분위기는 논변류로서 '독후설'의 내용과 함께, 연재 비중에 있어서도 큰 영향을 주었을 것으로 보인다.

따라서 「논설」란 속 '단형서사'의 게재 횟수가 점차 줄어드는 과정 속에서도 '독후설'만은 『황성신문』이 폐간되는 시점까지 꾸준히 그 명맥을 잇게 된다. 특히 단형서사의 수가 급감하는 시점[112]인 1906년 전후로는 약 10편07회의 서양 역사전기류 소재 독후설이 연재되었다. 이는 앞서 언급했던 국내 출판운동의 일환으로서의 외서外書 번역과 역사를 중시하는 매체의 지향점[113]에 따라 독후설의 주요 소재가 전환된 것으로 볼 수 있다. 특히, 나라의 흥망성쇠를 다룬 서양의 역사전기류는 러일전쟁, 을사조약 등 국가적 위기 상황들과 결부되어 당시 신문독자들의 주목을 받게 된다. 다음 논설은 「논설-독미국독립사讀美國獨立史」1905.8.19와 「논설-독애급근세사讀埃及近世史」1905.10.7이다.

北郭居士가 斂膝環堵에 飮暑煩悶이더니 (…중략…) 乃於架上에 抽一卷書하

---

110 "凡我有志者ᄂ 此傳一部를 座右에 各置ᄒ고 朝朝拜ᄒ며 夜夜夢ᄒ면 愛國事業을 做出홀 日이 必有라 ᄒ노라"(「論說-讀伊太利三傑傳有感」, 『皇城新聞』, 1907.11.16)
111 「論說-外籍譯出의 必要」, 『皇城新聞』, 1907.6.28.
112 정선태, 앞의 책, 147~150쪽 〈표 4〉 참조.
113 최기영, 「『皇城新聞』의 역사관련기사에 대한 검토」, 『한국근현대사연구』 2, 한국근현대사학회, 1995, 147~168쪽 참조.

니 卽美國獨立史라 整衿危坐ㅎ야 朗誦一遍이러니 客有過而問之者하야 曰 (…중 략…) 客이 唯唯而退어늘 乃述其言하야 告我同胞하노라[114]

嗚乎라 記者ㅣ 每讀埃及近世史하다가 未嘗不掩卷太息ㅎ며 噓唏痛恨也로다 (…중략…) 嗚乎라 面有疵垢則 必照乎鑑而洗除之하고 身有疾病則 必求乎藥而療 治之하나니 目今 我韓之時局이 亦殆如埃及一般矣라 國民上下ㅣ 擧將痛憤太息 하야 激發血氣之性 而免蹈埃及之覆轍 然後에야 庶不爲日後 讀大韓近史者之掩卷 太息矣리니 惟願愛國諸君子는 必須以一部埃及近世史로 視做明鑑良藥하야 期必 洗除垢汚而醫治疾病하고 免洒掩卷太息之淚於大韓史紙之片을 血心切望也하노 니 嗚乎大韓之同胞여[115]

첫 번째 인용문은『미국독립사』를 꺼내어 낭송하던 북곽거사와 지나가 던 객과의 문답 내용을 서술한 것이다. 객의 질문에 대한 북곽거사의 답변 을 통하여 해당 서적의 내용과 의미에 대해 자세히 소개하고 있으며, 더불 어 자국민들에게 미국의 독립역사를 거울 삼아 자유 독립의지를 굳게 지 닐 것을 주장하고 있다.

두 번째 인용문은 기자記者가『애급근세사』를 읽고 난 뒤의 소회를 서술 한 글이다. 현 시국의 위태로움이 애급이집트과 같음을 설명하면서, 이를 타산지석으로 삼아 자국의 위기를 헤쳐나갈 것을 피력한 글이다.

위 두 논설의 소재가 된 텍스트들은『미국독립사』鹽川一太郎 著譯, 皇城新聞社, 1899와『애급근세사』作者未詳, 張志淵 譯述, 皇城新聞社, 1905로, 모두 황성신문사에서

114 「論說−讀美國獨立史」,『皇城新聞』, 1905.8.19.
115 「論說−讀埃及近世史」,『皇城新聞』, 1905.10.7.

출간했던 서적들이다. 『애급근세사』의 경우, 황성신문사皇城新聞社뿐만 아니라 김상만서포金相萬書鋪, 주한영서포朱翰榮書鋪, 대동서관大同書觀 등을 발매소로 두었는데, 『대한매일신보』와 『황성신문』의 적극적인 광고에 힘입어 지속적인 판매가 이루어졌던 것으로 보인다.[116]

> 本社의 所發刊書冊이 有波蘭戰史와 法國革新史와 美國獨立史와 與大韓疆域考
> 等秩 而疆域考는 近日 所刊者어니와 至若以上三種ᄒ야는 其發刊이 已四五年矣
> 라 (…중략…) 近日에 自本新聞擴張以來로 偶一揭告於本紙上矣러니 翌日爲始ᄒ
> 야 求買者ㅣ 街踵而至라 於是僅一週曜之間에 百餘卷을 發售追盡ᄒ니 此는 實可
> 驚可賀者也로다 (…중략…) 有血氣者는 宜注意於書籍之購讀ᄒ야 寸寸前進이면
> 必有到達之日矣러니 今 我韓國民은 此爲第一件義務라[117]

위 논설에서는 본사에서 발간한 서책들이 세상에 알려지지 않다가, 근일 신문이 확장한 이래로 한번 지면상에 게고揭告하였더니 매진을 기록했다는 내용을 싣고 있다. 이를 통해 당시 서양의 역사전기류의 서적들이 크게 주목받고 있었음을 알 수 있다.

'우연히 한 번 지면상에 게고하였다偶一揭告於本紙上矣러니'는 내용은 1905년 4월 3일부터 신문 3면 「광고」란에 실린 「서책발수광고書冊發售廣告」[118]를 지칭한다. 『파란전사波蘭戰史』에 대한 광고의 경우, 신간했던 종전광고1900.3.20

---

116 정환국, 「근대계몽기 역사전기물 번역에 대하여」, 『대동문화연구』48, 성균관대 동아시아학
    술원, 2004, 8쪽 참조.
117 「論說-祝賀 書籍之多售」, 『皇城新聞』, 1905.4.11.
118 "書冊發售廣告 法國革新戰史 五十戔 波蘭戰史 四十戔 美國獨立史 四十戔 皇城新聞社"(「廣
    告」, 『皇城新聞』, 1905.4.3).

~1900.3.24보다 글자 크기부터 디자인까지 전달력을 높이며 독자의 이목을 집중시켰다. 위 인용문도 「서책발수광고」가 실린 지 약 일주일 뒤인 4월 11일 자 「논설」란에 게재된 글로서, 『파란전사』와 『법국혁신사』와 『미국독립사』 등의 번역서 구매를 권면하는 문구"有血氣者는 宜注意於書籍之購讀ᄒ야"를 확인할 수 있다. 이를 통해 근대 독후설이 「논설」란 속 서평형식을 통해 역사전기류 서적들에 대한 구매를 독려했음을 알 수 있다.

독후설 작품 외에도 당시 「논설」란에는 종종 '책의 구독을 장려宜汲汲購閱者也'하기 위한 목적으로 서술된 논설들이 발표되었다. 예컨대, 『황성신문』 1902년 5월 19일 자 논설「廣文社新刊牧民心書」에서 『목민심서』를 "우리 정치학의 제일신서我韓政治學中第一新書로" 소개하면서, 그동안 간행하기 어려웠던 상황과 큰 뜻을 위해 책을 간행한 과정 등을 서술하고 있다. 이처럼 여타 지면「고사」・「사조」・「소설」에 비해 집필진의 목소리를 적극적으로 구현할 수 있다는 특징으로 인하여, 당시 「논설」은 국내 출판운동의 상황과 맞물리며 광고수단으로서의 특화된 형태로도 발표되었던 것이다.

「논설－독법국혁신사讀法國革新史」『황성신문』, 1905.8.24~1905.8.26를 시작으로 독후설은 연재형식으로 발표되기 시작한다. 해당 논설은 『법국혁신전사』作者未詳, 澁江保 譯述, 皇城新聞社, 1900를 소개한 글이다. 프랑스혁명의 사상적 조류를 형성한 18세기 철학자 '文太士規몽태스키외'와 '越太爺볼테르', '杜智老디드로', '婁昭루소'의 저술과 논의를 총 2회에 걸쳐 상세히 설명하고 있다. 이를 통해 '자국의 정치와 사회의 풍기를 개량하고자 할 때 인민에게 천부자유인권과 독립사상의 국가관념을 먼저 가르치고 인도하는 것이 급선무임'[119]을 주장하며, '법국의 비롯한 열국列國의 역사를 볼 때에도 이 같은 요점을 세찰하고 경계해야 함'[120]을 강조하고 있다.

이후 발표된 「논설 – 독월남망국사讀越南亡國史」『황성신문』, 1906.8.28~1906.9.5,
총 7회와 「논설 – 독의대리건국삼걸전讀意大利建國三傑傳」『황성신문』, 1906.12.18~1906.
12.28, 총 10회은 종전 서평 형식의 논설과는 이질적 면모를 보인다. 이들 논
설은 작품에 대한 감상이기보다는 원작을 축약한 번역에 가깝기 때문이
다. 그러나 '독讀'으로 시작하는 유사 제명과, 원전을 축약한 본문 전후에
동일하게 평론 글을 싣고 있는 점[121]은 '독후설' 형식의 논설과 상호 연관
성을 확인할 수 있는 부분이다.

두 논설의 경우, 『월남망국사』梁啓超, 上海 廣智書局, 1905와 『의대리건국삼걸
전』梁啓超, 『新民叢報』, 1902에 대한 번역본이 국내에 출간되기 전 신문에 연재
된 글이기 때문에, 국내에 이미 알려진 작품[122]을 「논설」란에 실어 대중의
관심사를 내면했거나, 일부 지식인늘 사이에서만 회자되었던 작품을 읽
기 쉬운 문체로 축약·정리하여 다수의 독자에게 제공하려 했던 것으로
보인다.

今此越南之慘狀은 述史者ㅣ必不能一筆而盡擧之어늘 記者ㅣ于此에 又不免刪

---

119 "人類天賦의 自由權限과 獨立思想의 國家觀念을 先爲敎授訓導ㅎ야 其上下人民의 腐爛훈 頭腦롤
　　洗滌ㅎ는 것이 實로 我韓今日의 改革藥石이라"(「論說 – 讀法國革新史」(『皇城新聞』, 1905.8.26).
120 "惟願有志君子는 此等列國의 歷史實蹟을 觀홀지라도 須先其國民의 元氣如何와 改革方針의
　　原動力이며 其時民志의 趨向如何롤 不可不 細察훈 然後에야 可히 其歷史를 閱讀ㅎ는 奧味롤
　　得홀지니 故로此에 對ㅎ야 十分 讀史의 注意要点을 警醒ㅎ는 바노라"(「論說 – 讀法國革新史」
　　(『皇城新聞』, 1905.8.26).
121 우림걸, 「양계초 역사·전기소설의 한국적 수용」, 『동아시아 언어문화연구』, 국학자료원,
　　2001, 75~78·83~85쪽 참조.
122 1906년 『皇城新聞』에서 연재로 번역되는 즈음 金相萬書鋪의 발매서적 목록에 『월남망국
　　사』가 포함되어 있는 것으로 보아, 이미 원본이 팔리고 있었음을 알 수 있다. 그러나 『의대리건
　　국삼걸전』은 1902년 이후 재번역이 이루어진 1907년 10월까지 어느 신문 광고란에도 이 책
　　에 대한 판매 광고를 찾을 수 없으므로 원본이 일반대중에게 읽혀진 것 같지는 않다.(정환국,
　　앞의 글, 2004, 10~11쪽 참조)

煩而撮要ᄒ야 其至慘至苦之狀이 時或有遺漏者ᄒ니 然則越南之悲境은 尙未殫其
十分之一也로다 (…중략…) 雖然이나 不知世界上에 有此悲苦慘酷之情境ᄒ면 何
以披荊斬棘에 購得後日之幸福也리오 所以로 連日累紙에 不憚支離ᄒ고 以告遠
鄰之憂境ᄒ노니[123]

記者ㅣ曰有意大利之艱ᄒ고 無如三傑其人者ᄒ면 其國之前途를 其可復問乎아
余讀此三傑傳ᄒ다가 掩卷而踴躍者ㅣ屢也로니 我靑邱江山이 何如是寂寞이며 我
三韓民族이 何如是委靡오 (…중략…) 譯述意大利之三傑ᄒ야 以告我二千萬兄弟
ᄒ노니 奮起哉어다 我二千萬傑이여 勉勵哉어다 我二千萬傑이여[124]

첫 번째 인용문은 「논설-독월남망국사」의 마지막 연재 글로, 본문에
대한 기자記者의 평론을 담고 있다. 본문 곳곳에 화자를 지칭하는 '기자記者'
라는 단어를 자주총 6회 언급하며 해당 작품을 연재한 소회를 밝히고 있다.
기자는 스스로가 '번잡한 것은 삭제하고 요점만을 취하여 참혹하고 욕
된 형상이 새어 없어졌으니, 그로 인하여 월남의 불행한 처지를 십분의 일
도 다 쓰지 못했음'을 아쉬워하였다. 그러나 그 이면에는 국내 번역본이
출간되기 전, 신문독자층을 위한 1차 번역(순한문체 → 국한문혼용체)과 내용
의 축약 등을 통해 전달력을 높이고자 한 의도를 우회적으로 표현한 것이
라 볼 수 있다. 더불어 이 같은 아쉬움에도 불구하고 '세계에 이같이 비참
하고 참혹한 정경이 있음을 알아야지만, 어려움을 극복하여 후일의 행복
을 기대할 수 있다'라는 연재의 의의를 소개하기도 하였다.

---

123 「論說-讀越南亡國史」, 『皇城新聞』, 1906.9.5.
124 「論說-讀意大利建國三傑傳」, 『皇城新聞』, 1909.12.28.

「논설-독월남망국사」의 경우, 독후의 감회를 서술한 내용은 첫회제1회와 마지막회제7회에서만 확인할 수 있으며, 나머지 연재글에서는 양계초『월남망국사』의 주요 내용을 번역, 정리하고 있다. 이 같은 특징은 약 3개월 뒤에 발표된, 「논설-독의대리건국삼걸전」에서도 동일하게 살펴볼 수 있다.[125]

두 번째 인용문은 「논설-독의대리건국삼걸전」의 마지막 연재 글이다. 앞서 「논설-독월남망국사」와 같이 기자記者의 평론으로 글을 맺고 있다. "역술의대리지삼걸譯述意大利之三傑ㅎ야"라는 문장에서 확인할 수 있듯이 양계초의 『의대리건국삼걸전』을 역술하여 소개한 글이다. 이듬해인 1907년 11월 16일 자에 실린 「논설-독이태리삼걸전유감」『황성신문』, 1907.11.16에는 "『이태리삼걸전』은 일찍이 본 신문에서 누차 기록하였지만, 지금 그 전문을 보고 의견을 술하셨니西洋伊太利三傑의 事는 曾往에도 本報에 屢記ᄒ 바이니와 今에 其全文의 刊行홈을 見ᄒ고 擊案長叫홈을 不勝ᄒ야 一論을 述ᄒ노라"는 문장으로 서두를 시작하고 있다. 이는 전문 번역본이 나오기 이전 「논설-독의대리건국삼걸전」 통해 발췌번역을 시도했음을 밝힌 것이라 할 수 있다.[126] 해당 글은 신채호에 의해 국내 번역서申采浩, 『伊太利建國三傑傳』, 廣學書鋪, 1907.10.20가 출간된 뒤, 게재된 글로 종전 '독후설' 형식의 글쓰기를 답습하고 있다.

다만, 「논설-독월남망국사」・「논설-독의대리건국삼걸전」과 같이, 긴 연재를 통해 책의 내용을 부분 발췌하여 소개하는 방식은 기존 독후설과는 분명 다른 형태로, 오히려 원작에 대한 '번역・번안'의 형태에 가깝다고 볼 수 있다. 그러나 '번역・번안' 소설이라고 하기에는 많은 부분 내용의

125 정환국, 앞의 글, 12~13쪽; 우림걸, 앞의 글, 83~84쪽 참조.
126 김주현, 「〈월남망국사〉와 〈의대리건국3걸전〉의 첫 번역자」, 『한국현대문학연구』 29, 한국현대문학회, 2009, 15~16쪽 참조.

축약과 빈번한 필자의 견해 피력,[127] 평론 등이 존재한다. 이를 통해 본격적으로 '번역·번안' 소설이 출현1900년대 후반하기 전인 이행단계에서, 기존 독후설 형식을 빌려 「논설」란에 발표된 작품임을 짐작할 수 있다. 또한 비슷한 시기에 『월남망국사』와 『의대리건국삼걸전』을 제재로 삼은 글이 『대한매일신보』에도 동시다발적으로 실렸다는 사실[128]은 해당 서적에 대한 세간의 높은 관심과 함께, 서평 형태의 산문양식이 당시 식자층 사이에서는 보편적 글쓰기의 관습으로 이어져왔음을 시사한다.

따라서, 근대 「논설」란의 성격이 정착되는 과정에서 형성된 이 같은 특징적 면모는 꽤 오랜 기간 지속되는 면모를 보인다. 「논설-사파달소지斯巴達小志」「論說」, 『황성신문』, 1907.4.5~1907.4.16, 총 9회와 「논설-멸국신법론滅國新法論」「論說」, 『황성신문』, 1907.5.1~4, 총 4회처럼 축약형식의 연재방법이 다시 등장하기도 하고, 때론 「논설-독미국여걸비다소사讀美國女傑批茶小史」「論說」, 『황성신문』, 1909.2.20와 「논설-독토이기유신근사讀土耳其維新近史」「論說」, 『황성신문』, 1910.3.24 같은 독후설 작품들이 다시 게재되기도 하면서 1910년 4월 28일 자제3355호까지 명맥을 유지한다.

「논설」란의 성격이 변화되고 정착되는 과정 속에서도 그 주제와 형식을 바꿔가며 지속적으로 발표되었던 독후설 작품들은, 단형서사의 잔존형태이자 근대 논변류 양식이란 점에서 서사문학의 흐름과 근대 「논설」란의 제반 특징을 규명하는 데 중요한 기초 자료가 될 것으로 기대한다.

---

127 선행 연구에서는 『독월남망국사』가 '번역'이라 하기에 어려운 근거로서, 본문을 대폭 축소하여 정리한 것과 함께 담당기자가 수시로 개입하여 감정을 노출시키고 있음을 들고 있다(정환국, 앞의 글, 12~13쪽 참조).

128 「奇書-讀越南史有感」(『大韓每日申報』, 1906.9.9~1906.9.11, 총2회); 「雜報-이틱리국아마치젼」(『大韓每日申報』, 1905.12.14~21, 총7회); 「論說-讀意國名臣嘉富耳傳」(『大韓每日申報』, 1906.5.27).

2. 고사란과 서사문학의 전개

『황성신문』은 수차례에 걸친 지면개편을 통하여 게재란을 점차 확장하였다. 그 과정에서 출현한 서사문학들은 지면별 성격에 맞추어 형식을 달리하기도 하며, 때론 변화의 흐름 속에서 소멸의 과정을 겪기도 하였다. 앞서 살펴본 「논설」란의 흐름도 이 같은 『황성신문』의 전개과정에서 비롯한 것인데, 그 과정에서 주목할 것은 시기별로 '지면'과 '명칭'을 바꿔가며 발표된 '고사' 연재물[129]의 존재이다.

「고사」·「국조고사」·「대동고사」는 '고사'라는 유사 제목과 동일 제재를 가진 연재물로서, 『황성신문』 내 연속성을 가진 기획물이라 할 수 있다. 「고사」와 「국조고사」는 전술한 '논변류 고사'와 동시대에 공존하며 발표되었던 작품이고, 「대동고사」는 '논변류 고사'를 비롯한 '서사적논설'이 점차 소멸되던 시기에 연재를 시작한 작품이다. 전통 산문양식의 수용이라는 측면에서 보았을 때, '논변류 고사'와의 관련성에 대한 고찰이 필요하다.

이 같은 작업을 위해서는, 먼저 『황성신문』 개별 '고사' 연재물, 즉 「고사」·「국조고사」·「대동고사」의 특수성을 밝히는 작업이 선행되어야 한다. 그동안의 『황성신문』의 「논설」·「잡보」·「소설」란에 대한 연구 진척을 생각해 본다면 「고사」란의 연구공백은 분명 아쉬운 점이다.[130] 각 '고사'마다 매우 소략한 일화성의 내용들과, 유기적이지 못한 주제와 소재,

---

[129] 「故事」, 1899.11.13~1900.4.2(총 54편), 「國朝故事」, 1903.1.16~1903.1.27(총 11편), 「大東古事」, 1906.4.2~1906.12.10(총 582편).

[130] 이광린은 『『皇城新聞』연구』(앞의 글, 17쪽)에서 『皇城新聞』의 지면개편과 관련한 사설(社說)을 인용하며, 「고사」란을 함께 소개하고 있지만 깊이 있는 논의로 진행하지 못했다. 이후로도 「故事」, 「大東古事」 등을 소개한 연구들(정선태, 앞의 책, 144~145쪽)이 존재하지만, 모두 언급차원에서 그치고 있다.

모호한 연재중단의 동기 등이 연구의 진척을 가로막는 이유로 작용했을 것이다. 그러나『황성신문』의 '고사' 연재가 일회성으로 그친 것이 아니라 연재와 중단을 반복하면서도 오랜 기간 그 명맥을 이어갔다는 점을 고려했을 때, 당시 집필진들의 기획의도가 존재했을 것으로 생각된다.

따라서 본장에서는 '고사' 연재물 간 주제의식·문체 등의 변모과정에 주목하고자 한다. 일련의 작품분석을 통하여 연재물 간 연속성과 차별점을 밝히는 작업은『황성신문』속 '고사' 연재의 의미와 그 지향점을 밝히는 데 중요한 기초가 될 것이다.

1) 고사·국조고사의 출현

『황성신문』의 '고사' 연재는 제1차 지면개편1899년 11월 13일과 함께 시작된다. '고사'의 연재는 보다 폭넓은 독자층을 확보하기 위한 기획의 하나로 여겨진다.[131] 이는『황성신문』이 창간 1년1899년 9월 1일만에 발행부수가 3천 장[132]에 이를 정도로 괄목할 만한 성장을 보이긴 하지만 신문사의 안정적 재원을 확보할 만한 수준에는 못 미쳤기 때문이다. 따라서 제1차 지면개편에는 「고사」란과 더불어 「기서」와 「사조」란을 도입하여 독자들의 기고를 통한 활발한 창작과 참여를 독려하였다.[133]

「고사」란은 「기서」와 「사조」란처럼 독자의 기고가 필요한 방식은 아니지만, 창작이 아닌 기존 옛이야기의 재서술이라는 전략[134]으로 『황성신

---

131 "內外諸君子의 愛讀ㅎ심을 極히 感謝ㅎ온즁紙而을 廓大ㅎ야 寄書故事詞藻等類를 添排ㅎ오나" (「社告」,『皇城新聞』, 1900.1.5).

132 "此月은 卽本新聞紙創刊한 第一回期年이라 首尾十二個月에 幸히 僉君子의 愛覽ㅎ시는 盛意를 被ㅎ야 新聞紙刊行ㅎ는 張數가 每日 近三千張에 延至ㅎ눈딕"(「社說」,『皇城新聞』, 1899.9.1).

133 「기서」와 「사조」란에 대한 논의는 본서의 주제와 논지에서 벗어난 측면이 많아 추후 과제로 남기고자 한다.

문』주요독자층이었던 식자계층의 이목을 끌었다. '고사' 작품은 연재기
간 신문 3면에 고정란을 두고 회당 1~4편씩 총 54편을 실었는데, 이를 정
리하면 〈표 2〉와 같다.

<표 2〉『황성신문』소재 「고사」목록

번호	작품명[135]	출전	날짜	게재란	게재면
1	成廟朝에셔	五山說林	1899.11.13	「고사」	3면 4단
2	先正臣李滉之	同春疏	〃	〃	〃
3	肅宗壬申에	國朝寶鑑	1899.11.14	「고사」	3면 1단
4	柳西厓成龍이	於于野談	〃	〃	〃
5	太宗朝끠옵셔	國朝彙言	1899.11.15	「고사」	3면 1단
6	顯廟嘗於筵中問	尤齋集	〃	〃	〃
7	中廟戊辰에	日月錄	1899.11.16	「고사」	3면 1단
8	都下各官府內一小字에	東閣記	〃	〃	〃
9	世宗끠옵셔	東閣記	1899.11.17	「고사」	3면 1단
10	宣廟ㅣ	國朝寶鑑	1899.11.18	「고사」	3면 1단
11	太宗朝ㅣ	國朝寶鑑	1899.11.20	「고사」	3면 1단
12	一武官이	聞居謾話	〃	〃	〃
13	孝廟朝ㅣ	公私見聞	1899.11.21	「고사」	3면 1단
14	肅宗祖乙卯에	國朝寶鑑	〃	〃	〃
15	文宗朝끠옵셔	國朝彙言	1899.11.22	「고사」	3면 1단
16	成宗朝끠옵셔	國朝讜烈	〃	〃	〃
17	成宗朝時에	國朝讜烈	1899.11.23	「고사」	3면 1단
18	宣祖朝끠옵셔	栗谷日記	〃	〃	〃
19	世宗祖끠옵셔	國朝彙言	1899.11.24	「고사」	3면 1단
20	孝廟朝끠옵셔	孝廟誌狀	〃	〃	〃
21	成廟朝時에	松窩雜記	1899.11.25	「고사」	3면 1단
22	宣廟朝끠옵셔	芝峰類說	〃	〃	〃
23	魚判院이	慵齋叢話	〃	〃	〃
24	吳德溪健이	南溟別集	〃	〃	〃

---

134 "子曰 述而不作 信而好古 竊比於我老彭"(「述而-1」, 『論語』)

번호	작품명[135]	출전	날짜	게재란	게재면
25	世宗朝時에	國朝寶鑑	1899.11.27	「고사」	3면 1단
26	趙判書士秀ㅣ	松窩雜記	〃	〃	〃
27	宣廟朝時에	白洲行狀	1899.11.28	「고사」	2면 4단
28	李判書奎齡이	西溪集	〃	〃	〃
29	宣廟朝戊子年間에	竹窓閒話	1899.11.29	「고사」	3면 1단
30	孝廟朝의읍셔	尤齋集	〃	〃	〃
31	尙安成公震이	淸岡瑣錄	〃	〃	〃
32	世宗朝時에	名臣錄	1899.11.30	「고사」	3면 1단
33	肅宗朝時에	肅宗誌狀	〃	〃	〃
34	成宗朝의읍셔	國朝典謨	1899.12.5	「고사」	3면 1단
35	崔領相錫鼎이	晦隱集	〃	〃	〃
36	世宗朝의읍셔	靜庵集	1899.12.6	「고사」	3면 1단
37	仁祖朝丙戌에	國朝彙言	〃	〃	〃
38	黃秋浦ㅣ	秋浦年譜	1899.12.7	「고사」	3면 1단
39	夫以世俗常情으로	栗谷封事	1899.12.8	「고사」	3면 1단
40	顯廟朝의읍셔	公私見聞	1899.12.9	「고사」	3면 1단
41	世宗朝	靜庵集	1899.12.13	「고사」	2면 4단
42	宣廟朝時에	栗谷日記	〃	〃	〃
43	有隱君子ᄒ야	己卯名賢錄	1899.12.15	「고사」	3면 1단
44	鄭文翼公弼이	鴨翁漫筆	1899.12.16	「고사」	3면 1단
45	晦齋先生이	東閣雜記	〃	〃	〃
46	李後白이	栗谷日記	〃	〃	〃
47	成廟朝의읍셔	鵝城雜志	1899.12.18	「고사」	3면 1단
48	盧蘇齋少時에	於于野談	1899.12.26	「고사」	3면 1단
49	宋孝憲欽이	知北堂家狀	〃	〃	〃
50	頃年에	尤庵與李弘淵書	〃	〃	〃
51	李相國元翼이	公私聞見	1900.3.3	「고사」	1면 4단
52	咸鏡一道가	松窩雜記	1900.3.10	「고사」	1면 3단
53	鄭新堂鵬이	名臣錄	1900.3.13	「고사」	1면 3단
54	李文惠公安訥이	公私見聞	1900.4.2	「고사」	2면 4단

---

135 『皇城新聞』 소재 「故事」 작품은 모두 題名이 없는 관계로, 본서에서는 편의상 본문 첫 어절을 假題로 정하였다. 이하 「國朝故事」・「大東古事」 모두 동일하게 적용하였다.

〈표 2〉에서 확인할 수 있듯이, 각 작품마다 말미에는 반드시 출전을 밝히고 있다. 편년체編年體 사서『國朝寶鑑』부터 잡록집『國朝彙言』,『公私見聞』,『名臣錄』, 잡기·유서『栗谷日記』,『松窩雜記』,『東閣雜記』,『芝峰類說』, 야담집『於于野談』,『竹窓閒話』, 시화·수필집『五山說林』,『西溪集』,『晦隱集』,『靜庵集』,『尤齋集』 및 지문·행장『孝廟誌狀』,『肅宗誌狀』,『白洲行狀』,『知北堂家狀』까지 다양한 문헌들이 활용되었다.

작품마다 전고를 밝힌 것은 「고사」의 연재가 단순한 흥미의 대상만이 아니라 독자들의 지적 욕구를 충족시킬 수 있었던 기획의 하나였음을 시사한다. 따라서 원전과 인용된 고사의 문장과 내용은 대체로 큰 차이가 없다. 실례로 『송와잡기松窩雜記』에서 인용한 「고사」 두 작품1899.11.25; 1900.3.10을 원작과 비교해보면 다음과 같다.

〈표 3-1〉『송와잡기』136와『황성신문』의 고사작품 비교 1

① 梁南原在 成廟朝 久掌風憲 有銅臭之癖 無謇諤之節 ② 一日於通宴 成廟 謂誠之曰 卿爲法官八年 向余一無拂戾逆耳之言 予甚多之 ③ 聖主一言 規諷賤惡之意 深矣	① 成廟朝에 梁南原誠之가 久掌風憲ㅎ야 有銅臭之癖ㅎ고 無謇諤之節이러니 ② 一日於通宴에 上이 謂誠之曰 卿爲法官八年에 向予一無拂戾逆耳之言ㅎ니 予甚多之ㅎ노라ㅎ시니 ③ 聖主一言의 規諷賤惡之意가 深矣ㅎ심이러라
『松窩雜記』, 325쪽	「故事」,『皇城新聞』, 1899.11.25

〈표 3-2〉『송와잡기』와『황성신문』의 고사작품 비교 2

① 咸鏡一道 緣於野人 且有藩胡 朝廷 自前以防戍爲重南北兵使 及北道 大小守令 皆例以武夫差遣 ② 加以朝廷 絶遠 無所畏忌爲守令者 專以箕歛酷刑爲事	① 咸鏡一道가 隣於野人ㅎ고 且有藩胡ㅎ야 自前南北兵使 及北道守令을 皆例以武官差遣ㅎ고 ② 加以朝廷이 絶遠ㅎ야 無所畏忌而爲守令者ㅣ 專以酷刑箕歛으로 爲事어늘

---

136 본서에서는 『國譯 松窩雜記』(松窩思想硏究會, 回想社, 2000)를 통해 원전을 대조하였다.

『송와잡기』와『황성신문』의 고사작품을 비교한 두 표에서 확인할 수 있듯이, 가장 눈에 띄는 차이는 한글 현토의 유무이다. 그밖에 문투에 따른 어휘선택 등의 차이를 제외하고는 대동소이한 면모를 보인다. 한글 현토의 경우도, 전통적 한문문장에 가독성을 편히 하기 위해 한글 조사만을 붙이며 원전과 큰 변화를 주지 않았다. 이 같은 특징은 다른 '고사'에서도 동일하게 드러나는데, 다만 개별 작품마다 원전의 분량이 긴 경우[137]에는 해당 인물의 단편적 행적만을 짧게 인용했다는 차이점을 가진다.

「고사」의 출전으로 활용된 각 문헌들은 그 다양성만큼이나 성격도 천차만별이다. 그러나 다양한 문헌들이 활용된 만큼 선별된 이야기들의 성격을 파악한다면「고사」란이 지향하는 목적을 짐작할 수 있을 것이다.

「고사」에 연재된 전체 54편의 작품들은 대다수 조선조 왕과 명사名士들의 일화·행적을 기술하며, 선정善政이나 청렴淸廉 등의 교훈성을 전달하고 있다. 이는 단순히『황성신문』의 주요 독자층을 의식한 주제의 선택이라 볼 수도 있지만, 그 이면을 살펴보면 왕과 신료 간 소통과 이를 통한 치정의 중요성을 언급한 것으로 당대 정치에 대한 사회비판적 요소를 담고 있다.

---

137 「柳西厓成龍이」(「故事」, 『皇城新聞』, 1899.11.14)·「盧蘇齋少時에」(「故事」, 『皇城新聞』, 1899.12.26)의 경우, 원전(萬宗齋本,『於于野談』, 景文社, 1979)에서 해당 인물의 행적을 서술한 부분 가운데 특정 일화만을 인용하고 있다.

中廟戊辰에 御筆을 政院에 下ᄒᆞ샤 曰 若有過失이면 外庭羣臣이 皆可進言이온 況喉舌之地리오 ᄒᆞ시고 黃毛筆 四十枚와 墨 二十笏을 政院及藝文舘에 下賜ᄒᆞ샤 曰 今賜筆墨은 凡予過失을 直書無諱ᄒᆞ라 日月錄[138]

盧蘇齋少時에 以玉堂封事로 被謫ᄒᆞ야 直聲이 動於士林이러니 及自珍島還하야 作相에 無所建白이어늘 守愚堂崔永慶이 譏之曰 盧相國之唾ᄂᆞᆫ 宜用之治腫이라 하니 盖不言唾ᄂᆞᆫ 治腫에 爲良故也러라 於于野談[139]

첫 번째 글은 중종中宗이 신료들에게 황모필黃毛筆과 먹墨을 하사하며 왕의 과실을 직서무휘直書無諱하라는 명을 내렸다는 내용이며, 두 번째 글은 노소재盧蘇齋가 귀양을 나녀온 뒤에 건백建白을 그치자 최영경崔永慶이 이를 조롱한 내용을 담고 있다. 위의 두 인용문은 모두 충간忠諫의 중요성을 언급한 글이다. 『황성신문』이 당대 개화·계몽을 중시한 근대 신문의 하나였던 만큼 언론사로서의 국가정무에 대한 직언의 필요성과 그 정당성을 설파한 글로 볼 수 있다. 「고사」의 비판적 시각은 무속신앙[140]과 부조리한 정치제도[141] 등을 부정적으로 서술하는 글에서도 드러난다.

都下各官府內一小宇에 紙錢을 叢掛ᄒᆞ며 神像을 畵成ᄒᆞ고 號曰 府君이라ᄒᆞ며

138 「故事」, 『皇城新聞』, 1899.11.16.
139 「故事」, 『皇城新聞』, 1899.12.26.
140 「都下各官府內一小字에」(「故事」, 『皇城新聞』, 1899.11.16), 「世宗의읍셔」(「故事」, 『皇城新聞』, 1899.11.17), 「世宗朝時에」(「故事」, 『皇城新聞』, 1899.11.27), 「黃秋浦 ㅣ」(「故事」, 『皇城新聞』, 1899.12.7), 「有隱君子ᄒᆞ야」(「故事」, 『皇城新聞』, 1899.12.15).
141 「一武官이」(「故事」, 『皇城新聞』, 1899.11.20), 「頃年에」(「故事」, 『皇城新聞』, 1899.12.26), 「咸鏡一道가」(「故事」, 『皇城新聞』, 1900.3.10).

相聚瀆祀홀시 新除官이면 必祭之惟謹호ᄂ지라 魚孝瞻이 執義를 新除홈이 下隷

가 故事로써 告호거늘 孝瞻日 府君이 何物고 紙錢과 神像을 卽取焚之호고 前後

所經官府에도 所謂府君祠ᄂ 率皆焚之호니라 東閣記[142]

世宗쯰옵셔 嘗寢疾이시더니 內人等이 巫女의 言을 惑호야 成均舘前에셔 祈禱

홀시 儒生等이 巫女를 逐出호거늘 中使ㅣ 怒호야 其由를 啓聞호ᄃᆡ 世宗쯰옵셔

扶疾起坐호시고 日予ㅣ 嘗恐不養士러니 今士氣如此호니 予何憂焉이리오 聞此

言호니 予疾이 似愈矣라호시더니 柳判書辰同이 此言으로써 明宗쯰 啓호야 日

人主ㅣ 培養士氣가 當若是矣니이라 東閣記[143]

一武官이 爲某郡郡守러니 民有爭田者호야 甲是乙非라 郡守ㅣ 從公判決호야

將給成案홀시 有一權宰가 受乙者賂호고 抵書邑倅호야 大示威暴어늘 郡守ㅣ 對

甲者流涕호야 日吾ㅣ 不從權宰之言이면 不能保吾職이기로 不得不知非誤決이니

汝於他日地下에 訪我於刀山地獄也호라 甲者ㅣ 亦叩胸痛哭而退러니 聞之者ㅣ 莫

不爲世道之寒心이러라 閒居謾話[144]

첫 번째 이야기는 각 도의 여러 관아에서 부군府君을 세워 제사를 지내던

옛 관습들을 집의執義, 종3품에 임명된 어효첨魚孝瞻이 없애버린 일화이며, 두

번째 이야기는 세종世宗이, 자신의 침질寢疾을 낫게 하기 위해 내인內人들이

부른 무녀巫女를 유생儒生들이 내쫓은 사실을 듣고 도리어 기뻐했다는 내용

142 「故事」, 『皇城新聞』, 1899.11.16.
143 「故事」, 『皇城新聞』, 1899.11.17.
144 「故事」, 『皇城新聞』, 1899.11.20.

이다. 세 번째 이야기는 한 군수郡守가 사건의 시비를 판가름함에 있어서 권세 있는 재상宰相의 말을 좇아 잘못된 판결을 내릴 수밖에 없는 사정을 서술하고 있다.

앞의 두 이야기가 민간의 우매한 믿음에서 비롯한 악습을 비판한 것이라면, 마지막 이야기는 사회 전반에 만연한 부조리의 구조를 보여준다. 작품에 따라 악습을 타파한 모습첫 번째·두 번째 인용 글과 끝내 부조리를 해결하지 못한 채 개인이 순응하는 결과세 번째 인용글로 나뉘지만, 결국 세 이야기 모두 사회개혁의 필요성을 역설하는 글이라 할 수 있다.

여기서 특기할 만한 점은 과거 인물의 사적을 서술하는 글에 흔히 사용되었던 전계류의 문장구조서두 인정기술-행적-논찬가 「고사」란의 작품에서는 적용되지 않는다는 것이다. 개별 작품들을 확인해 보면 인정기술과 논찬은 생략된 채 행적부분만을 간략히 서술하고 있는데, 이는 「고사」의 연재물들이 각기 완결된 작품으로서가 아니라 여러 인물들의 단편적 행적들을 나열하여 서술함으로써, 본 주제의식을 효율적으로 전달하려 했음을 보여주는 것이다. 따라서 말미에 '논찬' 부분이 없음에도 불구하고, 인물의 단편적 행적들이 앞서 언급한 특정주제에 집중되어 있고, 경우에 따라서 문장 말미에 작품의 주제와 관련한 특정인물의 발언이나 문장"人主ㅣ 培養士氣가 當若是矣니이라", "莫不爲世道之寒心이러라"을 서술하고 있어서 「고사」가 어떠한 목적에서 서술되었는지를 충분히 짐작하게 한다.

한편, 「고사」의 작품들은 한 인물에 대한 단일한 에피소드를 정리했다는 점에서 기사체의 문장과 유사하다고 볼 수 있다.[145] 연재 첫날이었던

---

145 선행연구를 살펴보면 『唐文粹』, 『文體明辯』, 『文體芻言』에 실린 글들을 통해 기사를 '전이나 사략과는 달리 오로지 특정 사건 한 가지를 기록하는 서사 양식'(조창록, 「기사의 양식적 특성

1899년 11월 13일, 「사설」란을 통해 「고사」란을 소개할 때에도, '습유拾遺'라는 명칭을 사용하였는데,[146] '타인의 유루遺漏된 것을 가리어 모은 것撰集으로, 사전史傳에 없는 사실들을 기록한 것'[147]이라는 의미의 어휘를 사용했다는 점에서도 이 같은 추론이 가능하다. 이는 이순인李純仁이 「가장家狀」의 서두에서 우리나라 선유들의 기사가 제대로 전해지지 않는 현실을 지적하며 가문에서 내려오는 문견을 기사하여 전해야 할 필요성을 논한 것과 비슷한 성격이라 할 수 있다.[148] 다만, 「고사」는 작자가 해당 자료를 직접 채록하여 작성한 것이 아닌 출전이 있는 이야기를 재인용하여 정리한 것으로, 여러 문헌 속 해당 주제의 글감을 보다 손쉽게 적용할 수 있도록 선택된 문체라 볼 수 있다.

「고사」는 이 같은 기획을 통해 1899년 12월까지 꾸준히 게재되는 면모를 보이지만 점차 연재 수가 줄기 시작하더니, 결국 1900년 4월 2일 자「李文惠公安訥이」를 마지막으로 연재가 중단되기에 이른다. 연재 중단에 대해서는 여러 가지 이유가 있었겠지만, 무엇보다도 1900년 1월 5일 외국 루터통신과 계약을 맺는 시점과 맞물린다는 사실에 주목할 수 있다.[149]

실제 이 기간 외보를 통해 청국의 무술정변戊戌政變과 '양계초梁啓超'·'강유위康有爲' 등에 대한 기사[150]가 1900년을 전후하여 쏟아지기 시작했다.

과 작품 세계」, 『동방한문학』 39, 동방한문학회, 2009, 9~10쪽 참조)이라 정의 내리고 있어, 「故事」 역시 '기사체'의 범주에서 다룰 수 있다.

146 爲始ᄒᆞ야 社務를 更張ᄒᆞ고 紙面도 廓大ᄒᆞ며 欄數도 增加ᄒᆞ고 其部門의 種類도 以上 六件外에 寄書와 詞藻와 拾遺 等 件材料를 添排ᄒᆞ야 發刊ᄒᆞ오니"(「社說」, 『皇城新聞』, 1899.11.13).

147 "謂撠集他人所遺漏也, 如王嘉拾遺記所記多爲史傳所無也, 參見拾遺記條"(『中文大辭典』 4, 中國文化大學印行, 573쪽).

148 "竊觀我東儒先記事之筆, 或有一二可傳於後世, 而見漏於原狀"(李純仁, 「家狀」, 『孤潭逸稿』 卷5).

149 이광린은 루터통신을 로이터(Reuter)통신이라 추정하며, 이 같은 계약을 통해 세계 각국의 소식을 즉각 신문에 게재할 수 있게 됨으로써 신문의 내용이 다양해지고 충실해졌다고 평가한다.(이광린, 앞의 글, 17~18쪽 참조)

그뿐만 아니라 『청국무술정변기』상하양편 560頁라는 단행본의 출간과 이와 관련한 광고[151]들이 지속적으로 게재되기도 하였다. 이는 장지연張志淵, 류근柳瑾, 박은식朴殷植, 신채호申采浩 등 『황성신문』의 주요 집필진들이 양계초에게 큰 영향을 받은 사실과도 맞물리지만,[152] 무엇보다도 주변 청나라의 행보를 타산지석으로 삼아 국내정황을 돌이켜볼 것을 바랐던 『황성신문』의 의도에서 비롯된 것이라 할 수 있다.[153] 때론 청국인민의 우매함을 신라장군 이사부가 보낸 나무사자에 겁을 먹고 항복한 우산국 인민의 우매함과 견주기도 하는데,[154] 앞서 「고사」란의 연재를 통해 무속신앙에 대한 비판의식을 전달하려 했던 집필진들의 의도가 「외보」란에서도 동일하게 적용되고 있다.

---

150 『皇城新聞』에서는 「雜報」나 「外國通信」·「外報」를 통해 양계초의 변법개혁운동과 해외망명 소식(「雜報-北京傳說」, 『皇城新聞』, 1898.10.3; 「外國通信-北京政變續聞」, 『皇城新聞』, 1898.10.6; 「外國通信-北京政變續聞」, 『皇城新聞』, 1898.10.10)을 전하고 있으며, 해외에서의 동정과 소문(「外報-康有爲와梁啓超」, 『皇城新聞』, 1903.11.20), 언론활동(「外報-淸議報」, 『皇城新聞』, 1899.1.13)까지 관심 있게 보도하고 있다.

151 "右冊은 戊戌年붓터 庚子十一月까지 淸國事變을 記載ᄒ얏ᄂᄃᆝ 上編은 開進黨 康有爲 等이 光緒帝를 輔導ᄒ다가 被逐ᄒᆫ 事蹟이오, 下編은 義和團이 作亂ᄒᆫ 後 各國이 擧兵入京과 現今 談辦各條까지 國漢文으로 交譯詳載ᄒ얏스니 願覽諸君子ᄂᆫ 鐘路大東書市로 來購ᄒ오"(「廣告-淸國戊戌政變記」, 『皇城新聞』, 1901.2.22~1901.6.29).

152 양계초라는 인물이 처음 우리 언론에 소개된 것은 『시무보』 주필을 맡고 있던 1897년이었다. 그해 2월 15일 『大朝鮮獨立協會會報』 제6호(1897.2)에 「淸國形勢의 可憐」이라는 글이 실렸다. 그 가운데 중국의 지사인 양계초가 당시 국제정세에 분개하며 저술한 『波蘭亡國史』에 대해 언급하고, 아울러 그 애국적 정치사상의 일단을 소개했다(섭건곤, 「양계초와 구한말 문학」, 법전출판사, 1980, 117쪽; 최형욱, 「양계초의 소설계혁명이 구한말 소설계에 미친영향」, 『중국어문학논집』 20, 중국어문학연구회, 2002, 633쪽 참조). 이를 통해 당대 수많은 언론·지식인들에게 양계초가 알려지기 시작했다. 양계초와 관련한 『皇城新聞』 집필진들의 성향은 다음 연구서들을 참고할 수 있다(김영문, 「장지연의 양계초 수용에 관한 연구」, 『중국문학』 42, 한국중국어문학회, 2004; 송현호, 「애국계몽기의 문학개혁운동과 문학론」, 『인문논총』 8, 아주대 인문과학연구소, 1997; 김현우, 「박은식의 양계초 수용에 관한 연구」, 『개념과 소통』 11, 한림과학원, 2013).

153 "前車之覆을 後車가 可戒니 今之爲國者ᄂᆫ 宜監于此ᄒ야 無使險佞之輩로 用于中ᄒ야 轉成蚌鷸之勢를 如中國의 爲哉어다"(「論說-勢如蚌鷸漁人收功」, 『皇城新聞』, 1901.11.19).

154 「論說-讀史有感」, 『皇城新聞』, 1901.4.24.

결국 「고사」란이 과거조선를 빗대어 현 대한제국의 상황을 경계한 것이라면, 「외보」란에서는 주변국청나라의 상황을 견주어 대한제국의 위기를 벗어나고자 했던 유사한 주제의식들을 함의하고 있었던 것이다. 따라서 「외보」란에 대한 대중의 관심과 외연의 확대는 자연 「고사」란의 위축과 함께 연재중단으로 이어지고, 이 같은 배경 아래, 「고사」란은 1903년 1월 16일 「국조고사」가 연재될 때까지 오랜 기간의 공백기를 가진다.

1900년 4월 2일 이후 『황성신문』이 폐간될 때까지 더 이상 동일한 이름의 「고사」란은 존재하지 않지만, '고사'라는 이름이 동일하게 사용된 「국조고사」1903.1.16~1903.1.27와 「대동고사」1906.4.2~1906.12.10가 시기 차이를 두며 연재되었다. 단순히 명칭의 유사성으로 치부할 수도 있겠지만, 1903년 2월 11일 자 「기서」란에 실린 글[155]을 살펴보아도 당대 독자들은 이미 「고사」란의 연장선상에서 「국조고사」를 인식하고 있었음을 확인할 수 있다. 「국조고사」는 1903년 1월 16일을 시작으로 전체 11편을 연재한다. 작품목록을 정리하면 〈표 4〉와 같다.

이전 「고사」란이 독립된 난으로 연재되었던 것에 비해, 「국조고사」는 「잡보」란 속에 '國朝故事'라는 소제목을 명시한 채 연재를 이어간다. 당대 근대매체에서도 「잡보」란을 통해 각종 기사와 정보를 비롯하여 이담里談·속담俗談 등의 서사물까지 수록한 예를 볼 수 있는데,[156] 『황성신문』도 이

---

155 "紙面에 大書皇城新聞四字하고 其下에 有官報 外報 論說 雜報 故事 詞藻 廣告 等 名目 (…중략…) 故事난 典故之學也오"(「寄書」, 『皇城新聞』, 1903.2.11).
156 '잡보'란 용어는 원래 우리나라에서는 사용하지 않던 용어였다. 근대계몽기 이전에는 문집 등에도 잡보라는 용어를 활용해 서사문학 자료를 수록한 경우가 전혀 없었다. 국내에서는 『조선신보』가 처음으로 사용하기 시작했고, 『한성신보』가 이어서 사용했다. 따라서 이 말은 일본에서 수입된 것으로 보인다. 『독립신문』이나 『매일신문』·『제국신문』 등이 이 용어를 사용하게 되는 것도 결국은 일본인 발행 신문의 영향으로 볼 수밖에 없는 것이다. (김영민, 『한국의 근대신문과 근대소설』 2, 소명출판, 2008, 39쪽)

번호	작품명	출전	날짜	게재란	게재면
1	李相公相璜이	未詳	1903.1.16	「잡보」	3면 1단
2	國文孝公孝孫이	未詳	1903.1.19	「잡보」	3면 1단
3	宣廟朝에	未詳	1903.1.20	「잡보」	3면 1~2단
4	世宗元年에	未詳	1903.1.21	「잡보」	3면 1단
5	江原道飢어늘	未詳	〃	〃	〃
6	世宗이以列國은	未詳	1903.1.24	「잡보」	3면 1단
7	世宗이御製諺文	未詳	〃	〃	3면 1~2단
8	黃翼成公喜는	未詳	1903.1.26	「잡보」	3면 1단
9	許文敬公稠는	未詳	〃	〃	3면 1~2단
10	柳文貞公寬은	未詳	1903.1.27	「잡보」	3면 1단
11	宣廟初에	未詳	〃	〃	〃

같은 배경 아래 「국조고사」를 편성했다고 볼 수 있다.

실제, 『황성신문』은 1차 지면 개편 이후 「잡보」란을 통해 꾸준히 역사 관련 기사물들을 게재·연재하고 있었기 때문에[157] 「잡보」란 속 「국조고 사」의 연재도 자연스럽게 녹아들 수 있었다.[158] 「국조고사」가 연재되기 며칠 전인 1903년 1월 12일부터 15일까지에도 「잡보」란을 통해 「북변개 척시말北邊開拓始末」 3편이 연재되었다. 이는 김종서가 세종에게 올린 상소와 왕의 우비優批를 통해 북변 개척의 전말을 알 수 있게 서술한 글인데, 「국

---

157 『皇城新聞』의 역사관련기사에 대한 부분은 『『皇城新聞』의 역사관련기사에 대한 검토」(최기 영, 『한국근현대사연구』 2, 한국근현대사학회, 1995)를 참고할 것.

158 「잡보」란 속 『國朝故事』의 연재는 이후 「大東古事」까지 이어진다. 『國朝故事』에 비해 확대된 제목의 크기가 별도의 고정란으로 느껴지게 하지만, 「잡보」란을 포함한 「논설」·「외보」·「기 서」 등의 고정란들과는 디자인 등에서 확연히 구분된다. 특히 1906.4.5·7·9·14의 경우 1면 「잡보」란에 「大東古事」만이 단독으로 게재되어 있는 면모가 드러나므로 애당초 「大東古事」의 연재는 「잡보」면을 염두에 둔 것으로 볼 수 있다. 단, 1906.4.25부터는 「잡보」란 없이 「大東古 事」가 단독으로 연재되는 경우도 있어 연재가 장기간 됨에 따라 독립된 지면의 성격으로 변모 해갔음을 짐작할 수 있다. 본서에서는 초기 연재의 의도대로 「잡보」란으로 규정하여 논의를 전개하고자 한다.

조고사」라 제목을 붙여도 무리가 없을 정도로 유사한 성격을 가진 작품이다. 이후 연재된 「서북변정토시말西北邊征討始末」1903.1.16~1903.1.23은 「국조고사」와 함께 잡보 3면 1단에 동시에 연재되기도 했다. 「국조고사」와 동일한 제목의 크기와 디자인, 그리고 조선초 무신들최윤덕, 정종, 신숙주, 어유소 등의 활약상을 묘사한 점 등을 살펴보았을 때, '역사관련 기사물'과 「국조고사」의 연재는 『황성신문』 안에서 큰 차별점이 없는, 유사한 의도의 기획물이었다고 볼 수 있다. 이전 「고사」란과 달리 「국조고사」에서 출전을 명시하지 않은 것도 이 같은 추측을 가능하게 해준다.[159]

편당 분량은 작품별로 「고사」와 비슷하거나 2~3배가량 확대된 작품도 존재한다. 그러나 정작 연재된 작품 수가 11편으로 매우 적은 편이어서 연재의 성격이나 그 중요도를 가늠하기가 힘들다. 다만 이야기 주제나 소재의 측면에서 보았을 때, 대체로 이전 「고사」와 유사한 성격의 일화들이 서술되었음을 확인할 수 있다.

國文孝公 孝孫이 兒時에 能屬文ᄒᆞ야 其父ㅣ 爲議政府錄事러니 淸晨에 往相公 朴元亨之門ᄒᆞ니 閻人이 辭以寢ᄒᆞ고 不爲通이라 飢困歸家ᄒᆞ야 謂其子曰 余以不才로 喫辱至此ᄒᆞ니 汝須勤業ᄒᆞ야 毋如爾父也ᄒᆞ라 孝孫이 書其刺尾曰 相國酣眠 日正高門前刺紙欲生毛夢中若見周公聖須問當年吐握勞라ᄒᆞ얏더니 翌朝에 其父ㅣ 不省ᄒᆞ고 又往投刺흔딕 相公이 見其詩ᄒᆞ고 卽引入問曰 是爾所題否아 某父ㅣ 驚懼失措ᄒᆞ야 審其字劃ᄒᆞ니 孝孫筆也라 乃吐實흔딕 相公이 令召孝孫ᄒᆞ야 至則

---

159 비록 출전을 밝히지 않았지만, 「國朝故事」 연재 당시 시중에 유통된 '고사' 관련 서적들이 출전이 되었을 것이란 예측도 가능하다. 실제 '國朝故事'라는 제명을 가진 서적들(언문·한문본 『國朝故事』, 국립중앙도서관·규장각 소재)이 있는데, 세부조목은 일치하지 않는다. 그러나 이와 유사한 잡록류의 도서들이 「國朝故事」의 다양한 소재가 되었을 것으로 추정된다.

穎悟不凡이라 極加將歎ᄒᆞ고 時에 相公이 有少女方擇婿러니 入語夫人曰 吾今得
佳婿矣라ᄒᆞᆫᄃᆡ 夫人이 不可曰 我女를 豈可與錄事兒로 爲婚이리오 相公이 不從ᄒᆞ
고 竟婚其女ᄒᆞ니라 孝孫이 後에 官至崇祿左參贊ᄒᆞ고 諳鍊典故ᄒᆞ야 撰經國大典
五禮儀註ᄒᆞ니라[160]

宣廟初에 李文成珥ㅣ 爲吏曹佐郎ᄒᆞ야 謁判書朴永俊曰 方今之弊ᄂᆞᆫ 守令이 侵
漁ᄒᆞ고 邦本이 憔悴ᄒᆞ니 欲擇守令인ᄃᆡ 莫如擇初入仕而皆以干請而得故로 仕路
ㅣ 無由得淸ᄒᆞ고 邦本이 無由得寧ᄒᆞ니 請自今務張公道ᄒᆞ야 以革宿弊ᄒᆞ소셔 永
俊이 面諾之라가 及爲政에 乃因循舊習ᄒᆞ고 不用公道어ᄂᆞᆯ 珥ㅣ 歎曰 痼疾을 誠
不可醫也로다[161]

첫 번째 이야기에는 부친이 의정부녹사議政府錄事였던 윤효손尹孝孫이 자신
의 능력을 알아본 재상 박원형朴元亨의 사위가 되어, 훗날 숭록좌참찬崇祿左參
贊에 오르고 『경국대전經國大典』, 『오례의주五禮儀註』를 수찬한 경위를 기록하
고 있다. 태생에 굴하지 않고 끊임없이 정진하는 개인과 신분에 관계없이
유능한 인물을 가려내는 위정자의 이야기를 통해 개화·계몽사상을 전파
하려는 편집자의 의도를 드러내고 있다.

두 번째 이야기에는 이이李珥가 판서 박영준朴永俊에게 묵은 폐해를 개혁
하기를 청하지만 여전히 구습을 좇고 공도를 행하지 않는 모습을 보고
"고질은 진실로 치료할 수 없다痼疾을 誠不可醫也로다"며 탄식하는 내용을 담고
있다. 무엇보다도 정치에서의 개혁이 시급함을, 과거 명사들의 일화를 통

---

160 「國朝故事」, 『皇城新聞』, 1903.1.19.
161 「國朝故事」, 『皇城新聞』, 1903.1.27.

해 주장한 것이다.

두 이야기 모두 앞서 「고사」와 동일하게 인물의 '행적'만을 중심으로 기사화했다. 별다른 '논찬' 없이 현실정치의 폐단을 우회적으로 비판했다는 점에서 「고사」의 연장선에서 「국조고사」를 평가할 수 있다. 1903년 6월 3일 자 「논설 – 신론국조고사申論國朝故事」에서는 「국조고사」의 연재 의도를 직접 밝히고 있다.

> 國朝 ㅣ 承羅麗之陋習하야 列聖以來로 痛革陋俗하시고 導率風敎하샤ㄷ 吾東
> 數千年習俗을 不能一朝盡革하야 歷屢百年而後에 風俗이 始一變하니 盖開物化
> 俗之道난 惟在乎政治風化之如何耳라 (…중략…) 國朝崇正斥異之風이 如是故로
> 荒陋之俗이 稍稍變革迫盡 而但近日閭巷間愚昧之習이 或不能無駸駸誑惑之獘故
> 로 更述先王所以革除導率之盛하야 以警告開陳하노라[162]

위 인용된 논설에서는, '조정이 과거 신라·고려의 더러운 풍속을 수백년에 걸쳐 개혁하여 비로소 일변하니, 개화의 길은 오직 정치로서의 교화에 있다'고 말한다. 그럼에도 불구하고 현실은 여전히 '여항간 우매한 풍속으로 인하여 광혹하는 폐해가 있어 「국조고사」를 통해 선왕의 일화를 다시 서술함으로써, 경고·개진하고자' 했음을 밝히고 있다.

그러나 소수 편집진들이 이 같은 주제의식이 담긴 일화나, 관련 서적들을 입수하기란 쉽지 않았을 것으로 여겨진다. 따라서 당시 『황성신문』에는 서적편찬의 중요성을 설명한 논설[163]이나 책 수집을 위한 광고[164]들이

---

162 「論說 – 申論國朝故事」, 『皇城新聞』, 1903.6.3.
163 「論說 – 宜廣編書籍」, 『皇城新聞』, 1903.2.28.

연이어 게재되기도 하였다.

「국조고사」는 1903년 1월 27일 자『柳文貞公寬은』·「宣廟初에」를 마지막으로 연재를 중단한다. 주된 이유로는 신문사의 경영난을 들 수 있겠지만, 애당초「잡보」란 속「국조고사」라는 소제목으로 연재를 이어간 만큼 기존 '역사관련 기사물'과 유사한 단편적인 기획연재였을 가능성이 높다. 「국조고사」의 연재기간1903.1.16~1903.1.27 전후로 강역이나 국토를 소재로 한 '역사관련 기사물'이「잡보」란에 지속적으로 연재되었던 사실도 이를 방증한다.

신문사의 경영난은「논설-시일야방성대곡是日也放聲大哭」『황성신문』, 1905.11.20으로 인한 신문사의 정간停刊을 비롯하여, 러일전쟁·을사보호조약 체결 등 나라 안팎의 혼란이 더해짐에 따라 더욱 어려운 상황에 놓인다. 그에 따라 『황성신문』은 거듭된 지면개편2차 시면개편 1905년 4월 1일, 3차 지면개편 1906년 4월 2일과 사내 경영진·집필진 등의 교체를 통해 쇄신에 힘을 쏟는데,[165] 이 같은 상황은『황성신문』'고사' 연재의 방식에도 변화를 가져온다.

2) 대동고사의 변모와 기획

1906년 4월 2일, 『황성신문』은 3차 지면개편과 동시에 「대동고사」의 연재를 시작하여 같은 해 12월 10일까지 전체 582편을 연재했다. 예외적

---

164 "本社에서 有志者 幾人이 資本을 鳩合ᄒᆞ야 我韓自古로 野史雜誌와 奇文異書와 國朝故事文獻을 收集ᄒᆞ야 訂校發刊ᄒᆞ야 國內에 廣布ᄒᆞ깃사오니 勿論遠近ᄒᆞ고 故事文獻에 可攷홀 書冊이 有ᄒᆞ옵거던 本社로 來議ᄒᆞ시면 爲先重價를 不惜ᄒᆞ고 其書冊을 購買도 ᄒᆞ려니와 將次 刊布홀 터이오니 四方有志僉君子ᄂᆞᆫ 照亮來議ᄒᆞ심을 伏望"(「廣告」,『皇城新聞』, 1903.1.22).

165 정간된 지 3개월 뒤인 1906년 2월 13일에 겨우 속간하게 되었으나 결국엔 신문사 운영자들로 하여금 정간의 책임을 지워 물러나게 했다. 2월 17일의 총회에서 전 총무원 남궁훈을 사장으로 주주의 한 사람인 성낙영을 총무원으로, 역시 주주였던 김재완을 회계로 선출하였다. 그러나 이들도 오랫동안 신문사의 운영을 맡지 못하였다. 또한 신문의 정간과 함께 종전 주필로 활동했던 박은식, 신채호, 장지연 등도 신문사를 떠나게 되고 1906년 9월부터는 유근이 주필로 활동하였다.(이광린, 앞의 글, 28~30쪽 참조)

으로 첫 연재날인 4월 2일에만 「대동고적」이란 제목으로 작품이 실렸지
만, 이후에는 모두 「대동고사」라는 이름으로 연재가 지속되었다.[166] '고
사'라는 제목에서 짐작할 수 있듯이, 앞서 「고사」·「국조고사」와 유사한
성격의 연재물이라 할 수 있다.[167] 다만 「고사」와 「국조고사」가 주로 신문
3면에 실렸던 반면, 「대동고사」는 전 작품을 신문 1면에 연재했다. 작품
목록을 정리하면 다음 표와 같다.

<표 5> 『황성신문』 소재 「대동고사」 목록

번호	작품명	날짜	번호	작품명	날짜
1	圓覺寺는	1906.4.2	18	昌慶宮集春門은	1906.4.7
2	庾應圭는	〃	19	四佛山은	〃
3	明昇舊居는	〃	20	異斯夫는	〃
4	高麗祿制는	1906.4.3	21	木覓山烽燧는	1906.4.9
5	神穴寺는	〃	22	高麗恭愍王은	〃
6	世祖時에	〃	23	烏金簪은	〃
7	上前俯伏은	〃	24	義狗塚은	〃
8	開城城郭은	〃	25	首陽山은	1906.4.10
9	仁祖朝時에	1906.4.4	26	李穆은	〃
10	新羅訥祇王時에	〃	27	洪義妻는	〃
11	李命俊은	〃	28	公嶮嶺舊址는	1906.4.11
12	伽耶琴은	1906.4.5	29	崔陟卿은	〃
13	世宗時에	〃	30	燕山朝時興淸輩의	〃
14	僧忠湛塔碑는	〃	31	新羅景德王時에	〃
15	訓鍊都監焰焇廳은	1906.4.6	32	高麗忠宣王이	1906.4.12
16	率居는	〃	33	江陵大和驛北에	〃
17	柳寬은	〃	34	宋千喜는	〃

166 연재기간에는 1906년 5월 21일, 9월 26일, 10월 1일, 10월 2일, 10월 4일, 10월 5일, 11월
12일, 11월 27일을 제외하고 꾸준히 작품을 연재하였다.
167 비록 '故事'(「故事」·「國朝故事」)와 '古事'(「大東古事」)의 한자 차이가 존재하지만 두 어휘
의 사전적 의미나 과거 용례들을 살펴보았을 때, 변별점을 가진다고 보기 힘들다.

번호	작품명	날짜	번호	작품명	날짜
35	肅宗甲子에	1906.4.13	67	諺語에	〃
36	龍藏城은	〃	68	普光寺ᄂᆞᆫ	1906.4.26
37	溫達은	〃	69	彈琴臺ᄂᆞᆫ	〃
38	文益漸은	1906.4.14	70	李上佐ᄂᆞᆫ	〃
39	鶴淵瀑布ᄂᆞᆫ	〃	71	黑齒常之ᄂᆞᆫ	1906.4.27
40	鄭蘊은	〃	72	埋香碑ᄂᆞᆫ	〃
41	乙豆智와	1906.4.16	73	南師古ᄂᆞᆫ	〃
42	降仙樓ᄂᆞᆫ	〃	74	福信은	1906.4.28
43	中宗朝時에	〃	75	土亭里ᄂᆞᆫ	〃
44	許后ᄂᆞᆫ	1906.4.17	76	宣祖十一年에	〃
45	普德窟은	〃	77	沙伐國古城은	1906.4.30
46	朴忠元은	〃	78	金仁存은	〃
47	崔潤德은	1906.4.18	79	廣州山城內에	〃
48	紅流洞은	〃	80	金周元은	1906.5.1
49	安向은	〃	81	月唐江은	〃
50	彌趍忽은	1906.4.19	82	烈女權氏ᄂᆞᆫ	〃
51	天登橋ᄂᆞᆫ	〃	83	兔兒洞은	1906.5.2
52	藥哥ᄂᆞᆫ	〃	84	金得培ᄂᆞᆫ	〃
53	匹夫ᄂᆞᆫ	1906.4.20	85	坡州에	〃
54	孔岩渡난	〃	86	鄭云敬이	1906.5.3
55	金氏名四月은	〃	87	大關嶺은	〃
56	金生은	1906.4.21	88	李思林은	〃
57	檜岩寺난	〃	89	金遷은	1906.5.4
58	奇子敖난	〃	90	狎鷗亭은	〃
59	竹竹은	1906.4.23	91	柳應秀ᄂᆞᆫ	〃
60	臥龍池난	〃	92	乙支文德은	1906.5.5
61	高翰雲은	〃	93	甄萱城은	〃
62	千房寺난	1906.4.24	94	李長坤은	〃
63	廉悌信은	〃	95	龍堰宮舊址ᄂᆞᆫ	1906.5.7
64	太宗朝에	〃	96	擊毬場은	〃
65	階伯은	1906.4.25	97	末山은	〃
66	身彌島ᄂᆞᆫ	〃	98	報德城은	1906.5.8

번호	작품명	날짜	번호	작품명	날짜
99	韓惟漢은	〃	131	月岳祠는	〃
100	光海七年五月에	〃	132	許琮은	〃
101	九梯宮은	1906.5.9	133	柳孝金은	1906.5.22
102	魚有沼는	〃	134	竹島는	〃
103	禮安斷流川은	〃	135	新永莊은	〃
104	烈女林氏는	〃	136	開泰寺는	1906.5.23
105	咸興坪은	1906.5.10	137	李學儒는	〃
106	李公遂는	〃	138	九龍淵은	〃
107	金良彥은	〃	139	韓希愈는	1906.5.24
108	克守는	1906.5.11	140	國島는	〃
109	元忠甲은	〃	141	華藏山은	〃
110	報恩寺는	〃	142	吉祥山은	1906.5.25
111	王可道는	1906.5.12	143	申崇謙은	〃
112	開天寺는	〃	144	柳彭老는	〃
113	李廷鸞은	〃	145	庚黔弼은	1906.5.26
114	禹倬은	1906.5.14	146	慶迎樓는	〃
115	凌波臺는	〃	147	沈諹은	〃
116	猪灘은	〃	148	孫起南은	〃
117	金甫當은	1906.5.15	149	成忠은	1906.5.28
118	普光寺는	〃	150	李世華는	〃
119	李繼孟은	〃	151	錦城山은	〃
120	光海十一年十月에	〃	152	斷俗寺는	1906.5.29
121	李兆年은	1906.5.16	153	金允侯는	〃
122	長安城은	〃	154	天王祠는	〃
123	金悌甲은	〃	155	柳天弓은	1906.5.30
124	鄭顗는	1906.5.17	156	花園廢縣은	〃
125	六友堂은	〃	157	李鵬壽는	〃
126	金延壽는	〃	158	朴犀는	1906.5.31
127	閔湜은	1906.5.18	159	九月山은	〃
128	召公臺는	〃	160	石金은	〃
129	棘城關은	〃	161	智蔡文은	1906.6.1
130	李忩言은	1906.5.19	162	龍游潭은	〃

번호	작품명	날짜	번호	작품명	날짜
163	崔壽城은	〃	195	侍中臺는	〃
164	奇后墓난	1906.6.2	196	堅至는	〃
165	古洞仙驛은	〃	197	玉寶高는	1906.6.15
166	南君甫墓는	〃	198	朴安臣은	〃
167	洛山寺는	1906.6.4	199	文石은	〃
168	致遠臺는	〃	200	法住寺난	1906.6.16
169	咸關嶺은	〃	201	高興은	〃
170	崔氏園은	1906.6.5	202	葦島난	〃
171	慶大升은	〃	203	金山寺는	1906.6.18
172	鐵關城은	〃	204	李養中은	〃
173	高延壽	1906.6.6	205	鄭鳳壽은	〃
174	崔碩은	〃	206	釣龍臺는	1906.6.19
175	穆祖舊居는	〃	207	玄德秀는	〃
176	**黃龍國은**	1906.6.7	208	申浩는	〃
177	看藏事는	〃	209	大青島는	1906.6.20
178	鄭氏는	〃	210	石橋은	〃
179	佛日菴은	1906.6.8	211	任君輔는	〃
180	宋文胄는	〃	212	大光顯은	1906.6.21
181	鶴浦橋는	〃	213	石燈은	〃
182	七佛寺는	1906.6.9	214	柳濯은	〃
183	李資玄은	〃	215	崔瀹은	1906.6.22
184	崔婁伯은	〃	216	無住菴은	〃
185	巨陽城은	1906.6.11	217	文緯는	〃
186	隨川郡은	〃	218	落花岩은	1906.6.23
187	節婦崖는	〃	219	尹瓘은	〃
188	密友	1906.6.12	220	朴淳은	〃
189	古熊津都督府는	〃	221	合浦舊營은	1906.6.25
190	金時習은	〃	222	李芳實은	〃
191	素那는	1906.6.13	223	趙胖은	〃
192	高麗時移宮舊址가	〃	224	朴英規는	1906.6.26
193	趙開同妻는	〃	225	花巖은	1906.6.27
194	鄭可臣은	1906.6.14	226	娣妹淵은	〃

번호	작품명	날짜	번호	작품명	날짜
227	興首난	1906.6.28	259	無量寺눈	〃
228	登山串은	〃	260	乙巴素눈	1906.7.11
229	鄭鍾은	〃	261	鳴鶴所눈	〃
230	許有全은	1906.6.29	262	李山甫눈	〃
231	佛岩은	〃	263	王式廉은	1906.7.12
232	李舜臣은	〃	264	瑞山은	〃
233	橐駝橋눈	1906.6.30	265	宋象賢은	〃
234	神光寺눈	〃	266	巨仁은	1906.7.13
235	魚有沼눈	〃	267	鼎山峰은	〃
236	向德은	1906.7.2	268	浦項鎭은	〃
237	李道敏은	〃	269	鄭年은	1906.7.14
238	赤嶋눈	〃	270	表訓寺눈	〃
239	倉庫古址눈	1906.7.3	271	姜緖눈	〃
240	徐稜은	〃	272	鏡浦臺눈	1906.7.16
241	申恪은	〃	273	洪義妻눈	〃
242	金暄은	1906.7.4	274	郭逡은	〃
243	卒本川은	〃	275	金澍눈	1906.7.17
244	金孟權은	〃	276	碧骨堤湖눈	〃
245	高福章	1906.7.5	277	韓浚謙은	〃
246	重興殿은	〃	278	高麗太祖影殿은	1906.7.18
247	白嶺學舍눈	〃	279	趙暾은	〃
248	安興亭은	1906.7.6	280	洪季男은	〃
249	咸富눈	〃	281	劉仁軌城은	1906.7.19
250	鄭曄은	〃	282	金長壽눈	〃
251	抱州눈	1906.7.7	283	於羅寺淵은	〃
252	李茂方은	〃	284	閭長은	1906.7.20
253	李希建은	〃	285	串岬口눈	〃
254	張保皐눈	1906.7.9	286	咸化島눈	〃
255	閔祥正은	〃	287	聖留窟은	1906.7.21
256	閔祥正은	〃	288	黃裳은	〃
257	金希제은	1906.7.10	289	趙冲은	1906.7.23
258	偰遜은	〃	290	韓百謙은	〃

번호	작품명	날짜	번호	작품명	날짜
291	姜沆은	〃	323	羣山島는	〃
292	招賢臺	1906.7.24	324	蘇翁은	〃
293	徐弼은	〃	325	庾黔弼은	1906.8.6
294	金允壽는	〃	326	寒松亭은	〃
295	華巖寺는	1906.7.25	327	李養中은	〃
296	曹愼은	〃	328	權和는	1906.8.7
297	元氏는	〃	329	獐川은	〃
298	任强首는	1906.7.26	330	李潤慶은	〃
299	淸川江은	〃	331	崔惟淸은	1906.8.8
300	李楫은	〃	332	安養寺는	〃
301	朝鮮大夫禮는	1906.7.27	333	鄭太和는	〃
302	調絃驛은	〃	334	鄭習仁은	1906.8.9
303	南以興은	〃	335	關王廟는	〃
304	興王寺古基는	1906.7.28	336	李珥는	〃
305	柳淑은	〃	337	泰評은	1906.8.10
306	康氏는	〃	338	金尙宮은	〃
307	金叔興은	1906.7.30	339	義牛塚은	〃
308	敬天寺는	〃	340	鴿原城은	1906.8.11
309	李幼澄은	〃	341	慶復興은	〃
310	聰明은	1906.7.31	342	李時白은	〃
311	羅城은	〃	343	萬夜山은	1906.8.13
312	辛應時는	〃	344	金歆連은	〃
313	朴儒는	1906.8.1	345	金德崇은	〃
314	萬景蜂은	〃	346	神龍潭은	1906.8.14
315	洪純彦은	〃	347	李子松은	〃
316	就利山은	1906.8.2	348	南怡는	〃
317	鄭沇은	〃	349	龔直은	1906.8.15
318	李後白은	〃	350	濬源殿은	〃
319	阿慈介는	1906.8.3	351	金時敏은	〃
320	凝石寺는	〃	352	蔡靖은	1906.8.16
321	李澄玉은	〃	353	五臺寺는	〃
322	房瑞鸞은	1906.8.4	354	林慶業은	〃

번호	작품명	날짜	번호	작품명	날짜
355	子玉은	1906.8.17	387	宋氏는	〃
356	河拱辰은	〃	388	楸子島는	1906.8.30
357	石穴은	〃	389	張晚은	〃
358	甲川은	1906.8.18	390	蘇多耀古營은	〃
359	金慶孫은	〃	391	李奎報는	1906.8.31
360	朴以昌은	〃	392	威鳳寺는	〃
361	林樸은	1906.8.20	393	安氏는	〃
362	菩提坂은	〃	394	高厚	1906.9.1
363	曹好益은	〃	395	祭堂淵은	〃
364	楓川原은	1906.8.21	396	魚孝瞻은	〃
365	尹桓은	〃	397	薛公儉은	1906.9.3
366	李邊은	〃	398	臨淸臺는	〃
367	鄭仁卿은	1906.8.22	399	金應河는	〃
368	龍穴은	〃	400	邊呂는	1906.9.5
369	車云革은	〃	401	箕準城은	〃
370	白頤正은	1906.8.23	402	金浚은	〃
371	穆祖舊居는	〃	403	王式廉은	1906.9.6
372	李自華는	〃	404	福泉寺는	〃
373	鄭顗는	1906.8.24	405	朴英은	〃
374	雲住寺는	〃	406	宋佇는	1906.9.7
375	盧氏는	〃	407	靈通寺는	〃
376	李純孝는	1906.8.25	408	申立은	〃
377	孤石峰은	〃	409	金漢忠은	1906.9.8
378	崔慶會는	〃	410	伽耶寺는	〃
379	巨仁은	1906.8.27	411	柳洵은	〃
380	塹城壇은	〃	412	洪師禹는	1906.9.10
381	金德齡은	〃	413	天王峰은	〃
382	趙仁規는	1906.8.28	414	姜燦은	〃
383	瀿岩은	〃	415	金慶孫은	1906.9.11
384	王思達은	〃	416	防禦山은	〃
385	堅權은	1906.8.29	417	申公濟는	〃
386	海印寺는	〃	418	尹瑄은	1906.9.12

번호	작품명	날짜	번호	작품명	날짜
419	江東古邑城은	〃	451	王可道는	1906.9.27
420	金氏는	〃	452	金錬光은	〃
421	玄化寺는	1906.9.14	453	東海碑는	〃
422	安祐는	〃	454	金台鉉은	1906.9.28
423	姜廉은	〃	455	樂民樓는	〃
424	金濤는	1906.9.15	456	崔潤德은	〃
425	延坪嶺은	〃	457	柳寬은	1906.9.29
426	邊協은	〃	458	李氏는	〃
427	庾黔弼은	1906.9.17	459	望月峰은	〃
428	景釀臺는	〃	460	申崇謙은	1906.10.6
429	張晩은	〃	461	兀剌山城온	〃
430	李集은	1906.9.18	462	金宇顒은	〃
431	馬耳山은	〃	463	高麗太祖舊宅은	1906.10.8
432	鄭蘭宗은	〃	464	鄭晏은	〃
433	皮元亮은	1906.9.19	465	李希建은	〃
434	龍興江은	〃	466	韓惟漢은	1906.10.9
435	崔應賢은	〃	467	定慧寺는	〃
436	高興은	1906.9.20	468	朴名賢은	〃
437	道詵碑는	〃	469	童巾城은	1906.10.10
438	金縝은	〃	470	徐甄은	〃
439	南誾은	1906.9.21	471	金應會는	〃
440	蔓嶺은	〃	472	向榮은	1906.10.11
441	崔山斗는	〃	473	冠岳山은	〃
442	李世華는	1906.9.22	474	梁誠之는	〃
443	洛山寺는	〃	475	崔春命은	1906.10.12
444	成俊은	〃	476	主峰寺는	〃
445	宋希奎는	1906.9.24	477	洗兵舘은	1906.10.13
446	五臺山은	〃	478	鄭宗榮은	〃
447	李氏는	〃	479	文正은	1906.10.15
448	李元禎은	1906.9.25	480	劉克良은	〃
449	水鍾寺는	〃	481	缸坡古城은	1906.10.16
450	朴紹는	〃	482	性伊는	〃

번호	작품명	날짜	번호	작품명	날짜
483	金殷傳는	1906.10.17	515	黃守는	〃
484	道岬寺는	〃	516	文殊寺는	1906.11.2
485	龍頭洞은	1906.10.18	517	李茂芳은	〃
486	朴弘文은	〃	518	黃進은	1906.11.5
487	李濟臣은	1906.10.19	519	崔均은	〃
488	遲受信은	〃	520	興義驛은	1906.11.6
489	田元均은	〃	521	具致寬은	〃
490	卜智謙은	1906.10.20	522	李子晟은	1906.11.7
491	天冠山은	〃	523	獬岺은	〃
492	掘浦는	1906.10.22	524	金乙時는	〃
493	許晩石은	〃	525	李永은	1906.11.8
494	郭中龍은	1906.10.23	526	金怡는	〃
495	寒溪山은	〃	527	田祿生은	1906.11.9
496	李濟臣은	1906.10.24	528	崔氏圍은	〃
497	羅有文은	〃	518	黃進은	1906.11.5
498	朴葳는	〃	519	崔均은	〃
499	舒川浦萬戶鎭은	1906.10.25	520	興義驛은	1906.11.6
500	柳珩은	〃	521	具致寬은	〃
501	韓冲은	1906.10.26	522	李子晟은	1906.11.7
502	葛山洞温泉은	〃	523	獬岺은	〃
503	徐起는	〃	524	金乙時는	〃
504	閔愉는	1906.10.27	525	李永은	1906.11.8
505	脫彌谷堡는	〃	526	金怡는	〃
506	海上漁人	〃	527	田祿生은	1906.11.9
507	金慶孫은	1906.10.29	528	崔氏圍은	〃
508	郭輿는	1906.10.30	529	哈蘭府古沼는	1906.11.10
509	任鉉은	〃	530	尹子雲은	〃
510	辛于墓는	〃	531	洪貴達은	〃
511	埋香碑는	1906.10.31	532	金鳳麟은	1906.11.13
512	鄭逑는	〃	533	道詵窟은	〃
513	東山齊古基는	1906.11.1	534	尹承鮮는	1906.11.14
514	安氏는	〃	535	嗚呼島는	〃

번호	작품명	날짜	번호	작품명	날짜
536	龍潭은	1906.11.15	554	崔宰눈	1906.11.24
537	許誠눈	〃	555	柳希春은	〃
538	吳世	1906.11.16	556	海雲亭은	〃
539	釣龍臺눈	〃	557	趙通은	1906.11.26
540	慶延은	〃	558	李成萬은	〃
541	韓宗愈눈	1906.11.17	559	穿島눈	1906.11.28
542	三釜瀑은	〃	560	愛牙赤은	〃
543	尹煌은	1906.11.19	572	金先政눈	1906.12.5
544	崔奇遇눈	〃	573	朴宜中은	〃
545	申末舟눈	〃	574	崔德之눈	1906.12.6
546	李尊庇눈	1906.11.20	575	棘城關은	〃
547	桐林寺눈	〃	576	李慕之눈	1906.12.7
548	尹氏눈	〃	577	大穴寺눈	〃
549	金同은	1906.11.21	578	朴遂良은	〃
550	唐橋눈	1906.11.22	579	星落營은	1906.12.8
551	李時稷은	〃	580	李之蘭은	〃
552	薛列罕嶺은	1906.11.23	581	任叔英은	1906.12.10
553	朴元亨은	〃	582	巴嶺柵은	〃

「대동고사」는 긴 연재기간1906.4.2~1906.12.10과 많은 작품 수총 582편만큼이나 다루는 시기나 제재, 주제의식 등에서 한층 다양해진 면모를 보이는데, 「고사」·「국조고사」와 변별되는 「대동고사」만의 특징으로는 크게 세 가지를 꼽을 수 있다. 첫째는 '명승고적에 대한 소개'이고, 둘째는 '신이한 소재의 선택적 허용'이며, 셋째는 '인물의 범위 확대'이다. 이 같은 성격적 변모는 「대동고사」 연재의 지향점을 가늠할 수 있게 한다는 점에서 주목할 만하다.

(1) 명승고적에 대한 소개

앞서 「고사」·「국조고사」에서는 인물의 사적으로만 한정했던 내용이, 「대동고사」에 와서는 명승고적名勝古跡에 대한 설명까지 포괄하여 다루고 있다. 명승고적을 다루는 고사에는 공통적으로 서두의 문투인 '○○은/는 在○○'을 통한 구체적인 '위치설명'과 '절경묘사', '배경설화' 등의 서술을 확인할 수 있다.

四佛山은 在尙州九十九里山陽廢縣ᄒ니 山頂에 有巨石ᄒ야 浮根而立ᄒ고 四面에 皆鐫佛故로 號四佛山이라ᄒ니 國人之奉佛者가 最所喜談而欲觀者也오 其中峯은 曰法王이니 其陽崖石의 又鐫佛像ᄒ고 傍實彌勒小庵ᄒ니 新羅時所創이러라[168]

위 인용문은 1906년 4월 7일 자 「대동고사」에 연재된 작품이다. 사불산四佛山의 기이한 모습과 주변 유적에 대해 설명한 글로, 마치 고적지에 대한 안내서와 같이 주변 위치와 유래에 대해 비교적 상세히 기술하고 있다. 이 같은 글을 통해 국내 명승지나 역사를 흥미롭게 전달할 수 있고, 더불어 국가에 대한 자긍심도 고취시킬 수 있는 긍정적 측면들이 존재했을 것으로 보인다. 그로 인해 「대동고사」 582편 가운데 223편을 명승고적에 대한 설명으로 할애하고 있다.

그러나 명승고적에 대한 글 가운데는 명사들과 관련한 일화를 함께 다루는 고사가 많기 때문에 223편을 온전히 명승고적에 대한 글로 볼 수 있는지에 대해서는 이견이 있을 수 있다.

---

[168] 「大東古事」, 『皇城新聞』, 1906.4.7.

兎兒洞은 在咸興府北九十里高遷社ᄒ니 高麗辛禑時에 沈德符ㅣ擊賊於大門嶺이라가 敗績ᄒ야 賊益熾어ᄂᆞᆯ 我太祖ㅣ往擊ᄒ실ᄉᆡ 伏兵新洞之左右ᄒ고 率李豆蘭等百餘騎而緩轡徐行ᄒ시니 賊이 分據洞內東西山이라가 就西爲一屯이어ᄂᆞᆯ 太祖ㅣ使人呼曰今主將은 乃李萬戶니 速降無悔ᄒ라 賊이 群議未定이어ᄂᆞᆯ 遂使豆蘭等으로 引致之ᄒ시고 太祖ㅣ佯退ᄒ시니 賊이 追及洞口ᄒ야 伏兵이 起ᄒ니 聲動天地ᄒ며 僵尸蔽野ᄒ고 餘賊은 逃入千佛山이라가 盡擒ᄒ니라[169]

위 인용문에서도 토아동兎兒洞의 실제 위치에 대한 설명과 함께 고려말 이성계李成桂의 무용담을 서술하고 있다. 이 글이 토아동에 얽힌 전투담을 서술하려 한 것인지, 반대로 이성계의 일화를 보다 사실적으로 전달하기 위해 구제석 지명을 언급한 것인지는 보는 관점에 따라 다를 수 있다. 전자로 파악한다면 앞서 기사체의 특징에서 언급했듯이, 해당 기록의 부재 속에서 점차 잊혀져가는 옛 유적지를 전해야 할 필요성에서 서술된 것으로 볼 수 있다. 실제 서술된 명승고적 가운데는 현존하지 않은 채 유지만 남아있는 곳[170]이나 형세가 험하여 사람들이 찾기 힘든 곳들을 서술하고 있어 이 같은 추정이 가능하다.

만약 후자의 경우라면, 사실성을 기반으로 인물사적에 대한 대중적 흥미를 한층 고조시키기 위한 장치로 파악할 수 있다. 이 책에서 명승고적에 대한 고사로 분류한 223편 외 여타 작품들에서도 명사들의 출신지'○○州人

169 「大東古事」, 『皇城新聞』, 1906.5.2.
170 「只有遺址」(「狎鷗亭은」, 1906.5.4), “今有遺址”(「千房寺난」, 1906.4.24; 「土亭里ᄂᆞᆫ」, 1906.4.28; 「大關嶺은」, 1906.5.3; 「開泰寺ᄂᆞᆫ」, 1906.5.23; 「凝石寺ᄂᆞᆫ」, 1906.8.3), “今餘遺址”(「花園廢縣은」, 1906.5.30), “遺址尙存”ᄒ니라(「高麗太祖影殿은」, 1906.7.18), “今頹廢而有遺址러라”(「彌勒寺」, 1906.12.3), “遺址僅存”(「報德城은」, 1906.5.8).

이니'나 사적의 배경이 된 지역의 정보 등을 상세히 언급하는 장면들을 쉽게 찾을 수 있다.

> 許后는 南天竺國君之女니 伽耶首露王七年에 渡海而至홀시 王이 命天于하야
> 望於望山島ᄒ고 設幔殿於宮西하야 以候之라가 后ㅣ維舟登陸이어늘 王이 迎入
> 幔殿하야 立爲后하니 享年이 一百五十七이라 國人이 號其維舟處曰主浦라하니
> 主浦는 在金海郡南四十里하고 幔殿迎后處에 首露王八代孫銍知王이 建寺而名曰
> 王后寺라하더니 後에 罷寺爲莊하니라[171]

위 인용글은 가야伽耶 수로왕비首露王妃 허후許后에 대한 사적을 서술한 고사이다. 작품 내에는 허후의 출신지南天竺國와 처음 배를 맨 지역主浦 등에 대한 정보가 약술되면서 고사의 흥미를 더해주고 있다. 더불어 현재는 존재하지 않지만 주포에 있었던 사찰王后寺에 대한 정보까지 제공함으로써, '습유拾遺'로서의 기사체 역할을 담당한다.

이렇듯 「대동고사」에 명승고적과 관련한 고사들이 자주 연재되면서, 자연스럽게 종교佛敎를 비롯한 신이한 소재를 담은 이야기들로 확대되는 경향을 보인다. 앞서 「고사」·「국조고사」에서는 작품의 선택에서 배제되었던 제재들이 「대동고사」에 와서는 선택적으로 허용된 것이다.

(2) 신이한 소재의 선택적 허용

「대동고사」에서도 민심을 현혹시키는 무당巫堂·술사術士·요승妖僧 등에

---

171 「大東古事」, 『皇城新聞』, 1906.4.17.

대한 비판의식[172]은 여전히 존재한다. 술사의 말만 믿고 '망령된 공역으로 백성의 원망을 사지 말라'[173]는 권고와, '술사의 말을 따르면 말폐를 구하지 못하고 전대 왕조의 비보지설이 뒤를 이어 다시 일어날 것'[174]이라는 경계를 담은 문구들을 통해 문제의식을 드러내고 있다. 그러나 「고사」·「국조고사」와는 달리, 신이한 소재라 할지라도 고승高僧이나 학덕이 높은 명사名士·도인道人 등의 이야기에 한하여 관련 고사를 선택적으로 허용했다는 특징을 가진다.

먼저 「대동고사」에 등장하는 불교 소재의 고사는 모두 56편[175]이다. 고승의 일화나 사찰의 유래 등을 소개하면서 더불어 불교의 신이성도 강조하고 있다. 다음 인용문도 신라의 불교 수용과정에서 발생한 신이한 일화를 서술한 것이다.

---

172 「李穆은」, 1906.4.10; 「宋千喜는」, 1906.4.12; 「安向은」, 1906.4.18; 「龍堰宮舊址는」, 1906.5.7; 「金延壽는」, 1906.5.17; 「沈諿은」, 1906.5.26; 「錦城山은」, 1906.5.28; 「天王祠는」, 1906.5.29; 「辛應時는」, 1906.7.31; 「權和는」, 1906.8.7; 「鄭習仁은」, 1906.8.9; 「魚孝瞻은」, 1906.9.1.

173 "無妄興工役하야 以致人怨하소셔"(「龍堰宮舊址는」, 1906.5.7).

174 "試用其說하시면 末弊를 不可救오 前朝 裨補之說이 接踵復起하리이다"(「魚孝瞻은, 1906.9.1).

175 「圓覺寺는」, 1906.4.2; 「神穴寺는」, 1906.4.3; 「僧忠湛塔碑는」, 1906.4.5; 「率居는」, 1906.4.6; 「四佛山은」, 1906.4.7; 「普德窟은」, 1906.4.17; 「檜岩寺난」, 1906.4.21; 「千房寺난」, 1906.4.24; 「普光寺는」, 1906.4.26; 「廣州山城內에」, 1906.4.30; 「報恩寺는」, 1906.5.11; 「開天寺는」, 1906.5.12; 「普光寺는」, 1906.5.15; 「月岳祠는」, 1906.5.19; 「開泰寺는」, 1906.5.23; 「斷俗寺는」, 1906.5.29; 「洛山寺는」, 1906.6.4; 「崔氏園은」, 1906.6.5; 「佛日菴은」, 1906.6.8; 「七佛寺는」, 1906.6.9; 「法住寺난」, 1906.6.16; 「金山寺는」, 1906.6.18; 「無住菴은」, 1906.6.22; 「佛岩은」, 1906.6.29; 「神光寺는」, 1906.6.30; 「重興殿은」, 1906.7.5; 「無量寺는」, 1906.7.10; 「表訓寺는」, 1906.7.14; 「高麗太祖影殿은」, 1906.7.18; 「華嚴寺는」, 1906.7.25; 「興王寺古基는」, 1906.7.28; 「敬天寺는」, 1906.7.30; 「凝石寺는」, 1906.8.3; 「安養寺는」, 1906.8.8; 「五臺寺는」, 1906.8.16; 「雲住寺는」, 1906.8.24; 「海印寺는」, 1906.8.29; 「威鳳寺는」, 1906.8.31; 「福泉寺는」, 1906.9.6; 「靈通寺는」, 1906.9.7; 「伽耶寺는」, 1906.9.8; 「玄化寺는」, 1906.9.14; 「道詵碑는」, 1906.9.20; 「洛山寺는」, 1906.9.22; 「五臺山은」, 1906.9.24; 「水鍾寺는」, 1906.9.25; 「定慧寺는」, 1906.10.9; 「主峰寺는」, 1906.10.12; 「道岬寺는」, 1906.10.17; 「文殊寺는」, 1906.11.2; 「崔氏園은」, 1906.11.9; 「道詵窟은」, 1906.11.13; 「桐林寺는」, 1906.11.20; 「彌勒寺」, 1906.12.3; 「大穴寺」, 1906.12.7.

新羅訥祇王時에 沙門墨胡子가 自高句麗로 至一善郡即今之善山之道開部曲하니[郡人毛禮]가 作窟室處之어늘 王이 聞之하고 欲興佛教하니 羣臣이 皆爲不可호딕 異次頓이 獨曰佛教淵奧하야 不可不信이니 請斬臣頭하야 以定衆議하소셔 王이 將誅흘식 異次頓이 臨死에 曰佛若有神하면 死必有異라하더니 及斬에 血白如乳하니 佛書에 心淨者色白이라 衆이 怪之하야 不敢毀佛이러라[176]

위 고사에는 신라 눌지왕訥祇王때 불교를 진흥하고자 이차돈異次頓이 순교하니 그의 목에서 하얀 피가 흘렀다는 이야기를 소개하고 있다. 앞서 「고사」·「국조고사」와 달리 조선 이전의 시기新羅를 다룬 점도 특기할 만한 부분이지만, 불교를 신성시하는 내용을 서술했다는 것은 분명 「대동고사」의 차별화된 지점이다. 이는 불교가 조선의 억불정책抑佛政策에도 불구하고 민간의 대표신앙으로 자리 잡고 있었기 때문에, 『삼국유사』·『삼국사기』 등에 실린 불교에 대한 신이한 이야기를 신문에 전재轉載함으로써 독자의 이목을 집중시킨 것으로 볼 수 있다.

「대동고사」의 신이한 소재占卜나 豫言, 祭儀 등에 대한 선택적 허용은 학덕이 높은 명사名士나 도인道人 등을 매개로 더욱 부각되는 면모를 보인다.[177]

---

176 「大東古事」, 『皇城新聞』, 1906.4.4.
177 「李命俊은」, 1906.4.4; 「世宗時에」, 1906.4.5; 「朴忠元은」, 1906.4.17; 「臥龍池난」, 1906.4.23; 「南師古난」, 1906.4.27; 「土亭里난」, 1906.4.28; 「禮安斷流川은」, 1906.5.9; 「光海十一年十月에」, 1906.5.15; 「孫起南은」, 1906.5.26; 「九月山은」, 1906.5.31; 「南君甫墓난」, 1906.6.2; 「鶴浦橋난」, 1906.6.8; 「葦島난」, 1906.6.16; 「釣龍臺난」, 1906.6.19; 「石燈은」, 1906.6.21; 「赤嶋난」, 1906.7.2; 「巨仁은」, 1906.7.13; 「姜緖난」, 1906.7.14; 「於羅寺淵은」, 1906.7.19; 「串岬口난」, 1906.7.20; 「招賢臺」, 1906.7.24; 「關王廟난」, 1906.8.9; 「神龍潭은」, 1906.8.14; 「巨仁은」, 1906.8.27; 「堅城壇은」, 1906.8.27; 「楸子島난」, 1906.8.30; 「天王峰은」, 1906.9.10; 「防禦山은」, 1906.9.11; 「馬耳山은」, 1906.9.18; 「龍頭洞은」, 1906.10.18; 「李濟臣은」, 1906.10.24; 「海上漁人」, 1906.10.27; 「釣龍臺난」, 1906.11.16; 「崔奇遇난」, 1906.11.19; 「金嚴은」, 1906.12.3; 「星落營은」, 1906.12.8.

姜緖ᄂᆫ 性이 明達ᄒᆞ야 不拘小節ᄒᆞ고 宣廟初에 登科ᄒᆞ야 以左承旨로 因事陳戒
ᄒᆞᄃᆡ 言多不諱러니 時에 東西黨議가 紛起라 緖ㅣ 杜門不交人ᄒᆞ고 讀書鼓琴ᄒᆞ다
가 醉輒放歌ᄒᆞ야 以自晦러라 嘗曰觀今天時人事ᄒᆞ니 不久亂作이라ᄒᆞ더니 後數
年에 果有壬辰之亂ᄒᆞ니라[178]

巨仁은 新羅時大耶州[即今之陜川]人이라 時에 眞聖女主ㅣ 淫縱無忌하야 紀綱
이 壞弛하니 人有譏謗時政하야 榜於朝路어ᄂᆞᆯ 主ㅣ 搜索不得 이러니 或이 告曰是
必大耶州隱者巨仁의 所爲라ᄒᆞᄃᆡ 命捕巨仁하야 繫獄將刑之ᄒᆞᆯ시 巨仁이 憤怒하
야 題詩[于公慟哭三年旱鄒衍含悲五月霜今我幽愁還似古皇天無語但蒼蒼]獄壁이
러니 其夕에 忽震雷雨雹이라 主ㅣ 懼而釋之하니라[179]

첫 번째 작품에서는 선조초宣祖初 강서姜緖가 당 의론議論에 밀려 은거하고
있을 때, 임진왜란을 예언한 일화를 전하고 있으며, 두 번째 작품에서는
진성여왕眞聖女王 때 대야주大耶州의 은자였던 거인巨仁이 천지조화를 부리는
면모를 형상화하기도 한다. 두 작품 모두 은자들의 신이한 능력을 묘사하
고 있는데, 나라에 위기가 도래했음에도 인재人才의 옥석을 가리지 못하는
안타까운 시대상을 나타내고 있다.

그밖에도 많은 작품들이 국가의 흥망이나 전란 등을 암시하는 기이한
징조·괴변현상을[180] 서술하며 신이성을 강조하고 있는데, 이같이 과거 국
가의 혼란기에 발생했던 신이한 일화들은 현 대한제국의 혼란한 상황과

---

[178] 「大東古事」, 『皇城新聞』, 1906.7.14.
[179] 「大東古事」, 『皇城新聞』, 1906.8.27.
[180] 「坡州에」, 1906.5.2; 「光海七年五月에」, 1906.5.8; 「禮安斷流川은」, 1906.5.9; 「光海十一年
十月에」, 1906.5.15; 「葦島난」, 1906.6.16; 「於羅寺淵은」, 1906.7.19.

대비되어 독자의 이목을 끄는 계기로 작용했을 것이다.

「대동고사」의 신이한 소재는 연재를 거듭해갈수록 확대되어 동물이야기[181]뿐만 아니라 원혼冤魂[182]이나 용龍,[183] 심지어 요괴妖怪 관련 소재까지 등장하기에 이른다.

宣祖十一年에 甲山에 降兒妖ᄒ니 唯盰然鉅齒蓬髮로 左握弧右握火어늘 自邑發卒하야 擊鼓彎弓以禳之하고 時에 許葑은 竄甲山이라가 作逐厲文이라 守菴朴枝華ㅣ聞之하고 曰不出十年에 國將大亂호되 始於南方이라하니 至壬辰하야 果驗하니라[184]

위 고사는 갑산甲山에 요귀兒妖가 출몰했다는 소식을 듣고 박지회朴枝華가 10년 안에 임진왜란이 발발勃發할 것을 예측했다는 이야기다. '강한 이빨과 쑥 같은 머리로 왼손에는 활과 오른손에는 불을 쥐고 있는' 요귀에 대한 상세한 묘사는 '고사'의 연재가 흥미 위주의 통속적 성격으로 변모했음을 보여주는 대표적 사례라 할 수 있다. 그러나 신이한 이야기도 반드시 실존 인물이나 사건이 발생한 시기 등을 구체적으로 언급함으로써, 해당 고사가 실재했던 사건임을 강조한다. 이는 앞서 '명승고적에 대한 소개'와 동일하게 단지 허구를 기반한 서사문학이 아니라 흥미로운 정보의 전달을 위한 기록물記事체로서 연재되었음을 보여주는 근거이다.

「대동고사」에는 명승고적지나 신이한 소재의 이야기들이 많은 비중을

---

181 「義狗塚은」, 1906.4.9; 「柳孝金은」, 1906.5.22; 「串岬口는」, 1906.7.20; 「義牛塚은」, 1906.8.10.
182 「朴忠元은」, 1906.4.17.
183 「釣龍臺는」, 1906.6.19; 「神龍潭은」, 1906.8.14; 「釣龍臺는」, 1906.11.16.
184 「大東古事」, 『皇城新聞』, 1906.4.28.

차지하지만, 종전 「고사」·「국조고사」와 같이 인물의 사적을 서술하는 글도 꾸준히 연재되곤 했다. 단 「대동고사」가 추구한 지향점의 변화가 인물의 사적을 서술하는 글에서도 반영된다는 점에 주목할 필요가 있는데, 그로 인하여 고사에 등장하는 인물의 범위가 한층 다양해진 결과로 나타났다.[185]

(3) 인물의 범위 확대

「고사」·「국조고사」에서는 조선의 왕이나 명사에 한정되던 인물의 범위가 「대동고사」에서는 여성[186]이나 노비 출신,[187] 그리고 한미한 가문에서 이름을 높인 인물들[188]까지 대폭 확대된다. 이 가운데 여성인물을 다루는 작품은 29편으로 많은 비중을 차지하는데, 열행이나 효행 등으로 정려旌閭를 받은 일화가 주를 이룬다.

洪義妻[史失姓氏]는 高麗恭愍王時烈女니 義가 時爲上護軍이라 趙日新이 作亂

---

185 조선 후기에도 記事體가 正體보다는 破體의 성격을 가진 작품들이 많이 등장함으로써 흥미를 제고시키는 면모를 확인할 수 있다. 이때 작품에서 다루는 인물들은 異人, 藝人, 하층민 등으로 확장되고, 허구요소의 개입까지 일어난다(정환국, 「조선 후기 인물기사의 전개와 그 성격」, 『한국한문학연구』29, 한국한문학회, 2002, 294~298쪽 참조).

186 「世宗時에」, 1906.4.5; 「洪義妻는」, 1906.4.10; 「中宗朝時에」, 1906.4.16; 「許后는」, 1906.4.17; 「藥哥는」, 1906.4.19; 「金氏名四月은」, 1906.4.20; 「烈女權氏는」, 1906.5.1; 「烈女林氏는」, 1906.5.9; 「石金은」, 1906.5.31; 「奇后墓난」, 1906.6.2; 「節婦崔는」, 1906.6.11; 「趙開同妻는」, 1906.6.13; 「堅至는」, 1906.6.14; 「娣妹淵은」, 1906.6.27; 「咸富는」, 1906.7.6; 「洪義妻는」, 1906.7.16; 「元氏는」, 1906.7.25; 「康氏는」, 1906.7.28; 「金尙宮은」, 1906.8.10; 「盧氏는」, 1906.8.24; 「宋氏는」, 1906.8.29; 「安氏는」, 1906.8.31; 「金氏는」, 1906.9.12; 「李氏는」, 1906.9.24; 「李氏는」, 1906.9.29; 「性伊는」, 1906.10.16; 「安氏는」, 1906.11.1; 「尹氏는」, 1906.11.20; 「李成浩妻는」, 1906.11.30.

187 「李上佐는」, 1906.4.26; 「末山은」, 1906.5.7; 「金同은」, 1906.11.21.

188 「溫達은」, 1906.4.13; 「子玉은」, 1906.8.17.

하야 遣人害義于其家홀시 拔劍將斬이어늘 義妻가 以身遮蔽하고 號叫攀援하니 挺刃이 交加하야 幾至死境하고 義得以免하니라[189]

金氏名四月은 以郭山郡民金末巾之女로 性本篤孝러니 年十九에 母以狂疾로 經年不愈하야 爲夫所棄어날 女ㅣ 聞生人骨이 可已疾하고 自斷手指하야 爲藥以進하니 病卽愈라 世宗時에 旌閭復戶하니라[190]

첫 번째 글은 고려 공민왕恭愍王 때 조일신趙日新이 난을 일으켜 홍의洪義를 죽이려 하자 그의 아내이름이 전해지지 않음가 몸을 감싸 남편을 대신해 죽었다는 일화이다. 두 번째 글은 세종世宗 때 김말건金末巾의 딸 김사월金四月이 모친의 광질狂疾을 고치기 위해 자신의 손가락을 잘라 약을 지었다는 내용을 담고 있다. 두 작품은 각각 여성의 '열행'과 '효행'을 담은 고사인데, 「대동고사」에 등장하는 여성의 이야기는 대체로 이와 유사한 주제의식을 보여준다.[191]

'열행'과 '효행' 등의 주제의식은 『황성신문』의 주요 독자층이었던 유생층의 이목을 끌기 위한 선택이었다고 볼 수 있다. 독자층의 기호에 맞춘 작품선별은 노비가 등장하는 고사에서도 동일하게 나타난다.

金同은 宗室江寧副正祺之奴ㅣ니 以忠義著名ㅣ者라 時燕山嬖妓ㅣ 勒奪祺第하고 又訴燕山호딕 祺ㅣ 嗾奴罵妾이라ᄒᆞ니 燕山이 大怒하야 押囚祺與金同하고 加

189 「大東古事」, 『皇城新聞』, 1906.4.10.
190 「大東古事」, 『皇城新聞』, 1906.4.20.
191 드물게는 장수한 여인(「中宗朝時에」, 1906.4.16), 타국출신의 왕후(「世宗時에」, 1906.4.5; 「許后는」, 1906.4.17)나 궁인비리(「金尙宮은」, 1906.8.10) 등이 소개되기도 한다.

之炮烙而訊之호시 同이 曰罪在奴하고 非主所知라하니 或이 謂曰汝與主로 異居하니 若云不知하면 可免하리라 同이 曰陷主自活은 吾所不忍이라하고 臨刑에 顏色不變하니 見者ㅣ 莫不傷嘆이러라[192]

연산군燕山君 때 정기正祺의 노비 김동金同이 주인과 함께 누명을 쓰고 고신拷訊을 받게 됨에, 포락지형炮烙之刑에도 끝까지 주인의 죄를 감싸며 죄를 자청하는 모습을 그리고 있다. 갑오개혁 이후 신분제가 폐지되었지만, 여전히 잔존하던 신분사회의 울타리 속에서 노복의 미담을 그린 고사가 다시금 등장하게 된 것이다. 결국 이 같은 충복忠僕의 일화는 앞서 여성의 열행·효행을 그린 이야기와 함께 유생층의 취향에 맞춰 출현한 고사일 것이며, 여타 「대동고사」의 인물선택 범위도 이 기준에서 크게 벗어나지 않는다.

한편, 기존 「고사」·「국조고사」에서 다루었던 특정 인물군朝鮮君主·名士이 「대동고사」에서는 다양한 계층으로 확대되면서, 해당인물에 대해 정보가 없는 독자들을 위하여 서두부의 '인정기술人定記述'을 필요로 하게 되었다. 따라서 작품마다 특정 일화를 설명하기에 앞서 서두에 해당인물의 출생지出生地, 가계家系, 관작官爵, 본성本性 등을 약술함으로써 독자의 이해를 돕고 있다.

「대동고사」는 1906년 12월 10일 자를 끝으로 연재를 중단하지만, 몇 해 뒤 다시 「명소고적」이란 이름으로 연재1909.7.3~1909.10.23를 이어 간다.[193]

---

192 「大東古事」, 『皇城新聞』, 1906.11.21.
193 「名所古蹟」은 「大東古事」의 다양한 제재들이 '명승지'에 대한 이야기로 좁혀졌다고 볼 수 있지만, 주제의식이나 지향점에서는 대동소이하다. 또 「名所古蹟」은 제재에 따라 「古蹟奇事」(1909.7.18·20), 「古蹟美談」(1909.7.23), 「古蹟美事」(1909.7.29), 「古蹟一斑」(1909.8.13) 등으로 제목을 변경하기도 한다.

신문사의 어려운 경영난 속에서도 이처럼 꾸준히 '고사'의 연재를 이어갔다는 것은 당대 독자층의 수요가 뒷받침되지 않고서는 설명이 불가능하다.

제3장

『황성신문』의 장형서사

1. 문헌실화의 세승과 변용

1) 신단공안과 고금소총의 비교

「대동고사大東古事」와 비슷한 기간1906.5.19~1906.12.31 「소설」란에서는 「신단공안神斷公案」이라는 '한문현토소설'의 연재를 시도한다. 이 같은 흐름은 '논변류 고사'와 「고사」・「국조고사」로 대표되던 기존 『황성신문』의 '고사' 서사물이 「잡보」란大東古事과 「소설」란신단공안을 통해 이어진 것으로 볼 수 있다.

「대동고사」가 '정보의 전달사실의 기록'에 치중했다면, 「신단공안」은 국내 설화를 수용함으로써 허구를 기반한 '서사성'에 더욱 중점을 두었다. 「신단공안」은 「대동고사」와 차별화된 전략으로 기존 독자층의 지적 수요를 충족시키는 일관된 방향을 고수했던 것이다.

「신단공안」은 많은 작품들제1・2・3・5화이 명청대明清代 공안소설인 『용도공안龍圖公案』·『초각박안경기初刻拍案驚奇』를 원작으로 삼고 있다. 1906년은 일제의 신문에 대한 강도 높은 사전검열제가 시행되고 있었기 때문에 창작을 포함한 작품의 취사선택이 쉽지만은 않았을 것이다. 따라서 『황성신문』은 중국소설을 원작으로 하는 번안작의 연재가 보다 안전할 것이라는 판단 아래 「신단공안」을 연재했을 가능성이 높다. 실제, 「신단공안」 전후로 수많은 명대 백화단편소설들이 번안된다. 또한, 앞서 「이극양경달공함유원보쌍생귀자李克讓竟達空函劉元普雙生貴子」『初刻拍案驚奇』 卷20 · 「유원보쌍생귀자劉元普雙生貴子」『今古奇觀』 卷18의 번안인 『적선여경록』『대한매일신보』 1905.8.11~1905.8.29과, 「두십낭노침백보상杜十娘怒沈百寶箱」『警世通言』 卷32, 『今古奇觀』 卷5의 번안 『청루의녀전靑樓義女傳』『대한매일신보』 1906.2.6~1906.2.18, 「옥당춘락난봉부玉堂春落難逢夫」『警世通言』 卷24의 번안 『용함옥龍含玉』『大韓日報』, 1906.2.23~1906.4.3의 연재[1]도 「신단공안」의 출현에 큰 힘을 실어주었을 것이다.

그럼에도 불구하고 구전설화를 기반으로 서술된 제4화45회와 제7화70회의 경우, 명대소설을 번안한 제1화6회, 제2화12회, 제3화16회, 제5화21회, 제6화20회와 비교했을 때 연재횟수 면에서 큰 차이를 보이고 있다. 더군다나 번안작을 포함한 「신단공안」 7편 모두 국내 배경朝鮮時代과 역사적 인물들[2]로 개작되어 있기 때문에 『황성신문』의 독자들은 「신단공안」을 설화집의 성격으로서 인식했을 가능성이 높다. 그렇다면 「신단공안」 편자가 참고

---

1   증천부의 논의에 따르자면, 「龍含玉」은 「王慶龍傳」(「玉堂春落難逢夫」의 飜案)의 여러 이본 가운데 鄭景柱本系 작품에서 나왔을 것이라 추정된다(증천부, 「한국소설의 명대 화본소설 수용 연구」, 부산대 박사논문, 1995, 27~36쪽 참조).

2   숙종조 진주목사 이관(李琯, 제1화), 정조조 순찰사 유척기(兪拓基, 제2화), 순조조 공주판관 남하영(南夏永, 제3화), 인조조 평양서윤 김경징(金慶徵, 제4화), 영조조 나주군수 이관(李觀, 제5화), 성종조 홍주군수 최정신(崔鼎臣, 제6화), 철종조 감물면 이조판서(無名, 제7화). 심재숙은 「근대계몽기 신작 고소설의 현실대응양상 연구」(고려대 박사논문, 2000, 156쪽)에서 제7화에 등장하는 이조판서를 철종(哲宗)의 부원군(府院君) 김문근(金汶根)이라 밝힌 바 있다.

했을 설화의 출처는 어디인지 의구심이 생긴다.[3]

본 장에서는 「신단공안」을 비롯한 문헌설화의 편자들이 당대의 구전 전승물을 직접 수집·채록하여 자신의 책에 수록한 것이 아닌, 앞서 존재 했던 문헌들 가운데 필요한 부분만을 전재하였을 가능성에 집중하였다. 구전 전승물을 수집·채록하는 방법은, 설화집에 수록된 자료 가운데 어 떠한 것이 해당 방식에 의해 이루어진 것인지 분명히 밝혀낼 수 없으며, 만약 그것이 확인 가능한 것이라고 하더라도 편자가 당대의 구전 전승물 을 어느 정도 가감 없이 설화집 내에 수집 편찬해 놓았는지를 정확히 변별 해 낼 기준들이 없기 때문이다.[4]

「신단공안」이 기존 작품집에 실렸던 이야기나 설화 등을 번안 혹은 재 구성한 작품이라 한다면, 제4화와 제7화 또한 재창작의 기반이 된 문헌이 반드시 존재했을 것이다. 지금으로서는 어떠한 문헌을 참고했다고 확증 할 수 있는 근거는 없다. 그러나 「신단공안」의 편자가 1906년을 전후로 한 설화를 기초자료로 삼았다면, 가장 근접한 대상은 『고금소총古今笑叢』일 가능성이 높다. 주지하듯 『고금소총』은 조선 후기 가장 많은 수의 개별 소 화집 총 11편을 모아놓은 문헌설화집으로, 상하계층·남녀노소가 충분히 향유할 수 있을 만한 이야깃거리들을 담고 있기 때문이다. 그뿐 아니라, 당대 사회상을 반영할 만한 공안송사 소재의 작품들도 다수 존재하여 「신

---

3 앞서 최원식(『한국근대소설사론』, 창작과비평사, 1986, 191~192쪽)은 「김봉본전」의 근원 을 밝히는 과정에서 「교수잡사」와 「태평한화골계전」 등을 언급하며 문헌설화와의 연관가능 성을 제기했었다. 그러나 후속연구에서는 김헌선(「건달형 인물이야기의 존재양상과 의미」, 『경기어문학』 8, 경기대 국어국문학회, 1990, 118~128쪽 참조)이 한문야담집에 등장하는 건달형 인물을 언급한 사례를 제외하면, 대부분 『한국구비문학대계』(한국정신문화연구원, 1978~1983)나 『한국구전설화』(평민사, 1990) 등과의 비교연구가 주류를 이루었다.

4 정명기, 「『청구야담』에 나타난 전대문헌 수용양상 연구」, 『야담문학연구의 현단계』 1, 보고 사, 2001, 468~469쪽 참고.

단공안」의 편자가 충분히 참고했을 법하다.

따라서 본장에서는 「신단공안」의 다양한 원전자료 가운데 『고금소총』이 한 축을 담당했을 것이라는 가정 아래, 개별 작품 간의 화소話素를 비교하고자 한다. 앞서 제2장에서는 '사류'의 형식으로 「논설」란에서 출발한 '고사' 소재의 서사문학이 「대동고사」「잡보」란로 분화되는 과정을 확인하였다면, 본장에서는 「신단공안」「소설」란으로 확장·변모하는 흐름을 검토함으로써, 문헌설화고사의 발전적 계승이라는 측면에서 「신단공안」을 재평가할 수 있으리라 기대해본다.

(1) 고금소총과의 화소話素 비교

『고금소총』에는 총 824화가 수록되어 있다.[5] 그 가운데는 「신단공안」 제4·7화와 유사한 제재를 가진 작품들이 다수 존재한다. 실제 제4·7화는 수많은 설화의 화소話素, motif들이 쉽게 차용될 수 있을 만한 구성picaresque을 가지고 있으며, 그로 인해 다양한 설화 작품들이 변용·개작되어 작품의 장기간 연재를 가능하게 해주었다. 본 장에서는 『고금소총』의 이야기가 「신단공안」 속에서 어떠한 모습으로 변모되어 나타나는지 비교·분석해보고 그 의미를 생각해보고자 한다.

가. 제4화 「인홍변서봉낭사승명관」二鴻變瑞鳳浪士勝明官」

제4화는 1906년 6월 28일에서 8월 18일까지 『황성신문』에 연재된 작

5　「太平閑話滑稽傳」(146화), 「禦眠楯」(82화), 「續禦眠楯」(32화), 「村談解頤」(10화), 「蓂葉志諧」(80화), 「破睡錄」(63화), 「禦睡新話」(130화), 「陳談錄」(49화), 「醒睡稗說」(80화), 「奇聞」(66화), 「攬睡襍史」(86화) 民俗學資料刊行會, 『古今笑義』, 油印本, 1958.

품으로 오늘날까지 대중들에게 익숙한 「봉이 김선달」에 대한 이야기이다. 제4화의 구성을 크게 구분해보면, 여덟 가지 화소로 나눌 수 있다.

① 1-3 : 인홍仁鴻에 대한 소개와 돈을 벌기 위한 결심.

② 3-8 : 삼촌 이삼장에게 집을 빌림.

③ 8-16 : 평양平壤 명의名醫 이군응을 속여 큰돈을 벌.

④ 16-23 : 영원사 해운을 속여 재물을 얻음.

⑤ 24-27 : 닭장수를 속여 재물을 얻음.

⑥ 27-33 : 이삼장에게 대동강을 팔아 재물을 얻음.

⑦ 33-36 : 이군응을 속여 아내를 치료함.

⑧ 37-45 : 평양서윤 김경징을 대신해 옥사를 해결하고 자취를 감춤.

위의 여덟 가지 화소 중, 세 부분은 『고금소총』 소재의 이야기들과 유사類似 내지 동일한 면모를 보이고 있다. 먼저 살펴볼 제4화 「인홍변서봉낭사승명관仁鴻變瑞鳳浪士勝明官」 네 번째 화소16~23회, 1906.7.16~1906.7.24는, 부유한 산승平壤城 大城山 靈遠寺 海雲을 속여 재물을 가로채는 이야기이다.

네 번째 화소는 「인홍변서봉낭사승명관」의 여러 사건 단락 가운데 상대적으로 연재 분량이 긴 편에 속하며, 여느 편과 마찬가지로 철저히 김인홍에게 당하는 부유한 산승의 모습이 희극적으로 그려진다. 「기인취물欺人取物」「醒睡稗說」, 『고금소총』에서도 동일한 화소를 찾을 수 있는데, 사건의 선후 순서와 인과관계만 다를 뿐, 큰 골자는 동일하다. 해당 플롯을 비교해보면 다음 표와 같다.

	「인홍변서봉낭사승명관」 ④	「기인취물」
1	김인홍은 부유한 해운(海雲)스님을 찾아가 5천 꿰미를 청하지만 일언지하에 거절을 당한다.	
2	김인홍이 월성이란 행각승에게 공양미를 주기로 약조하고 평안감사 뱃놀이 구경을 제안한다. 이때 김인홍이 월성을 속여 평안감사 행차길을 가로질러 지나가도록 한다. 그로 인해 월성은 감옥에 갇힌다.	한 스님이 어떤 재상의 행차에 피하지 못하고 길을 침범한 죄로 붙잡히게 된다.
3	김인홍은 옥리를 설득하여 사또의 문초가 있을 때까지만 월성을 데리고 있겠다고 약조한 뒤, 그를 감옥에서 나오게 한다.	스님이 급히 도주하다 백명선(白明善)의 집으로 들어간다. 백명선은 스님의 바랑에 있는 쌀과 돈을 빼앗고자, 스님에게 대신 잡혀갈 가난한 사람을 주선해줄 테니 그 사람에게 바랑을 건네줄 것을 제안한다.
4	김인홍이 해운을 속여 자식들을 위한 불공을 청함에 마지못해 해운은 그를 따라 산을 내려온다. 이때 김인홍과 결탁한 관리 세 명이 해운을 결박하며 위협을 가한다.	백명선은 인근 사찰에 거주하는 스님에게 제 올리는 방법을 청하니, 스님이 높은 비용을 부른다. 백명선이 제에 올리는 집기 물목을 적어달라며 시간을 끈다. 이때 사령(使令)들이 찾아와 스님을 결박한다.
5	김인홍이 해운을 꾸짖으며, 2만 꿰미의 돈으로 목숨을 살려주겠다고 한다.	
6	김인홍은 해운에게 돈을 받은 뒤, 훗날 풀어주겠다는 약조와 함께 관부로 보낸다.	스님은 영문도 모른 채 관아로 잡혀간다.
7	관부에 끌려간 해운은 전날 월성의 죗값을 대신 치르며 수많은 곤장세례를 받은 뒤, 풀려난다.	관부에 끌려간 스님은 아무런 문초도 받지 않고 곤장 10대를 맞은 뒤 풀려났다.

위의 두 이야기는, 재상의 행차 길을 가로지른 어떤 행각승의 잘못을 대신하여 애꿎은 스님이 죗값을 치르게 된다는 동일한 플롯을 가지고 있다. 주인공의 중상모략으로 인해 죄인이 뒤바뀐 희극적 이야기지만 피해자로 등장하는 인물들이 불심佛心을 이용해 가난한 백성들의 돈을 갈취하는 부유한 산승들이라는 점에서 세태풍자의 면모도 엿볼 수 있다. 실제『고금소총』에는 이 같은 사기담詐欺談이 무수히 등장하는데, 그 가운데 「험한령감險寒漢逞憾 – ①」「攪睡襍史」,『고금소총』도 위의 「신단공안」의 네 번째 화소와 유사한 플롯을 가진다.[6] 줄거리를 정리하면 다음과 같다.

서울사람京人이 평소 사람들을 잘 속였는데, 하루는 배장수梨商에게 배를 얻으려다 거절당한 뒤 보복을 계획한다. 서울사람은 논에서 모내기를 하는 사람들 가운데, 젊은 여인을 향해 하룻밤 자신과 잠자리를 같이하자며 큰 소리로 희롱을 한 뒤, 마침 언덕 위에 있던 배장수에게 형님이라 부르며 빨리 도망치라고 한다. 농부들은 배장수를 서울사람의 친형인줄 오해하고 그에게 달려가 몰매를 가하니, 배장수가 억울함을 호소한다.

서울사람이 배장수에게 배를 얻으려다 거절당한 뒤, 그를 속여 농부들에게 몰매를 맞게 하는 내용은, 앞서 살펴본 「인홍변서봉낭사승명관」에서 김인홍이 중에게 급전을 청하다 거절당한 뒤, 그를 속여 관리들에게 몰매와 곤장세례를 당하게 하는 내용과 상당히 유사하다. 단지, 사건의 주요 매개물媒介物이 '돈'에서 '배'로 바뀐 것과, 피해자가 '스님'에서 '배장수'로, 직접적으로 폭력을 행사하는 사람이 '관군'에서 '농부'로 바뀐 것 등이 차이점이라 할 수 있다. 또한 이야기의 말미에, 서울사람이 배장수를 조롱하는 대목"日君이 不給我數個梨러니 果何如오"은 「인홍변서봉낭사승명관」에서 김인홍이 해운을 꾸짖는 대목"日狗漢아 爾不念昔日的罪麼 (…중략…) 五千緡의 出納은 便是九牛에 拔一毛어늘"과도 매우 유사함에 따라, 이들 작품 또한 같은 모본母本에서 파생된 동일유형의 설화일 것으로 짐작된다.

다음은 「인홍변서봉낭사승명관」의 다섯 번째 화소24~27회, 1906.7.25~1906.7.28로, 김인홍이 '김봉'이라는 호칭으로 불리게 된 사연을 서술한 단락이다. 오늘날에도 '봉이 김선달'이란 제목으로 관련 작품들이 전해지고

---

6 「陰漢逞憾」은 두 가지 이야기를 담고 있는데, 그중 첫 번째의 내용이다. 나머지 두 번째의 이야기는 후술할 제7화 「癡生員驅家葬龍宮」의 플롯과 유사하다.

있으니, 「인홍변서봉낭사승명관」 가운데 가장 중심이 되는 이야기라 할 수 있다. 「지간식우知奸飾愚」「攪睡襍史」, 『고금소총』에도 동일한 화소가 등장한다. 단지 등장인물들의 신분이나 닭의 가격 등 지엽적 차이만 존재한다. 해당 플롯을 비교해 보면 아래 표와 같다.

〈표 2〉「신단공안」 제4화와 『고금소총』의 화소 비교 - 2

	「인홍변서봉낭사승명관」 ⑤	「지간식우」
1	김인홍이 서울에서 돈이 떨어지자, 헤진 저고리와 바지를 갈아입은 뒤 광통교(廣通橋) 입구로 간다. 그곳에서 김인홍은 닭장수(鷄商)를 속이고자 닭장 앞을 서성인다.	평소 교활하던 상번향군(上番鄕軍)이 서울거리를 거닐다가 닭 파는 가게 앞을 지나가게 되었다. 그곳에서 향군은 큰 수탉 한 마리를 보더니, 닭장수(鷄廛人)를 속일 계책을 세운다.
2	닭장수가 김인홍의 촌스러운 행색을 보고 사기를 치고자 닭을 봉황이라 속인다. 이때 김인홍은 속는 척하며 10냥 7전을 주고 닭을 구입한다.	닭장수가 향군의 어리석고 촌스러운 행색(痴蠢)을 보고 사기를 치고자 닭을 봉황이라 속이다. 이때 향군은 속는 척하며 20냥을 주고 닭을 구입한다.
3	김인홍은 닭을 가지고 포도대장(捕盜大將) 댁을 찾아가 대문 앞에서 하루 종일 봉황을 사라고 외친다. 그로 인하여 김인홍이 포박을 당한 채 포도대장에게 끌려간다.	향군은 닭을 가지고 형조판서(刑曹判書) 댁을 찾아가, 봉황을 임금에게 진상해 주기를 청한다. 형조판서는 향군이 가져온 것이 닭임을 알아채고 크게 꾸짖는다.
4	김인홍은 닭장수에게 6백 냥을 주고 봉황을 구입한 사실을 포도대장에게 고한다. 포도대장은 관리를 시켜 닭장수를 잡아오게 한다.	향군은 닭장수에게 50냥을 주고 봉황을 구입한 사실을 형조판서에게 고한다. 형조판서는 관리를 시켜 닭장수를 잡아오게 한다.
5	관부에 끌려온 닭장수는 곤장 30대에 혐의를 인정하게 된다. 닭장수는 김인홍에게 6백냥을 변상한다.	형조판서 댁에 끌려온 닭장수는 엄한 문초에 혐의를 인정하게 되고, 곤장 50대와 함께 향군에게 50냥을 변상한다.

위 표의 두 이야기는 등장인물만 다를 뿐 실상 동일한 이야기이다. 아마도 과거 '상번향군上番鄕軍'의 이야기로 구전되던 설화가 「신단공안」 편자에 의해 김인홍의 이야기로 흡수되었을 가능성이 높다. 그로 인해, 『한국구비문학대계』[7]에도 '봉이 김선달'의 삽화揷話로 실리게 된 것이다.

그 밖에 유사한 면모를 보이는 이야기로는 첫 번째 화소[1~3회, 1906.6.28~

---

7   「봉이 김선달」(『韓國口碑文學大系』 5-6, 1987, 76~79쪽).

1906.6.30를 꼽을 수 있다. 평소 집안 살림에 관심이 없던 김인홍이 아내의 성화에 못 이겨 돈을 벌어올 결심을 하는 장면으로, 「양주일염성자楊州一廉姓者」「破睡錄」, 『고금소총』[8]와 유사점을 찾을 수 있다. 줄거리를 정리하면 다음과 같다.

양주楊州에 가난한 염 씨廉氏 부부가 살고 있었는데, 평소 말이 없던 아내가 하루는 남편에게 집이 너무 가난하니 무슨 방도를 찾아보라고 청한다. 이에 염 씨는 아내에게 10년간 집을 떠나 돈을 벌어오겠다고 한다. 염 씨는 송경松京을 찾아가 대상고大商賈인 박 씨에게 장사하는 방법을 배운다. 박 씨는 염 씨를 크게 신임하여 상점의 모든 일을 맡기니, 큰 수입을 얻게 된다. 그러자 주인은 염 씨에게 1천 냥을 주며 다른 곳에서 능력을 펴도록 기회를 주는데, 염 씨는 서경西京에서 춘색이란 기생에게 빠져 돈을 모두 탕진한다. 염 씨가 다시 송경 박 씨를 찾아오니, 박 씨는 다시 1천 냥을 주며 떠나게 한다. 염 씨는 또다시 기생 춘색을 찾아가 돈을 탕진하고 다시 송경 박 씨에게로 돌아온다. 박 씨는 삼세번이라며 다시 1천 냥을 주지만, 염 씨는 그 돈 또한 춘색에게 바친다. 춘색은 염 씨를 안타깝게 여겨 집에 있는 물건 중 하나를 가져가게 하니, 염 씨는 낡은 가마솥釜 하나를 들고 송경 박 씨에게 돌아온다. 박 씨는 그 가마솥이 임진왜란 때 왜군 장수가 분실한 진귀한 물건烏金釜임을 알아채고 왜관倭館에서 수만금屢萬金의 돈과 교환한다. 박 씨는 그 돈의 절반을 염 씨에 주니, 그 돈을 싣고 7년 만에 집으로 돌아온다. 부부는 평생 부유하게 살게 된다.

---

8 「破睡錄」에는 작품별 제목이 附記되어 있지 않다. 따라서 본서에서는 원문 첫 단락을 제목으로 假稱했음을 밝힌다.

염 씨廉氏가 아내의 청에 따라 돈을 벌기 위해 집을 떠나는 내용은, 「인홍변서봉낭사승명관」 ①에서 김인홍이 굶주리고 있는 처자식들을 뒤로 한 채 돈을 벌기 위해 집을 나서는 장면과 겹쳐진다. 또한 염 씨가 송경松京 대상인 박 씨의 원조로 훗날 큰돈을 벌게 되는 이야기도 「인홍변서봉낭사승명관」 ②에서 김인홍이 부호富戶인 이삼장에게 집을 원조 받음에 따라 재물을 모을 수 있는 기반을 마련했다는 내용과 유사점을 찾을 수 있어,[9] 두 작품 간의 영향관계를 미루어 짐작할 수 있다.

나. 제7화 「치생원구가장용궁얼노아의루경악몽癡生員驅家葬龍宮蘖奴兒倚樓驚惡夢」

제7화는 1906년 10월 10일에서 12월 31일까지 『황성신문』에 연재된 소설로 대중들에게는 '꾀쟁이 하인'으로 알려진 이야기이다. 제7화의 구성을 크게 구분해보면, 열다섯 가지 화소로 나눌 수 있다.

① 1-2 : 고강촌 선비 오영환과 그의 교활한 종인 어복손에 대한 소개.

② 2 : 오영환이 서울에서 벼슬살이를 할 적에 어복손에게 속아 말을 잃어버린 이야기.

③ 3 : 오영환이 어복손에게 속아 냉면을 빼앗긴 이야기.

④ 4-16 : 기생 일지홍이 어복손에게 속아 관계를 가진 뒤, 오영환을 찾아가 화대를 받아감.

⑤ 17-18 : 오영환의 친구가 일지홍에게, 오영환과 어복손에 대한 일화들을 들려줌.

---

9 기생에 빠져 돈을 탕진하는 부분과 우연히 낡은 가마솥을 얻어 돈을 벌게 되는 이야기 등은 「癡生員驅家葬龍宮蘖奴兒倚樓驚惡夢」의 내용과 전혀 무관한 부분들이다.

⑥ 18-20 : 어복손이 오영환을 골탕 먹이기 위해 수소를 대신하여 수수를 사온 이야기.

⑦ 20-22 : 오영환이 불재佛齋를 구경하다가 어복손에게 속아 짐을 모두 잃어버린 이야기.

⑧ 23-27 : 오영환의 친구가 일지홍을 찾아온 어복손에 의해 꾸지람을 당함.

⑨ 28-38 : 어복손이 신분을 속이고 재상을 찾아가 재능을 인정받은 뒤, 속량贖良을 간청함.

⑩ 38-56 : 오영환이 재상의 문객 유생柳生과 함께 어복손의 속량을 막고자 함.

⑪ 57-60 : 어복손이 자신을 처단하라는 오영환의 편지를 그의 딸과 결혼시키라는 내용으로 고침.

⑫ 61-64 : 어복손은 오영환의 딸인 연옥을 속여 강제로 관계를 가짐.

⑬ 65-67 : 오영환이 어복손을 죽이고자 함에, 어복손의 고종사촌金正八이 대신 큰 못에 빠짐.

⑭ 67-69 : 어복손은 오영환을 속여 모든 식구들을 못에 빠지게 한 뒤, 도주함.

⑮ 70 : 학질에 걸린 어극룡魚克龍, 어복손을 치료코자, 벗의 간청으로 진산군 수령이 거짓 국문을 하는데, 신분이 탄로 나서 처형당함.

위의 열다섯 가지 화소 중 ②과 ⑫는 『고금소총』 소재의 이야기들과 동일한 면모를 보이고 있다. 먼저 살펴볼 제7화 「치생원구가장용궁얼노아의루경악몽」의 두 번째 화소2회, 1906.10.11는, 분량 면에서 보면 매우 짧은 이야기지만 작품에서 처음으로 어복손의 인물 됨됨이를 제시해주고 있는 대표적 일화라 할 수 있다. 본 내용은 「외우내흉外愚內凶」「醒睡稗說」, 『고금소총』에도 동일하게 등장하고 있어 특기할 만하다.

	「치생원구가장용궁얼노아의루경악몽」 ②	「외우내흉」
1	오영환이 진사장원을 하여, 마부 어복손과 함께 상경하여 벼슬살이를 한다.	생원이 상경하여 노복에게 말을 몰게 한다.
2	종로에서 근처 벗의 집을 방문코자 함에, 어복손에게 말을 지키게 한다.	근처 지인의 집에 들르고자, 노복에게 말을 지키게 한다.
3	오영환은 어복손에게 눈만 감아도 코를 베어가는 곳이니 말을 잘 지키라고 신신당부한 뒤, 친구 집을 방문한다.	생목은 노복에게 눈만 감아도 코를 베어 가는 곳이라며 특별히 조심하라고 당부한 뒤, 지인에게 간다. (그 사이 좋은 말의 안장을 시장에 판 뒤, 다시 제자리로 돌아온다.)
4	오영환이 돌아와 어복손을 찾으니, 어느 집 담벼락에서 빈 고삐만을 잡은 채 엎어져있다.	생원이 나와 보니 말안장은 보이지 않고 노복만 말고삐를 잡은 채 길가에 고개를 파묻고 있다.
5	오영환이 이유를 물으니, 어복손은 코를 베어가는 곳이기 때문에 고삐만 잡고 땅에 엎어져 있어서 말의 출처는 모른다고 답한다.	생원이 이유를 물으니, 노복은 코를 베어 갈까두려워 머리를 파묻고 있어서 안장의 출처를 모른다고 답한다.

두 이야기를 비교해보면,「외우내흉」에서는 노복이 생원의 '말안장'만을 빼돌렸는데「치생원구가장용궁얼노아의루경악몽」에서는 '말' 자체를 팔아버렸다는 점을 제외하고는 거의 동일한 내용전개를 보이고 있다. 비록「외우내흉」에서는 인물의 실명을 신분명身分名으로 대신하고 있지만, 신분으로 밝힌 생원生員, 小科 會試 生員試及第과 노복奴 또한,「치생원구가장용궁얼노아의루경악몽」에서 오영환小科 會試 進士試壯元과 어복손奴의 신분과 동일하다.

'말안장鞍'에서 '말馬'로의 변개에 대해서는「신단공안」의 편자가 이야기를 수록하는 과정에서 어복손의 교활함을 더욱 강조하기 위해 내용을 보다 과장하여 수정한 것으로 보인다. 이 같은 변모는『한국구비문학대계』에 수록된「꾀쟁이 하인」[10] 이야기에서도 동일하게 이루어지고 있다.[11]

---

10 「꾀쟁이 하인」(『韓國口碑文學大系』1-1, 1980, 274~276쪽)
11 『韓國口碑文學大系』에서는「꾀쟁이 하인」이라는 제목 외에도「상전을 속인 하인」(『韓國口碑文學大系』1-1, 1980, 522~533쪽),「마부이야기」(『韓國口碑文學大系』1-2, 1980, 186~191쪽),「꾀쟁이 하인의 사기행각」(『韓國口碑文學大系』2-6, 1984, 311~316쪽),「꾀

다음으로 살펴볼 제7화 「치생원구가장용궁얼노아의루경악몽」의 열두 번째 화소^{61~64회, 1906.12.20~1906.12.24}는 어복손이 오영환의 딸을 속여 강제로 관계를 가지는 이야기이다. 내용은 다소 자극적이지만 사건의 전개나 묘사, 표현 등의 측면에서 보면 해학적 성격이 강하다. 『고금소총』에도 이와 같이 자극적이고 해학적인 이야기들이 상당수 수록되어 있는데, 그중 「과녀약치한寡女藥癡漢」「禦眠楯」, 『고금소총』은 「치생원구가장용궁얼노아의루경악몽」 ⑫와 유사점이 매우 많아 주목할 만하다.

〈표 4〉「신단공안」제7화와 『고금소총』의 화소 비교 - 2

	「치생원구가장용궁얼노아의루경악몽」 ⑫	「과녀약치한」
1	오영환의 무인이 딸 연옥에게 밭에서 뽕을 따오게 한다.	시골에 과부(寡女)가 교활한 머슴(漢)과 함께 살았나. 산속에서 뽕잎을 따러 함에 혹시 난행을 당할까 두려워 머슴을 시험코자 옥문(玉門)에 대해 묻는다. 머슴은 모른 척한다.
2	연옥을 대신해 뽕나무에 올라간 어복손이 실수를 가장해 떨어진 뒤, 크게 다친 척을 한다.	나무에서 뽕잎을 따던 머슴이 실수를 가장해 나무 아래로 떨어짐에, 크게 다친 척을 한다.
3	어복손은 연옥에게 청하여, 절 뒤편의 동자석불을 찾아가도록 한다.	머슴이 과부에게 청하여, 산 밖에 영험한 의원을 찾아가도록 한다.
4	연옥이 동자석불을 찾아가 기도를 하니, 먼저 도착한 어복손이 동자석불 행색을 한다. 연옥의 배를 어복손의 배에 대어 따뜻하게 해주면 낫는다고 지시한다.	머슴이 지름길로 산을 내려와 얼굴을 가린 채 의원행색을 한다. 고환(腎)이 손상되었으므로 과부의 옥문을 나뭇잎으로 가린 채 남근(腎根)을 가져다 대어 따뜻한 기운을 쏘여야 한다고 처방한다.
5	연옥이 다시 어복손을 찾아가 동자석불의 지시대로 서로의 배를 맞대니, 어복손이 연옥을 겁탈한다.	과부가 다시 머슴을 찾아가 의원의 지시대로 행하는데, 머슴이 과부를 흥분시켜 교합을 한다.

위의 두 이야기는 내용과 구성 면에서 상당부분 유사점을 찾을 수 있다. 사건이 벌어지는 뽕나무라는 배경과 노복이 주인아씨를 속여 겁탈하는

많은 박동이」(『韓國口碑文學大系』 4-4, 1983, 93~99쪽), 「말썽꾸러기 하인의 꾀」(『韓國口碑文學大系』 5-7, 1987, 640~645쪽), 「영악한 종의 말로」(『韓國口碑文學大系』 7-14, 1985, 716~728쪽) 등의 다양한 제목으로 본 일화를 싣고 있다.

제재, 그 과정에서 영험한 존재의 목소리를 빌려 여인에게 직접 지시를 내리는 점 등은 두 작품이 실상 동일한 이야기라 할 수 있을 정도로 일치하고 있다.

두 작품 간의 차이점을 찾아보면, 「과녀약치한」에서는 「치생원구가장용궁얼노아의루경악몽」과 달리 여성이 어느 정도 머슴과의 관계를 원하는 듯한 서술이 보인다. 이는 「치생원구가장용궁얼노아의루경악몽」에서 '어복손'을 철저한 가해자로, 그리고 '연옥'은 철저한 피해자로 만들어 '어복손'의 교활함을 극대화하고자 했던 편자의 의도가 내포된 개작이다. 과부라는 여성의 처지를 상전의 어린 딸로 변개시킨 것도 동일선상에서 파악할 수 있다.

한편, 「사통요환詐通要歡」「續樂眠橘」,『고금소총』에도 머슴雇工이 꾀를 써서 주인 여성과 관계를 맺는 제재가 등장하는데, 앞서 「과녀약치한」, 「치생원구가장용궁얼노아의루경악몽」과 달리 애당초 여성이 머슴을 유혹하려 한 의도를 노골적으로 서술하고 있으며 여성의 처지도 남편이 있는 촌가의 여인村女으로 설정하고 있다. 따라서 본 화소가 「치생원구가장용궁얼노아의루경악몽」의 이야기로 편입되기 전에는 단순히 주인여성과 노복 간의 간행姦行에 초점을 맞춘 이야기였음을 짐작할 수 있다.

또한, 『고금소총』에는 앞서 비교한 화소들②, ⑫과 같이 내용에서 동일한 면모를 보이는 것은 아니지만, 몇몇 화소들①, ④, ⑦, ⑧과 구성상에서 많은 부분 유사점을 가지는 이야기들이 존재한다. 먼저 「험한령감-②」「攪睡襪史」,『고금소총』이다. 마치 「치생원구가장용궁얼노아의루경악몽」에서 첫 번째1~2회와 네 번째4~16회, 그리고 여덟 번째23~27회 화소를 복합하여 하나의 독립된 이야기를 구성한 것처럼 유사한 면모를 보이고 있다.

	「치생원구가장용궁얼노아의루경악몽」 ①④⑧	「험한령감－②」
1	고강촌 선비 오영환에게 그의 종 어복손이 속량을 요청하지만, 거절당한다.	서울사람(京人)이 평소 사람들을 잘 속였는데, 하루는 백마를 탄 역졸(驛卒)에게 말을 빌리려다 거절을 당한다.
2	어복손이 오영환의 행세를 하며 기생 일지홍을 찾아가 잠자리를 가진다. (그날 이후로 오영환으로부터 소식이 없자 일지홍이 직접 그의 집으로 찾아간다. 오영환은 어복손에게 속은 사실을 모르고 도리어 일지홍에게 화를 낸다.)	날이 저물자 역졸이 주점으로 들어가니, 서울사람이 주인의 아내(主女)가 묵고 있는 방을 찾아가 창문 밑에서 자신을 역졸이라 소개하며, 잠자리를 같이하자고 희롱한다.
3	화가 난 일지홍이 오영환의 친구에게 사정을 전하니, 오영환의 친구가 그를 무참히 때린다.	화가 난 주인 아내가 남편(店主)에게 사정을 전하니, 주인이 역졸을 찾아가 무참히 때린다. 주변의 만류로 주인은 물러간다.
4	오영환은 분해하지만, 어쩔 수 없이 긴 한탄만 한다. 이후 어복손은 오영환의 친구를 찾아가 뺨을 때리며, 벗의 신의가 없음을 꾸짖는다.	뜻밖에 봉변을 당한 역졸은 분해하며 이튿날 길을 떠난다. 이때 서울사람이 다시 나타나 말을 빌리며, 더 큰 봉변을 당할 수 있다고 협박을 한다.
5	오영환의 친구는 분해하지만, 양반 체면에 종 앞에서 벗을 의심한 자신의 처지가 부끄러워 곧바로 자리를 떠난다.	역졸은 어쩔 수 없이 서울사람에게 말을 빌려주고 자기는 걸어서 갔다.

위의 두 이야기는 어떤 교활한 인물이 자신의 요청을 거절당함에 따라 상대방에게 보복을 가하는 내용으로, 보복의 대상이 되는 사람의 행세를 하며 여인에게 희롱을 하는 장면과 여인의 요청에 따라 남편 혹은 지인이 여인을 대신하여 물리적 힘을 행사하는 내용이 공통적으로 등장한다.

다만 「험한령감－②」에서는 사건이 종결된 후 서울사람이 다시 역졸 앞에 나타나 위협을 가하여 결국 의도한 바를 성취하는 장면이 나타나는 반면, 「치생원구가장용궁얼노아의루경악몽」에서는 어복손이 오영환이 아닌, 그의 친구에게 나타나서 위협을 가하는 내용이 나타난다. 이러한 차이점은 어복손의 능력을 더욱 강조하기 위한 것으로 그의 상전뿐 아니라, 상전의 친구까지 농락하는 장면을 삽입한 것이다.

그 밖에 유사한 면모를 보이는 이야기로는 「치생원구가장용궁얼노아의루경악몽」의 일곱 번째 화소와 「삼물구실三物俱失」「蒐葉志諧」, 「고금소총」의 내용이다.

<표 6) 「신단공안」 제7화와 『고금소총』의 화소 비교 - 4

	「치생원구가장용궁얼노아의루경악몽」 ⑦	「삼물구실」
1	오영환이 증광시(增廣試)를 보기 위해 어복손을 데리고 동료 수십 명과 함께 길을 떠난다. 일행이 죽산(竹山) 장선점(長仙店)에서 하룻밤 묵게 된다.	한 선비(士人)가 욕심 많은 노비(頑奴)를 데리고 잔칫집을 방문하였는데, 그 집에서 하룻밤 묵게 된다.
2	오영환이 어복손에게 짐들을 잘 지키라고 주의를 시킨 뒤, 동료들과 근처 불재(佛齋)를 구경하러 간다. (어복손은 객점 주인에게 자물쇠를 빌린다.)	선비가 노비를 불러 짐 속의 솥(釜子)과 안장(鞍匣), 장화(大分士)를 잘 지키라고 주의를 시킨 뒤, 잠을 청한다.
3	오영환이 돌아와 왜 불을 끄고 있냐고 물으니 나방이 날아와 불꽃을 건드려 꺼졌다고 대답한다.	선비가 새벽에 일어나니 노비가 자신이 잠든 사이 누가 짐 속의 솥을 훔쳐갔다고 전한다.
4	오영환이 짐에 대해서도 물어보니, 어복손이 창문을 가리키며 짐을 벽장 안에 두고 자물쇠로 잠갔다고 답한다. (결국 짐을 모두 창문 밖으로 던져 잃어버렸다는 내용)	선비가 안장과 장화에 대해서도 물어보니, 노비는 장화가 안장보다 먼저 없어졌다고 답한다. (결국 세 물건을 모두 잃어버렸다는 내용)

위 표를 살펴보면 분량 상으로는 두 작품 간의 차이가 크지만, 전체적인 구성 면에서는 큰 차이가 없음을 확인할 수 있다. 「삼물구실」의 경우 워낙 내용이 간결하여 보는 시각에 따라 어리석은 노비가 빚은 사건으로 해석할 수도 있겠지만, 노비를 '완노頑奴'라 묘사한 점과 선비가 노비에게 철저히 당하는 해학적 구조를 생각했을 때 물건의 분실은 「치생원구가장용궁얼노아의루경악몽」 ⑦과 동일하게 노비의 의도貪慾가 반영된 결과라 할 수 있다.

그러나 본 설화가 「신단공안」에 수록되는 과정에서 긴 분량의 이야기로 탈바꿈하게 되고, 그로 인해 크고 작은 변별점들을 양산하게 된다. 가장 큰 차이점이라 한다면 「삼물구실」에서는 한 선비가 자신이 부리는 노비에게 속는 내용이, 「치생원구가장용궁얼노아의루경악몽」 ⑦에서는 수

십 명의 양반이 한 노비에게 속는 이야기로 대체되었다는 점이다. 이는 「치생원구가장용궁얼노아의루경악몽」이 오영환 개인의 우매함보다는, 어복손의 뛰어난 능력과 재능에 초점을 맞추고 있기 때문이다.

다. 2화「노대랑군유학자비관음탁몽老大郎君遊學慈悲觀音托夢」

제4·7화만이 아닌,「신단공안」의 다른 작품에도『고금소총』과 유사한 제재를 보이는 이야기들이 존재한다. 특히「노대랑군유학자비관음탁몽老大郎君遊學慈悲觀音托夢」「신단공안」제2화을 지적할 수 있는데, 원작인「관음보살탁몽觀音菩薩託夢」『龍圖公案』에 비해 비교적 개작양상이 크게 보인 부분에 이 같은 현상이 나타난다.

「노대랑군유학자비관음탁몽」에서 개작부분이 보이는 장면은 크게 두 가지를 꼽을 수 있다. 첫 번째는 도입부로, 첫날밤 여성이 남편으로 하여금 집을 떠나 글공부를 하도록 결심하게 한 뒤, 남편이 훗날 성공해서 돌아오는 장면이다. 이는「관음보살탁몽」에는 전무全無한 장면으로 이후 전개될 이야기에 큰 영향을 미칠 만한 부분은 아니지만, 남편의 성공 뒤에 지혜로운 여성의 조력이 있었음을 강조하기 위해「신단공안」에 특별히 첨가한 부분이라 할 수 있다.『고금소총』에도 이와 유사한 이야기가 수록되어 있다. 〈표 7〉은「노대랑군유학자비관음탁몽」의 첫 번째 개작 부분과 「고려시高麗時」「破睡錄」,『고금소총』의 유사화소를 비교한 것이다.

다음 표에서 볼 수 있듯이 두 작품 모두 아내의 조언과 격려로 인한 남성의 성공에 초점을 맞추고 있다. 성장할 때까지 글을 배우지 못한 남성이 스스로의 무학無學을 부끄러워하자 아내의 조력으로 약 10여 년간 출가하여 학업을 이룬다는 내용이다.「고려시」「破睡錄」,『고금소총』에서는 남성의 출

	「신단공안」 제2화 개작 ①	「고려시」
1	정조 8년 전라도 진안군 송지환이 일찍 부모를 여의고 나이가 들도록 배우지 못하여 남의 고용살이만 한다. 송지환은 용모가 수려하고 재예(才藝)가 뛰어난 이 씨 여인과 혼례를 치른다.	고려 때 명예와 부를 누리던 설 씨(薛氏)라는 인물이 늦은 나이에 아들을 낳는다. 아들에 대한 사랑이 지나친 나머지 글도 제대로 가르치지 못한 채 보호만 하며 키운다. 설 씨 아들은 높은 벼슬에 있는 사 씨(謝氏)의 딸과 혼례를 치른다.
2	첫날밤 이 씨는 남편의 무지함과 이를 부끄럽게 생각지 못하는 태도를 꾸짖는다.	사 씨 집안의 자제들은 설 씨 아들의 무식함을 알고 그를 멸시한다. 설 씨 아들이 처가에서 겸인(傔人)들로부터 조롱을 당하지만, 장인은 도리어 설 씨 아들의 무지함을 탓한다.
3	송지환이 스스로를 닸하며 부끄러워한다. 이 씨는 남편을 격려하며 출가하여 10년간 학업에 정진하도록 한다.	설 씨 아들이 아내를 찾아가 스스로 원망하며 학업을 시작하기에 이미 늦은 나이를 한스러워한다. 아내는 남편을 격려하며, 출가하여 학업에 정진하도록 권한다.
4	송지환은 사방으로 스승을 좇아 공부를 하니 10년이 지나자 학문을 이루게 된다.	암자(庵庵)의 큰 스님(大師)을 찾아가 사제지연을 맺은 뒤, 학업에 열중한다. 8년 뒤, 문장을 이룬 설 씨 아들은 집으로 돌아온다.
5	향시를 거쳐 진사에 합격한 뒤, 집으로 돌아온다.	그간 사정을 모르는 설 씨 부부와 처가식구들은 그를 냉대한다. 마침 나라에서 과거를 실시하자 동서(同壻) 소 씨(蘇氏)에게 사실을 털어놓은 뒤 함께 과거장으로 들어간다. 설 씨 아들이 장원을 하고 소 씨는 3위로 급제한다.
6		설 씨는 감격하여 예전처럼 아들을 극진히 사랑하게 되고, 아들은 여러 관직을 거쳐 마침내 높은 자리에 오른다.

가 시점이 일정시간 처가살이를 한 뒤로 설정되어 있는 반면, 「노대랑군유학자비관음탁몽」에서는 첫날밤으로 대체되었다. 그로 인해 「노대랑군유학자비관음탁몽」에서는 '남성과 처가식구들과의 일화'가 생략되어 서술분량이 대폭 감소했다는 특징을 들 수 있다.

다음으로 「노대랑군유학자비관음탁몽」의 두 번째 개작부분은, 승려妖僧에게 납치를 당한 여성이 지혜를 발휘해 승려로부터 정절을 지키고 위기를 벗어나는 장면이다. 원작인 「관음보살탁몽」에서는 여성이 승려에게 강제로 겁탈을 당하는 것으로 설정되어 있지만, 「신단공안」에서는 정절

을 중히 여기는 국내 정서에 따라 개작을 감행한 것이다. 『고금소총』에서
도 이와 유사한 이야기가 수록되어 있다. 다음 표는 「노대랑군유학자비관
음탁몽」의 두 번째 개작 부분과 「지부만도智婦瞞盜」「攬睡褉史」, 『고금소총』의 유사
화소를 비교한 것이다.

<표 8> 「신단공안」 제2화와 『고금소총』의 화소 비교 - 2

	「신단공안」 제2화 개작 ②	「지부만도」
1	정조 8년 전라도 진안군 송지환이 일찍 부모를 여의고 나이가 들도록 배우지 못하여 남의 고용살이만 한다. 송지환은 용모가 수려하고 才藝가 뛰어난 이 씨 여인과 혼례를 치른다. (…중략…) 송지환이 향시를 거쳐 진사에 합격한다. (「神斷公案」 제2화 개작 ①부분)	한 선비가 조실부모(早失父母)하고 집안도 무척 가난했다. 20세 때 영남(嶺南)의 아름답고 재능이 많은 여인에게 장가를 드니, 1년쯤 지나자 집안 살림이 넉넉해진다.
2	복안사(福安寺) 혜명(慧明)이 이 씨를 속여 가마를 태운 뒤 산사(山寺)로 납치한다.	세말(歲末)에 부인이 귀령(歸寧)을 청함에 선비가 가마를 세내어 부인을 태우고 자신은 뒤를 따랐다.
3	혜명이 완력으로 이 씨를 취하려 하고, 산사로 찾아온 송지환을 절에 있는 큰 종에 가둔다.	며칠 뒤 한 주점에서 잠을 청하는데, 한 산적이 부하들을 이끌고 선비를 위협하며 선비의 부인을 오천 냥의 돈과 맞바꿀 것을 요구한다.
4	이 씨는 혜명과 혼인을 하겠다고 속인 뒤, 혼사일까지 동침(同寢)을 거부한다. 또한 종에 갇힌 남편을 살리기 위해 당사자까지 속이며, 모질게 대한다. (그로 인해 이 씨는 정절을 지키고, 송지환은 연명한다.)	부인은 선비까지 속이며 스스로 장정을 따라가겠다고 말하니, 산적이 안심하고 5천 냥을 건네준다.
5	순찰사가 혜명을 붙잡고 사건을 해결한다. 순찰사와 송지환은 부인으로터 전후사정을 전해 듣고는 그녀의 지혜에 탄복한다.	부인은 몸종을 치장시켜 자신의 행색을 하게 한 뒤, 산적에게 보낸다. 부인으로부터 전후사정을 전해들은 선비는 그 지혜에 탄복한다.
6	이 씨의 아들 서린이 과거에 급제하여 참판(參判)의 자리까지 오른다.	선비와 부인은 5천 냥으로 시골에 전답(田畓)을 산 뒤 백수해로(白首偕老)한다.

위 표의 두 작품 모두 납치당한 여성이 지혜로써 위기를 벗어난다는 내
용을 담고 있는데, 납치자뿐만 아니라 남편까지도 속이는 기지를 보이며
여성의 대범하고 뛰어난 면모를 강조하고 있다는 공통점을 가지고 있다.

결국 「노대랑군유학자비관음탁몽」은 「고려시」 『破睡錄』, 『고금소총』와 「지부만도」 『攪睡樨史』, 『고금소총』의 화소를 가져와 「관음보살탁몽」 『龍圖公案』의 내용을 개작한 것인데, 여성의 지혜를 통해 남편의 입신과 함께 스스로의 정절까지 지켜냄으로써 결국 가문의 창달을 이룰 수 있었다는 여성 능력과 지혜의 중요성을 강조하고 있다.

지금까지 살펴본 바와 같이 「신단공안」과 『고금소총』의 개별 작품 사이에는 많은 유사점들을 찾을 수 있다. 이는 앞서 「신단공안」 제4화와 제7화의 화소 비교에서 살펴본 바와 같이 「신단공안」의 편자가 관련 이야기를 수집·개작할 당시 참고한 다양한 문헌설화집 가운데, 『고금소총』이 중요 역할을 담당했을 가능성을 시사해준다.

(2) 서사적 전통의 계승과 문제의식의 발현

『황성신문』은 정간停刊[12]의 후유증과 반복되는 적자운영[13]에 대한 쇄신刷新을 목표로 1906년 4월 2일, 제3차 지면개량에 의한 새로운 체제의 신문이 발행되기 시작한다. 같은 해 5월 19일, 처음으로 소설小說란을 도입하여 「신단공안」을 연재한 것도 이 같은 쇄신의 일환이었을 것이다. 그렇기에 「신단공안」의 연재에는 무엇보다도 독자층의 취향과 선호에 대한 고민이 필요했다. 이는 단순히 내용의 흥미성만이 아닌, 소설을 통해 그들에게 전달하고자 했던 집필진의 문제의식까지 내포한 것이었다. 그러나 「신단공안」에 할애된 공간은 신문의 전체 4면1면-5段45行, 2·3·4면-6段45行 가운데

12　『皇城新聞』은 1905년(光武9) 11월 20일 「論說-是日也放聲大哭」이란 글로 인해 정간되고, 이후 3개월 뒤인 1906년(光武10) 2월 13일에 속간된다.
13　『皇城新聞』의 재정문제에 의한 운영난에 대해서는 김기주의 「皇城新聞에 관한 考察」(『論文集』 8, 湖南大學校, 1987, 15~21쪽)을 참조.

약 50~60행에 불과했다. 짧은 이야기 속에서 이 같은 함의를 구현하기란 몇 번의 정간[14]을 경험한 신문사로서는 적지 않은 부담으로 작용했을 것이다. 따라서 중국은 물론 국내에서도 큰 인기를 누렸던 공안소설[龍圖公案]·[初刻拍案驚奇]의 번안은 『황성신문』으로서는 위험부담을 최소화하려는 전략적 선택이었다. 그뿐만 아니라 문헌설화[古今笑叢]의 차용을 통해 독자들로 하여금 「신단공안」이 단순히 허구가 아닌 습유[拾遺], 즉 야사[野史]의 형태임을 인식시킴으로써, 유생계층[식자층]의 소설에 대한 거부감도 최소화시켰을 것이다. 물론, 당시 식자층의 소설에 대한 부정적 인식을 차치하고서라도 「신단공안」은 매회 긴장감과 흡입력이 필요했던 신문연재소설이었기 때문에 문헌설화 특유의 재담과 풍자는 풍성한 이야깃거리를 양산하는 데에도 반드시 필요했던 제재였다.

그 결과, 「신단공안」은 『고금소총』의 화소를 많은 부분 차용했다. 그러나 중요한 점은 『고금소총』의 작품을 차용했을 당시, 수록된 내용을 그대로 가져오지 않았다는 것이다. 세밀하면서도 지엽적인 개작을 통해 「신단공안」만의 색깔을 유지했는데, 그로 인해 개별 작품들은 대한제국의 시대상을 반영하며 당대의 문제의식들을 드러냈다. 「신단공안」 화소의 변이를 통해 편자가 구현하고자 했던 의도 및 지향점은 크게 세 가지인 '구사법제도의 개선'과 '구신분제도의 철폐', '구종교의 척결'로 집약할 수 있다.

선행연구에서도 「신단공안」의 문제의식을 다루었지만, 대부분 제4·7화 중심의 작품분석[본문·평어] 등을 통해 이루어졌다. 그 내용으로는 '부패한

---

14 제1·제2차 정간(1903.2.5~1903.2.9·1904.1.27~1904.2.11)은 신문사의 재정난으로 인한 것이었으며, 제3차 정간(1905.11.21~1906.2.13)은 일본의 검열과 언론탄압으로 인한 것이었다.

관리의 이도吏道에 자극',15 '구질서에 대한 구체적 항거',16 '양반에 대한 서민·천민의 항거',17 '작품 속에 폭로된 봉건사회의 어두운 면',18 '부패한 관료의 이도吏道와 타락한 유교적 윤리관을 자극',19 '인간해방의지신분해방와 좌절',20 '중세체제전근대적 신분질서에 대한 비타협적 단절의식과 비근대성의 반성적 인식',21 '조선의 현실비판노비철폐·매관매직·세도정치의 병폐·미신타파'22 등이 있다.

본장에서 「신단공안」의 화소변이를 근거로 추출한 '편자의 의도 및 지향점'은 큰 지점에서 기존연구의 문제의식과 맥을 같이한다. 해당 항목에 대해서는 '〈표 1〉「신단공안」 제4화와 『고금소총』의 화소 비교-1'~'〈표 8〉「신단공안」 제2화와 『고금소총』의 화소 비교-2'의 분석을 기초로 정리하되, 『황성신문』의 기사를 비롯한 당대 기록물들을 근거하여 입증을 시도하고자 한다.

첫째는 구사법제도舊司法制度의 개선이다. 「신단공안」이라는 제목으로 연재된 작품인 만큼 편자가 꼭 드러내고자 했던 주제 가운데 하나였을 것이다. 이 같은 문제의식은 앞서 '〈표 1〉「신단공안」 제4화와 『고금소총』의 화소 비교-1'와 '〈표 2〉「신단공안」 제4화와 『고금소총』의 화소 비교-2'에서 살펴볼 수 있다. 서로 같은 화소의 이야기이므로 유사한 내용들이

---

15 이재선, 『한국개화기 소설 연구』, 일조각, 1972, 51쪽.
16 송민호, 『한국 개화기소설의 사적연구』, 일지사, 1975, 82쪽.
17 홍성대, 「개화기한문소설고」, 고려대 석사논문, 43쪽.
18 이연종, 「건달전승의 문학사적 의의」, 『國語國文學 論文集』 13, 동국대 국어국문학회, 1988, 111쪽; 최원식, 『한국근대소설사론』, 186쪽.
19 한원영, 『신문연재소설연구』, 일지사, 1990, 120쪽.
20 정환국, 「애국계몽기 한문소설의 현실인식」, 205~211쪽.
21 심재숙, 「근대계몽기 신작고소설의 현실대응양상 연구」, 고려대 박사논문, 2000, 126~168쪽.
22 조상우, 「애국계몽기 한문소설 〈어복손전〉연구」, 『국문학논집』 18, 단국대, 2002, 300~312쪽.

전개되고 있지만, 그 가운데는 작은 차이들이 존재한다.

먼저 '〈표 1〉「신단공안」 제4화와 『고금소총』의 화소 비교-1'을 살펴보면, 「기인취물欺人取物」「醒睡稗說」, 『고금소총』에서는 사령使令들이 백명선白明善에게 속아 엉뚱한 사람스님을 죄인으로 오인한 사건이, 「인홍변서봉낭사승명관仁鴻變瑞鳳浪士勝明官」④「신단공안」 제4화에서는 관차官差 세 명이 김인홍金仁鴻과 결탁하여 죄 없는 사람海雲에게 위협을 가하는 장면이 등장한다. 또한 '〈표 2〉「신단공안」 제4화와 『고금소총』의 화소 비교-2'을 비교해보면, 「지간식우知奸飾愚」「攬睡襍史」, 『고금소총』에서는 형조판서刑曹判書가 상번향군上番鄕軍에게 속아 닭장수를 엄히 문초하여 50냥을 갚게 하는데, 「인홍변서봉낭사승명관」⑤「신단공안」의 포도대장捕盜大將은 그 열배가 넘는 600냥을 김인홍에게 갚게 한다.

「기인취물」과 「지간식우」가 『고금소총』「攬睡襍史」, 「醒睡稗說」에 수록되었을 때는 개인의 협잡挾雜[23]에만 무게중심을 둔 작품이었지만, 본 화소가 「신단공안」에 차용되면서부터는 단순히 개인의 협잡 외에도 당대의 무능하고 비리로 얼룩진 관부官府의 형태를 조롱하는 성격도 내포하게 된다. 문헌설화의 시대에서 많은 시간이 흘러 다방면에 많은 근대화가 이루어지고 있지만, 사법제도에 있어 여전히 개선의 여지가 없는 세태들을 시사해주고 있는 것이다. 따라서 「인홍변서봉낭사승명관」의 김인홍은 평양서윤平壤庶尹 김경징金慶徵에게 "『대명률大明律』과 『대전통편大典通編』, 『무원록無冤錄』은 물

---

23 '挾雜'의 어원에 가까운 단어로는 '挾才'가 있는데, 사전적 의미로는 '가지고 있는 재능(持才能也)으로, 군자의 협재는 선을 행하고 소인의 협재는 악을 행한다(君子挾才以爲善 小人挾才以爲惡)'라고 정의하고 있다(『中文大辭典』 4, 中國文化大學印行, 581쪽). 따라서 '挾雜'은 小人의 挾才에 해당하는 것으로, 협잡꾼이란 '남에게 惡을 행하는 才能 있는 人物' 내지는 '옳지 아니한 방법으로 남을 속이는 짓을 하는 사람'(국립국어원, 『표준국어대사전』) 등으로 정의내릴 수 있다.

론 '검시檢屍' 등의 어휘조차 이해하지 못하니, 크고 작은 옥사에 아전의 무리에 기대어 간사한 지식과 문장을 쓸 것이 뻔하다"[24]라며 통렬한 비판을 쏟아내고 있다.

근대국가는 형사처벌을 포함하여 모든 분쟁에 대한 사법권을 행정 권력으로부터 독립한 재판기구와 전임 사법관이 일원적으로 행사하는 것이 일반적이다. 이에 비해 1894년 이전 한국에서는 의금부, 형조 등 사법권을 전담한 기관이 있기도 했지만 국왕과 관찰사, 수령 등 지방관은 물론 한성부·사헌부·승정원·의정부·홍문관 등 20여 개 이상의 일반 행정기관들도 사법권을 행사하고 있었다. 이후 사법권의 일원화를 위한 조치로 「재판소구성법」[1895.3.25]이 공포되었지만, 고등재판소와 한성재판소를 제외하면 지방재판소·개항장재판소의 재판에서는 여전히 관찰사·감리·군수가 사법권을 행사하게 되었다. 여기에는 재정부족 문제도 있었지만, 사법권을 이용해 민인들을 통치해왔던 관찰사·군수의 반발이 크게 작용하였다.[25] 그러나 정작 문제는 당대 사법권을 가진 관료들의 뇌물수수賂物收受 사례가 횡행했다는 사실이다.

落訟者가 訟官이 納賂循私하야 枉決흠으로 思量하는 時는 其納賂흠과 循私혼 證據를 明確하게 摹索하야 (…중략…) 高等裁判所에 上訴하면 該訟官은 官吏受財律로 計贓論罪하야[26]

---

24 "大明律大典通編은 一句도 不曾讀이오 無冤錄檢屍等語는 一字도 不能鮮라 小訟大獄에 只憑吏屬輩의 舞智舞文ᄒ리니"(「神斷公案」제4화, 1906.8.11).
25 도면회, 「대한제국기 재판제도의 구 제도와의 연속성과 단절성」, 『제109회 韓國法史學會 定例學術發表會』, 韓國法史學會, 2014, 2~4쪽 참조.
26 「雜報—訴訟申明」, 『皇城新聞』, 1899.1.9.

위의 인용 단락은 「소송신명訴訟申明」이란 제목으로 『황성신문』 1899년 1월 9일 자 「잡보」란에 실린 '고등재판소 소송규정에 대한 훈령高等裁判所에셔 訴訟章程을 申明하야 各地方에 發訓하야 坊曲에 揭付흔 規則' 가운데 한 조항이다. 낙송자落訟者가 송관訟官에게 뇌물을 바쳐 판결을 어지럽힐 경우, 송민訟民이 고등재판소에 상소上訴하면 장물贓物의 수를 헤아려 송관에 대한 형벌의 경중을 논할 것이라 서술하고 있다. 심지어 훈령 조항 가운데는 '송민이 송관의 비리 사실을 밝히기 위해 고등재판소에 상소할 경우, 소요되는 제반비용까지 해당 송관에게 징수하여 보조해 줄 것'을 명시하고 있어,[27] 상소제도를 독려 · 확산시키려 하고 있음을 확인할 수 있다. 이 같은 조항의 명시는 당대 관류들의 부패상이 보다 철저한 법제적 조치 없이는 제어가 될 수 없을 만큼 사회에 만연해진 상태였음을 입증한 사례라 할 수 있다. 실제 일반민들이 군수는 물론 관찰사까지 상부기관인 평리원平理院[28]에 고발하는 사건이 생길 정도로 사법제도에 대한 불신임은 이미 극에 달하고 있었다.[29]

「자모읍단효녀두악승난도명관수慈母泣斷孝女頭惡僧難逃明官手」 「신단공안」 제3화에서도 공주군수公州郡守 남하영南夏永의 잘못된 판결로 인해 최창조崔昌朝가 살인 누명을 쓰게 되는 내용이 등장한다. 그 과정에는 거짓 옥안獄案을 작성하기 위한 참혹한 고문[30]은 물론이고, 사라진 시신의 머리를 찾기 위해 최창조의 가족에게 위협을 가하는 모습[31]과 그로 인해 딸 최혜랑崔蕙娘이 스스로

---

27 "訟官의 納賂循私홈을 發告하기 爲하야 上訴하는 訟民의 來往留連費用은 納賂循私흔 訟官에게 徵捧하야 該民에게 交付홈"(「雜報-訴訟申明」, 『皇城新聞』, 1899.1.9).
28 1899(光武3)년부터 1907(隆熙1)년까지 存置되었던 最高 法院으로 高等裁判所의 改稱이다.
29 "慶北査覈官安東郡守宋鍾冔氏가 內部에 査報하되 前觀察使尹環의 贓錢이 (…중략…) 秘書課主事尹榮鶴은 甘聽利誘하고 大關賄之門하며 衆怨萃至에 民請裁判故로 押上平理院하얏고"(「雜報-慶北査報」, 『皇城新聞』, 1904.11.12).
30 "判官이 曼無答語ᄒ고 促令官隸로 左右交打ᄒ야 旣而오 血灑肉飛에 全體狼藉ᄒ니"(「神斷公案」 제3화, 1906.6.18).

목숨을 끊는 장면[32]까지 서술된다. 작품에서는 이 같은 부조리함을 남하영 개인의 문제가 아닌, 공주군 관리들의 무능함으로 표출하고 있다. '단지 관장의 의중만을 헤아려 멋대로 권위를 내세우고只在揣摩官長의意向ᄒ야 擅作威權이거나, 백성들의 뇌물을 탐하여 거둬들이며 뱃살 찌우는 일만 궁리하는貪受人民의賂賄ᄒ야 營圖肥己어니'[33] 공주군 관리들의 타락상은 곧 「신단공안」이 연재되었던 1906년의 시대상을 여실히 보여주고 있는 것이다.

한편, 관부의 타락성은 관리임명제도의 문제와도 맥을 같이한다. 갑오개혁으로 과거제가 폐지된 이후 군수가 되려면 각부 대신의 추천을 받아 내부대신이 최종적으로 황제의 재가를 받게 되어 있었으므로, 1899년 전후부터 이들에게 뇌물을 제공하고 군수 자리를 취득하려는 움직임이 활발했다. 그 과정을 통해 부임한 군수들은 하나같이 관직매득에 들어간 비용을 되찾으려 했을 것인데, 자신이 가진 사법권을 이용해 민인들에게 각종 수탈을 자행한 것은 어쩌면 당연한 수순이었던 것 같다.[34] 『황성신문』은 군수를 비롯한 위정자 개개인의 성품과 역량도 중요시했지만,[35] 이같이 사회에 만연한 비리와 모순들을 개선할 수 있는 구사법제도의 개선을 무엇보다도 희망했을 것이다.

둘째는 구신분제도舊身分制度의 철폐이다. 「치생원구가장용궁얼노아의루

---

31 "判官이 笑道我本欲赦出汝夫러니 只是府題가 切嚴ᄒ야 不能查得屍頭發落이어던 不可輒放罪人이라하얏기 至今囚鎭汝夫이고 本無他意이니"(「神斷公案」 제3화, 1906.6.20).

32 "一日은 黃氏炊了夕飯ᄒ고 自廚入房ᄒ니 只見蕙娘이 雙眼突出ᄒ고 舌吐半寸흐듸 兩手로 緊抱項子死了라"(「神斷公案」 제3화, 1906.6.25).

33 「神斷公案」 제3화, 1906.6.19.

34 도면회, 앞의 글, 12~13쪽 참조.

35 "自費檢尸홈으로 遠近에 頌聲이 有ᄒ며 或山訟이 有ᄒ면 自費觀審處辦ᄒ야 落訟者라도 毫無怨言이고 恒常夜巡홈으로 (…중략…) 此世에 愛民ᄒᄂ 郡守라 稱흐다더라"(「雜報－李倅治聲」, 『皇城新聞』, 1906.8.17).

경악몽」「신단공안」제7화에서 어복손魚福孫의 신분은 노비奴婢이다. 그는 뛰어난 재능을 가지고 있음에도 불구하고 자신의 능력을 온전히 발휘할 수 없는 시대에 태어났기에, 협잡만을 일삼으며 살아가는 불우한 인물이다. '〈표 4〉「신단공안」제7화와『고금소총』의 화소 비교－2'와 '〈표 5〉「신단공안」제7화와『고금소총』의 화소 비교－3', '〈표 6〉「신단공안」제7화와『고금소총』의 화소 비교－4'에서는 이 같은 문제의식을 살펴볼 수 있다.

먼저 '〈표 4〉「신단공안」제7화와『고금소총』의 화소 비교－2'를 살펴보면, 「과녀약치한」「禦眠楯」,『고금소총』에서는 머슴漢[36]이 위해를 가하는 대상을 시골과부寡婦로 설정한 반면「치생원구가장용궁얼노아의루경악몽」⑫에서는 인물의 신분을 각각 노비와 양반가의 처녀로 대체하고 있다. 품팔이를 생업으로 하는 머슴에서 법적으로 양반에 귀속되어 있는 노비로 신분을 바꾸어 놓은 것 자체에서도 의미를 부여할 수 있겠지만, 무엇보다도 이들이 자행하는 겁간劫姦의 피해자가 시골 과부에서 상전의 딸兩班家 處女로 변개되었다는 점에서 구신분제도에 대한 편자의 비판의식을 엿볼 수 있다. 이 같은 면모는 '〈표 5〉「신단공안」제7화와『고금소총』의 화소 비교－3'에서도 동일하게 적용된다. 「험한령감－②」「攪睡襍史」,『고금소총』에서는 가해자를 서울사람京人, 피해자를 역졸驛卒과 점주店主로 설정한 반면, 「치생원구가장용궁얼노아의루경악몽」① ④ ⑧에서는 가해자를 노비 어복손, 피해자를 양반 오영환과 그의 벗으로 대체하고 있다. 따라서 「험한령감－②」에서 볼 수 있는 '개인 간 대결京人과 驛卒·店主' 내지 '지역 간 대결京人과 鄕人'은, 「치생원구가장용궁얼노아의루경악몽」①·④·⑧에 이르러 '집단

---

36 漢은 사내의 賤稱으로, 문맥상 雇工으로 파악된다.

간 대결奴婢와 兩班'로 확장되고 있다.

'집단 간 대결'은 〈표 6〉「신단공안」제7화와『고금소총』의 화소 비교 -4'에 이르러 절정에 치닫는다.「삼물구실」莫葉志譜,『고금소총』에서는 선비 士人 한 명과 노비奴 한 명 사이의 '개인 간 대결'이「치생원구가장용궁얼노아의루경악몽」⑦에서는 어복손과 다수의 양반들인 '집단 간 대결'로 확장된다. 비록 한쪽어복손은 항상 속이는 쪽이고 한쪽오영환과 양반계층은 항상 당하는 쪽이지만, 그 내면에는 신분사회의 불합리한 구조들이 드리워져 있기에[37] 독자들은 어복손의 행동에 연민을 느낀다.

1894년甲午年에는 중세사회의 제도적 골간의 핵심인 사회신분제도가 마침내 법제적으로 폐지되기에 이른다. 표면상으로는 군국기무처軍國機務處에서 개화파들의 주도로 의안議案을 제정·공포1894.7.30, 1894.8.2한 전형적인 위로부터의 개혁이지만, 그 심층에는 아래로부터의 농민운동·농민전쟁이 복합적으로 작용했기 때문에 전근대의 종식을 알리는 혁신적 개혁이 효과적으로 진행될 수 있었다.[38] 그러나 사회적 염원 속의 개혁에도 불구하고 수백 년간 민인들을 억눌렀던 사회신분제는 쉽게 없어지지 않았으며, 심지어 갑오개혁이 끝난 1896년丙申年이후에는 사회 곳곳에서 신분제도가 다시 부활하는 현상까지 보이기도 했다.[39] 따라서『황성신문』을 비롯한 당대 신문사들은 이 같은 폐해들을 지적하며 신분제도 개혁에 대한

---

37 "言忠行篤ㅎ야도 閭里殘氓이 羞與爲朋友ㅎ며 年高髮白ㅎ야도 都家寸童이 呼之如儕類ㅎ며 甚則或受了某宅書房主의 無情之撻楚ㅎ며 又甚則或被了某宅道令主의 不當之責罰ㅎ야 上典之外에 不知有幾百上典ㅎ니"(「神斷公案」제7화, 1906.11.22).

38 신용하,『갑오개혁과 독립협회운동의 사회사』, 서울대 출판부, 2001, 105~117쪽 참조.

39 "晉州等十六郡屠漢等이 該觀察使曹始永氏에게 鳴寃ㅎ기를 (…중략…) 丙申以後로 賤待如前ㅎ옵고 寇亦未肯ㅎ야 天地間寃抑을 莫伸ㅎ오니 勅命을 遵ㅎ와 着冠홈을 請ㅎ디"(「雜報-生牛皮冠纓」,『皇城新聞』, 1900.2.5).

확고한 입장과 함께 사회적 동의를 구하기도 했다.[40]

『황성신문』은 '나라의 풍습이 고루하여 국민 사이에 현격한 계급이 생김에 따라 문벌만을 부질없이 숭상하여 인재가 두절되고 있음'을 개탄하고, '당면한 풍속을 바로잡아 국가와 국민이 평온해질 방책은 무엇보다도 국민의 권리를 균일히 보호하는 데 있음'을 주장하고 있다.[41] 그런데 특기할 만한 점은 이 같은 논설이 1908년까지 계속하여 실리고,[42] 심지어는 1909년까지도 노비 사역과 속량贖良에 대한 기사가 보도되고 있다는 사실이다.[43] 이를 통해 적어도 「신단공안」이 연재되던 1906년에는 신분제의 악습과 폐단이 심각한 사회적 문제로서 지속되고 있었음을 확인할 수 있다. 따라서 「치생원구가장용궁얼노아의루경악몽」에는 이 같은 문제의식들이 곳곳에서 구현되어 있다.[44]

작품에서 '항상 오영환을 대할 때마다 땅에 엎드려서 속량을 청하는'[45]

---

40 특히, 『독립신문』의 사회신분제 개혁에 대한 입장은 여타 기관보다도 확고했다. 선행연구(오영섭, 「韓國近代 封建的 社會身分制 및 風習의 改革實態」, 『史學志』 31, 檀國史學會, 1998, 341~355쪽 참조)에서는, 『독립신문』이 종간되는 1899년경까지도 公私奴婢의 사역실태 등을 보도하며 사회신분제 개혁에 대한 강한 의지와 입장을 표명했음을 설명하고 있다.

41 "國風이 孤陋하야 國民間에 懸隔한 堦級이 生한즉 門地를 徒尙하야 人材가 杜絶하느니 (…중략…) 當今矯風할 方策을 講究할진딕 國家의 國民治平하는 義務는 國民의 權利를 均一히 保護ᄒᆞᄂᆞᆫ데 在ᄒᆞᆯ것이오"(「論說−國民의 平等權利」, 『皇城新聞』, 1900.1.19).

42 "惟我大韓의 神聖種族은 天道와 王德을 推本ᄒᆞ며 國民의 義務를 擴張ᄒᆞ기 爲ᄒᆞ며 同胞의 仁愛를 表明ᄒᆞ기 爲ᄒᆞ야 一般奴婢男女의 釋放을 是圖ᄒᆞᆯ지어다"(「論說−奴婢를 宜乎釋放」, 『皇城新聞』, 1908.2.12).

43 「雜報−私婢已放」, 『皇城新聞』, 1909.2.27; 「雜報−贖良次呼訴」, 『皇城新聞』, 1909.11.14.

44 이는 「癡生員驅家葬龍宮蘗奴兒倚樓驚惡夢」(「神斷公案」 제7화)에만 해당되는 사항이 아닌 「仁鴻變瑞鳳浪士勝明官」(「神斷公案」 제4화)에서도 확인할 수 있다. 김인홍의 신분은 "家世는 是祖農父商이라"(「神斷公案」 제4화, 1906.8.11)라는 서술을 통해 가난한 良民으로 추정할 수 있는데, 김인홍이 행하는 협잡은 힘없는 서민을 대상으로 하는 것이 아닌 부유층과 권력층에 초점을 맞추고 있다.

45 "常對吳永煥ᄒᆞ야 伏地乞道上典主가 許此身의 贖良ᄒᆞ시면 小人이 結草報恩ᄒᆞ리이다"(「神斷公案」 제7화, 1906.10.10).

어복손의 애처로운 형상은 신분제의 구속에서 벗어나고자 했던 당대 민인들의 모습이었다. 어복손이 아무리 '흉악凶'·'사특慝'·'교활黠'한 행동을 보일지라도 그의 잘못을 용인할 수밖에 없는 것은 악의 근원이 어복손 개인이 아닌 사회신분제에서 비롯된 것이기 때문이다. 「신단공안」은 직접적 평어評語을 통해 '노비를 두는 악습을 법적으로 금해야 함'46을 역설力說하고, 때론 '화가 잔뜩 나서 어복손을 결박해 매질을 하는'47 오영환의 태도를 통해 '소나 말을 대하듯 매매하고 속박하며 채찍질하던'48 전근대的前近代이고 개화되지 못한 대한제국의 현실을 풍자했다.

셋째는 구종교舊宗敎의 척결이다. 「신단공안」은 제6화와 제7화를 제외한 전편에 악승惡僧들이 등장한다.49 특정 종교집단에 대한 부정적 서술은 분명 편자의 비판의식이 반영된 결과라 할 수 있다. 이는 '〈표 7〉「신단공안」 제2화와 『고금소총』의 화소 비교-1'와 '〈표 8〉「신단공안」 제2화와 『고금소총』의 화소 비교-2'에서도 확인이 가능하다.

먼저 '〈표 7〉「신단공안」 제2화와 『고금소총』의 화소 비교-1'를 비교보면, 두 작품 모두 글을 배우지 못한 남성宋之煥, 薛氏이 아내의 격려로 출가한 뒤, 학업을 성취하고 돌아온다는 내용을 담고 있다. 그러나 「고려시」「破睡錄」, 『고금소총』에서는 출가한 설 씨가 스승으로 삼은 대상을 암자僧庵의 큰 스님大師으로 설정하는 데 비해, 「노대랑군유학자비관음탁몽」「신단공안」 제2화

---

46 "聽泉子曰蓄奴婢는 是東方惡習이니 是固不可不立法禁斷이라 今觀 於吳氏家事에 尤可悚然이로다"(「神斷公案」 제7화, 1906.10.10).

47 "吳永煥이 聽罷大怒ᄒ야 縛倒了魚福孫ᄒ고 笞二十度를 重打…"(「神斷公案」 제7화, 1906.10.10).

48 "何故로 牛馬若賣買를 被ᄒ며 牛馬若束縛을 取ᄒ며 牛馬若鞭箠를 受ᄒᄂ가"(「論說-奴婢를 宜乎釋放」, 『皇城新聞』, 1908.2.12).

49 「神斷公案」에서 惡僧으로 등장하는 인물들은, 悟性(제1화), 慧明(제2화), 一淸(제3화), 海雲(제4화), 黃經(제5화) 등이 있다.

의 송지환은 특정인물을 스승으로 삼은 것이 아닌 '사방을 돌아다니며 여러 인물들에게 배움을 구했다'는 서술[50]로 대체하고 있다. 이는 세인들로 하여금 특정 종교에 대한 이상이나 동경 등을 배제할 목적 아래 부분적 개작이 이루어진 것으로 볼 수 있다.

그러나 '〈표 8〉「신단공안」제2화와『고금소총』의 화소 비교−2'에서는 '〈표 7〉「신단공안」제2화와『고금소총』의 화소 비교−1'와 달리 원작에서는 없는 특정 종교에 대한 언급을 개작을 통해 의도적으로 편입시킨 정황이 드러난다. '〈표 8〉「신단공안」제2화와『고금소총』의 화소 비교−2'의 두 작품을 살펴보면 납치당한 여성이 지혜로 위기를 벗어난다는 공통된 내용을 담고 있는데,「지부만도智婦瞞盜」「攬睡襍史」,「고금소총』에서는 납치자를 단순히 산적山賊[51]으로 서술한 반면「노대랑군유학자비관음탁몽」에서는 산승山僧으로 대체하고 있다. 결국「신단공안」은 한편으로는 문헌설화에서 긍정적으로 서술한 불교에 대한 이미지를 삭제함을 통하여,[52] 그리고 다른 한편으로는 문헌설화를 기초로 불교에 대한 부정적 이미지를 삽입함을 통해[53] 불교에 대한 비판의식을 드러냈다고 볼 수 있다.

불교에 대한「신단공안」의 편향된 성격은『황성신문』발행진들의 성향과도 밀접한 관련이 있다. 초대사장이었던 남궁억南宮檍과 당시 주필이었던 박은식朴殷植을 비롯하여, 장지연張志淵, 제2대 사장, 신채호申采浩, 주필, 남궁훈南宮薰, 제3대 사장, 김상천金相天, 제4대 사장, 유근柳瑾, 제5대 사장, 성선경成善慶, 제6대 사장 등은 대부분 한학에 조예를 가지고 있었던 유생이면서도 서구의 사상과

---

50 "遂負笈四方에 從師問道ᄒ야"(「神斷公案」제2화, 1906.5.28).
51 "吾乃山中隱居之人"(「攬睡襍史」,『古今笑叢』, 732쪽).
52 〈표 7〉「신단공안」제2화와『고금소총』의 화소 비교−1
53 〈표 8〉「신단공안」제2화와『고금소총』의 화소 비교−2

학문을 받아들이려는 개량적 유학사상을 지녔던 사람들이었다.[54] 따라서 이들은 종래의 고루한 유교의 폐단까지 지적하기도 했는데,[55] 불교를 비롯한 과거 민간신앙에 대해 엄격한 잣대를 가졌던 사실에 대해서는 의심할 여지가 없다. 실제, 논설 지면「論說－無惑邪術」,[56]「論說－我同胞는 切勿迷信虛誕」[57]을 통해 좌도左道·사술邪術·미신迷信 등에 대한 사적 경계를 당부하고 있다. 그러나 이 같은 민간신앙에 대한 부정적 견해는 『황성신문』만의 성향이라 볼 수는 없다. 비슷한 시기 민간신문들에서도 하나같이 무당, 판수, 풍수, 중 등을 악관패습의 대표적 예로 상정하며[58] 미개未開하고 민지民智가 밝지 않을수록 나타나는 현상[59]이라 지적하고 있다. 이는 당대인들의 공통된 문제의식으로서 민간신앙을 '구시대의 악습' 및 '근대화를 가로막는 장애물'로 인식했던 것이다.

---

54 안종묵,「皇城新聞 발행진의 정치사회사상에 관한 연구」, 『한국언론학보』 46-4, 한국언론학회, 2002, 217~248쪽 참조.

55 "所可歎恨者는 一般 儒林家에셔 但 先儒의 成說을 株守ᄒ야 學理의 進化를 不究ᄒ며 自己의 門戶를 樹立키 爲ᄒ야 黨派의 缺裂을 釀成ᄒ며 牢鎖山門ᄒ야 足跡이 不出鄕里ᄒ으로 世界의 大勢와 時務의 適宜를 不知ᄒ지라 究竟結果가 國家와 民族으로 ᄒ야곰 此境에 逡陷ᄒ되 分毫의 拯救ᄒ 者ㅣ 未有ᄒ니 此는 儒林의 過가 아니라 謂치 못ᄒ지로다"(「論說－本朝儒林의功過」, 『皇城新聞』, 1909.11.9).

56 "夫何挽近以來로 全國이 浸染ᄒ야 稍有聰明者는 惑於邪術之書ᄒ고 愚魯無才者는 惑於邪術之人ᄒ야셔 駸駸一世而爲邪術之淵藪ᄒ니 奚暇에 與論於文明進化之道哉아"(「論說－無惑邪術」, 『皇城新聞』, 1906.8.14).

57 "其他訛言謊說과 左道邪術이 蠱惑民智ᄒ고 煽誘人心者ㅣ 盖亦多矣로되 (…중략…) 若或迷信의 根株가 未能剗除ᄒ면 是는 我同胞가 迷信에 死ᄒ고 迷信에 亡ᄒ이니 天下의 可恥可痛이 孰甚於此리오"(「論說－我同胞는 切勿迷信虛誕」, 『皇城新聞』, 1908.2.9).

58 "사롬이란거슨 학문이 업슬소록 허ᄒ거슬 밋고 리치 업는 일을 ᄇ라는거시라 그런고로 무당과 판슈와 션앙당과 풍슈와 즁과 각쇠 이런 무리들이 빅셩을 쇽이고 돈을 쎅시며 ᄆ음이 약ᄒ 녀인네와 허ᄒ거슬 밋는 사나희들을 아혹히 유인ᄒ야 쥐물을 ᄇ리고 악귀를 위ᄒ게 ᄒ니"(「논셜」, 『독립신문』, 1896.5.7).

59 "皆於其政治未開ᄒ고 民智未明之時에 種種有惡慣悖習之可驚可怪者 而其壞敗人心ᄒ며 乖亂俗尙ᄒ야 沮國家開進之路ᄒ며 遏民人奮發之氣ᄒ야 以之妨害敎育ᄒ며"(「雜報」, 『大韓每日申報』, 1906.10.12).

대한제국 시기 내무아문內務衙門이 각 도에 훈시한 제반규례1895년를 살펴
보면, 무속인의 의료행위를 엄격히 금하고 있다. 경무청과 각도 관찰부에
대한 내부훈령1897년, 경무사警務使의 각서 서장에 대한 훈령1898년에는 무속
의례까지 규제하고 있는데, 근대화의 물결이 거세질수록 이들에 대한 단
속과 처벌도 강화되고 있음을 확인할 수 있다.[60] 대한제국시기 그들은 더
이상 신앙인信仰人이 아닌, 혹세무민惑世誣民하여 민가의 재물을 약탈하는 범
죄 집단[61]으로 전락하게 된다. 이 같은 분위기에 편승한 탓인지, 당대 승
려를 비롯한 무속인과 관련된 『황성신문』의 기사들은 단순히 사건을 전
달하기에 앞서 조롱과 지탄이 섞여있다.

南署下茶洞수는 官人 某朴氏가 家內에 神道를 崇奉하는딕 鉦鼓之聲이 日夜聒
聒하고 女子의 憑神怒罵가 喃喃不息하야 四隣이 安眠치 못혼다니 近來 警務廳에셔
는 禁規를 廢止하엿는지 或 밋처 査探치 못하엿는지[62]

由來僧尼之道난 靜處山中하야 誦經念佛하며 淨身修齋흠이 是其本分이거놀 挽近
僧徒가 放慢無範하야 自犯酒色之戒하며 肆行不法之事하야 汚頑莫甚者가 比比
有之하니 從當隨聞捉懲이며 甚至各寺草幕에 妓樂淫逸之事와 雜技騙財之局과
鴉烟暗吸之人과 婦女供佛之類를 紹价周旋하며 引致留連하야 便成蕩雜淫亂之窩

---

60 이용범은 「무속에 대한 근대 한국사회의 부정적 시각에 대한 고찰」(『한국무속학』 9, 한국무
    속학회, 2005, 167~168쪽 참조)에서 『高宗實錄』·『한말근대법령자료집』·『독립신문』 등
    의 자료를 통해, 대한제국시기 무속에 대한 당국의 금지와 억압이 지속적으로 시행되었음을
    설명하고 있다.
61 "판슈의 경닑고 무녀의 굿ㅎ고 긔도ㅎ는 거슨 곳 혹셰무민ㅎ야 사름의 돈을 쎗는 거신즉 강도
    에 다름이 업는 고로"(「잡보」, 『독립신문』, 1897.4.20).
62 「雜報-禁規解弛」, 『皇城新聞』, 1899.3.4.

窟하니 聽聞所及에 在在駭恠이며 究以僧習에 萬萬痛惋이라[63]

以僧盜僧 南來人의 傳說을 得聞흔 則寧海郡白石面西山에 在흔 遊金寺는 原來大
刹이라 三月初에 何許客僧三人이 來到該寺하야 留宿하더가 深夜後에 主僧八名
을 威脅結縛하고 該寺에 所在흔 佛器와 諸般汁物을 沒數奪去하얏더라.[64]

첫 번째 기사는 '무속인들의 쇠북錚鼓소리가 밤새도록 매우 요란스럽고日
夜聒聒, 여인의 신들린 성난 욕설소리憑神怒罵가 쉬지 않고 재잘거리니喃喃不息
마을사람들의 안면安眠을 방해함'을 문제 삼고 있다. '안면安眠을 방해한다'
는 죄목 자체에서 무속인에 대한 천대와 괄시를 느낄 수 있으며, '괄괄聒
聒', '남남喃喃' 등의 어휘 선택 또한 조롱과 괄시가 함축되어 있다고 볼 수
있다.

두 번째와 세 번째 기사들에서도, 사건을 전하기에 앞서 '예부터 중의
도리는 산 속에 고요히 거처하여 경을 외고 염불하며 몸을 정갈히 하고 재
계함이 근본이거늘由來僧尼之道난 靜處山中하야 誦經念佛하며 淨身修齋흠이 是其本分이거늘',
'중이 중을 훔친다는 남방인의 전설을 들은 以僧盜僧 南來人의 傳說을 得聞흔' 등
과 같이 승려에 대한 잣대나 원칙 등을 강조하고 있다. 이는 『황성신문』의
당대 승려들에 대한 비판의식이 기사에서도 고스란히 드러난 것이라 할
수 있다.

당대 불교를 비롯한 민간신앙에 대한 비판의식은 「신단공안」에도 고스
란히 전해져, 각 편에 악승과 요승들의 잔혹한 범죄와 함께 세인들의 민간

63 「雜報－訓示僧徒」, 『皇城新聞』, 1905.1.12.
64 「雜報－以僧盜僧」, 『皇城新聞』, 1906.4.25.

신앙에 대한 맹목적 추종 등을 묘사하게 된다. 과거『고금소총』이 승려를 여타 무속인과 동일시하여 부패상을 서술했듯이, 근대시기「신단공안」도 그들의 이중적이고 세속적인 모습들을 자극적이고 때론 잔혹한 서사들과 함께 독자들에게 전하고 있다. 다만 차이점이라 한다면『고금소총』은 그들의 모습을 해학적으로 그리고 있지만「신단공안」에서는 보다 발전된 형태의 소설을 통해 그들을 철저한 악인으로, 그리고 척결해야 할 대상으로 형상하고 있다는 것이다.

이 같이「신단공안」은『고금소총』과 같은 문헌설화의 토대 속에서 부분적 개작을 통해 다양한 문제의식을 드러내고 있다.『고금소총』외에도「신단공안」에 직간접적으로 영향을 주었을 다양한 설화들이 존재했을 것이나. 따라서 그 외 설화유형訟事說話과의 비교를 통해「신단공안」만의 변별점과 구조적 특징 등을 검토하고자 한다.

2) 신단공안과 원혼설화의 비교

「신단공안」7편의 이야기는 각 편마다 판관수령·관찰사 등이 등장하여 사건을 해결하는 소재訟事·公案가 서술되므로, '송사소설訟事小說'로서「신단공안」의 서사적 근원을 밝히는 작업은 반드시 필요하다.

송사사건은 인간의 역사와 함께 각종 법례法例나 판례判例의 사례집으로 남아 귀감으로 이용되기도 하고, 또 한편으로는 쾌감과 반감 등의 흥미 중심적 요소가 확장되면서 점차 문학적으로 변모되는 등의 양상을 보이기도 한다.[65] 특히, 조선 중기 이후에는 산송山訟, 추노推奴 등 다양하고 예민한

---

65 이헌홍,『한국송사소설연구』, 삼지원, 1997, 45쪽.

송사들이 각처에서 출몰했기 때문에, 대중의 관심과 맞물리며 실제 송사 사건을 다룬 작품들『유연전』·『박효랑전』까지 등장했다. 더불어 중국 공안류의 국내 전래와 향유[66]도 송사소설의 성행에 적지 않은 영향을 끼쳤다. 「신단공안」은 이 같은 문학사의 흐름과 유행 속에서 등장한 것이라 할 수 있다. 따라서 「신단공안」은 과거 '송사 소재 서사문학'송사설화의 유형과 일정 부분 맞닿아 있는 지점을 발견할 수 있다.

공안公案이라는 제명題名에서도 드러나듯, 「신단공안」 전편에는 치정癡情 · 육정肉情에 의한 범죄와 송사의 과정들이 나열되어 있다. 사건의 중심에 있는 여성인물들을 살펴보면, 범죄의 피해자로서 여성의 절행을 강조하는 인물들제1·2·3화이 있지만 범죄의 가해·동조자로서 음행을 주도하는 인물들제4·5·6화도 등장한다. 해당 여성들은 각기 다양한 범죄사건에 연루되어 작품을 주도하는데, 그 서사구조는 각각 '「아랑형설화」 유형'과 '「감몽보수感夢報讐」 유형'에 대응된다. 단, 「신단공안」에서는 이들 설화유형의 가장 흥미로운 제재라 할 수 있는 '원혼冤魂' 화소話素를 모두 배제했다.[67] 이는 근대 신문의 연재소설로서 보다 개연성 있는 서사들을 선택했기 때문이다. 그로 인하여 선별된 작품들은 한결같이 원혼 소재를 변용한 송사물이거나, 원작이 있는 작품의 경우에는 국내 독자층의 수요나 공감대 형성을 위하여 개작改作을 시도했다.[68]

---

66 명대단편들을 살펴보면 많은 부분 공안을 제재(삼언 120편 가운데 공안 30여 편)로 하고 있다. 국내 번안이 이루어진 '삼언이박' 총 12편의 활자본 가운데 공안 제재가 무려 8편이다.(김영화, 「한국·일본의 명대 백화단편소설 번역·번안 양상」, 고려대 석사논문, 2011, 56~57쪽 참조)

67 송사설화는 사건해결의 양상(증거확보위주)에 따라 ① 함정수사, ② 초월적 존재의 계시나 원조자의 도움, ③ 기지, ④ 탐문 등으로 나눌 수 있다. 이 가운데 '원귀설화'는 '②의 유형', 즉 죽은 원귀(冤鬼)의 계시에 의해 결정적 단서를 잡아 사건을 해결하는 일련의 작품군을 지칭한다.(이헌홍, 앞의 책, 167~171쪽 참조)

(1) 아랑형설화 유형 - 제1·2·3화

여성의 절행을 강조하는 인물들을 살펴보면, 제1화의 하숙옥河淑玉과 제2화의 이 씨李氏, 제3화의 김 씨金氏를 들 수 있다. 그녀들은 악승惡僧에 의해 몸을 더럽히게 될 위기에서 기지를 발휘제2화하거나, 목숨을 버리면서까지 제1·3화 절개를 지키는 행위들을 보인다. 작품에서는 하나같이 그녀들의 아름다운 자태를 강조하고 있으며, 이는 동시에 악승들의 범행 동기로 작용한다.

果然見淡粧女娘이 憑欄佇立ᄒ니 形貌衣服이 塵世中罕見이라 那和尙이 不勝驚喜ᄒ야 施禮道娘子가 肯邀小僧ᄒ오니 小僧이 感謝無地로소이다. 娘子가 肯留小僧ᄒ와 同宿一宵ᄒ오면 福田似海오 恩德如天이라 娘子ㅣ 今生에 壽富多男ᄒ옵고 來生에도 福祿無窮ᄒ오리다.[69]

如此美人은 何處人間에 更有ᄒ리오 身上穿去的衣服은 不過是麤紬細布에 村閨女子的貌樣이로ᄃᆡ 何其奇文異彩가 恍恍惚惚에 逼人耳目고 慧明의 精神魂魄이 盡飛入雲霧中去了ᄒ야 直與草人木偶로 一般이러니 俄而오 似狂似痴ᄒ고 似醉似嘻ᄒ야 卽欲踊身直前ᄒ야 緊緊抱持로ᄃᆡ[70]

---

68 선행연구에서는 원혼소재의 이야기를 「神斷公案」에 반영된 지괴현상(志怪現象)이라 설명하며 「金鰲新話」·「補閑集」의 수법('鬼交')이 「神斷公案」에까지도 연맥이 닿았음을 주장하였다.(송민호, 앞의 책, 84쪽 참조)

69 과연 곱게 단장한 여인이 난간에 의지하여 서있으니, 그 용모와 차림새가 진세에는 보기 드문 것이었다. 이 화상이 놀랍고 기쁜 마음을 억누르지 못하여 예를 차려 말하였다. "낭자가 소승을 흔쾌히 맞아주시니 소승이 감사함을 이루 헤아릴 수 없소이다. 낭자가 흔쾌히 소승을 머물게 하여 하룻밤을 동숙하게 하오면 복전이 바다와 같고 은덕이 하늘과 같은지라. 낭자가 이번 생에 수와 부, 아들 복까지 누릴 것이오, 다음 생에도 복록이 무궁 하오리다"(「神斷公案」 제1화, 1906.5.21).

70 "이와 같은 미인이 어느 세상에 다시 있겠으리오. 몸에 걸친 의복은 거친 명주와 가는 베에

那一淸和尙이 艶慕金氏姿色ᄒ야 淫懷蕩漾에 不能自禁ᄒ다가 (…중략…) 雖是

孀居婦人이 膏沐無情이나 正是塵埃間白玉이 難掩其光이오 糞上中黃金이 莫晦其

精이라 花容月態ᄂ 艶麗가 無雙ᄒ고 愁眉恨鬢은 哀寃이 分明ᄒ도다 一淸의 包藏

奸心이 已非一朝一夕이거던 見此娘子의 無人獨坐ᄒ고 豈肯按住情慾이리오[71]

위의 인용문에서 볼 수 있듯이, 악승들은 무언가에 홀린 듯 그녀들에게

반하여 음욕을 품게 된다. 당대 제도적 사회 분위기 속에서 처신을 강압

받았던 사대부가의 여인을 대상으로, 금욕적 도행을 행해야 하는 승려의

범행은 충분히 독자의 흥미를 유도할 만한 자극적 소재였다.

이는 과거 성범죄를 소재로 했던 설화들과 비교해보면 더욱 여실히 드러

나는데, 대표적 작품으로 「아랑형설화」를 들 수 있다. 「아랑형설화」는 대체

로 밀양密陽, 慶尙南道이라는 지역과 연관된 전설로 알려져 있음에도 불구하고,

자료의 전승은 전국적인 분포를 보여주는 광포전설로서 자리하고 있다.

『한국구비문학대계』에는 7편[72]이 수록되어 있으며, 『고금소총』에도 「봉이

불과한 시골 규방 여인의 용모로되, 뛰어나고 특별한 모습이 황홀함에 어찌 사람의 이목을
빼앗는가. 혜명의 정신혼백이 모두 구름과 안개 속으로 날아가서 곧장 초인목우와 같은 모양
이더니, 갑자기 미친 듯, 바보인 듯, 취한 듯, 목이 멘 듯하여 곧장 앞으로 뛰어가 굳게 껴안고자
하되」(「神斷公案」 제2화, 1906.5.29).

71 "그 일청이란 화상은 김 씨의 자색을 염모하여 음탕한 마음이 넘침에 스스로 억제하지 못하다
가 (…중략…) 비록 수절하는 부인이라서 연지를 바르거나 머리 단장하는 일에 뜻이 없으나
정녕 티끌 가운데 백옥이 그 빛을 가리기 어려움이오, 썩은 흙 가운데 황금의 정체가 가려지지
않음이라. 화용월태는 곱기가 견줄 곳이 없고, 수심에 찬 눈썹과 한이 서린 살쩍에는 슬픔과
원통함이 분명하도다. 일청의 간악한 마음을 포장함이 이미 하루 이틀이 아니었는데, 이 낭자
가 아무도 없이 홀로 앉아 있는 모습을 보고 어찌 정욕을 안주하겠는가"(「神斷公案」 제3화,
1906.6.11).

72 「원혼이 된 아랑낭자」(『韓國口碑文學大系』 2-6, 1984, 387~391쪽), 「아랑낭자의 한」(『韓國
口碑文學大系』 7-5, 1980, 278~280쪽), 「밀양 아랑각 전설」(『韓國口碑文學大系』 7-13,
1985, 308~312쪽), 「아랑전설」(『韓國口碑文學大系』 8-7, 1983, 137~146쪽), 「아랑의 설
원」(『韓國口碑文學大系』 8-7, 1983, 359~364쪽), 「밀양아랑」(『韓國口碑文學大系』 8-8,

상사설원채逢李上舍說寃債「醒睡稗說」란 제목으로「아랑형설화」가 전해진다.「아랑형설화」의 서사단락을 정리하면 다음과 같다.[73]

① 원혼형성의 배경 : 아름다운 처녀 아랑을 탐낸 사령이 유모를 매수하여 유인해낸다.

② 원혼출현의 동기 : 사령은 저항하는 아랑을 죽이고 그 시체를 유기한다.

③ 원혼출현 : 부임하는 원마다 도임 첫날밤에 죽자, 밀양은 폐읍의 위기에 놓이다.

④ 원혼과의 대면계기 : 담대한 인물이 자원하다.

⑤ 원혼과의 대면 : 신관에게 원귀가 나타나 신원을 간청하다.

⑥ 해결방안 제시 : 원혼이 범인 색출 방법을 알려주다.

⑦ 해결 : 조회를 열어 범인을 색출하고 처벌하다.

⑧ 해원 : 시신을 찾아 묻어주고, 아랑각을 지어 해마다 제사하다.

「아랑형설화」가 광범위한 구비전승과 함께 다양한 문헌설화집에도 실릴 수 있었다는 것은 원혼이란 소재의 흥미성도 있겠지만, 여성의 절행으로 인한 죽음과 그 해원을 통한 비극의 정화가 보편적인 공감대를 조성해주었기 때문이다.「신단공안」의 편자가『용도공안龍圖公案』의 수많은 작품 가운데 특정 세 편제1~3화을 선택한 것도 국내의「아랑형설화」와 같은 문학적 토대가 자리 잡고 있었기 때문이다. 선별된 작품에는 모두 '원혼' 소

1983, 396쪽),「밀양아랑전설」(『韓國口碑文學大系』8-9, 1983, 217~220쪽).

73 강진옥,「원혼설화에 나타난 원혼의 형상성 연구」,『구비문학연구』12, 한국구비문학회, 2001, 5쪽.

재의 변용을 찾을 수 있다.

忽聽得林莽深處에 陰風颯颯ᄒᆫ데 兩鬼가 大哭起來ᄒ니 一鬼ᄂᆫ 叫上ᄒ고 一鬼ᄂᆫ 叫下ᄒ며 一鬼聲은 似男子오 一鬼聲은 似婦人인데 (…중략…) 兩差人이 大聲喝道호ᄃᆡ 么麼釋子아 爾ㅣ 但知畏鬼ᄒ고 不畏人麽아 我等이 奉案前主命令ᄒ고 來捉爾惡賊和尙ᄒᆞ야 牌子在此ᄒ니라[74]

巡使停在群邸ᄒᆞ야 夜感一夢ᄒ니 偶有一箇觀音이 引至一座山寺則寺中에 渺無人跡ᄒ고 但見一童子金姓者가 撃倒一人ᄒᆞ야 廝打將死ᄒ고 傍有一年少婦人이 叫苦求救而已라 初次에 感得此夢ᄒ고 不以爲意라가 一夜三次를 連夢此事ᄒ고 心始疑異ᄒ더니 當日에 接了此狀ᄒ고[75]

向前哭道汝將頭救父ᄂᆫ 心頭固結的니 速自落下ᄒ라ᄒ고 將刀向前ᄒᆞ야 一揮得斷이라 (…중략…) 觀察이 取頭觀看ᄒ니 果是死後斫斷的刀痕이오 並無血蔭이라 觀察이 下淚歎息道人家에 有此孝親的女ᄒ니 豈有殺人的父리오[76]

첫 번째 인용문은 목사 이관李琯의 나졸들이 원혼冤魂으로 위장한 뒤, 살해범 오성悟性을 찾아가 위협하는 장면이다. 「신단공안」은 두 나졸兩差人의 입을 빌려 '귀신 무서운 줄만 알고知畏鬼 사람 무서운 줄은 모르는不畏人 악승 오성을 꾸짖으며, 귀신鬼神보다 뛰어난 판관의 '신단神斷'을 강조하고 있

---

74 「神斷公案」 제1화, 1906.5.23~1906.5.24.
75 「神斷公案」 제2화, 1906.6.6.
76 「神斷公案」 제3화, 1906.6.25.

다. 결국 오성은 겁에 질려 범행의 전말을 자백하는데, 실제 원혼의 출현③ 원혼출현을 서술하지 않고서도 충분히 원혼 소재를 활용한 예라 할 수 있다.

두 번째 인용문은 순찰사 유척기(兪拓基)가 꿈의 내용을 통해 사건 해결에 도움을 받는 경우이다.[77] 이는 앞서 「아랑형설화」에서 원혼이 직접 나타나⑤ 원혼과의 대면 신관에게 범인의 색출 방법을 알려주는⑥ 해결방안 제시 구조와 대응한다. 다만, 원혼과의 직접적 대면이 아닌, 꿈을 통해 문제해결의 단서를 제공받는다는 차이점이 존재한다. 그러나 「아랑형설화」 가운데 현몽을 매개로 원혼과 대면이 이루어지는 작품[78]도 존재하기 때문에 「신단공안」의 현몽화소 또한 원혼 소재의 변용으로 볼 수 있다.

세 번째 인용문은, 억울하게 누명을 쓴 아버지를 신원(伸寃)하기 위해 자결을 통하여 자신의 머리를 증거로 바치는 딸의 행위와, 관찰사(觀察使)가 이 같은 효심을 보며 기존판결을 의심하여 재수사를 지시하는 장면이다. 「아랑형설화」와 같이 원혼이 직접 나타나 원통한 사연을 전하는 장면은 서술되지 않지만, 아직 부패하지 않고 혈흔(血痕)이 보이지 않는 시신 상태를 관찰사가 직접 확인하는 장면을 통하여 '⑤ 원혼과의 대면'과 동일한 사건 해결의 단서 역할을 부여한 것이다.

이처럼 「신단공안」 제1·2·3화는 「아랑형설화」의 구조를 토대로 원혼 소

---

77 그러나 꿈 자체가 사건 해결에 직접적 역할을 담당하는 것이 아니다. 오히려 이 씨의 아들 서린(瑞麟)의 소장(疏章)과 순찰사가 절 뒤편에서 발견된 혈흔(血痕)이 결정적 단서로 작용한다. 정작 꿈의 내용은 순찰사의 판단을 확증하는 부수적 장치로만 다뤄질 뿐이다. 다만 특기할 만한 점은, 제2화의 저본인 「觀音菩薩託夢」(『龍圖公案』)의 경우 포증(公拯)의 꿈은 곧 사건 해결에 있어서 유일하면서도 결정적인 단서로 작용한다는 것이다. 결국 「神斷公案」은 원작을 개작하면서까지 근대라는 시대상에 맞춘 번안을 시도하고자 했던 것인데, '원귀담'의 통속적인 내용전개에서 벗어나 당대인들의 지적 욕구까지 충족시켜줄 수 있는 소재(다양한 수사방식)를 활용하고자 했던 것이다.

78 「아랑전설」, 『韓國口碑文學大系』 8-7, 1983, 137~146쪽.

재를 일정 부분 변용하였다. 이 같은 과거 서사문학의 계승·변용의 측면은 「신단공안」의 나머지 작품제4·5·6화에서도 확인할 수 있다. 다만 「아랑형설화」 유형이 여성인물의 열행에 집중했다면, 후술할 「감몽보수」 유형은 여성의 음행과 그로 인한 남성의 억울한 죽음에 초점을 맞추고 있다.

(2) 감몽보수 유형 – 제4·5·6화

「신단공안」은 피해자가 아닌 피의자의 입장에서 악행을 주도하는 음녀淫女들의 존재제4화, 제5화, 제6화에 주목하기도 한다. 삽화揷話로 서술되는 제4화를 제외하고 제5화 과부 윤 씨와 제6화 유취저의 경우, 해당 작품들 안에서 중심인물로서 내용이 전개된다. 그녀들의 과감한 행동과 때론 금기시된 행위들이 결국 송사로 이어지는 서사적 구조를 가진다.

「인홍변서봉낭사승명관」「신단공안」 제4화에서 '조평남趙平男의 송사' 이야기는 김인홍의 뛰어난 수사력과 판단력을 돋보이게 하기 위해 작품의 말미에 덧붙인 짤막한 삽화라 할 수 있다.[79] '조평남의 송사' 사건은 조평남의 처가 오랜 기간 주문형周文亨과 간통을 하던 중, 발각될 것이 두려워 그와 함께 꾸민 살해사건이다. 주문형으로 하여금 그의 아내를 죽이게 한 뒤에 머리가 없는 시신에 자신의 옷을 입혀 남편 조평남으로 하여금 아내의 시

---

79 작품에서는 평양성 동쪽 무회촌(無懷村)에 사는 장사치 조평남(趙平男)이 평양서윤(平壤庶尹) 김경징(金慶徵)에게 고소장을 제출하면서 이야기가 시작된다. 조평남이 생계를 위해 먼 지방으로 행상을 떠났다가 집에 돌아오니 수십 년간 고락을 함께해온 아내가 목이 잘린 채 죽어있는 모습을 목격한 뒤 소장을 제출한 것이다. 편자가 애초 김인홍의 뛰어남을 증명하기 위해 마련한 소설 속 장치인 만큼, 김경징의 능력으로는 도저히 풀 수 없는 사안이다. 그로 인하여 난감해하던 김경징이 김인홍에게 본 사건을 떠넘긴다. 결국, 사건을 맡게 된 김인홍은 조평남을 취조하던 중 이웃 주문형(周文亨)이 아내를 잃고 장례중이라는 소식을 듣게 된다. 김인홍은 조평남의 집에 관리를 보내 시신이 조평남의 처가 아님을 확인한 뒤, 곧장 주문형의 집으로 달려가 머리만 남겨진 시신을 찾아낸다. 그 자리에서 주문형의 자복을 받아내고 벽 속에 숨어 있던 조평남의 처도 붙잡는다.

신인 것처럼 오해하도록 만든 것이다.

'조평남이 고소장을 제출하는 장면'으로 시작된 해당 이야기는 「인홍변 서봉낭사승명관」의 마지막 삽화로 기획되면서, 「인홍변서봉낭사승명관」 을 또 한 편의 공안소설「신단공안」로서 연재할 수 있는 근거를 마련하였다.

다음으로 「요경객설재성간능옥리구관초공妖經客設齋成奸能獄吏具棺招供」, 「신단공안」 제5화의 과부 윤 씨尹氏는 황경黃經이라는 경사經師와의 부적절한 관계를 이어 가기 위해 친자식까지 죽이려한 인물이다. 작품에서 윤 씨는 황경뿐만 아니라 그의 제자인 경동經童에게도 매력을 느낀다. 결국 그들과 부적절한 관계를 맺으며 이를 제지하려는 그녀의 아들 계동癸童과 대립·반목하고살인 기도 등 급기야는 직접 친자식을 관아에 고발하는 송사사건으로까지 확대된다.

마지막으로 「천사약완동령흉차신어명관착간踐私約頑童逞凶借神語明官捉奸」, 「신단 공안」 제6화에 등장하는 유취저柳翠姐는 정부情夫인 장대경張大慶과 모의하여 남편 손건이孫健兒를 죽인 인물로, 살해 뒤에는 이웃주민 왕삼王三에게 누명을 씌우기까지 하는 표독한 여성으로 등장한다. 세 작품제4화, 제5화, 제6화 모두 공통적으로 겁칙훼절劫飭毁節이 아닌, 여인 스스로의 욕망에 따라 간음을 행하고 자신의 음행에 장애가 되는 인물을 살해하거나 범행을 기도하는 치정살인癡情殺人의 소재를 다루고 있다.

문헌설화에도 여성의 음행과 관련한 이야기가 무수히 등장한다. 특히, 여성의 음행이 범행으로 연결되는 대표적 작품으로는 「감몽보수感夢報讎」, 「攪 睡襍史」를 들 수 있다. 「감몽보수」의 서사단락은 다음과 같다.

① 원혼과의 대면계기 : 함경도 지역에 사는 무인이 정시庭試를 보기 위해 상
　경上京하는데, 도중 날이 저물어 한 마을로 들어간다. 한 집을 찾아가 숙

박을 청하니, 젊은 여인이 나와 외간남자를 재울 수 없다며 거절한다. 무인은 여인을 설득하여 사랑채 툇마루에서 하룻밤을 묵는다.

② 원혼과의 대면 : 비몽간 초립을 쓴 소년이 무인을 찾아와 절을 하며 원통히 죽은 사연을 전한다.

③ 원혼형성 배경 및 해결방안 제시 : 소년은 여인과 혼인한 뒤 처가에 의지한 채 근처 절에 들어가 독서를 했다. 주지승이 소년의 아내와 정을 통한 후, 소년을 돌에 묶어 절 뒤의 연못에 던져버렸다.

④ 해결 : 무인이 정신을 차리고 안채를 찾아가, 여인과 누워있는 주지를 발견한다. 무인은 활을 쏘아 주지와 여인을 살해한 뒤, 관아를 찾아가 전후 사정을 설명한다.

⑤ 해원 : 관장은 절 연못에서 소년의 시체를 건지게 하고, 무인에게는 상금을 내린다.

⑥ 보은 : 무인이 쉬지 않고 상경하니 이튿날 과거장에서 기운을 차릴 수 없었다. 무인이 활을 드는 순간 소년이 나타나 화살 5개를 과녁에 꽂아주고는 사라졌다. 무인은 결국 장원급제를 한다. 무인이 여러 관직을 거치는 동안 소년이 수시로 도움을 주니 부귀와 천수를 누리며 일생을 마친다.

「감몽보수」는 '원혼설화' 유형 가운데 하나로 다양한 문헌설화집에 수록되어 있다.[80] 송사를 통한 음녀의 처벌과 억울한 남성에 대한 해원 등의

---

80 「신글로 장원한 어사 박문수 과거길」(『韓國口碑文學大系』 7-2, 1980, 402~408쪽), 「귀신의 글귀로 급제한 박문수」(『韓國口碑文學大系』 7-15, 1987, 125~130쪽)도 동일유형의 설화군에 속한다. 그 외 유사설화로는 남편원혼이 동물로 변해 살해자를 밝혀내는 유형인 「족제비로 변한 원혼」(『韓國口碑文學大系』 1-2, 1980, 247~248쪽), 「여우로 변한 본남편」(『韓國口碑文學大系』 6-7, 1985, 580~581쪽), 「족제비 때문에 원수 갚은 이야기」(『韓國口碑文學大系』 7-3, 1980, 139~141쪽), 「족제비로 화한 남편의 원혼」(『韓國口碑文學大系』 7-14,

구조가 보이는 「감몽보수」 유형은 「신단공안」제4·5·6화과 맞닿아 있다. 특히, 제6화의 경우 앞서 「신단공안」제1·2·3화과 동일하게 '원혼' 소재의 변용을 찾을 수 있다.

那山神이 再叫了大慶的姓名道 張大慶아 張大慶아 我已早知了爾罪ᄒ나 且觀爾誠心이 如何ᄒ리니 爾快將犯罪的來歷ᄒ야 細細說了ᄒ라 若是眞了인던 爾罪가 雖大이나 我將赦爾홀것이오 若是假了인던 爾罪가 雖小이나 我將殺爾ᄒ리라[81]

위 인용문에서 산신은 홍주군수 최정신崔鼎臣을 지칭한다. 군수가 살해범 장대경張大慶으로부터 범행을 자백받기 위하여 기각산綺角山 산신 행세를 한 것이다. 장대경은 최정신을 신이神異한 존재로 믿고, "만약 사실을 말하면 큰 죄라도 용서해준다若是眞了인던 爾罪가 雖大이나 我將赦爾홀것이오"는 회유와 "거짓이라면 작은 죄라도 죽이겠다若是假了인던 爾罪가 雖小이나 我將殺爾ᄒ리라"는 협박 속에서 자신의 범행사실을 낱낱이 고백한다. 그 내용을 살펴보면 아래와 같다.

十目所疑가 不在于翠姐면 誰在리오 是故로 中夜白刃을 旋覺踈虞ᄒ야 與翠姐更議ᄒ고 以猪毛一介로 乘熟睡伸入臍中ᄒ야 以致一夜之間에 輕輕斷送了那一命니로이다 (…중략…) 大慶이 道手項的索子는 是恐猪毛殺人이 猶屬虛誕이기로 其氣息已絕後에 却將索子ᄒ야 緊結手足ᄒ고 以綿子로 塞其口를 良久호이다 (…중략…) 所以로 聞了健兒의 方纔與王三鬪打的說話ᄒ고 以是로 看做奇貨ᄒ야 將劒

1985, 390~395쪽)이나 남성이 조력자의 도움으로 화를 극복하는 유형인 「智郎免禍」(「攬睡裸史」, 『古今笑叢』) 등이 존재한다.
81 「神斷公案」 제6화, 1906.10.8.

柄一打胃面ㅎ야 要孫家內外가 都認得健兒的死去가 由王三的毆打케호이다[82]

위 인용문은 장대경이 칼 대신 "돼지털 한 뭉치를 잠든 그의 뱃속으로 집어넣어以猪毛一介로 乘熟睡伸入臍中ㅎ야" 살해한 이유와 함께 "숨이 멎은 뒤에 새끼줄로 손발을 꽁꽁 묶고 솜으로 입을 한참 틀어막은其氣息已絕後에 却將索子ㅎ야 緊結手足ㅎ고 以綿子로 塞其口를 良久호이다" 과정과, "칼자루로 가슴을 때린將劍柄一打胃面 ㅎ야" 정황 등을 진술하는 장면이다. 이를 통해 작품은 '송사의 현장성'[83]을 극대화하고 있는데, 독자들로 하여금 마치 실제 소송현장에서 죄인의 자백을 목격하듯 팽팽한 긴장감 속에서 사건에 대한 궁금증을 해소시켜주는 역할을 담당한다. 과거 원귀의 출현으로 인한 권선징악의 방식에서 원혼 소재의 변용을 통하여, 보다 현실적이고 개연성 있는 송사과정을 그려낼 수 있었던 것이다.

이는 근대 신문으로서 무속 등의 민간신앙에 대해 엄격한 잣대를 가졌던[84] 『황성신문』이 과거 서사적 전통의 계승이라는 측면 사이에서 고민이 반영된 결과라고 할 수 있다. 이는 제5화의 첫 문장에서도 명확히 밝히고 있는 부분이다.

話說招巫問卜과 設齋誦經은 不可不嚴斥猛絕이니 不然이면 來頭災害를 有不可言ㅎ나니 戒之哉戒之哉어다[85]

---

82 「神斷公案」 제6화, 1906.10.8.
83 이헌홍은 『한국송사소설연구』(앞의 책)에서 '송사소설의 현장성'을 언급하며, 이러한 현장성은 송사에서의 팽팽한 대립과 긴장에서 연유하는 것이며, 송사가 지니는 리얼리티의 이차적 모습이라 설명하고 있다.
84 본서 '제3장-1.-1)'의 '(2) 서사적 전통의 계승과 문제의식의 발현' 부분 참조.
85 「神斷公案」 제5화, 1906.8.20.

"무당을 불러서 길흉을 묻는 것과 공양을 베풀어 불경을 외는 것은 엄히 물리치고, 굳게 없애야 하는 것"이라 하며, 경사 황경黃經과 과부 윤 씨尹氏가 간통하여 친자 계동癸童을 죽이려 한 일화를 소개함으로써 이를 경계하고 있다.

범인색출의 방법도, 군수 이관李觀의 지시를 받은 관속 한 명이 윤 씨의 뒤를 미행하여 황경과의 대화를 엿듣는 장면을 통해 이루어지는데, 신이한 존재의 힘에 의탁하는 것이 아닌 오직 관리의 사건해결 능력에 초점을 맞춘다. 이 같은 '원혼' 소재의 배제와 개연성 있는 사건해결의 과정은 작중 관리의 능력을 돋보이게 하면서 당대 사회의 문제의식을 투영한다.

(3) '원혼' 소재 변용을 통한 문제의식의 발현

「신단공안」의 '원혼' 소재 변용은 근대신문의 연재물로서, 신단神斷이 필요했던 당시 송사나 수사방식에 대한 문제의식을 서사문학 속에 반영한 것으로 볼 수 있다. 이는 조선초기부터 각종 형법서『經國大典』·『大典通編』·『大典會通』와 법의학서『新註無冤錄』·『增修無冤錄』·『增修無冤錄大全』·『增修無冤錄諺解』, 판례집『審理錄』·『欽欽新書』 등을 통해 축적되어온 법치제도法治制度에 대한 사회적 분위기와 기대심리가 근간으로 작용한 것이다.

비록 「신단공안」 제2화에서 순찰사巡察使 유척기兪拓基가 꿈의 내용을 통해 사건 해결에 도움을 받는 내용이 등장하지만, 꿈 자체가 사건 해결에 직접적 역할을 하는 것은 아니다. 피해자의 아들 송서린宋瑞麟의 소장疏章과 순찰사가 절 뒤편에서 발견한 혈흔血痕이 결정적 단서로 작용하며, 꿈의 내용은 순찰사의 판단을 확증하는 부수적 장치로만 다뤄질 뿐이다. 이 같은 특징은 저본인 「관음보살탁몽」『龍圖公安』과의 비교를 통하여 더욱 두드러지게 나타난다.

「관음보살탁몽」의 경우 포증包拯의 꿈은 곧 사건 해결에 있어서 유일하면서도 결정적인 단서로 작용하는데,[86] 이는 『용도공안』 자체가 판관判官 포증의 신이하고 뛰어난 능력에 초점을 맞추고 있기 때문이다. 그러나 「신단공안」 제1·2·3화는 애초 번안의 과정에서 포증을 국내인물로 대체했다. 이는 개인의 특수한 능력이 아닌, 국내의 송사공안와 해결과정에 집중하기 위한 의도라 할 수 있다. 따라서 제2화에서도 명계까지 아우르며 사건을 신단하던 포증의 능력을 대신하여 사법기관의 개연성 있는 수사방식으로 개작한 것이다. 따라서 「신단공안」에서 억울하게 죽은 인물은 '원혼'으로서가 아닌 객관적 수사 자료로서 검시檢屍의 대상이며, 수사관의 사건해결을 위한 주요 단서로 작용한다.[87]

觀察이 取頭看驗ᄒ고 忽然大怒道金的頭는 經時閱月에 必然臭腐已久리니 此頭子는 分明是新斫的오 又是十三四歲兒的頭子니 這惡賊이 又殺一命이로다 (…중략…) 觀察이 取頭觀看ᄒ니 果是死後斫斷的刀痕이오 並無血蔭이라[88]

分付道爾等이 偕了趙民平男ᄒ야 卽出檢屍以來ᄒ라ᄒ고 叟召那中聰敏的數人ᄒ야 密囑道如此如此ᄒ라ᄒ더라 且說官隷等이 與趙平男으로 直向無懷村去了

---

86 "過了三日適値 包公巡行其地 夜夢觀音菩薩引 至安福寺 方丈中見鐘覆一黑龍 初不以爲意 至第二三夜連夢 此事心始疑異 乃命轝經往安福寺中看 是何如 到得方丈坐定果見方丈後有一大鐘 卽令手下扯開來看 只見一人 俄得將死 但氣夫絶"(「觀音菩薩託夢」,『龍圖公案』).

87 과거 송사소설에서도 이 같은 '검시'를 소재로 한 작품들이 존재했다. 「와사옥안」과 「박효랑전」, 「김씨남정기」 등이 그것인데, 이들 작품에서는 원귀나 점괘가 아닌 가급적 개연성 있는 수사 과정을 통하여 문제해결을 시도하고 있다.

88 「神斷公案」 제3화, 1906.6.25.

ᄒᆞ야 平男이 **看檢屍身**ᄒᆞ니 分明不是渠妻오 但其上下的衣만 是渠妻舊服的라[89]

첫 번째 인용문은 관찰사觀察使가 공주판관 남하영南夏永이 살인증거로 올린 시신의 머리를 확인하는 장면이다. "썩은 냄새臭腐"가 나지 않고, "이제 막 칼로 자른是新斫的" 흔적이 보이며, "열서너 살 된 아이의 머리十三四歲兒的頭子", "죽은 후에 칼로 벤 자국死後斫斷的刀痕", "혈흔이 보이지 않는並無血蔭" 정황 등으로 시신을 세심하게 검안하는 모습을 서술하고 있다.

두 번째 인용문은 김인홍金仁鴻이 관리들을 시켜 조평남 처의 시신을 검시하는 장면이다. 문장 곳곳에 "검시檢屍", "간검시신看檢屍身" 등 시신 검안과 관련한 직접적 어휘들이 나열되고 있어, 공안사건을 대하는 작품의 일관된 태도를 확인할 수 있다.

과거 시신의 훼손을 금기시했던 동아시아의 유교적 전통과는 이질적인 부분일 수 있지만, 앞서 언급한 형법서나 법의학서, 판례집 등을 살펴보면 조선시기에도 엄연히 검험의 절차가 이루어졌음을 확인할 수 있다. 심지어 1차 검시에서 밝혀지지 않은 사항은 2·3차 이상의 검시까지 거쳤는데, 2·3차의 경우, 1차 검시와 다른 관청에서 집행하게 하여 오판誤判과 비리非理를 사전에 예방케 하였다.[90]

따라서, 작품에서도 검시를 이용하여 수사搜査를 진행하고 범인을 색출하는 과정을 서술함으로써, 수사관의 유능함을 더욱 돋보이게 하고 있다.

---

89 「神斷公案」 제4화, 1906.8.16.
90 지방의 경우 1차 검시는 고을수령이 직접 수행하였으나, 2차 검시는 감영의 지시를 받아 감영 산하의 다른 고을 수령이 담당하였으며, 서울의 경우는 담당 관청에서 초검을, 한성부에서 복검을 하도록 규정하였다. (심재우, 「조선 후기 人命사건의 처리와 檢案」, 『역사와 현실』 23, 한국역사연구회, 1997, 222쪽 참조)

실제 『황성신문』의 기사문을 살펴보아도 '검시'는 이미 군수의 필수적 덕목에 해당하였다.

〈李倅治聲〉逐安郡守李承仁氏가 下車初政에 學校을 設立ᄒ고 學徒를 募集ᄒ야 熱心으로 教育ᄒ며 各面街路傍에 廁間과 猪圈을 毁撤ᄒ야 人民衛生의 有益케ᄒ며 商民에게도 便宜ᄒ고 其間兩處獄事에 自費檢尸홈으로 遠近에 頌聲이 有ᄒ며 或山訟이 有ᄒ면 自費觀審處辦ᄒ야 落訟者라도 毫無怨言이고 恒常夜巡홈으로 酗酒雜技은 一民이라도 不敢生意ᄒ야 一境이 自就洽然ᄒ니 此世에 愛民ᄒ는 郡守라 稱ᄒ다더라[91]

위 기사문은 1906년 8월 17일 자 「잡보」란 『황성신문』에 실린 기사이다. "이졸치성李倅治聲"이란 기사 제목 그대로 군수郡守의 선치善治를 찬양하는 내용이다. 기사를 살펴보면 교육과 위생, 경제, 옥사 등에 있어 다양한 군수의 치적을 나열하고 있다. 그 가운데는 "옥사를 자비로 검시함으로 원근의 칭송 소리가 있다獄事에 自費檢尸홈으로 遠近에 頌聲이 有ᄒ며"는 내용이 등장한다. 군수의 이 같은 행동이 주목받을 수 있었던 것은, 검시 과정에서 소요되는 큰 비용의 문제 때문이었다.

살인사건이 발생하면 사건에 연루된 사람들은 물론 향임鄕任·이임里任 등의 마을 사람들까지 체포 구금되거나 형신을 받게 되는데, 이와 관련된 비용뿐만 아니라 검험하는 수령을 따라온 아전과 군교들이 숙식하는 비용까지 당사자나 해당 마을에서 감당해야 했기에[92] 검시를 대하는 일반인

---

91 「雜報－李倅治聲」, 『皇城新聞』, 1906.8.17.
92 도면회, 『한국 근대 형사재판제도사』, 푸른역사, 2014, 104·365~368쪽 참조.

의 부담은 더욱 클 수밖에 없었다. 이 같은 분위기 속에서 자비로 검시 등을 행하는 군수가 있다고 하니, 선치라 이를 만한 것이다. 그러나 이는 신문기사에나 나올 만한 극히 예외적인 경우에 해당했다. 재판권을 가진 대다수의 기관들은 각종 비리가 횡행하였고 검험의 부실문제 또한 고질적 병폐로 작용하였다.

기존 송사소설에서 피해자나 가족들이 법적 절차를 기다리지 않고 스스로 문제를 해결하거나, 원혼이 직접 등장하여 관청에 호소하는 내용들이 자주 언급되는 것[93]도 실제 관청의 역할이 민중의 기대에 미치지 못했다는 것을 의미한다. 실제 조선시기를 포함하여 「신단공안」이 연재된 대한제국시기까지도 제도와 현실 사이의 괴리[94]는 좀처럼 좁혀지지 않았으며, 그로 인한 억울한 공안들이 빈번히 속출하였다.

昨年十月分에 江原道伊川郡出駐尉官鄭順鍾氏가 挾雜홀 計로 私牌를 繕ㅎ야 金順吉趙應守兩漢으로ㅎ야곰 黃海道兔山郡居ㅎᄂ 李澤斗를 捉來ㅎ다가 中路의셔 例債를 討索ㅎ노라고 無數亂打ㅎ야 仍卽致死ㅎ얏ᄂ디 初檢官前兔山郡守丁大緯氏가 刑吏作奸之說을 信聽ㅎ고 誤修檢案ㅎ지라 覆三檢이 一辭論報于本府즉 前觀察金嘉鎭氏가 以平山郡守白命基氏로 明査官을 更定ㅎ야 到底査覈혼즉 金順吉의 正犯됨이 確實無疑ㅎ지라 以此報府혼즉 金觀察이 明査題判ㅎ야 法部에 報告ㅎ얏더니 法部의셔 該府報告를 不准ㅎ고 三檢官의게 令ㅎ야 更査ㅎ라ㅎ엿다니 當

---

93 기존 송사소설의 경우 사건해결방식이 원귀의 조력(「장화홍련전」·「김인향전」·「유치현전」)이나 신이한 점괘(「정수경전」) 등을 통해 이루어지는 경우가 많았다.

94 『독립신문』 1898년 4월 28일 자 「논설」에서 정부에서 시급히 고쳐야할 점에 대해 '새 법률의 제정이 아닌, 기존 법률에 대한 공정한 시행'이라 언급하고 있다. 아무리 이상적 제도라 할지라도 정착되는 단계에 있어 다양한 시행착오를 가질 수 있지만, 당대 사법제도의 가장 문제점은 뇌물 등의 비리로 인하여 법률이 공정하게 시행되지 못하는 점에 있었다.

初에 三檢官이 爽實ᄒᆞᆫ닭에 明查官을 定ᄒᆞ야 公決ᄒᆞ엿거늘 該部에서엇지ᄒᆞ
야 誤決ᄒᆞᆫ 三檢에게 訓令ᄒᆞ얏ᄂᆞᆫ지 其裏許ᄂᆞᆫ 知치못ᄒᆞ거니와 經年命案을 尙未歸
結ᄒᆞ니 其徹天ᄒᆞᆫ 冤魂이 何處로 歸ᄒᆞ리오[95]

1898년 11월 21일 자「잡보」란『황성신문』에 "원혼무소冤魂無訴"라는 제목
으로 실린 기사이다. 이택두李澤斗라는 사람이 길 한가운데서 구타를 당해
죽었음에도 초검관初檢官이 형리刑吏의 간사한 말만 믿고 검안을 잘못 작성
하였으며, 복검관覆檢官·삼검관三檢官도 동일한 글로 본부本府에 보고를 올린
정황을 설명하고 있다. 그나마 관찰사가 명사관明查官으로 하여금 실정을
조사케 하여 정범正犯을 확정하고 법부法部에 보고까지 하였지만, 도리어 법
부에서는 이를 승인하지 않고 애초 검안을 잘못 작성한 삼검관에게 다시
조사하도록 명하는 이해하기 힘든 조치들이 나열되고 있다. 기사의 말미
에도 "그 내막을 알지 못하겠거니와 지난해 살인사건은 오히려 귀결되지
못하고 있으니 하늘에 사무친 원혼이 어느 곳에 돌아가겠는가其裏許ᄂᆞᆫ 知치못
ᄒᆞ거니와 經年命案을 尙未歸結ᄒᆞ니 其徹天ᄒᆞᆫ 冤魂이 何處로 歸ᄒᆞ리오"라며 억울한 공안을 지면
을 통해 전달하고 있다.

　당대 각 지방재판소의 각종 판결 선고서와 판결요지가 들어 있는『사법
품보司法稟報』[96]의 기록을 살펴보아도 검시와 관련한 오판誤判의 내용이 무수
히 등장한다. 해당 기록에서는 검시를 잘못하거나 치사원인을 밝히지 못
하는 검시관은 물론,[97] 현직 군수[98]라도 검시보고를 잘못했다면 죄를 엄중

95　「雜報－冤魂無訴」,『皇城新聞』, 1898.11.21.
96　『司法稟報』(서울대 규장각본)는 1894년부터 1907년까지 전국 각지의 관아와 지방재판소에
　　서 법부로 보내온 보고서, 질품서(質稟書) 등을 모은 자료이다.
97　① 평리원에서 시신초검을 철저히 하지 못한 초검관 피고 김하선의 처벌 보고(報告書 第八十五

히 물었음을 확인할 수 있지만, 유사한 공안이 지속적으로 등장했다는 것은 이에 대한 근본적 해결책을 찾지 못했음을 반증한다.

이에 대해 『황성신문』에서도 법부法部에서 검험을 부실하게 한 군수를 처벌[99]하거나 엄중 경고[100]를 한 일을 기사화하거나, 심지어 검험을 부실하게 한 죄로 평리원平理院에서 금옥禁獄한 군수를 법부에서 속죄贖罪를 주본奏本하려 한 정황[101]을 고발하기도 하면서 근대적 법치에 대한 경각심을 심어주고 있다. 이는 앞서 『황성신문』의 문제의식으로 정리한 '구사법제도의 개선·구신분제도의 철폐·구종교의 척결'[102]과 직결되는 부분이다.

『황성신문』은 근대 신문으로서 민중계몽에 가장 큰 영향을 줄 수 있는 역할을 담당했기 때문에, 「신단공안」의 작자는 비록 소설이라 할지라도 시대적 현안懸案들을 신이한 존재에 의탁하거나 개인의 초월적 능력에 맡기는 방식이 아니라 보다 현실적인 해결책과 합리적인 과정들을 통해 극복해나가는 방안들을 강구했던 것이다. 「신단공안」에서 볼 수 있는 '원혼'

號, 1902.5.29) ② 시체 부검관으로 시신을 신중히 검시하지 않고 致死원인을 밝히지 못한 박병익을 笞 60에 처함을 보고(報告書 第一百四十五號, 1903.10.1) ③ 김성업 살인사건의 검시를 잘못한 檢官 이민제 등 3명을 笞 100 등에 처함을 보고(報告書 第九十四號, 1904.8.4) ④ 용천군 致死죄인 장락보 獄事를 잘못 조사한 覆官의 징계를 알림(照覆 第十八號, 1905.6.28) ⑤ 노영준의 사망 원인을 잘못 보고한 檢官 박정빈의 처벌 보고(報告書 第一百八十四號, 1905.11.14) ⑥ 이윤녀의 獄事 사건을 잘못 처리한 檢官들의 처벌 보고(平理院裁判長 李允用 1905.12.16) ⑦ 청국인 秦文波의 사망을 잘못 보고한 檢官 박시순의 처벌 보고(報告書 第九十九號, 1905.12.16) ⑧ 평안북도재판소에서 檢案을 잘못한 관원의 처벌에 대해 보고(報告書 第一百十七號, 1906.9.11) 등.

98 ① 살인사건 검사 보고를 잘못한 양지군수 남계술의 처리 보고(報告書 第百九十二號, 1901.9.4) ② 사건 처리 때 사람을 손상시킨 강령군수 민영각에게 笞 70을 선고하였음을 보고(報告書 第百八號, 1906.9.11) 등.

99 「雜報－踈檢拿囚」, 『皇城新聞』, 1906.8.29.

100 「雜報－兩倅請警」, 『皇城新聞』, 1906.11.14.

101 「雜報－公罪受贖」, 『皇城新聞』, 1906.11.8.

102 본서 '제3장-1.-1)'의 '(2)서사적 전통의 계승과 문제의식의 발현'을 참조.

소재의 변용은 이 같은 문제의식들이 서사문학의 계승이라는 일련의 과정 속에서 자연스럽게 표출된 것이라 할 수 있다.

2. 장형서사의 문체적 변이와 시도

1) 신단공안의 문체적 특징과 한글협비

「신단공안」은 1906년 5월 19일부터 12월 31일총 190회까지 『황성신문』에 연재된 소설이다. 전체 7편의 이야기는 공안公案이라는 공통제재 속에서 옴니버스Omnibus식으로 연결되어 있으며, 세부적제4·7화으로는 피카레스크식picaresque 구성을 보이기도 한다. 이 같은 독특한 구성방식은 비슷한 시기 여타 작품들에서는 찾기 힘든 모습으로 일찍이 여러 연구자들의 주목을 끌었다. 더불어 「신단공안」은 중국 공안소설과 국내 문헌설화를 저본[103]으로 하고 있는 근대시기 번안·번역의 대표적 사료로서 최근까지도 꾸준한 연구가 진행되고 있는 작품이기도 하다.[104]

다만 그동안의 연구 성과를 살펴보았을 때, 유독 문체 부분에서의 미진함이 아쉬울 수밖에 없다. 이는 백화체의 난무亂舞로 인한 작품해독의 난해함과 각 회마다 심한 변이가 보이는 변칙적 문체들로 인해 작품의 일관된 특징을 찾기가 어려워서일 것이다. 그러나 뒤집어 생각하면, 「신단공안」에서 찾을 수 있는 문체적 특징이 그만큼 다양하다는 말이 된다. 본장의 연구는 그 다양성 가운데 하나를 보여주기 위한 것이다.

---

103 본서 '제3장-1.' 참조.
104 「神斷公案」에 대한 선행연구는 본서 '제1장-2.-1)'을 참조.

본장에서 그 대표적 특징으로 꼽은 것은 '평어의 활용내용·형식상의 변용'이다. 「신단공안」은 동시대의 한문현토소설에 비해 유독 평어評語가 많이 등장하기 때문에,[105] 선행연구에서도 꾸준히 거론되었다. 이를 간략히 정리하면 '중간단평中間短評'이라 하여 '무서명無署名인 소설에서 보이는 특수한 예'[106]로 설명하기도 했고, 해설解說[107]·단평短評[108]·'논찬論贊'[109]·'평어'[110] 등으로 명칭하며 '문학적인 영역에 이르지는 못했지만, 독자에게 실재한 사건으로서 느끼게 하는 것',[111] '과거 전傳의 형식투어을 본받은 것'[112] 등으로 논하기도 했다. 또 구체적 명칭보다는 '평자의 개입'이라 하여 '화본 내지 의화본 소설의 구조형식를 본받은 형태'[113]라 언급하기도 했다. 부분적 차이는 있지만 이 같은 평어의 모습을 '전통적 화자의 개입을 극대화한 것'[114]으로 보며, 작품 속 평어의 빈번한 삽입이 '소설 읽는 재미를 감소시키지만 애국계몽을 보다 유효하게 벌이기 위한 형식'[115]이었을 것으로 간

---

105 『대한일보』에 연재되었던 「용함옥」에도 평어의 모습이 보이지만, 작품의 말미에만 간략한 서술자 평이 등장할 뿐이다.

106 증천부, 「韓國小說의 明代擬話本小說 受容의 一考察」, 부산대 석사논문, 1988, 66~67쪽.

107 이재선, 『한국개화기소설연구』, 일조각, 1972.

108 송민호, 『한국 개화기소설의 사적연구』, 일지사, 1975; 홍성대, 「개화기 한문소설 고찰」, 고려대 석사논문, 1983.

109 정훈식, 「〈김봉본전〉의 구조와 서사적 전통」, 부산대 석사논문, 1997, 58~59쪽; 심재숙, 「근대계몽기 신작 고소설의 현실대응양상 연구」, 고려대 박사논문, 2000, 211쪽; 김찬기, 「근대계몽기 전 양식의 근대적 성격」, 『상허학보』 10, 상허학회, 2003, 20~22쪽.

110 김형중, 「한국 애국계몽기 신문연재소설 연구」, 한림대 박사논문, 1999, 34쪽; 심재숙, 「근대계몽기 신작 고소설의 현실대응양상 연구」, 고려대 박사논문, 2000, 96~99쪽; 정환국, 「애국계몽기 한문현토소설의 존재방식」, 195~200쪽; 박소현, 「과도기의 형식과 근대성」, 『중국문학』 63, 한국중국어문학회, 2010, 133~134쪽.

111 송민호, 앞의 책, 71~72쪽.

112 김찬기, 앞의 글, 20~22쪽; 김찬기, 『한국 근대소설의 형성과 전』, 소명출판, 2004, 218쪽 참조.

113 윤성룡, 「1906년도 신문연재 한문체소설 연구」, 고려대 박사논문, 2015, 18쪽.

114 박소현, 앞의 글, 134쪽.

115 정환국, 앞의 글, 195~197쪽 참조.

주하고 있다. 선행연구를 통해 평어의 중요성이 부각되었으나, 전통적 평어방식과의 차이 내지 확장 분화된 형태의 원인 등에 대한 모색이 없었기 때문에「신단공안」의 평어는 여전히 시대적 한계를 내포한 과도기적 형태로만 거론될 수밖에 없다.[116]

신문연재 소설의 특성상 해당 매체의 특정 의도에 따라 이 같은 평어의 형식을 차용한 것이므로, 과거 어떠한 산물의 영향이며 이를 통해 극대화하려는 효과가 무엇인지를 파악하려는 작업은「신단공안」이라는 작품을 온전히 이해하기 위해 반드시 선행되어야 할 과정이라 생각한다. 따라서, 이 책에서는「신단공안」평어를 과거 문헌들과의 비교 고찰을 통해 내용 및 형식상의 특징을 도출하고 그 의미를 모색해보고자 한다.

(1) 신단공안의 평어評語[117]와 협비夾批

평어는 사마천司馬遷의 『史記』 각 편의 말미에 '태사공왈太史公曰'이라 하여 편자編著의 주관적 평가를 덧붙인 것에 기원을 두고 있다.[118] 이후 역사적 사

---

116 처음「神斷公案」의 두 평자(桂巷稗史·聽泉子)의 단평을 지적한 연구자는 송민호(앞의 책, 70쪽)와 증천부(「한국소설의 명대화본소설 수용 연구」, 부산대 박사논문, 1995, 68~69·74~75쪽)이다. 이후 정환국(앞의 글, 195~198쪽)이 '이중평어'라는 용어를 사용하며, '인습과 개화 사이에서 분단된 의식의 독자를 지면으로 끌어 들이기 위한 노림수'로 설명하고 있다. 이들 선행연구는 전통적 산문형식인 평어라는 문체적 특징을 통해「神斷公案」의 특수성을 지적했다는 의의를 가진다. 그러나 논의 과정에서는 전통적 평어방식과의 비교나 변별점을 통한 분석까지 이르지 못했으며, 오직「神斷公案」평어의 내용·형식적 문제제기에서 그쳤다는 한계점을 가진다.

117 본서에서 명칭을 '評語'로 통일한 이유는 評者 評이 단순 解說에서부터 論評, 그리고 작품의 構造나 讀法에 대한 설명에 이르기까지 다양하며, 후술할 '夾批'의 특징도 포함하기 때문이다.

118 "論贊：史傳後所附之評論. 其名不一 司馬遷史記稱太史公曰 班固漢書 范曄後漢書皆稱贊 陳壽 三國志稱評 荀悅漢紀稱論 謝承後漢書稱詮 其他或稱序 或稱議 或稱述 名雖各殊 義則一揆 史通 總稱爲論贊 今皆沿稱之(史通 內篇 論贊) 史官所撰 通稱史臣 其名萬殊 其義一揆 必取便於時者 則總歸論贊焉"(『中文大辭典』 8, 中國文化大學印行, 1051쪽).

건이나 인물 등에 대해 서술한 단편적인 글에서 빈번하게 사용되어 왔다. 특히 엄정한 서술태도인 '춘추필법春秋筆法'을 기치로 내건 사전체史傳體 문장을 통해 발전해 왔는데, 조선시기에는 야담野談에도 유행처럼 번져 한층 다양한 면모로 계승·발전하게 되었다.[119] 따라서 서사문학에서 이 같은 평어의 존재는 지극히 자연스러운 형태라 할 수 있다. 그러나 「신단공안」의 경우, 이전 평어의 형태와 다소 상이한 면모를 보이고 있어서 주목할 만하다.

「신단공안」 평어의 특징은 과거 정형화되었던 평어부의 형태와 달리, 가변적인 면모를 보인다는 점을 들 수 있다. 앞서 언급한 사마천의 사전체 문장에서부터 평어가 포함된 조선의 수많은 산문문학에서는 대부분 본문[120]이 끝나는 작품의 후반부 내지, 본격적인 서사가 시작되기 전인 도입부에 평어가 배치되었다. 이는 평어가 포함된 당대 글쓰기의 암묵적인 규칙이었는데, 본문에서 취할 수 없는 성격의 내용들을 별도의 독립된 공간에서 보충해주는 역할을 담당했기 때문이다. 따라서 비교적 다채로운 전傳의 형식을 이루고 있는 18세기 박지원朴趾源과 이옥李鈺의 작품에서도 평어의 위치는 이 같은 규칙을 따르고 있다.

박지원의 전傳은 대부분 특별한 평자評者 표기를 찾기 힘들지만,[121] 후반부에 인물간 대화「穢德先生傳」나 간략한 서술자의 부연설명「閔翁傳」, 작자후기「廣文者傳」 등 평어의 성격을 가진 문장들이 서술되고 있다. 이옥의 전은 대다수 평자를 표기하고 있는데,[122] 평자명은 '외사氏外史氏', '청화외사靑華外

---

119 백진우, 「漢文 野談文學 속 論評의 樣相과 機能에 대하여」, 『고전과 해석』 6, 고전한문학연구학회, 2009, 182~188쪽 참조.
120 본서에서는 논의의 편의상, 작품에서 평어부를 뺀 나머지 부분을 '본문'이라 지칭한다.
121 예외적으로 「馬駔傳」에서는 작품 말미에 '골계선생(滑稽先生)'이라는 평자명을 확인할 수 있다.
122 『李鈺全集』에 실린 25편의 傳 가운데 모든 작품에서 評語가 서술되고 있다. 이 가운데 「烈女李氏傳」과 「俠娼紀聞」만 評者名이 생략되어 있는데, 이들 작품들도 말미에 "噫"라는 感歎詞와

史', '이자李子', '화서외사花漵外史', '주인主人', '기사朞史', '매계자梅谿子', '매화
외사梅花外史', '경금자絅錦子' 등으로 한층 다양하다. 이들 평어도 항상 도입
부 내지는 후반부에 고정적으로 위치함을 확인할 수 있다.

　그러나 「신단공안」에서는 이 같은 고정된 틀이 없이 보다 다양한 위치
에서 평어가 서술되고 있음을 확인할 수 있다. 다음 표는 「신단공안」의 평
어와 평자명에 대해 정리한 것이다.

<표 9> 「신단공안」 작품별 '평어' 개수와 위치

	작품명	평어수	평자명	평어위치
1	「美人竟拚一命 貞男誓不再娶」	1	桂巷稗史	후반부
2	「老大郞君遊學 慈悲觀音托夢」	2	桂巷稗史 聽泉子	후반부
3	「慈母泣斷孝女頭 惡僧難逃明官手」	2	桂巷稗史 聽泉子	후반부
4	「仁鴻變瑞鳳 浪士勝明官」	9	桂巷稗史 聽泉子	중반부와 후반부
5	「妖經客設齋成奸 能獄吏具棺招供」	3	桂巷稗史 聽泉子	중반부와 후반부
6	「踐私約頑童逞凶 借神語明官捉奸」	8	桂巷稗史 聽泉子	중반부와 후반부
7	「癡生員驅家葬龍宮 藥奴兒倚樓警惡夢」	15	桂巷稗史 聽泉子	중반부와 후반부

　위 표에서 살펴볼 수 있듯이, 전체 7편의 작품 가운데 1~3편을 제외한
모든 작품들에서 평어의 위치 변화가 주목된다. 이들 평어는 과거 특정 위
치에서 고정적으로 서술되는 방식에서 벗어나, 작품의 내용에 맞춰 서술
자의 특정 의도에 따라 자유롭게 서술되는 형식으로 변모한다.

　계항패사桂巷稗史와 청천자聽泉子 평어가 동시에 등장하는 이중평어의 모습

──────────
함께 評語를 기술하고 있다.

도 각 회의 상황에 따라 동시에 서술하기도 하고, 한쪽씩 번갈아 기술되기도 하는 등 과거 평어와는 확연히 다른 면모들을 확인할 수 있다. 물론 이옥의 작품 가운데도 「상낭전尙娘傳」, 「수칙전守則傳」, 「류광억전柳光億傳」, 「신병사전申兵使傳」, 「장복선전張福先傳」은 이중평어의 모습을 보이기도 한다. 그러나 이옥의 이중평어는 동일한 평자의 서술이 연이어 반복되는 구조이므로[123] 「신단공안」의 이중평어와는 다르며, 이중평어를 기술할 때에도 도입부나 후반부에 규칙적으로 배열하고 있어 본문에도 이중평어가 산발적으로 등장하는 「신단공안」과는 큰 차이점을 가진다.

「신단공안」 평어의 변칙적 특징은 단순히 형식적 측면만이 아니라 내용적 부분에서도 찾을 수 있다. 「신단공안」 대부분의 평어들은 권계적 성격을 함의한 것이지만, 제4화 : 45회와 제7화 : 28회의 평어에서는 작품의 구조構造나 독법讀法에 대해 설명하는 글이 등장한다.

桂巷稗史氏曰 此는 金鳳本傳也라 文凡三十六回에 其奇事奇蹟은 多 不勝枚라 因其中에 有斷獄一事ᄒ야 刪削太半ᄒ고 遂攝入公案之第四回ᄒ니 自與前後篇文勢로 有不 相類者라 觀者는 詳之어다[124]

聽泉子曰 讀者到此에 休問那宰相之結局ᄒ고 且看魚福孫之契遇哉어다[125]

첫 번째 인용문은 '전체 36회 중 옥사를 처결한 일의 태반은 산삭하고

---

123 「柳光億傳」에는 '外史氏'와 '梅花外史'라는 서로 다른 두 평자의 이중평어가 등장하지만, 두 명칭 모두 이옥의 아호(雅號)이므로 이 또한 동일한 평자명이라 할 수 있다.
124 「神斷公案」 제4화, 1906.8.18.
125 「神斷公案」 제7화, 1906.11.12.

공안의 4회를 첨가했기 때문에 전후맥락이 어울리지 않은 점을 양해 바란다'는 내용으로, 과거 서발문에서나 볼 수 있을 만한 성격의 것이다. 두 번째 인용문은 독자에게 '재상의 결말에 대해서는 묻지 말고 어복손의 계략이 어떻게 될지 살펴보라'고 권하는 글로, 일반 회장체回章體 소설에서 각 회의 말미에서 등장하는 상투적 문장과 비슷하다.[126] 두 인용문 모두 글의 구성에 대한 보충설명이나 독자들의 흥미를 유도하는 일종의 독서 지침문指針文에 가까운 것으로, 일반적 평어문에서는 찾기 힘든 종류의 글이다. 이 같은 평어 형식과 내용의 변칙적 면모는 18~19세기 조선 지식인의 글쓰기에 큰 영향을 주었던 중국 평비본의 영향을 들 수 있다.[127]

주지하듯이, 중국 평비본의 평비 방식은 크게 다섯 종류로 구별된다. 작품의 배경이나 작자를 소개하는 '서序/발跋', 감상시의 유의사항을 알려주는 '독법讀法 – 총비總批', 본문의 매회 앞과 뒤에 붙어 있는 총평 형식의 '해설解說 – 회전평回前評/회말평回末評', 본문 중간 중간에 삽입된 '회중평回中評 – 미비眉批/방비旁批/협비夾批', 작품의 본문 가운데 인상적 장면이나 구절 옆에 찍어 놓은 '권점圈點'이 그것이다.[128] 이 가운데, 독법은 평자가 임의로 자신의 뜻을 담아 독자의 이해를 돕는 데 주안점을 두고 있는 것으로, 위

---

126 "아름다운 기약이 어찌될지 참으로 알 수 없다. 아래 문장을 보면 알 수 있다(定不知佳期如何. 且看下文分解)."「折花奇談」第一回」(김경미, 조혜란 역주, 『19세기 서울의 사랑 – 절화기담, 포의교집』, 여이연, 2003).

127 평비는 '평점(評點)'에서 파생된 용어이다. '평점'이란 '평(評)'과 '점(點)'을 사용하여 문예 작품에 대하여 감상과 비평을 가하는 것을 이르며, 그 가운데 '평'은 작가와 그 작품에 대한 평론을 범칭한다(강민구, 「영조대 문학론과 비평에 대한 연구」, 성균관대 박사논문, 1998, 609쪽 참조).

128 評批의 분류는 정하영(「「廣寒樓記」 評批 硏究」, 『한국고전연구』 1, 한국고전연구학회, 1995, 15쪽)과 방정요(『中國小說批評史略』, 을유문화사, 1994, 293~296쪽)의 설명을 인용했으며, 관련 용어들은 한혜경(「소설평점의 기능에 관한 고찰」, 『중국어문학지』 2, 중국어문학회, 1995, 259~284쪽)과 조관희(「중국 고전소설 평점연구」, 『중국소설논총』 16, 한국중국소설학회, 2002, 57~74쪽)의 논의를 참조했다.

인용문과 같은 일종의 지침적 성격의 글들이 서술된다.[129] 단, 「신단공안」의 경우 신문연재소설이기 때문에 별도의 독법을 두지 않는 대신 본문 속에 이 같은 성격의 평어를 포함시킨 것이다.

큰 범주에서 본다면 평비 또한 평어의 한 종류로 볼 수 있지만, 텍스트 형식의 일부가 아닌, 외적인 자료가 된다는 점에서, 평어와 차이점을 가진다. 평어의 경우에는 애당초 작품을 제작할 때 본문과 별개로 구성된 평어부評語部·論贊部를 두는데, 이때 평어부는 본문과 함께 한 작품으로 간주한다. 그에 비해 평비는 저자著者와 별개의 평자評者가 해설자의 위치에 서서 작품 이해와 효과적인 감상 등의 지침을 제시한 것으로, 개별 작품 위에 추가로 평자주가 더해진 형태라 할 수 있다.[130]

선행연구에서 평비는 당대唐代 고문평점古文評點에서 유래한 것으로 송대宋代 류진옹劉辰翁의 『세설신어世說新語』 평점본을 거쳐 명대明代의 이탁오李卓吾, 김성탄金聖嘆 등에 이르러 크게 성행한 것으로 보고 있다.[131] 특히 김성탄의 경우 국내 수많은 지식인들에게 큰 영향을 끼쳤는데,[132] 그로 인하여 18세기 문단에서는 문인 간 산문에 대한 비평이 활발해지기도 했다.[133] 이를 기반으로 19세기에는 평비본 단편들이 대거 출현하는 계기를 마련했다.[134] 1906년 『황성신문』에 연재된 「신단공안」 또한 이 같은 환경 아래

---

129 讀法과 관련해서는 『中國古代小說讀法』(조관희, 보고사, 2012)을 참조.
130 동일 작품이라 할지라도 評批(評點)의 유무에 따라 評批本(評點本) 등으로 지칭한다.
131 정하영, 앞의 글, 12쪽 참조.
132 한매, 「조선 후기 김성탄 문학비평의 수용양상 연구」, 성균관대 박사논문, 2002, 37~90쪽 참조; 정선희, 「朝鮮後期 文人들의 金聖嘆 評批本에 대한 讀書 談論 研究」, 『東方學志』129, 연세대 국학연구원, 2005, 93~115쪽 참조.
133 실례로 동계 조귀명의 『건천고』에 대한 비평, 김춘택과 이희지의 상호비평, 이덕무의 『영처집』에 대한 성대중의 서와 평, 그리고 반대로 성대중의 『청성잡기』에 대한 이덕무의 비평 등을 들 수 있다.(최윤희, 「평비본 〈홍백화전〉의 이본고찰과 평비연구」, 『어문논집』64, 민족어문학회, 2011, 99~100쪽 참조)

	작품명	협비수	勸誡的性格	諧謔的性格	語釋 및 補充說明
1	「美人竟抃一命 貞男誓不再娶」	-	-	-	-
2	「老大郎君遊學 慈悲觀音托夢」	1	-	-	1
3	「慈母泣斷孝女頭 惡僧難逃明官手」	2	-	-	2
4	「仁鴻變瑞鳳 浪士勝明官」	31	5	4	22
5	「妖經客設齋成奸 能獄吏具棺招供」	14	3	4	7
6	「踐私約頑童逞凶 借神語明官捉奸」	46	7	5	34
7	「癡生員驅家葬龍宮 蘗奴兒倚樓警惡夢」	145	11	54	80

제작된 산물이며, 식자층을 주요 독자층으로 삼았던 『황성신문』의 성격과도 부합됨으로써, 오랜 기간 연재를 유지할 수 있었던 것 같다. 그렇다면 「신단공안」 평비의 종류는 어떠한 것들이 있으며, 이를 통해 「신단공안」이 추구하고자 했던 지향점은 무엇이었을지 살펴보고자 한다.

「신단공안」의 평비는 협비夾批, 回中評에 해당하며, '평評'과 '점點'이 공존하는 형태라 할 수 있다.[135] 협비는 문장이나 구절 사이에 표시하여 해당 부분에 대한 평자의 감상을 직접적으로 피력하는 방식으로, 일반적으로 쌍행세주雙行細註나, 괄호括弧 등의 형식으로 서술한다. 「신단공안」은 괄호 표시로 협비를 구분하고 있는데, 이는 신문 연재소설인 만큼 가독성의 편의를 위해 보다 큰 글씨로 조판이 가능한 괄호 형식을 채택한 듯하다. 작품의 협비 개수와 성격을 정리하면 〈표 10〉과 같다.

---

134 선행연구에 따르면, 「折花奇談」, 「紅白花傳」, 「武松傳」, 「水山廣寒樓記」, 「漢唐遺事」 등이 비교적 중국 평비 방식을 올곧게 따르고 있다.(조혜란, 〈한당유사〉연구」, 『한국고전연구』 1, 한국고전연구회, 1995, 161~185쪽; 성현경 외, 『광한루기 역주 연구』, 박이정, 1997; 한매, 앞의 글; 한의숭, 「19세기 한문중단편소설연구」, 경북대 박사논문, 2011, 94~123쪽 참조)
135 본서에서는 논의의 집중을 위해 '評'에 대한 '夾批'의 특징만을 약술하고자 한다. '點'을 대변하는 '圈點'에 대한 부분은 추후 연구를 통해 정리하고자 한다.

다음 표에서 살펴볼 수 있듯이, 제1화의 경우 협비가 등장하지 않고, 제2화와 제3화에서도 1~2개만이 보이지만, 제3~7화에서는 비교적 많은 수의 협비가 서술되고 있다. 오랜 기간 연재가 진행되었던 작품이기 때문에 그로 인한 서술방식의 변화로 생각할 수 있겠지만, 각 편마다 다른 작품의 성격으로 인한 구성적 차이로도 볼 수 있다. 제1~3화는 사건범죄와 판결을 중심서사로 하는 전형적 공안소설인 반면, 제4~7화는 비교적 등장인물 간의 갈등·애정·경쟁 등 감정·심리묘사가 빈번하게 서술된 작품들이기 때문에, 상대적으로 많은 협비들이 기술된 것이다. 이는 조선 후기 평비소설 가운데 남녀 간 애정문제를 다룬 작품들「折花奇談」·「紅白花傳」·「水山廣寒樓記」 등이 많은 것과도 일맥상통한다.

협비의 내용은 상당수가 '해학적 성격諧謔的性格'이나 '어석語釋 및 보충설명'의 성격을 띠고 있다. '해학적 성격'의 협비는 특정인물에 대한 노골적 조롱[136]이나 원색적 비난[137]도 서슴지 않는데, 다소 단정적이고 감정적 언어로 인물을 평가함으로써 독자들의 흥미를 유도한다. 이는 문학적 소양과는 상관없이 가급적 다양한 독자층을 포섭하기 위한 평자의 의도가 내재된 것으로, 근대시기 서사비평의 속화俗化를 보여주는 사례라 할 수 있다.

'어석 및 보충설명'의 성격을 가진 협비는, 독자의 신분이나 나이 혹은 개인 성향에 따른 차이로 인해 해독의 어려움이 있을 만한 어휘에 대하여 편자 나름의 설명을 덧붙인 것이다. 다음은 '어석 및 보충설명'의 성격을 가진 협비들을 나열한 것이다.

---

136 "評曰誰是癡子오"(「神斷公案」 제7화, 1906.10.11).
137 "評曰福孫이 不是癡嬭의 産下라 一般擧子가 皆是癡嬭의 産下"(「神斷公案」 제7화, 1906.11.5).

念此老僧飢腸(俗諺謂久斷色念爲飢)[138]

摘得了初試一窠ㅎ야 以爲吾子吾孫的宅號(遐鄕之人은 有初試宅號)ㅎ면[139]

一貼丸藥에 呼價倍蓰ㅎ니 以故로 人又喚做他小高飛라(高飛ᄂ 本朝忠州人이니 富翁吝嗇者)[140]

恰似越裳(越裳은 今之安南)使者가 初到成周로 一般이거니[141]

위의 인용문에서 살펴볼 수 있듯이, 협비는 속어'飢腸'나 생소한 용어'宅號', 인물'高飛', 지명'越裳' 등에 대한 부연설명의 역할을 한다. 대부분 10자 내외의 간략한 서술을 유지하고 있는데, 현대 글의 내각주內脚註와 같은 성격을 띤다고 볼 수 있다. 「신단공안」의 연재가 계속될수록 평비의 쓰임은 한층 폭넓어지는 경향을 보인다.

翠姐가 右手로 執了總角的手ㅎ고 左手로 排開後窓ㅎ며 向外指点道(奇光이 陸離에 雲烟이 滿地로다)[142]

老婆가 遠行흠이 筋力이 困疲ㅎ야 歇脚次入來(媒婆慣用的口嘴)ㅎ얏샤오니 萬

---

138 「神斷公案」 제3화, 1906.6.12.
139 「神斷公案」 제4화, 1906.6.28.
140 「神斷公案」 제4화, 1906.7.6.
141 「神斷公案」 제4화, 1906.7.24.
142 「神斷公案」 제6화, 1906.9.18.

望恕容ㅎ라ㅎ거날[143]

山神이 又喝(此是再喝)道手項 的索子痕은 是甚麼오 (…중략…) 神이 又喝道
(此是三喝)腎面的慘黑處ᄂ 是甚麼오[144]

這點奴魚福孫이 (魚福孫이 又出來ㅎ다) 立了門外ㅎ야 自初至終을 ——聽得ㅎ
얏도다[145]

첫 번째 인용단락은 유취저柳翠姐가 장대경張大慶과 운우지정雲雨之情을 나눈
뒤 다음 회합 장소를 일러주는 대목이다. 협비로 기술된 "기이한 풍광이
뒤섞여 아름답고, 구름과 안개가 온 땅에 가득하였다奇光이 陸離에 雲烟이 滿地로
다"라는 문장은 당시의 경관과 분위기에 대한 묘사이자, 작품의 복선伏線
역할까지 담당하고 있다.

두 번째 인용단락은 매파媒婆가 유취저의 용모를 살펴보기 위해 신분을
숨기고 집을 방문하는 장면인데, 매파의 발화 부분 사이에 협비를 사용하
여 말투에 대한 부연설명을 병기하고 있다. 이는 독자가 자칫 지나치기 쉬
운 매파의 관용적 어투를 지적한 것으로 대화를 건네는 인물이 평범한 노
인이 아닌 매파임을 분명히 드러나게 하고 있다.

세 번째 인용단락은 산신山神으로 가장한 홍주군수興州郡守 최정신崔鼎臣이
살인을 저지른 장대경을 속여 범죄의 전후사정을 캐묻는 상황이다. 문장

---

143 「神斷公案」 제6화, 1906.9.19.
144 「神斷公案」 제6화, 1906.10.8.
145 「神斷公案」 제7화, 1906.10.15.

사이사이에 보이는 설명 "此是再喝", "此是三喝"들은 단순히 독자의 이해를 돕기 위한 것만이 아닌, 군수가 범인을 취조하는 모습을 부각시키기 위해 서술된 것이라 할 수 있다.

마지막 인용단락은 어복손이 오영환吳永煥과 그의 벗의 대화 내용을 문밖에서 엿듣는 대목을 묘사한 것이다. 이때 협비로 기술된 "어복손이 다시 등장한다魚福孫이 又出來한다"는 문장은 작품에서 어복손의 등장과 함께 어떠한 흥미로운 사건이 다시 진행될 것임을 암시하는 역할을 담당한다.

위 인용문의 협비들을 살펴보면, 현대 희곡戲曲의 지문地文과 유사함을 알 수 있다. 실제, 평점본 희곡의 전통은 통속소설보다 앞선 시기에 시작되었는데,[146] 이 같은 평비의 전통들이 국내 소설 속에도 자연스럽게 흡수된 듯하다.[147]

전체적으로 협비는 후반부로 갈수록 점차 증가하다가 제7화에 이르러서는 그 수가 기하급수적으로 많아짐을 볼 수 있다. 앞서 평자명評者名을 부기한 채 작품에 대한 주관적 평가勸戒的性格를 언급해야 하는 평어에 비해 협비는 상대적으로 제약조건이 적기 때문에, 편자編者가 한층 다채롭게 작품의 비평을 이끌기에 적합했을 것이다.[148]

한편, 협비 가운데는 '평왈評曰'로 시작하는 설명이 있는가 하면, 그 마저도 생략한 것이 있다. 대체로 '평왈'이 붙는 경우 나름의 평가의도가 상대적

---

146 戲曲『西廂記』의 최초 白文本은 1616년까지도 등장하지 않았다는 점에서 評點本 戲曲이 통속소설보다 비교적 앞선 시기에 향유되었음을 짐작할 수 있다.(David L. Rolston, 조관희 역, 「中國傳統小說과 小說評點(3)」, 『中國小說研究會報』41, 한국중국소설학회, 2000, 47쪽 참조)
147 「神斷公案」夾批와 現代戲曲 地文과의 유사성은 '水山'의 「廣寒樓記」에서도 찾을 수 있는 특징이다.
148 評語로 인해 자칫 내용의 흐름을 끊어 가독성을 저해할 수 있는 위험요소를 夾批를 활용해 미연에 방지하고, 더불어 작품 가운데 흥미요소를 부각시키는 데 적극 활용했음을 확인할 수 있다.

으로 강해질 때이며, '평왈'이 붙지 않는 경우는 대개 서사진행에 대한 상황 설명의 의도가 두드러진다고 볼 수 있는데,[149] 실상 이러한 구분은 제6화까지만 해당되며, 제7화에서부터는 구분자체가 모호해지는 경향을 보인다.

方今은 況是蒙喪(評曰吳進士蒙喪을 從那客口中補出ᄒ니 省筆)中이라[150]

唯獨那宰相手左에 何許長髯的客(柳生之長髯은 從魚福孫口中補出ᄒ니 是省文[151]

첫 번째 인용문은 '평왈'로 시작되는 설명이며, 두 번째 인용문은 '평왈'이 없이 필자의 설명만이 서술된 글이다. 그러나 두 인용문의 내용 모두 '작중 인물의 대화를 통해 이미 드러난 정황을 지면에서는 다시 설명하지 않고 생략한다'는 취지의 글이다. 결국 동일한 성격의 글이라 할 수 있는데, 평자도 특별한 구분 없이 '평왈'을 붙인 듯하다. 이 같은 협비의 모습은 「신단공안」 연재 당시 전통적 협비의 구분이나 형식에는 큰 의미를 두고 있지 않았음을 뜻한다.

다만, 신문이라는 근대적 매체 속에서 협비를 차용함으로써 독자의 가독성을 높이는 동시에 작자가 작품을 통해 드러내고자 했던 뜻을 보다 분명하게 밝히는 데 적극 활용된 것으로 보인다. 이러한 협비의 면모 가운데, 앞서 평자명이 기입된 평어와 확연히 구분되는 특징은 가독성의 측면이다.

평어의 경우, 대체로 인물과 사건에 대한 의미를 미리 재단하여 평가함

---

149 한기형·정환국, 『譯註 神斷公案』, 창비, 2007, 15쪽 참조.
150 「神斷公案」 제7화, 1906.10.15.
151 「神斷公案」 제7화, 1906.11.30.

으로써 독자의 자유로운 읽기를 방해하고 내용의 흥미를 반감시키는 경향이 강한 데 비해, 협비는 독자가 자칫 지나치기 쉬운 요소들이나 이해하기 어려울 만한 부분들을 재차 강조하고 설명함으로써 작품에 보다 몰입할 수 있도록 도움을 주는 측면이 있다. 「신단공안」에서도 협비의 이 같은 특징을 적극 활용하고 있다. 그 대표적 예로 '한글 협비'를 들 수 있다.

(2) 국한문서사 속 한글협비[152]

「신단공안」이 연재되었던 1906년 전후의 국내 상황은 한자와 한글뿐만 아니라 주변국들의 다양한 언어들이 혼재되던 시기로 작품이 선택할 수 있었던 언어의 폭은 비교적 넓었다. 그 가운데 국한문혼용체國漢文混用體, 漢文懸吐體를 「신단공안」의 문체로 선택한 것은 두 가지로 해석할 수 있다. 바로 '매체적 특성'과 '저본底本의 영향'이다.

먼저 '매체적 특성'은 「신단공안」이 연재되었던 『황성신문』의 특징과 함께 그에 대한 영향을 지칭하는 것이다. 이는 당대 언론환경과도 밀접한 연관을 가진다. 1894년 11월 21일 자 『관보』에서는 '법률과 칙령은 모두 국문을 원칙으로 하고 한문을 부역하거나 혹은 국한문을 사용한다法律勅令總以國文爲本 漢文附譯或混用國漢文'는 원칙을 공포하고 한문을 대신하여 국문을 공식문체로 확정한다. 그러나 이 국문의 공식화는 문자 그대로 정부에 의한 일방적인 원칙의 제정이었지, 그것의 즉각적이고 전면적인 한문의 폐지

---

152 「神斷公案」 연구 가운데 괄호 속 한글표기를 지적한 경우는 홍성대, 정환국, 조상우 등이 있다. 홍성대(앞의 글, 1983)는 이를 '대중독자의 이해를 돕고 구어체로 접근해 가는 과정'이라 보았는데, 후속연구에서도 유사한 시각으로 접근하고 있다. 본서에서도 이를 수용하되, 이 같은 형태가 과거 협비와 연관 속에서 나온 것이라 파악하여 '한글협비'라 명명하고 전 작품에서 활용된 사례들의 분석을 통해 그 실체를 살펴보고자 한다.

와 문체의 개혁을 가져온 것은 아니었다.[153] 그러므로 이후로도 정부의 많은 공식문서와 수많은 신문 잡지에서도 국한문체가 사용되었다.

당시 『황성신문』도 국한문혼용체를 사용하였는데, 본래 국문체 신문이던 윤치호의 『경성신문』과 그 후신인 『대한황성신문』을 인수해 국한문혼용체 신문으로 바꾼 것이다.[154] 1898년 9월 5일 자 「사설」『황성신문』에서는 국한문체를 선택한 이유를 다음 세 가지로 밝히고 있다.

첫째는 한자와 한글을 병행하라"箕聖의 遺傳ᄒ신 文字와 先王의 創造ᄒ신 文字로 並行코져 ᄒ샤 公私文牒을 國漢文으로 混用ᄒ라"는 황제의 칙교를 따르기 위해서이며"大皇帝陛下의 聖勅을 式遵ᄒᄂ 本意오", 둘째는 옛글과 오늘날의 글을 병전하고자 함이고"古文과 今 文을 幷傳코져홈이오", 셋째는 많은 사람들이 함께 보는 데 편이함을 제공하고자 한 것이다."僉君子의 供覽ᄒ시ᄂ디 便易홈을 取홈이로라"

첫째와 둘째 항은 신문이 표면상에 내세운 이유라 할 수 있으며, 그 진의는 세 번째 항에 담겨 있다. '대중의 공람에 편이를 제공하고자 함'은 문체에 따른 독자선택을 의미하는 것으로, 이는 당대 한글신문들과의 시장 분할을 염두에 둔 것이라 할 수 있다.[155] 주지하듯이, 『황성신문』은 구한말 지식인 계층을 독자로 끌어들여 오랜 기간 언론의 한 축을 담당하였다. 실례로 『황성신문』이 1899년 11월 13일에 지면을 확장하고 양반·유생들의 투고인 기서奇書와 사조詞藻를 게재한 사실을 들 수 있다. 기서와 사조는 대부분이 한문으로 쓴 것으로 논설진에서 친절히 한문 평을 써주기도 하였다. 더불어 매호每號에 걸쳐 국내의 고사故事를 싣기까지 하였는데, 이

---

153 강명관, 「漢文廢止論과 愛國啓蒙期의 國漢文論爭」, 『한국한문학연구』 8, 한국한문학회, 1985, 198쪽 참조.
154 정진석, 앞의 책, 167~171쪽 참조.
155 김영민, 『문학제도 및 민족어의 형성과 한국 근대문학』, 소명출판, 2012, 181쪽 참조.

것 또한 유생을 위한 것으로 원문 그대로 한문을 싣기도 하고 때론 번역을 하여 국한문으로 싣기도 하였다.[156] 『황성신문』은 「신단공안」이 연재된 1906년 전후에도 이러한 저술언어를 따랐기 때문에 「신단공안」도 자연스럽게 국한문혼용체로 실릴 수밖에 없었다.

다음으로 살펴볼 것은 '저본의 영향'이다. 앞서 언급했듯이, 「신단공안」은 기존 백화소설이었던 『용도공안』, 『초각박안경기初刻拍案驚奇』를 모본으로 한 번안소설이자, 『고금소총』 등의 국내 문헌설화를 개작하여 실은 작품집이었다.[157] 따라서 「신단공안」의 국한문혼용체는 『용도공안』과 『초각박안경기』, 『고금소총』의 다양한 문체를 효율적으로 담기 위한 선택이었다.[158]

또한 『용도공안』·『초각박안경기』의 문장에서 자주 등장하는 잔혹하고 외설적인 어휘들과 『고금소총』의 소화笑話[159] 가운데 외설담猥褻談이나 사기담詐欺談 등의 표현들이 우리말로 옮겨질 경우, 본래의 뜻을 적절히 구현할 수 없다는 측면도, 「신단공안」의 문체로서 국한문혼용체를 택할 수밖에 없었던 이유로 작용하였다.

그러나 주지하듯이, 국한문혼용체는 가독성이나 언문일치 등에서 순한글체에 비해 일정부분 한계를 가질 수밖에 없다. 따라서 「신단공안」은 작

---

156 이광린, 앞의 글, 32쪽 참조.
157 본서 '제3장-1.' 참조.
158 선행연구에서는 「神斷公案」에서 보이는 백화체의 한문문장을 지적하기도 했지만(송민호, 앞의 책, 93쪽; 이재선, 앞의 책, 50쪽), 이는 의도적인 문체의 선택이라기보다는 백화체에 익숙한 번역자의 습관 속에서 생겨난 산물이라 사료된다. 한기형도 「한문단편의 서사전통과 신소설」(『민족문학사연구』4, 민족문학사연구소, 1993, 127~132쪽)에서 「神斷公案」의 백화체를 燕巖의 백화식(『熱河日記』에서처럼 생생한 실감을 전달하기 위한 의도)과 구분하여 단지 중국 백화소설체의 관습적 모방일 것이라 주장하고 있다.
159 笑話의 명칭은 연구자에 따라 文獻笑話, 識者笑話, 記錄笑話 등으로 지칭되기도 하며 그밖에 笑事, 閑談, 稗說, 滑稽譚(傳), 笑譚(談) 등 다양한 용어로 지칭되고 있지만, 본서에서는 笑話로 한정하고자 한다.

품 후반부로 갈수록 점차 한주국종체漢主國從體에서 국주한종체國主漢從體로 변모하는 모습과[160] '협비' 등을 통해 최대한 그 간극을 줄이고자 하였다. 이같은 작자의 의도는 '한글협비'로까지 확대되면서 협비의 기능을 한층 다채롭게 하였다.

「신단공안」의 '한글협비'는 다양한 언어와 문체 사이에서 고민했던 당대의 시대적 상황을 대변해준다고 할 수 있다. 이는 과거 언해본의 전통과도 맞닿아 있다고 볼 수 있는데, 낯선 글말들 옆에 당대인들이 쉽게 상용했던 입말을 병기함으로써 독자의 이해를 돕는 동시에 가독성의 측면까지 배려한 것이다. 다음은 「신단공안」 제3화에 등장하는 '한글협비'의 모습이다.

判官이 不勝憤怒ᄒ야 金鳳翅(주리)死猪愁(회초리질) 諸般惡刑에 痛毒이 備至ᄒ더[161]

위의 인용문은 최창조가 제수씨를 살해한 누명을 쓰고 판관으로부터 모진 고문을 받는 장면이다. 문장 가운데, '금봉시金鳳翅'와 '사저수死猪愁'라는 명칭은 일반 독자들이 이해할 수 없는 어휘이므로 두 단어를 각각 '주리'와 '회초리질'로 풀어 표기했다. 이처럼 「신단공안」의 '한글협비'는 대체로 글말에서조차 생소하게 느낄 만한 단어들을 대상으로 하고 있는데, 제4화에서부터는 '한글협비'의 적용명사, 의성·의태어, 감탄사 등이 더욱 다양해

---

160 "蝎甫稱號 十餘年에 夢中에도 不曾見ᄒ던 싹장이 中에 上싹장이 忠州吳進士로다(「神斷公案」 제7화, 1906.10.20)"라는 글은 해당 문장 가운데 한자만 한글로 바꾸더라도, "갈보 칭호 십여 년에 몽중에도 불증견하던 싹장이 중에 상싹장이 충주오진사로다"처럼 충분히 한글서사로 인지할 수 있을 만한 대표적 國主漢從體의 문장이라 할 수 있다. 특히, 제7화에서 이 같은 면모가 두드러진다.

161 「神斷公案」 제3화, 1906.6.18.

진다. 아래 표는 「신단공안」에 실린 전체 '한글협비'를 유형별로 정리한 것이다.

<표 11> 「신단공안」 소재 '한글협비'의 분류

분류	본문	편수	연재일자
명사	判官이 不勝憤怒ᄒ야 金鳳翅(주리)死猪愁(회초리질) 諸般惡刑에	3화	1906.6.18
	何必作許多妄想ᄒ야 但得世間에 風魔子(바람둥이)稱號리오ᄒᄃᆡ	4화	1906.6.28
	周年浪遊에 只寬了酒戶(술양)ᄒ야	4화	1906.6.29
	沙底에 鯊魚와(모리모지) 鱒鰆(쥰치)	4화	1906.7.10
	且仁鴻은 冊床退物(칙상물임)이라	4화	1906.7.11
	仁鴻이 捧著珠盤(수판)ᄒ고 箠來箠去ᄒ더니	4화	1906.7.13
	若使仁鴻으로 將此食床價除了ᄒ면 賣家厮庄에 便作鍾路的丐兒(거지)ᄒ리니	4화	1906.7.14
	大呼狗子犢子ᄒ되 只是鎖喉(목수여)而已라	4화	1906.7.14
	看爾白髮이 星星ᄒ니 應飽盡數十年不托(썩국)이거늘	4화	1906.8.3
	況此人은 本來是着塵冠ᄒ고 挑鍾睡(가리침)ᄒᄂᆞ 山中에 骨生員任이라	4화	1906.8.4
	生灑羽(싱쥴우)交下時에ᄂᆞ 無贓無證의 良民도 盜賊으로 自供하려니와	4화	1906.8.13
	糠餠(기쩍)을 食ᄒ고라도 大慶만 一見ᄒ면 我心則悅이며 犬脛(기죵아리)과 如ᄒ 屋裡라도 大慶만 相會ᄒ면 余心所蕩이지	6화	1906.9.26
	當日에 忤作(옥쇄장) 行人(사령) 書記等을 帶了ᄒ고 一個小驢에 跨坐ᄒ야	6화	1906.10.5
	手項(손목)的索子痕은 是甚麼오	6화	1906.10.8
	我且暫往了某進賜(나리)家ᄒ야 寒暄數句語ᄒ고 卽回來ᄒ리니	7화	1906.10.11
	一鍾茶도 也未及吃ᄒ며 一桶烟(담바)도 也未及燒ᄒ고 僅開口道平安一句ᄒ 後에 趁卽出來ᄒ니 馬也도 不見ᄒ고 人也도 不見이라	7화	1906.10.11
	翌朝에 睡起來ᄒ니 呀, 這癡生이 遺落了孝巾(두건)也去로다	7화	1906.10.17
	爾夜間에ᄂᆞ 許多行雜ᄒ고 白晝對人에 不菩薩(아닌보살)로 自欺ᄒ다가	7화	1906.10.25
	客이 道這廝의 酬人對客이며 居鄕行世가 件件可笑이나 不必張皇說去오 擧其一ᄒ야 以例其餘ᄒ려니와 但恐爾笑胞(우숨보)가 裂盡이로다	7화	1906.10.29
	吳進士ㅣ 道爾買牡牛一隻(수쇼흔마리)來麼아	7화	1906.10.31
	吳進士ㅣ 道牡牛一隻(수쇼흔말이)이 安在오 這奴兒가 解下穀包道秫一斗(수수흔말이)	7화	1906.10.31
	這奴兒가 道主翁이 有鎖鐵(잠을쇠)이어던 請暫借我ᄒ오	7화	1906.11.2
	這奴兒가 早知了得左邊이 是個壁藏이나 故向了右邊向外의 小窓ᄒ야 將門環(문골이)鎖了ᄂᆞ도다	7화	1906.11.2
	店奴가 吹了爐火ᄒ야 松肪(광슬)一枝에 點火也來ᄒ거늘	7화	1906.11.2

분류	본문	편수	연재일자
	這奴兒가 急喚了主人ᄒ야 請借了開鐵(렬쇠)ᄒ야	7화	1906.11.2
	一個는 道好快事(즐쾌산이)러고 覿景에는 成狂이여	7화	1906.11.5
	吳進七ㅣ與柳生으로 兩兩商議到夜深에 竟不得段落ᄒ고 席散歸了ᄒ야 過了門廊(문신방)ᄒ다가 一條窓光에 燈影이 爛爛커늘	7화	1906.11.30
의성·의태어	且說君鷹이 終年勞苦를 付送了一圈虛影ᄒ고 織席的石子響(달그락달그락)으로 捧了空空的兩囊에 恨恨歸了ᄒ고	4화	1906.7.16
	爾今日에사 始知溫溫熱熱(ᄯᅳ근ᄯᅳ근)的滋味온여	4화	1906.7.21
	正中ᄒ면 却是一聲喔喔(ᄭᅩ기요)ᄒ더니	4화	1906.7.27
	這個健兒가 目子는 如何這般暴露며 鼻孔은 如何這般朝天(발죽)이며 兩臉은 如何這般晦氣(우죽죽)며 口也手也脚也가 如何通通地這般可憎고	6화	1906.9.26
	忽然一人이 過去ᄒ는디 却是兩眼은 淨淨地(말가케)雖存ᄒ나 鼻子는 盡被人啖去也沒有	7화	1906.10.11
	臭錢狗가 突然發聲(旣是狗也니 發聲則必콩콩)	7화	1906.12.14
기타	賣得于李三丈爲去乎(ᄒ거온)	4화	1906.7.6
	黃經이 朦朧看兩眼走來ᄒ나 開了窓跳下來리니 牙刺(이차)一聲에 一隻右脚이 早踏在糞缸內라	5화	1906.8.29
	且把癸童囚了牢中ᄒ며 打發(늬보닌다)了尹氏ᄒ더라	5화	1906.9.10
	一個蒼頭는 筐箱等物을 背負ᄒ며 一個小奚는 輔軸을 執了(조군치를 싣아)ᄒ고 隨行ᄒ더라	6화	1906.9.27
	連口道險些兒(ᄒ마트면)忘了로다ᄒ면셔	6화	1906.10.1
	吳進士ㅣ大驚異ᄒ야 疾聲叫道福系아 福系이 自何處로 應聲答道唯(예)ᄒ거늘	7화	1906.10.11
	但道色中鬼三字ᄒ면 莫不點頭道唯(웅)他是那宰相之第二子라ᄒ더라	7화	1906.12.3

위 표에서 살펴볼 수 있듯이, '한글 협비'가 일반 명사에 국한된 것이 아닌, 의성·의태어나 감탄사 등으로 확대됨으로써 '한글 협비'의 사용이 한층 빈번해짐을 확인할 수 있다.

표의 분류항목 가운데 '명사' 부분을 살펴보면, 대체로 어렵고 생소한 한자 어휘에 대한 부연설명이 주류를 이루고 있다. 그러나 그 가운데 "牡牛一隻(수쇼ᄒ 말이)"제7화, 1906.10.31는 어렵거나 생소한 어휘가 아님에도 '한글 협비'가 달려있어 특기할 만하다. 이에 대해서는 해당 어휘의 전후 맥락을 함께 살필 필요가 있다.

吳進士ㅣ道牡牛一隻(수쇼 흔 말이)이 安在오 這奴兒가 觧下穀包道秫一斗(수수

흔 말이)在此로소이다 近日에 秫價가 太歇ㅎ더이다[162]

위 인용문은 어복손魚福孫이 수소를 사기 위해 오진사吳進士에게 받은 돈을
빼돌린 뒤, 그에게 변명을 하는 장면이다. 어복손의 평계는 오진사의 말을
잘못 들었다는 것인데, 해당 어휘는 '모우일척牡牛一隻'과 '출일두秫一斗'이다.
두 글자만 보아서는 전혀 훈訓과 음音 사이의 유사성을 찾기 힘들다. 따라
서 주인主人과 비복婢僕 사이에 전달상의 오류가 있었다는 것이 이해되지 않
으며, 이 같은 소재를 가지고 독립된 삽화揷話가 구성되었다는 것은 더욱
납득되지 않는다.

그러나 해당 한자 뒤에 달린 '한글 협비'를 통해, 독자들은 본 서사가
'한자'가 아닌 '한글' 발음의 유사성'수소 한 마리'와 '수수 한 말이'을 근거로 형성
된 재담才談임을 알 수 있다. 결국 병기된 '한글 협비'가 없다면 위 이야기
는 소화笑話로서의 기능을 상실하는 것이다. 애당초 한글발음을 토대로 전
승된 내용民譚을 국한문으로 번안하면서 해당어휘의 뜻과 근접한 한자를
임의로 택했다고 볼 수 있다.

반면, "糠餠(기썩)"과 "犬脛(기죵아리)"은 한자와 한글의 훈과 음, 형태 등
여러 유사성들을 모두 고려한 경우이다.

---

162 「神斷公案」 제7화, 1906.10.31.

大慶(評曰二字放光)이 眞是我的可人이로다 糠餠(기썩)을 食ᄒ고라도 大慶만 一見ᄒ면 我心則悅이며 犬脛(기종아리)과 如ᄒ 屋裡라도 大慶만 相會ᄒ면 余心 所蕩이지[163]

위 문장을 해석해 보면 "대경이 진정 나의 사람이로다. 개떡을 먹더라도 대경만 한 번 보면 내 마음이 곧 기쁘며, 개 종아리와 같은 집안이라도 대경만 서로 만날 수 있으면 내 마음이 요동칠 것이지"로, 단순히 취저翠姐가 대경을 그리워하는 마음을 서술하고 있다. 그러나 문장 곳곳에 삽입된 '한글 협비'(기썩, 기종아리)로 인해 본 문장이 유사 발음을 근거한 언어 유희식 표현이 내재해 있음을 깨닫게 된다. 해당 어휘들을 살펴보면, '대경大慶'의 '大'는 '犬'과 형태상의 유사성을 가지고 있지만, '大'의 음音인 '대'와 '犬'의 훈訓인 '개'의 발음상 유사성에도 초점을 두고 있다. 또한 '대경大慶'의 '경慶'도 '병餠'·'경脛'과 비슷한 음을 가지고 있기 때문에 이 같은 해석은 더욱 설득력을 가진다. 이를 통하여 '한글 협비'는 단순 어석語釋의 의미만이 아닌, 해당 문장을 온전한 서사로 만들기 위해 반드시 병기되어야 하는 내용상 필수적 요소였음을 알 수 있다.

다음으로 '〈표 11〉「신단공안」 소재 '한글협비'의 분류'의 분류항목 가운데 '의성·의태어'를 살펴보면, 한자로 표기할 수 없는 다양한 음성적 표현들을 '한글 협비'를 통해 구현하고 있다.

且說君膺이 終年勞苦를 付送了一圈虛影ᄒ고 織席的石子響(달그락달그락)으로

---

163 「神斷公案」 제6화, 1906.9.26.

捧了空空的兩囊에 恨恨歸了ᄒ고[164]

　위의 인용문은 이군응李君膺이 어복손魚福孫에게 속아 빈털터리가 되어 집
으로 돌아가는 모습을 형용한 문장이다. '한글 협비'로 쓴 "달그락달그락"
은 "織席的石子響"돗자리 엮을 때의 고드랫돌소리에 대한 의성어로 이군응의 무일
푼 상황을 강조하기 위해 쓴 단어이다. 만약 해당문장에 '한글 협비'를 병
기하지 않았다면, 독자들은 '돗자리 엮을 때의 고드랫돌소리"織席的石子響"'와
'비어있는 두 주머니"空空的兩囊"'사이의 연관성을 유추하기가 쉽지 않았을
것이다. 반면, "織席的石子響"이란 어휘를 생략하고 그 자리에 "달그락달
그락"이란 단어를 대체하더라도 오히려 어색함이 전혀 없는 문장을 이루
게 되는데, 이는 '의성·의태어'로서의 '한글 협비'가 앞서 '명사'로서의
'한글 협비'처럼 단순 어석이나 보충설명의 기능만을 담당한 것이 아니었
기 때문이다.

　'한글 협비'의 다채로운 기능 가운데 하나로는 단연 해학성을 꼽을 수
있다. 표음문자表音文字인 한글은 한자보다 표현력에 있어 보다 자유롭기 때
문에 다양한 음성적 어휘를 활용하여 해학적 표현을 가미하는 것이 가능
했다.

　柳生이 欠身起立道日來에 平安麼아 臭錢狗가 突然發聲(旣是狗也니 發聲則必콩
콩)道平安平安甚麼道平安[165]

---

164 「神斷公案」 제4화, 1906.7.16.
165 「神斷公案」 제7화 1906.12.14.

위의 문장은 취전구臭錢狗가 자신에게 안부를 묻는 유생柳生을 꾸짖는 장면이다. '한글 협비'를 통해 취전구가 이미 이성을 잃은 상태旣是狗也"임을 암시하고 있는데, 더불어 개 짖는 소리까지"콩콩" 묘사하면서 문장을 한층 흥미롭게 구성하고 있다. 여기서 서술된 '한글 협비'는 실제 취전구의 발성이라 볼 수 없으며, 순전히 독자의 웃음을 자아내기 위한 해학적 표현일 뿐이다. 이 같은 '한글 협비'의 사용으로 인하여 국한문漢主國從體 소설로서의 표현상의 한계를 일정부분 극복하게 해주었으며, 작품 안에서의 한글 쓰임을 보다 폭넓게 해주는 기반을 마련하였다.[166]

마지막으로 '〈표 11〉「신단공안」 소재 '한글협비'의 분류'의 분류항목 가운데 '기타'를 살펴보면, 감탄사"아챠", 서술어"닉보낸다", 부사"ᄒ마트면" 등 다양한 '한글 협비'의 쓰임을 볼 수 있다. 이들 협비 또한 작품의 가독성을 염두에 두고 문장에 병기한 것이지만, 그 이면에는 한자만으로 구분이 불가능한 작은 어감의 차이까지 '한글 협비'를 통해 표현하려 했음을 알 수 있다.

吳進士ㅣ大驚異ᄒ야 疾聲叫道福孫아 福孫이 自何處로 應聲答道唯(예) ᄒ거늘[167]

但道色中鬼三字ᄒ면 莫不點頭道唯(응)他是那宰相之第二子라ᄒ더라[168]

첫 번째 인용문에 쓰인 '한글 협비'는 오진사吳進士의 부름에 답하는 어복손魚福孫의 대답("예")이며, 두 번째 인용문은 모든 사람들이 색중귀色中鬼

166 제7화에서는 '한글 협비'뿐만 아니라 본문 안에서도 한글 쓰임이 보다 광범위하게 활용되고 있다.
167 「神斷公案」 제7화, 1906.10.11.
168 「神斷公案」 제7화, 1906.12.3.

에 대해 알고 있다는 의미의 대답("응")이다. 이때 한자는 모두 "唯"로만 표기하고 있으므로 내용상 화자話者의 어감을 정확히 인지할 수 없지만, '한글 협비'를 통해 그 차이를 드러냄으로써, 작품의 지엽적인 부분들까지도 독자들이 정확히 읽어낼 수 있었던 것이다.

그 밖에도 「신단공안」에는 이두吏讀식 표기가 등장하는데, 이때도 '한글 협비'를 통해 해당 한자가 본래 훈訓과는 무관한 가차식假借式 표현임을 드러내고 있다.

平壤城西門外某坊內某屋子幾許問을 貰得于李三丈爲去乎(ᄒ거온) 每朔貰錢은 三錢五分에 折價이고[169]

주지하듯이, 이두는 한자의 음과 훈을 빌려 우리말을 표기하던 차자표기법借字表記法으로 과거 특정계층胥吏을 중심으로 공문서 등에 사용되었던 글자이다. 따라서 당대 일반인들에게는 다소 생소한 문자였으므로, 작가는 이해를 돕고 오독誤讀을 경계하는 차원에서 '한글 협비'를 사용하였다.

'한글 협비'는 작자가 글에 담긴 자신의 의도를 독자들에게 좀 더 명확히 전달하려는 적극적 의지가 반영된 결과라 할 수 있다. 이는 작자가 애당초 한문을 통용했던 지식인층만을 독자로 설정한 것이 아닌, 한글을 읽고 해독할 수 있는 일반 대중들까지도 그 범위로 상정하여 작품을 구성했음을 짐작하게 한다. 따라서 작품의 문체도 연재 후반으로 가면서 점차 한글표기가 많이 섞인 국주한종체國主漢從體의 문장으로 변모해갔으며, 어석이

---

169 「神斷公案」 제4화, 1906.7.6.

나 보충설명을 통해 작품의 이해도 내지는 가독성을 높이기도 한 것이다. 더불어 한글의 언어유희적 표현들도 적극 활용하여 해학성을 강화시킨 점도 이 같은 추론을 가능하게 한다.

　물론『황성신문』의「논설」면이나「관보」・「잡보」면 등의 기사들을 살펴보면, 대부분 한문현토漢文懸吐 수준의 한주국종체漢主國從體가 주류를 이룬다. 이는 실제『황성신문』의 구독자들 중에 한글보다는 한문에 익숙한 양반・유생층이 다수를 차지하고 있었기 때문에 이들 계층의 편의를 도모하기 위한 선택이었다고 본다. 그러나 신문매체의 성격상 특정계층한문독자층만이 아닌, 많은 대중들한글독자층을 독자층으로 포섭해야 했기 때문에 문체의 선택에 대한 고민은 줄곧 지속되었던 것으로 보인다. 비록「신단공안」이전에는 주로「광고」면에서만 한글기사들을 찾을 수 있었지만,[170]「신단공안」을 시작으로 소설연재를 통해 한글독자층을 아우를 수 있는 수단들을 고안해내기 시작한 것이다. 실례로 이후「몽조」[1907.8.12~1907.9.17, 총 24회 연재][171]라는 작품에서는 한자 표기가 없는 순한글 연재를 시도하기도 했다. 아울러「신단공안」이 줄곧 신문 3면에 실린 것에 비해「몽조」가 매회 신문 1면을 장식한 점도, 한글독자층에 대한 고민이 반영된 결과라 할 수 있다.

　결국,「신단공안」의 변칙적 평어들이 과거 한문단편을 즐겼던 한문독자층을 겨냥한 것이라면, ‘한글 협비’는 한글을 향유했던 수많은 대중들까

170　1898.9.5~1898.12.10까지의「廣告」란(『皇城新聞』)에서는 항상 다른 신문들에 대한 소개 글이 국문으로 실렸으며, 이후로도 종종 국문으로만 이루어진 광고들이 지면 곳곳을 채우기도 했다.
171　연재기간 중 1907년 8월 30일, 9월 2일, 9월 5일, 9월 11일, 9월 16일(총 5일)에는「夢潮」를 연재하지 않았다.

지 그 범위로 상정한 것이다. 또한 평어나 협비가 서술자의 직접적 목소리를 담을 수 있는 특징으로 인하여, 근대시기 과도기적 모순과 폐단 등 『황성신문』이 세상에 전하고자 했던 문제의식들을 마음껏 펼칠 수 있었다. 이는 전통적 문예양식을 근대 신문매체 속에 효과적으로 활용한 예로서, 주필主筆의 의견을 직·간접적으로 개진했던 기존 「논설」란의 '논변류 고사'보다 한 단계 발전된 형태라 할 수 있다.

2) 신단공안·몽조·별계채탐의 표기수단과 연재의미

(1) 국한문신문 속 한글독자를 위한 연재 – 신단공안 제7화와 몽조

「신단공안」과 「몽조」[172]가 연재된 시기1906~1907는 『황성신문』에 있어서 특별하다. 1905년 11월 20일에 장지연張志淵, 1864~1921이 「시일야방성대곡」을 게재했다가 정간을 당한 뒤, 약 백여 일이 지난 1906년 2월 28일에 복간이 되었는데, 이미 어려웠던 신문사의 경영난에 경영진의 거듭된 교체와 일제의 언론탄압 등이 겹치면서 신문사의 운영난이 더욱 극심해졌다.[173] 따라서 남궁훈南宮薰, 제3대 사장, 1906.2~1907.5은 경영혁신을 목표로 1906년 4월 2일에 편집 변화와 활자 개량을 통한 '지면쇄신'을 단행하였고, 『황성신문』 재정난의 근본적인 문제였던 구독료 징수문제를 해결하기 위해 내부에 청원서를 제출하는 등 경영난 극복에 온힘을 쏟았다.[174] 「신단공안」 연재도 『황성신문』의 구독자 확보를 위한 기획의 일환이었을 것이다.[175]

---

172 「夢潮」의 저자로 알려진 반아 석진형(石鎭衡, 1877~1946)은 일본 유학생 출신이자 법학자이며, 개화기의 여러 계몽단체에 가입해 계몽운동을 펼친 인물이다.(임기현, 「반아 석진형의 「夢潮」 연구」, 『현대소설연구』 39, 한국현대소설학회, 2008, 266쪽 참조)
173 이광린, 앞의 글, 15~31쪽 참조.
174 안종묵, 「皇城新聞 발행진의 정치사회사상에 관한 연구」, 『韓國言論學報』 46-2, 한국언론학회, 2002, 229~231쪽 참조.

따라서 일제의 신문에 대한 강도 높은 사전검열제가 시행된 '광무신문지법光武新聞紙法' 이후에도 한층 어려워진 신문사 사정[176]을 극복하기 위해 「몽조」1907.8.12~1907.9.17, 총 24회의 연재를 시작한다.

「신단공안」 이후에도 명대 백화단편소설을 수용한 소설들이 다양한 신문매체들을 통해 연재되었지만[177] 이미, 『만세보萬歲報』에 「혈의누」1906.7.22~1906.10.10 · 「귀의성」1906.10.10~1907.5.31 등 신소설이 연재된 이후『제국신문帝國新聞』에도 「혈의누(하편)」1907.5.17~1907.6.1, 「고목화」1907.6.6~1907.10.4, 「빈 상설」1907.10.5~1908.2.12 등이 연재되면서 이미 근대의 신문들 속에서 「소설」란은 곧 한글소설이라는 인식이 고착화되어가던 시기였다. 따라서 국한문신문이었던 『황성신문』조차도 「소설」란의 작품선정에 있어서 이 같은 조류를 벗어날 수 없었다. 더불어 『대한매일신보』의 경우, 한글독자를 더욱 넓게 포섭하려는 의도 아래 1907년 5월 30일1907.5.23~1907.5.30, 見本版부터 국문판을 창간하고 고정적으로 「소설」란을 두어 작품을 연재했다는 사실로 미루어볼 때, 「몽조」가 발표될 즈음에는 이미 당시 신문들

---

175 손병국은 「開化期 新聞連載小說에서의 明代白話短篇小說受容樣相」(『東岳語文論集』 35, 東岳語文學會, 1999, 258쪽)에서 신문에 소설을 게재한 이유에 대해, 첫째 신문이 주장하고 있는 바를 나타내기 위해서, 둘째 흥미를 일으켜 독자를 끌면서 沒主體的인 開化論에 대한 간접적인 선전을 위한 것이라 설명한다.

176 그해 신문사는 특히나 사장을 비롯한 운영진의 교체가 잦았는데, 그해 5월 18일 주주총회에서 사장 남궁훈, 총무원 성낙영이 사임하고, 주주 김상천을 사장에, 김재완을 총무원에 선출하였으며, 다시 9월 14일 총회에서 유근을 사장에 선출하였다.(이광린, 앞의 글, 28~29쪽 참조)

177 대표적 작품이라 할 수 있는 「報應」(『大韓每日申報』, 1909.8.11~1909.9.7, 총 19회 연재)은 「呂大郎還金完骨肉」(『警世通言』 卷5, 『今古奇觀』 卷31)의 번안작이며, 「昭陽亭」(『매일신보』, 1911.9.30 ~1911.12.16, 총 65회 연재)은 「陳御史巧勘金釵鈿」(『喻世明言』 卷2, 『今古奇觀』 卷24)의 번안작이다(손병국, 앞의 글, 111쪽 참조). 이후로도 신구서림, 박문서관, 대창서원, 회동서관 등에서 활자본의 형태로 삼언이박(『今古奇觀』)이 지속적으로 번역 출판된다(김영화, 「한국·일본의 명대 백화단편소설 번역·번안 양상」, 고려대 석사논문, 2011, 38~41쪽 참조). 이렇듯 20세기 초반 삼언이박과 관련한 번안작들이 줄지어 연재되었다는 사실은 당대 삼언이박에 대한 독자층(대중)의 요구와 중국소설에 대한 번역시장이 활성화되었음을 짐작할 수 있다.

사이에서 「소설」란을 매개로 한글독자에 대한 가능성을 확증했던 시기로 보아야 할 것이다.[178]

「신단공안」 제7화와 「몽조」에는 다양한 문장기호들이 표시되어 있다. 앞서 언급했듯이, 두 작품은 신소설과 함께 동시대 신문매체에 실렸던 연재소설인 만큼 작품에 표기된 문장기호들도 신소설에서 행해졌던 표기 관행들이 동일하게 사용된 것으로 볼 수 있다.[179] 그러나 「신단공안」에 드러난 '한글표기'를 비롯한 다양한 문체적 시도[180]에 비추어 본다면, 『황성신문』 내 한글독자층을 위한 특정 의도가 내포된 표식表式으로도 해석할 수 있다.[181]

본장에서는 「신단공안」 제7화에서부터 시작된 해당 특질이 한글소설 「몽조」에 와서 본격적으로 구현되는 양상들을 작품 간 비교분석을 통해 검토하고자 한다.

---

178 과거 국한문 신문이었던 『漢城新報』에서도 「趙婦人傳」(1896.5.19~1896.7.10), 「申進士問答記」(1896.7.12~8.27), 「紀文傳」(1896.8.29~1896.9.4) 등 20여 편의 한글서사자료들이 실렸다. 이에 대하여 김영민은 『漢城新報』의 구독자 수 확보를 위한 지면 개량 계획과 관련이 있음을 주장했다(김영민, 『문학제도 및 민족어의 형성과 한국 근대문학』, 소명출판, 2012, 238~240쪽 참조).

179 일찍이 송민호는 「夢潮」의 6가지 측면(① 대화·단락·생략 부호의 사용, ② 虛頭의 특이한 점, ③ 실사적 묘사, ④ 평민의식, ⑤ 개화사상, ⑥ 기독교사상)을 들어 '신소설적 요소'를 거론하였지만(송민호, 앞의 책, 122~126쪽 참조), 문체분석에 있어서는 문장부호의 단편적 기능(餘韻表示·語句省略) 외 다양한 기능을 설명하지 못한 아쉬움이 있다. 이후 정환국(앞의 글, 200~205쪽 참조)도 「夢潮」가 표현수법상 신소설로서 전혀 손색이 없는 작품이라 평가하며, 「혈의누」·「귀의성」의 초기신소설의 탄생과 「神斷公案」 사이의 연결가능성을 언급했다. 그러나 정작 「夢潮」에 대한 작품분석이나 문체적 특징을 실증적으로 분석해내지 못한 한계점이 있다.

180 본서 '제3장-2.-1)' 참조.

181 선행연구에서도 「神斷公案」의 문장 속 다양한 '한글표기' 및 문장부호에 대해 소개한 바 있지만, 쓰임의 용례 및 의미에 대한 분석까지는 접근하지 못했다(홍성대, 앞의 글, 44~45쪽 참조; 정환국, 앞의 글, 198~199쪽 참조).

가. 점진적인 한글표기로의 전환

「몽조」라는 순한글 소설의 연재가 있기 전, 「신단공안」에도 점진적 한글표기를 통해 한글독자를 포섭하려는 모습을 찾을 수 있다. 이는 앞장에서 언급한 '한글협비' 외에 대화문 속 한글표기를 활용한 면모로도 확인이 가능하다.

특히, 「신단공안」 제7화의 대화문을 확인하면, 한자로 표현하기 힘든 어휘나 글의 문맥상 한글어휘가 반드시 필요한 부분에서 나타난다. 다음 인용문은 이 같은 한글표기가 활용된 예이다.

> 蝎甫稱號十餘年에 夢中에도 不曾見ㅎ던 싹장이 中에 上싹장이 忠州吳進士로다[182]

> 부처님부처님 蓮玉은 下土愚昧的人生이오 (…중략…) 願부처님은 大發慈悲ㅎ사 特活此將死的奴兒ㅎ소셔[183]

첫 번째 인용문은 기생 일지홍一枝紅이 전일 자신의 집을 방문하여 정분情分을 나눴던 어복손魚福孫을 그의 상전인 오영환吳永煥으로 오인함에 따라 사실관계를 부인하며 그에게 폭언을 하는 장면이다. 그 가운데 "싹장이"라는 어휘는 본디 '이기적이고 인색한 사람깍쟁이'[184]이라는 의미를 가진 순우리말로, 구어적 표현을 최대한 살리려는 의도에서 한자어가 아닌 한글어

---

182 『神斷公案』 제7화, 1906.10.20.
183 『神斷公案』 제7화, 1906.12.21.
184 『표준국어대사전』, 국립국어원.

휘를 사용한 것이다. 그러나 정작 중요한 것은 이 같은 구어체적 표현이 문어체적 표현과 함께 상황에 따라 번갈아 사용된다는 것이다.

바로 이어지는 문장에서는 깍쟁이가 아닌, "개아虧兒"라는 표현을 쓰면서 "깍장의 鮮"라는 설명을 병기하고 있다.[185] 이는 일지홍의 발화내용을 직접 옮긴 문장直接話法이 아닌 서술자가 작품의 상황전개를 묘사한 대목이므로 기존 한자어 표기를 유지한 것이다. 이처럼 「신단공안」제7화은 서술자의 서사와 등장인물의 발화부분에서 어휘를 치별하여 사용함으로써, 문어투文語套의 문장과 구어투口語套의 문장을 구분 짓고 있다.

두 번째 인용문은 오연옥吳蓮玉, 吳永煥의 딸이 어복손에게 속아, 그의 안위를 걱정하며 동자석불童子石佛에게 기도하는 장면이다. 서술자는 등장인물의 입을 빌려 기존 한자어"靈佛", "石佛" 대신 "부처님"이라는 한글어휘를 사용함으로써, 제한적이나마 언문일치의 문장을 시도하고 있는 것이다. 이처럼 다양한 한글·한자의 복합적 표현방식은 기존 소설에서는 찾아보기 힘든 변칙적 모습으로, 「신단공안」제7화의 신소설적 면모이자 한글독자를 포섭하려는 점진적 움직임으로 볼 수 있다.

한편으로는 과거 문헌설화집[186]을 개작하면서 풍부한 한글표현口語套文章을 대체할 수 있을 만한 적합한 한자어를 찾지 못한 과도기적 면모라 할 수도 있겠지만, 작품에서 거듭 문어투와 구어투의 문장을 구분하여 사용한 사실로 보아 작품 편자의 의도가 명확히 개입된 「신단공안」제7화의 문체적 특징으로 보아야 한다.

---

185 "突然這一枝紅이 極弄了唇舌ᄒ야 虧兒(깍장의 鮮)라 遽稱ᄒ니 果然忍氣不住로다"『神斷公案』 제7화, 1906.10.20.
186 본서에서는 제4화와 제7화의 저본으로『古今笑叢』만을 상정했지만, 여타 문헌설화집도 저본으로 활용했을 가능성이 높다.

이후 「몽조」는 오늘날의 표기관행과 같이 한글을 먼저 기재하고 괄호 안에 한자를 병기하는 방식을 택했다.[187]

몰여가는 구룸송이 뭉게뭉게 북악산북편셔편으로 젼징픠흔 군스가 십이산 지포十二時砲)와 속ㅅ포速射砲에 물여가는 듯시[188]

령리怜悧ㅎ고 쪽쪽ㅎ고 얌잔흔 한부인一婦ㅅ이오[189]

「몽조」는 전대 소설들에 비해 배경 설명에 대한 서정적 묘사가 돋보이는 작품이다. 그로 인하여 은유나 직유 등의 수사법이 많이 활용되기 때문에 일빈 독자들에게는 생소할 수 있는 어휘나 혼란이 있을 만한 표현에는 반드시 한자를 병기하여 가독성을 높였다고 볼 수 있다.

첫 번째 인용문에 언급된 '십이산지포'와 '속사포'도 군경험이 없는 부녀자들의 이해를 돕기 위해 한자'十二時砲', '速射砲'를 병기한 것이며, 두 번째 인용문의 '한부인'은 '한씨성을 가진 부인'이 아닌, '한 명의 부인'임을 강조하기 위해 특별히 한자병기'一婦ㅅ'를 활용한 것이다.

또한, 「몽조」에는 단순히 한자병기뿐만 아니라 「신단공안」에서 보이는 '한글협비'의 형태처럼 내용의 이해를 돕는 괄호 속 내각주의 형태도 등장한다.

---

187 단행본 『혈의누』(1907년 3월)와 『귀의성』(1907년 10월)도 작품의 중요어휘마다 한문을 병기함으로써 한문에 익숙한 독자들의 이해를 돕고 있지만, 『혈의누』·『귀의성』의 경우, 괄호 안에 한자를 먼저 쓰고 이어서 한글을 기재하고 있어(김영민, 앞의 책, 250~251쪽 참조) 「夢潮」의 표기방식과는 차이점을 가진다.

188 「夢潮」, 1907.8.12.

189 「夢潮」, 1907.8.12.

언니(오라버니덕)가 비쩌준 거문머리를 씨다듬어 주시던 일이 엇그적게 갓
건마는 그후에 계모가 드러온 뒤로브터 가풍家風이 일변一變ㅎ야 아주먼네집(젼
어머니형님집)에 가셔 놀다가[190]

위의 인용문은 정부인이 죽은 어머니를 회상하며 떠올리는 장면으로,
정부인의 '오라버니댁'과 '젼어머니형님집'을 그녀가 어린 시절 호칭하던
'언니'와 '아주먼네집'으로 표기하여 정부인의 시점에서 서술된 문장임을
드러내고 있다. 더불어 독자들의 이해를 돕기 위해 원뜻'오라버니댁', '젼어머니
형님집' 또한 지금의 내각주 형태로 병기했음을 확인할 수 있다.

나. 대화자 이름의 생략

「혈의누」『만세보』 1906.7.22~1906.10.10를 비롯한 신소설은 기존 한문소설에
서 '曰'이나 '云', '道' 등으로 대화내용을 구분했던 방식을 탈피하여, '들
여쓰기'를 통해 서술자의 문장과 인물의 대화내용을 구분하고 있다. 이 같
은 특징은 「몽조」에서 찾아 볼 수 있는데, 「몽조」에서는 '들여쓰기' 방식
대신 문장부호(「」)를 통해 서술자의 설명과 대화내용을 구분하고 있다.
그뿐만 아니라, 「혈의누」에서는 발화상황에 대한 혼란함이 있는 부분에
서는 괄호 '( )'를 통해 누구의 발화내용인지를 구분해주고 있다면, 「몽
조」는 대화자의 이름을 생략하는 대신 문장부호와 서술자의 설명만으로
이해를 돕고 있어 특기할 만하다.

---

190 「夢潮」, 1907.8.16.

「어머니 학교에서 여긔섟지 다름박질 힛소 어구 숨차 이것 보오 이것슬 흔들고 덜 왓소」.

「웨 그럿케 다름박질덜을 힌니 다름박질 ᄒ지 마라 너머지면 둣친다 그릭 오늘은 무신 공부 힌니」.

「오늘은 소학 빈구 글시 씨고 한아쑬 빈구 오늘 쏘 누가 와셔 연셜이라던가 무엔지 손으로 칙샹을 쑤듸리면셔 얼골이 불구락 푸루락 ᄒ면셔 한참 이의기 힛다오」.

「누가…」.

「누구라던가 민 몬져 뫼라고 ᄒ던데 올치올치 요젼에 어머니가 긔졀힛실 ᄯ에 약주고 가던 이야」.

「응 그러면 너 아바니 편지 가지고왓던 박쥬ᄉ가 아니냐」.

증남이는 제가 긔믹키던 씨의 일을 싱각ᄒ야 말ᄒ고 뎡부인은 자긔가 긔믹키던 씨의 일을 싱각ᄒ야 말ᄒ다

「그릭 연셜은 뫼라고 ᄒ더냐」.

「연셜이오 응 ᄉ름ᄉ름이 다 세샹에 ᄉ는 것이 목뎍이 잇답듸다」.

「그릭 무슨 목뎍」. [191]

위의 인용문과 같이 긴 대화의 반복으로 자칫 흐름을 놓칠 수 있는 상황에서는, 대화 중간 서술자의 지문을 삽입함으로써 독자들의 이해를 돕고 있으며, 더불어 대화내용 가운데 구체적 호칭을 삽입함으로써 누구의 발화상황인지를 명확히 구분해주고 있다. 「몽조」의 이 같은 시도는 한글 신

---

[191] 「夢潮」, 1907.8.17.

소설「혈의누」등의 영향이 지대했지만, 한문현토체 소설인「신단공안」에서도 그 연원을 찾을 수 있다. 실례로는 원권圓圈('○') 등의 문장부호를 활용하여 발화자를 구분한「신단공안」제7화을 들 수 있다.

那客○그리셔(評曰以上에 然ㅎ얏섯지、然ㅎ얏셔지ㅎ는 幾句는 其情이 緩ㅎ고 以下에그리셔、그리셔ㅎ는 幾句는 其情이 急)
一枝紅이 道忙倒屣下堂ㅎ면셔 亟問道誰也오ㅎ딕 但聞門外에셔 低聲答道ㅎ딕 毋高聲ㅎ고 但開門이라ㅎ데이다
那客○그리셔[192]

위의 인용문은 일지홍과 객客, 吳永煥의 친구의 대화내용이다. 이때 객의 답변으로 사용된 어휘는 한자"然ㅎ얏섯지"가 아닌 한글"그려셔"이다. 이는 평자의 설명"其情이 急"에서도 언급했듯이 발화자의 급박한 심정과 재촉의 의미를 나타내기 위한 것이다. 객은 짧은 답변만을 반복총 5회함으로써 일지홍의 이야기를 응대함과 동시에 구체적인 설명까지 유도하고 있다. 여기서 특기할 만한 점은 객의 발화부분에서 사용된 '○'의 표시이다. 문맥상 "道"나 "曰"의 의미로 사용된 부호라 짐작할 수 있는데,「신단공안」의 편자가 왜 "道"나 "曰"이 아닌, '○'의 표시를 사용했는지에 대해서는 의견이 분분할 수 있다. 다만, 위의 대화상황이 입말에 가까운 한글을 활용함으로써 두 인물 간의 대화상황을 더욱 실감나게 연출하고 있다는 점에서, '○'의 표시도 이 같은 의도로 파악할 수 있다.

---

[192] 「神斷公案」제7화, 1906.10.23.

「신단공안」이 연재되기 이전 다양한 신문매체들에서도 지면의 난欄이나 기사 구분을 위해 '○'의 표시가 빈번히 사용되었지만, 소설작품에서 활용되는 경우는 매우 이례적이었다.[193] 그러나 과거 한문소설에서는 종종 '○'의 표시를 활용했었는데, 이를 '원권圓圈'이라 한다. 구두점句讀點과 모양과 기능면에서 유사하지만, 기능과 성격면에서 근본적인 차이를 갖는다.[194]

선행연구에서는 원권의 기능을 크게 세 가지로 구분하고 있다. 특정 화제가 시작되는 곳의 표시와, 한문 원문과 언해문諺解文의 경계 역할, 그리고 구결口訣과 협주夾註의 경계 역할이 그것이다.[195] 특정 화제가 시작되는 곳에 사용되는 원권 표시는 오늘날에도 다양한 문서양식을 통해 확인할 수 있는 친숙한 형태로 「신단공안」이 연재된 『황성신문』을 비롯한 당대 신문, 잡지 등에서도 확인이 가능하며, 그 모습은 원권圓圈('○')뿐만 아니라 원점圓點('●'), 방권方圈('△'), 방점方點('▲') 등의 다양한 기호로 노출된다.

그러나 한문 원문과 언해문의 경계, 그리고 구결과 협주의 경계 역할로 사용되었던 원권 표시는 과거 한문으로 된 특정 산문양식에서만 활용되던 형태였으므로 근대 이후에는 그 모습을 찾기 힘들다.[196] 다만, 이러한 원권이 한문 원문과 언해문, 구결과 협주 등처럼 형태상글자크기 등 구분이 모호한 두 문장들 사이에 표시되어 독자들로 하여금 구분을 용이하게 만

193 같은 시기 「혈의누」(『만세보』, 1906.7.22~1906.10.10)에서도 '○'의 표시를 찾을 수 있는데, 쓰임의 용례는 「神斷公案」과 상이한 지점이 있다. 「神斷公案」과 「혈의누」에 대한 비교는 본서의 연구범위에서 벗어나 있기 때문에, 자세한 분석은 추후 연구에서 다루기로 한다.
194 구두점에 대한 설명은 '다. 구두점의 활용'에서 후술하고자 한다.
195 이승재, 「옛 문헌의 각종 부호를 찾아서」, 『새국어생활』 12-4, 국립국어원, 2002 참조; 천혜봉, 『한국전적인쇄사』, 범우사, 1990.
196 이 같은 원권은 「陳談錄」(『古今笑叢』)에서도 확인할 수 있는데, 논평이 시작되는 부분에 원권을 사용하여 본문과 평어부(評語部)를 구분하고 있다. 전술했듯이, 새로운 화제가 시작되는 곳이나 언해·협주 등의 앞에 표기하여 원문과의 경계를 나타냈던 원권의 쓰임이 문헌설화에도 활용된 면모라 할 수 있다.

들었다는 측면에 초점을 맞춘다면, 앞서 인용문에서 확인한 원권의 형태 '那客○그러셔' 또한 발화자의 이름과 발화문의 경계를 나눈 유사한 면모라 할 수 있다. 「신단공안」에서 이 같은 원권은 공통적으로 상대에 대하여 발화를 독려하고 재촉하는 의미를 함의할 때 사용한다.

一枝紅○그러치요 道守錢虜가오직 참참ᄒ얏시ᄭ요.[197]

위의 인용문도 일지홍이 상대客의 이야기에 맞장구를 쳐주며 계속하여 발화를 이어나가게끔 재촉의 의미가 담긴 답변이라 할 수 있다. 기존 "道"나 "曰" 대신 '○'의 약식 부호를 사용함으로써 가독성의 측면을 높였고, 더불어 보다 자연스러운 대화문의 형태까지 갖추게 되었다.[198]

그밖에도 「신단공안」의 원권 활용은 연권連圈('○○○')의 형태로까지 파생되어 말줄임표 기능을 담당하기에 이른다. 실상 원권의 쓰임이 가장 많이 이용된 방식이라 할 수 있으며,[199] 이 같은 기능으로 인하여 한층 자유로운 구어적 표현과 어조語調를 통한 상황·심리묘사 등을 가능하게 해주었다.

「몽조」에서도 말줄임표의 기능으로 이 같은 연권의 형태를 활용하고 있는데, 그밖에도 연권과 유사한 형태로서 구두점('、')을 활용하는 예가

---

197 「神斷公案」제7화, 1906.10.31.
198 「神斷公案」의 원권 활용은 여기서 그치지 않는다. 어복손이 신분을 숨긴 채 일지홍을 찾아온 장면(「神斷公案」제7화, 1906.11.8)을 살펴보면, 문단 말미에 직접 자신의 입으로 신분을 밝히기 전까지 원권('○')을 통해 발화자(어복손)를 숨기고 있다. 작중 원권의 사용은 해당 인물(어복손)이 본인의 신분을 숨긴 상태로 상대(일지홍)와 대화에 임하고 있음을 표현하기 위한 수단이라 할 수 있지만, 그 이면에는 독자로 하여금 원권으로 표현된 인물이 누구인지를 유추하게 함으로써 흥미를 고취시키고 있는 것이다. 원권의 단순한 형태와 손쉬운 표기방식이 다양한 기능으로서의 활용을 가능하게 한 것으로 여겨진다.
199 「神斷公案」제7화, 1906.10.31; 1906.11.5; 1906.11.7; 1906.11.21; 1906.12.10; 1906.12.11; 1906.12.13; 1906.12.13; 1906.12.20; 1906.12.21; 1906.12.24.

있어 주목할 만하다.

다. 구두점의 활용

구두점句讀點은 "'말文章. 월이 끊어지는 곳'句과 '읊조리기에 편리하도록 월을 나눈 곳'讀"[200]을 표시한 것으로, 오늘날의 마침표·쉼표 등과 유사한 성격의 문장부호라 할 수 있다. 전통적으로 한문 문장에는 띄어쓰기가 없었지만, 구두점과 같은 문장부호를 통해 가독성을 높이는 한편 오독誤讀의 문제도 피할 수 있었다.

그러나 「몽조」는 기본적으로 띄어쓰기가 이루어진 한글소설이므로, 전통적 방식으로의 구두점이 사용될 필요가 없었다. 따라서 필요에 따라 선택적으로 사용되거나, 변형의 형태로 활용되고 있다. 특히, 많은 수의 구두점連點('、、、')이 표기된 방식이 있는데, 매2~3회마다 이 같은 표기가 사용되고 있어 특기할 만하다.

얼는 중문간에 드러셔셔 보니 안마루 한가온되 한스름을 뉘여놋코 세 스름이 엇지 홀 줄을 아지 못ᄒᆞ야 황황ᄒᆞ거날 쥬먼이에 잇던 스향수아반 두기를 얼는 ᄂᆡ여 입에 갈어늣코 씌여나기를 기다리다.

　、　、　、　、　、　、　、　、　、　、
　、　、　、　、　、　、　、　、　、　、

이윽고 뎡부인이 정신을 차려 이러나다. [201]

---

200 리의도, 「띄어쓰기 방법의 변해 온 발자취」, 『한글』 182, 한글학회, 1983, 199쪽.
201 「夢潮」, 1907.8.15.

「네에— 그럼 이것좀 보아쥬십시요」. ᄒ고 화로우에 쑤던 풀을 풀막디지 소
져놋코 썔닥 일어서서 밧그로 향하야 나아가다.

` ` ` ` ` ` ` ` ` `

` ` ` ` ` ` ` `

이윽고 검둥어멈이 드러오면셔

「앗씨이 돈은 다아 잘 밧궈왓세요그란데요 요읍헤셔 가게장ᄉᆞ를 만낫세요
어듸갓다가 오는냐구요」. [202]

첫 번째 인용문은 정부인이 남편한대홍의 영결서永訣書를 읽고 혼절하자,
박주사가 '사향소합원麝香蘇合元'으로 깨어나게 하는 장면이다. 정부인이 깨
어나길 기다리는 장면에서 연점을 표기함으로써 서술자의 부연설명이나
부차적인 상황묘사를 생략할 수 있게 되었다.

두 번째 인용문도 정부인이 검둥어멈에게 지폐를 교환해 오도록 심부름을
시키는 장면에서, 연점連點의 표기 이후 바로 검둥어멈이 돌아오는 장면으로
전환되고 있어 첫 번째 인용문과 동일한 방식으로 구두점이 활용되었음을
확인할 수 있다. 또한, 「몽조」에서의 구두점은 연점의 형태('⋯')를 달리하며,
말줄임표의 기능까지 담당하고 있는데, 이는 앞서 언급한 「신단공안」 연권連
圈의 성격과 유사하다고 볼 수 있다. 이처럼 「몽조」에서는 구두점이 '시간의
지연', '장면전환' 등 전통적 방식과는 이질적 면모로 활용되고 있다.

반면, 「신단공안」에서는 빈도수가 지극히 적지만 전통적 방식대로 구
두점이 활용되고 있으며, 글의 중요한 곳을 표시하기 위하여 찍었던 권점

---

202 「夢潮」, 1907.8.20.

圈點의 형태까지 온전히 답습하고 있어 여전히 전통적 표기형태를 그대로 따르고 있는 면모도 확인할 수 있다. 비록 「몽조」와 동일매체·지면에 연재된 작품이며, 한글독자층을 겨냥한 '한글'이나 '원권' 등의 표기도 존재하지만, 애당초 「신단공안」은 한문현토체漢文懸吐體·漢主國從體의 표기수단으로 연재된 소설이었기 때문에 기존 한문산문에 관용적으로 사용되었던 문장부호들이 그대로 답습되었다고 볼 수 있다.

「몽조」의 '점진적인 한글표기로의 전환'과 '대화자 이름의 생략', '구두점의 활용' 등은 「신단공안」에서 시작된 한글독자층을 위한 점진적 기획들이 본격적으로 구현된 것이다. 그럼에도 불구하고 「몽조」 작품말미[203]에 볼 수 있는 긴 분량의 '평어부'의 형태[204]는 기존 한문서사의 작문습관에서 완전히 벗어나지 못했으며, 여전히 한문독자를 의식한 글쓰기 방식을 고수하고 있었음을 반증한다.

결국, 「몽조」의 마지막 연재1907.9.17를 끝으로 『황성신문』의 「소설」란도 자취를 감추게 되면서 한글독자층을 위한 문체적 시도 또한 흐름을 이어가지 못하게 되었다. 이는 한글독자층을 위한 일련의 시도들이 기대만큼 큰 효과를 발휘하지 못했음을 의미한다. 그 결과, 이후 『황성신문』의 서사문학『別界探探』 등은 「잡보」란을 중심으로 발표·연재되면서, 다시 기존 한글신문과의 차별성에 중점을 둔 서사들을 기획하기 시작하였다.

---

203 「夢潮」, 1907.9.17.
204 송민호는 이를 '작가개입'으로 설명하며 「夢潮」의 '구소설적 요소'의 하나로 지적했다.(송민호, 앞의 책, 121~122쪽 참조)

(2) 국한문 서사로의 회귀—별계채탐과 기타 잡보란의 서사문학

「몽조」에서 「별계채탐別界探探」으로의 전개과정은 『황성신문』이 내포한 한글독자층과 한문독자층 사이에서의 혼란을 드러내는 대목이다. 이는 『황성신문』의 주요독자층이었던 한문독자층이 가졌던 기존 소설에 대한 반감에서 비롯하였다. 이 같은 인식은 박은식朴殷植이 「서사건국지瑞士建國誌」 '서序'에서 "이것은 모두 황탄무계하고 음미불경함에 (…중략…) 예부터 내려온 여러 송류들은 모두 다 한쪽에 치워놓고, 이런 종류의 전기傳奇가 대신 세상에 유행하도록 한다면"[205]이라 언급한 대목에서도 찾을 수 있다. 그렇다면 박은식은 기존 소설에 대한 대안을 '전기'로 보았던 것인데, 「서사건국지」는 '스위스Switzerland'의 영웅 빌헬름 텔Wilhelm Tell의 일대기를 다룬 작품[206]이므로 '전기'는 '역사전기류'의 소설들을 지칭한 것으로 볼 수 있다. 따라서 1906년을 전후하여 『황성신문』・『대한매일신보』국한문판의 「논설」란 등에 '역사전기류정치소설'가 유행처럼 발표되기 시작한 것도, 박은식을 비롯한 개신유학자들이 소설에 대해 가졌던 공통된 견해들이 반영된 결과였다.

『대한매일신보』국한문판의 경우, 창간호부터 연재되기 시작한 「적선여경녹」은 물론, 「사강월四江月」, 「향긱담화」, 「쇼경과 안즘방이 문답」, 「이틔리국아마치전」, 「鄕향老로訪방問문醫의生싱이라」 등의 많은 서사양식이 「야승野乘」과 「잡보」란에 게재되었지만, '소설小說'이라는 표제를 단 작품은 「靑

---

205 "是는 皆荒誕無稽ㅎ고 淫靡不經ㅎ야 (…중략…) 舊來小說의 諸種은 盡行束閣ㅎ고 此等 傳奇가 代行于世ㅎ면"(「瑞士建國誌—序」, 『歷史・傳記小說』 6, 아세아문화사, 1980)

206 쉴러(Friedrich von Schiller 1759~1805)가 1804년에 지은 빌헬름 텔(Wilhelm Tell)을 중국 광동에서 鄭哲貫이 10회분의 회장체소설로 의역하여 간행(1902년 華洋書局 刊行)하였다. 이것을 박은식이 1907년 8월에 大韓每日申報社에서 縮刊한 것이다.(이치홍, 「〈서사건국지〉연구」, 『비교문학』 11, 한국비교문학회, 1986, 84쪽 참조.

청樓루義의女녀傳젼」^{1906.2.6~1906.2.18}과「車거夫부誤오解히」^{1906.2.20~1906.3.7}

뿐이었다.「車거夫부誤오解히」는 첫회만 '소설'로 발표되고 곧바로「잡
보」란으로 옮겨졌는데, 『대한매일신보』가 가지고 있었던 '소설'에 대한
정체성의 고민들이 표면화되었다고 볼 수 있다.²⁰⁷ 그러나 한글독자를 대
상으로 하였던 국문판이 신설^{1907.5.23}된 이후 '소설'은 국문판이 전담하게
되면서, 한문독자층 사이에서 가지고 있었던 '소설'에 대한 반감은 일정부
분 피할 수 있었다.²⁰⁸ 『황성신문』의 경우도,「별계채탐」의「잡보」란 연재
제1화 : 1910.2.20~1910.2.25 / 제2화 : 1910.3.10~12는 이 같은 흐름 속에서 파생된
결과라 할 수 있다.

「별계채탐」이 연재되기 이전「잡보」란에「고례채탐古例採探」²⁰⁹이라는
제명으로 기사가 실렸다. 경시청警視廳에서 각 경찰서에 신칙하여 조선의
옛 풍속의 혼례절차와 기타 인정풍속의 습관들을 채탐하여 보고하라는
내용이다. 그로부터 약 한 달 뒤, 채탐의 대상이 '고례古例'가 아닌 '별계別
界'로 바뀌었는데, 자세한 채탐의 내용을 소설의 형식으로 서술하였다고
볼 수 있다. 더불어「별계채탐」제1화인「소시종투신향노참령읍구연少侍從
偸新香老參領泣舊緣」^{1910.2.20~1910.2.25}이 실제 사건을 기반으로 했다는 점은「잡
보」란 연재의 필연성을 뒷받침해준다.²¹⁰

---

207 배정상,「『대한매일신보』의 서사수용과정과 그 특성연구」,『현대문학의 연구』 27, 한국문학
연구학회, 2005, 244~254쪽 참조.
208 국문판에 번역되어 게재됨과 동시에 '소설'이란 명칭을 획득하였던「水軍第一偉人 李舜臣」
(1908.5.2~1908.8.18)과「東國巨傑 崔都統」(1909.12.5~1910.5.27)까지도 국한문판에
서는 '偉人遺蹟'이라는 표제 하에 연재되었다.(위의 글, 248쪽 참조)
209 「잡보－古例採探」,『皇城新聞』, 1910.1.8.
210 선행연구에서는 궁내부시종이명구(李明九)의 추문(醜聞)을 다룬 기사(『대한매일신보』, 1908.11.13)
를 예로 들어 제1화가 이를 소재로 창작된 작품임을 설명하고 있다. 또한, 이완용의 둘째아들
이항구(李恒九)가 장안사(長安社) 공수학교(工數學校) 연주회에 기생을 대동하고 참석한 내
용을 실은 기사(『대한매일신보』, 1908.8.14)를 예시로 또 다른 이시종 모델의 가능성을 제시

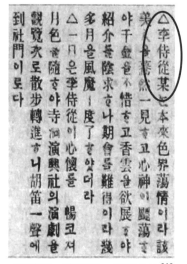 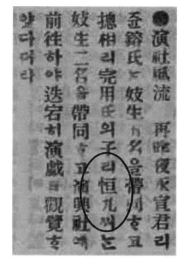

「別界採探」, 『皇城新聞』, 1910.2.20[212]　　「雜報－演社風流」, 『大韓毎日申報』, 1908.4.22[213]

다음 원문우측은 '이시종李侍從'「別界採探」의 실제모델로 추정되는 '이항구李恒九'가 등장한 기사문이다. 소설의 주요배경이 된 연흥사演興社를 중심으로 상류층의 자제들이 여러 기생과 유흥을 즐기는 내용들이 보도되고 있다. 이는 「별계채탐」을 근대문학사에서 지칭하는 '서사적기사'[211]로 볼 수 있는 근거가 된다. '서사적기사'는 『황성신문』이 창간되기 이전, 『시사총보』의 기사를 통해서도 확인이 되는데, 대표적 예로 「기변상보奇變詳報」, 『時事叢報』, 제70호 1899.6.16와 「정국관란政局觀瀾」, 『時事叢報』, 제97호 1899.8.11을 들 수 있다.

「기변상보」는 6월 8일에 소안동小安洞 박영효朴泳孝 집안에서 발생한 화약

하기도 하였다.(한기형, 「한문단편의 서사전통과 신소설」, 『민족문학사연구』 4, 민족문학사연구소, 1993, 146~149쪽 참조)

211　'서사적기사'는 논설의 의도를 담고 있는 창작 기사를 지칭한다. 이는 사건 취재 기사 등 실제로 있었던 일을 기록하는 형식을 위하고 있지만, 내용으로 미루어볼 때 '서사적논설'처럼 편집진의 창작으로 추정되는 기사들이다. 형식 역시 사건을 직접 기술하여 전달하기 보다는, 소설적 형식을 취하는 경우가 많다.(김영민, 『한국근대소설사』, 솔, 1997, 35~36쪽; 김영민, 「한국근대소설 발생과정 연구」, 『국어국문학』 127, 국어국문학회, 2000, 328쪽.)

폭발사건에 대한 사건을 소개한 기사이다. 사건의 경위와 수색의 과정을 매우 상세히 묘사하고 있다. 그 과정에서 비속婢屬의 집문執問에 대한 답변 내용[214]과 사건현장의 자세한 묘사[215] 등을 통해 현장감을 극대화시키고 있다. 또한 기사 말미에 유사한 미결사건「賑所失火」[216]이나 해당 사건 이후 지속적으로 기찰譏察하는 동정「輪回巡更」[217] 등을 소개함으로써, 사안의 중요성을 강조하고 세간의 관심을 유도하고 있다.

「기변상보」가 당대 '괴이한 변고奇變'를 다뤘다면, 「정국관란」은 '특별한 정국政局'을 소개한 기사라 할 수 있다. 농상공부 협판 민경식閔景植이 투옥된 아버지 민영주閔泳柱를 변호하기 위해 올린 상소문을 시작으로, 본 사건에 대한 의정議政 윤용선尹容善의 상주上奏, 그리고 농상공부 대신農商工部 大臣 민영기閔泳綺의 자열소自列疏를 올린 과정과 상소의 내용 등을 상세히 묘사하

---

212 "△李侍從某는 本來 色界蕩情이라. 該美人을 驀然 一見ㅎ고 心身이 飄湯ㅎ여 千金을 不惜ㅎ고 香雲을 欲殿ㅎ야 紹介를 陰求ㅎ나 期會를 難得이라. 幾多月을 風魔ㅣ 度了ㅎ얏더라. △一日은 李侍從이 心懷를 暢코져 月色을 踏ㅎ야 寺洞 演興寺의 演劇을 觀覽次로 散步 轉進ㅎ니 胡笛一聲에 到社門이로다."[이시종 아무개는 본래 색계탕정이라. 그 미인을 맥연히 한번 보고 심신이 표탕하여 천금을 아끼지 아니하고 향운을 소유하고자 하여 소개를 은밀히 구하지만, 기회를 얻기어려운지라. 몇 개월을 풍마가 지나쳤더라. 하루는 이시종이 심회를 풀고자 달빛을 좇아 사동의 연흥사 연극을 관람하러 산보하며 두루다니니, 호적 소리에 사문에 이르렀다.]

213 "再昨夜 永宣君 리준鎔氏난 妓生 五名을 帶同ㅎ고 摠相 리完用氏의 子 리恒九씨난 妓生二名을 帶同ㅎ고 演興社에 前往하야 迭宕히 演戱를 觀覽하얏다더라"[그제 저녁 영선군 리준용 씨는 기생 다섯 명을 대동하고 총상 리완용 씨의 아들 리항구 씨는 기생 두 명을 대동하고 연흥사에 전왕하여 질탕히 연희를 관람하였다고 하더라.]

214 "婢屬을 執問ㅎ 則曰朝前에 在外ㅎ 木臼를 中門內에 運置ㅎ야 中門을 堅閉ㅎ고 藥物을 杵■ㅎ더니 不意에 此火聲이 發ㅎ나 其詳은 未知라 ㅎ는지라".

215 "於是巡檢이 中門內에 直入ㅎ야 木臼를 臨檢ㅎ 則木臼가 倒覆ㅎ지라 該臼를 起立ㅎ고 臼內를 詳察ㅎ 則硫黃藥臭가 觸鼻ㅎ는지라 該家婦人閨女를 一倂捕縛ㅎ고 其爆發ㅎ 處를 周察한 則數三間量房屋이 傾頹ㅎ바 瓦片이 粉碎ㅎ고 柱樑이 折覆ㅎ고 器皿什物이 細末破裂ㅎ 中에 二個燒黑狗樣子燻漢이 仆伏ㅎ얏는딕".

216 "再昨夜西小門內賑民所이셔 失火ㅎ야 數十間이 沒入燒燼ㅎ얏는딕 失火根因은 詳探更記ㅎ깃노라".

217 "日前의 勅令이 下ㅎ샤 城內各洞居民이 作統例를 依ㅎ야 每夜各其所居坊里의셔 輪回巡更ㅎ야 殊常을 譏察케ㅎ라 ㅎ셧더라".

고 있다. 해당 기사의 말미에도 앞서 70호처럼 관련 내용의 전후 사건들을 연이어 게재함으로써, 관련 사건의 전말을 상세히 알도록 기획하고 있다. 심지어 민경식이 부친을 핵주劾奏한 윤의정을 찾아가 억울함을 호소하는 장면까지 네 단에 걸쳐 상술하고 있어,[218] 여타「雜報」기사와의 차별화된 지점을 찾을 수 있다.

그러나『황성신문』의「별계채탐」은 기존 '서사적기사'와 달리, 장형서사의 형태를 띠고 있다는 특징을 가진다. 특히, 제1화인「소시종투신향노참령읍구연少侍從偸新香老參領泣舊緣」은「잡보」란 연재1910.2.20~1910.2.25 이후, 약 보름 뒤에「박정화」『대한민보』1910.3.10~1910.5.31를 통해 본격적인 소설로 재탄생하는데, 1912년 유일서관에서『산천초목』이란 단행본으로 출판된 점으로 미루어보아 당시 적지 않은 인기를 끌었던 것으로 짐작된다.「박정화」와『산천초목』은 최원식[219]에 의해 이해조의 작품임이 고증되었지만,「소시종투신향노참령읍구연」은 작가를 확증하기에는 아직 실증적 논의가 부족하다. 이 같은 작가문제를 비롯하여「별계채탐」의 제반 성격을 파악하기 위해서는 제2화인「몽매야취우전신산화천석불생진夢梅夜翠羽傳信散花天石佛生嗔」의 특징을 검토할 필요가 있다. 그러나 제2화의 경우, 두 편의 연재 이후 돌연 연재를 중단했기 때문에 대강의 줄거리조차 파악하기 힘든 실정이다. 해당 내용을 정리하면 다음과 같다.

---

218 "閔景植氏가 其父親의 被劾免官을 憤恨히녁여 七日에 尹議政家에 往ㅎ야 言ㅎ여 曰 小人은 現今에 被拿抱囚된 閔泳柱의 子息이오 大監은 臥病ㅎ야 在家한 則人이 闕도아니ㅎ얏는듸 虛傳勅令이라는 句語가 大監上奏中에 有ㅎ야 小人의 父가 免官되고 被拿ㅎ얏시니 此說을 何人의계 得聞ㅎ엿소ㅎ엿다더라".

219 최원식,「이해조문학연구」,『한국근대소설사론』, 창비, 1986, 32쪽 참조.

모某대관이 어린 나이에 등과하였다. 벼슬길(관서지방)에 올라 기생집에서 한가한 세월을 소진하더니, 진양성晉陽城 출신의 미인을 별방別房, 下漢洞으로 들이고는 그녀에게 빠져 부인을 찾지 않았다. 하루는 남문 밖 별장別庄에 있는 부인을 찾아가는데, 부인은 하한동에 있는 첩실과 비교되는 자신의 처지에 울분이 났으나, 인내하면서 자신을 찾지 않아도 되니 대관의 수레와 말굽소리라도 들을 수 있도록 하한동 근처 작은 집 하나를 사달라고 요청한다. 이에 대관은 하한동에 돌아가 박삼朴三을 불러 서른 칸 거할 수 있는 집을 구하게 한 뒤, 부인의 거처를 옮기도록 한다.

내용의 본격적 전개가 보이지 않기 때문에 어떠한 사건이나 작품을 근거했는지 알 수는 없지만, 두 작품 모두 부유층의 젊은 인물을 중심으로 여성관계에 대한 추문을 다룬 작품임을 짐작할 수 있다. 2회가 마지막편이 아님은 말미에 서술된 "결국 그 집의 가치는 어찌 구획되었을까. 후편을 다시 기다리노라"[220]라는 글귀를 통해 짐작할 수 있다.

기존 연구에서 특별히 「별계채탐」을 「잡보」란의 연재물로 다루지 않은 점은 작품의 소설적 성격뿐만 아니라 여타 「잡보」란 기사들과 차별된 제명표기 방식 때문이다.[221] 그러나 앞서 「잡보」란에 연재된 「대동고사」도 「별계채탐」과 유사한 형식으로 제명을 표기하고 있다.

그뿐만 아니라 「별계채탐」속 문장기호들도 기존 「잡보」란 연재물에서 쉽게 찾아볼 수 있는 성격의 것이다. 『황성신문』 소재 서사문학들은 대체

---

220 "畢竟該屋價은 何以區劃고 後探을 更俟ᄒ노라"(「別界探探」, 『皇城新聞』1910.3.12).
221 제1화(1910.2.20)부터 제5화(1910.2.25)까지는 '●別界探探'의 형식으로 제명을 구분하였으며, 제6화(1910.3.10)·제7화(1910.3.12)는 '▲別界探探▼'의 형식으로 표기하였다.

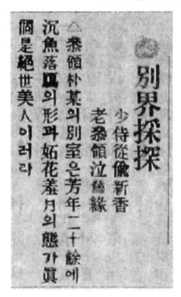

「별계채탐」(『皇城新聞』, 1910.2.20)   「대동고사」(『皇城新聞』, 1906.4.9)

로, 작품의 제목이나 글이 시작하는 맨 처음에만 '○'·'●'·'⊙'·'◉'·
'△' 등의 특정 부호符號가 등장했다. 이는 신문에서 각 기사마다 문장기호
로써 경계나 구분을 주었던 체제에서 비롯된 것이다. 그러나 「별계채탐」
은 각 단락마다 방권方圈('△')으로써 구분하는 모습을 보인다.

마치 '별계채탐'이라는 큰 제목아래 개별 이야기들을 묶은 듯한 구조를
취하고 있는 모습은, 「대동고사大東古事」의 연재 형식을 연상케 한다. 「대동
고사」는 1회당 여러 편1~5편의 독립된 이야기가 소개되었는데, 아래 인용
문과 같이 각 편의 내용을 방권과 함께 서술하여 작품별로 구분을 짓는 모
습을 살펴볼 수 있다.

「대동고사」는 「소설」란의 장편 연재물과 달리, 다수의 짧은 서사작품
들을 「대동고사」「잡보」란에 할당된 지면 크기1/3~1/2단에 맞추어 적정 편수

「별계채탐」(『皇城新聞』, 1910.2.22)　　「대동고사」(『皇城新聞』, 1906.4.7)

1~5편를 선택했다. 이때 다수의 '고사'를 게시하기 위해서는 작품별로 구분할 별도의 표식이 필요했는데, 「대동고사」에서부터 일반 기사에 사용되었던 부호('○'·'●'·'◉'·'◎')와 다른 방권('△')을 사용하기 시작한 것이다. 종전 「고사」에서 원권圓圈('○')을 통한 구분과 「국조고사」에서 단락을 나눔으로써 경계를 구분 짓던 방식과는 다른, 방권을 사용함으로써 서사문학만의 차별화된 부호를 도입하려던 의도로 파악된다. 이후 「잡보」란에 연재된 「명소고적名所古蹟」1909.7.3~1909.10.23과 「시사일국時事一掬」1909.9.17~1910.8.23, 「국외냉평局外冷評」1909.7.2~1910.1.29,[222] 「진담珍談」1909.10.19~1910.6.14 등[223]의 서사문학에 모두 방권('△')이 등장했다는 점도 이를 뒷받침해준다. 따라서 「별계채탐」의 부호도 「잡보」란의 서사문학이라는 성격 아래 표시된 구분이라고 볼 수 있다. 단, 「대동고사」와 기타 「잡보」란의 서사문학들이 독립된 짧은 이야기들을 방권으로 구분 지었다면 「별계채탐」의

---

222 1910년 1월 1일에는 「局外溫評」이란 제명으로 발표되었다.

223 「명소고적」은 「大東古事」와 유사한 성격으로, 이전 다양한 제재들에서 국내 '명승지(名勝地)'에 대한 이야기로 범위가 축소된 연재물이라 할 수 있고, 「時事一掬」과 「局外冷評」·「珍談」은 국내외 시사 등에 대한 짧은 단평(短評)을 소개한 연재물이라 할 수 있다.

방권은 장편의 서사에 대한 단락 구분의 용도로 활용되고 있다는 차이점을 가진다. 이 같은 방권 표기는 회장체回章體소설처럼 독자의 흥미를 끌 만한 특수한 연재기법중단기법 등[224]이 불필요한 상황에서 신문지면에 할당된 서사 분량을 맞추기 위한 편의상의 구분이었을 것으로 짐작된다.

「별계채탐」을 비롯한 기타 「잡보」란의 서사문학들은 모두 1909년에서 1910년 사이 「잡보」란에 집중적으로 발표된 연재물이다. 이는 기존 서사문학 독자층을 위한 대체물의 성격을 가진다고 볼 수 있다. 앞서 살펴보았듯이, 「국외냉평局外冷評」의 경우도 「논설」란과 동일한 신문 2면에 발표되었는데, '논변류 고사動物우언 등'[225]를 포함한 다수의 '서사적논설'이 게재되어 있다. 「국외냉평」은 당시 국내외 시사 등에 대한 단평短評을 소개한 연재물이었기 때문에, 기존 「논설」란에 발표되었던 '서사적논설' 유형의 글들이 자연스럽게 활용된 것이다.[226]

이처럼 '논변류 고사'를 비롯한 '서사적논설'과 '고사·고적', 그리고 당대 사건에 기반을 둔 '국한문서사'까지, 이전 각 지면을 통해 발표되었던 서사문학들이 1909년을 기점으로 「잡보」란에 동시다발적으로 발표되었다. 「잡보」란 속 다양한 장르의 국한문서사들은 그동안 여러 문체적 시도를 통해 독자층의 외연을 확대해갔던 『황성신문』이 다시금 한문독자층으로 회귀한 면모이다. 그 일련의 과정은 국한문신문으로서 정체성에 대한 고민의 흔적이며, 근대 전변기의 서사문학 특징이 『황성신문』의 흐름을 통해 반영된 것이라 할 수 있다.

---

224 임성래, 『조선 후기의 대중소설』, 보고사, 2008, 123~131쪽 참조.
225 「局外冷評」, 『皇城新聞』, 1909.7.24.
226 「국외냉평」에 대한 자세한 설명은 본서 '제4장-2. 국내시평의 출현'을 참조.

제4장
근대서사문학의 전변과 시평의 출현

1. 고사가 활용된 서사문학의 전변

『황성신문』은 근대 초기 국내 여론을 형성했던 대표적 민족지다. 해당 매체에 약 12년간 게재되었던 서사문학 작품들은 근대 초기 서사문학의 형태를 온전히 간직하고 있다. 따라서 근대시기 다양한 서사문학의 근원과 본질을 탐색하기 위해서는, 『황성신문』 서사문학 작품의 특징과 변별점, 지면별 영향관계 등에 대한 검토 작업이 선행되어야 한다.

앞서 살펴본 『황성신문』의 서사문학 작품은 공통적으로 '고사故事'라는 화소語素를 함의하고 있다. 낱낱의 '고사'는 특정한 단일 사건만을 취재取材한 '기사체' 양식으로 구성되어 있는데, 각 서사문학이 게재된 지면별 성격에 맞추어 '기사체' 또한 서로 다른 방식으로 그 역할을 담당하였다.

본장에서는 '기사체'가 각 서사문학에 적용된 방식에 따라 크게 세 가지로 구분하였다. 첫째, '기사체' 본연의 형태로 서술된 '고사' 연재물'고사'·「國朝故事」·「大東古事」과 둘째, '사류事類'의 형태로 활용된 '논변류 고사'서사적논설, 셋째, 허구지향적인 '서사성敍事性'이 가미된 '한문현토소설'「신단공안」과 '서사적기사'「別界探探」이다. 이는 신문지면의 정착 과정에서 발생한 각 서사문학의 특징과 변별점 등을 '기사체' 중심으로 살펴보며, 『황성신문』 소재 서사문학에 대한 종합적 검토를 시도하고자 한 것이다.

'기사記事·紀事'는 전통적으로 '역사를 기록하는 문체'[1]이자 '야사野史의 부류로서, 사관史官이 유실한 것을 문인학사文人學士들이 기록한 글'[2]을 의미했다. 후대로 내려오면서 '기사'협의의 개념는 '실제 일어난 일의 경과를 기록하는 것을 주로 하는 문체, 혹은 그런 서술방식' 일반을 가리키는데,[3] 대체로 특정 사건이나 인명, 혹은 사건과 인명을 병칭하여 '記○○事', '○○記事', '書○○事', '記○○○', '○○○事', '紀○○事', '錄○○事', '識○○事' 등으로 표기했다.[4]

그러나 이 같은 '기사'가 독립된 문체 양식으로 인식된 예는 많지 않은 것으로 보인다. 실제 문집에서는 대개 잡저雜著 등에 분속되며, 역사 서술이나 전傳, 비지碑誌 등 여타 양식을 서술하기 위한 1차 자료로 인식되는 경우도 적지 않았다.[5] 특히, 조선 후기인 18·19세기에는 기사체의 특정 인물에 대한 전기적인 성격이 강해지면서 가계家系나 의론議論과 같은 내용들

---

1 "記事-謂記錄史實也.(禮記, 文王世子) 是故聖人之記事也, 慮之以大.(杜預, 春秋左氏傳序) 記事者 以事繫日(漢書, 藝文志) 古史記言, 九史記事. 文體之一種, 以記事爲主"(『中文大辭典』 8, 中國文化大學印行, 886쪽).
2 "記志之別名 而野史之流也 古者史官掌記時事 而耳目所不逮者 往往遺焉 於是文人學士 遇有見 聞隨手紀錄 或以備史官之採擇 或以裨史籍之遺亡"(徐師曾, 『文體明辯』卷之五十一 紀事條).
3 송혁기, 「조선시대 문학비평에 나타난 기사의 사실성과 문학성」, 『동방한문학』 39, 동방한문 학회, 2009, 28쪽 참조.
4 조창록, 「기사문의 특징과 전개」, 『한국한문학의 이론 산문』, 보고사, 2007, 285쪽 참조.
5 송혁기, 앞의 글, 29쪽 참조.

이 자연스럽게 추가되기도 하였다. 이러한 경우, 전과 흡사해지거나 허구적인 사건들을 담아내는 경우가 많아졌다.[6] 이는 기사체 자체의 유동적인 특징이라 할 수 있다. 언제든 작자가 해당 소재에 따라 가변적 형태를 띨 소지가 다분한 문체임을 뜻하는 것이다.[7]

다음에 인용된 두 편의 '고사故事'는 조선 후기 잡록집雜錄集인 『국조휘언國朝彙言』과 『인물고人物考』에 실린 이시백李時白, 1581~1660에 대한 기사이다. 이를 통해 조선 후기 '기사체'의 형태를 살펴볼 수 있다.

仁祖聞 李忠翼時白 第塏有名花 金絲洛陽紅 來自中奉官隸 承命未採 公碎其根 泣曰 上不賢而求名花 吾不忍 以此媚見國亡也 上待公益厚 (『國朝彙言』)[8]

公舊苐有名花 一日有人稱內旨將移入 公手自打捽 垂涕而言曰 方今國勢如累卵 上何心玩此 (『人物考』)[9]

먼저, 『국조휘언』에서는 인조仁祖가 이시백李時白의 사제賜第에 있던 금사낙양홍金絲洛陽紅을 구하려하자, 이시백이 그 꽃을 뽑아버리는 행위를 통하여 현인賢人이 아닌 명화名花를 구하는 군주의 어리석음을 깨우치게 했다는 일화를 전하고 있다. 철저히 서술자의 주관이 배제된 사건 중심의 '기사'임을 확인할 수 있다.

---

6 조창록, 앞의 책, 293쪽 참조.
7 기존 연구에서 언급한 '전'에 뿌리를 두고 있는 '전계 인물기사'와 야담에 근거한 '야담계 인물기사'도 이 같은 의미에서 기사체의 변체(變體)로 볼 수 있다.(김찬기, 「근대계몽기 신문잡지 소개 인물 기사 연구」, 『근대계몽기 단형서사문학 연구』, 소명출판, 2005, 277~298쪽 참조)
8 국립중앙도서관본, 『國朝彙言』(古2150-54, 69).
9 규장각본, 『人物考』(奎4196 v23, 010).

두 번째 인용문에서 살펴볼 수 있듯이, 해당 이야기는 심진현沈晉賢, 1747~未詳이 편찬한 『인물고』에도 동일한 내용으로 실려 있다.[10] 단, 『人物考』에서는 『국조휘언』과 달리 '인정기술人定記述'과 여타 '행적行績'들도 아울러 소개하고 있다는 차이점을 가진다. 오증기吳曾祺, 『문체추언文體芻言』의 '기사記事·書事'에 대한 정의('기사의 정체正體는 처음부터 끝까지 한 가지 사건만을 쓰는 것, 파체破體는 다른 일을 언급하거나 의론이 섞인 것')[11]에 비춰본다면, 『인물고』는 넓은 의미의 '기사체·파체'로 볼 수 있다.

『인물고』는 기존 '기사체·정체'에 비해 '인정기술人定記述'이나 '행적行績'의 기술이 확장되어 '전장류傳狀類'로 볼 소지도 충분하다.[12] 이는 조선 후기 빈번했던 '기사체·파체'의 특징으로 볼 수 있는데, 본연의 '기사체'에 이질적 요소가 첨가되면서 점차 '전傳'이나 '야담野談' 등과의 구분이 불분명해진 것이다.[13] 기존 근대소설사에서 '역사·전기소설' 출현의 과도기적 양식으로 삼고 있는 '인물기사'[14]도 이 같은 '기사체·파체'의 연장선상에서 볼 수 있다.

---

10 『人物考』의 이시백 일화는 다시 '금사낙양홍' 고사를 포함한 3편의 '기사'로 간추려 『大東奇聞』(姜斅錫, 漢陽書院, 1926)에 실리기도 하였다.

11 "記體之一. 淸吳曾祺文體芻言: 書事自始至終, 直書一事者, 此爲書事之正體, 若旁及他事, 及雜以議論者, 皆破體也. 其與碑志之體, 似之而實不同. 故入之雜記爲是. 凡曰書某事, 書某人事則入之.『文章體裁辭典』42面"(조창록, 「기사의 양식적 특성과 작품 세계」, 10쪽 재인용).

12 '인물에 대한 포폄(褒貶)'이 없다는 점에서, 본격적인 '전장류(傳狀類)'로 보기는 힘들지만, 그 이행단계의 양식으로 볼 소지는 충분하다.

13 정환국, 「조선 후기 인물기사의 전개와 그 성격」, 『한국한문학연구』 29, 한국한문학회, 2002, 293쪽 참조.

14 김영민은 '인물기사'를 기사체 양식의 창작물로 파악하고, 양식분류상 '서사적 논설' 속에 포함시켜 고찰하였다(김영민, 「역사·전기소설 연구」, 『애산학보』 19, 애산학회, 1996, 118~128쪽; 김영민, 「근대계몽기 단형서사문학자료연구」, 『현대소설연구』 17, 한국현대소설학회, 2002, 117~118쪽; 김영민, 「〈역사·전기소설〉의 형성과 전개」, 『한국근대소설의 형성과정』, 소명출판, 2005, 40~41쪽 참조).

그러나 근대 신문이나 잡지에 발표된 '기사체' 산문들은 실상 인물의 전기傳記에만 초점을 맞추고 있는 것이 아닌, 일화나 지명 등 다양한 사적 기록을 포함한다.[15] 『황성신문』의 '고사' 연재물도 '인물기사'를 포함한 다양한 '기사체' 산문들의 집합이라 할 수 있다. 『황성신문』의 '고사' 연재물은 「고사」[1899.11.13~1900.4.2]와 「국조고사」[1903.1.16~1903.1.27], 「대동고사」[1906.4.2~1906.12.10]를 지칭하는데,[16] 근대시기 '기사체' 형태를 살펴볼 수 있는 대표적 작품들이라 할 수 있다.

『황성신문』의 '고사' 연재물은 편년체 사서史書부터 잡록집雜錄集 · 잡기雜記 · 유서類書 · 야담집野談集 · 시화詩話 · 수필집隨筆集 · 지문誌文 · 행장行狀 등 다양한 문헌에서 '기사'를 발췌하여 오랜 기간 연재를 이어갔다. 특히, 「고사」는 각 작품마다 말미에 반드시 출전을 밝힘으로써, 연재된 '고사'가 단순히 꾸며낸 이야기가 아님을 강조하고 있다. 「고사」 작품 가운데는 앞서 예시한 『국조휘언』의 '이시백 고사'도 있어 주목할 만하다.

〈표 1〉의 두 인용문은 각각 『국조휘언』과 『황성신문』에 실린 '이시백 고사'이다. 「고사」[『황성신문』]의 말미에 밝힌 출전을 통해 『국조휘언』의 작품을 인용했음을 알 수 있다. 내용은 대동소이하지만 신문 연재물인 만큼 한글조사를 붙여 가독성을 높였다.

또한 사건의 발생일[丙戌]과 국세가 기운 사정[今日 國勢가 莫保朝夕이어늘], 그리고 이시백의 뜻이 왕에게 전달된 과정[須以此意로 啓達也하라 한디] 등을 추가로 기

---

15 근대시기 기사체 '고사' 연재물은 『皇城新聞』(「故事」 · 「國朝故事」 · 「大東古事」) 외에도 『大韓每日申報』(「대한고적」)나 『서북학회월보』(「인물고」 · 「아동고사」) 등 다양한 근대매체에서 찾을 수 있다(최식, 「애국계몽기의 사상과 문학」, 『한문학보』 9, 우리한문학회, 2003; 임유경, 「조선 후기 역사 · 전기문학의 후대계승」, 『대동한문학』 27, 대동한문학회, 2007; 임유경, 「『서북학회월보』의 「인물고」 구성과 서술의식」, 『한문학보』 19, 우리한문학회, 2008 참조).

16 『皇城新聞』의 '고사' 연재물에 대해서는 본서 '제2장-2.'을 참조.

〈표 1〉『국조휘언』과『황성신문』의 고사작품 비교

① 仁祖聞 李忠翼時白 第堦有名花 金絲洛陽紅 ② 來自中奉官隸 承命未採 ③ 公碎其根 泣曰 上不賢而求名花 吾不忍 以此媚 見國亡也 ④ 上待公益厚 　　　　　　　　　　　　　　『國朝彙言』	① 仁祖朝丙戌에 李忠翼公時白의 賜第階上에 舊有一朶名花하니 名曰 金絲洛陽紅이라 ② 一日에 有人이 自掖庭來하야 承命探移其花라 한디 ③ 公이 自往花所하야 並取其根碎之하고 垂涕而言曰 今日 國勢가 莫保朝夕이어놀 今主上之不賢而求此花눈 何也오 吾ㅣ 不忍以花媚君而見國之亡이니 須以此意로 啓達也하라 한디 ④ 上이 待公益厚러라 國朝彙言 　（「故事」,『皇城新聞』, 1899.12.6）

술했음을 확인할 수 있다. 이는 특정 사건의 경위를 단편적으로 서술했던 '기사체'가 근대 신문에 재수록되면서 사건의 전말, 사후처리 등에 대한 설명이 보다 구체성을 띠는 형태로 변모한 것이다.

　'기사체'는 전통적으로 학습용의 유서類書로도 많이 활용되었다.[17] 따라서 개화·계몽을 주도하던 근대 신문 서사문학의 1차 자료로서 적합한 양식이었다고 볼 수 있다. 특히 유생층儒生層을 주요 독자층으로 상정했던 『황성신문』의 경우, 지면에 따라 다양한 형태의 '기사체'가 활용되었다. 앞서 언급한 '고사' 연재물 외에도, 「논설」란의 '논변류 고사'와 「소설」란의 '한문현토소설', 「잡보」란의 '서사적기사' 등이 존재했다.

　먼저, '논변류 고사'는 「논설」란에 발표된 '서사적논설' 가운데, 논설자의 주장에 대한 근거자료事類로 '고사'를 활용한 작품군을 지칭한다. 앞서 기사체의 '고사' 연재물이 옛이야기 전달에 충실하였다면, '논변류 고사'는 필요한 '고사'를 근거로 삼아 필진의 의견을 직접적으로 전달하였다. 실례로, 1904년 4월 9일 자에 실린 「논설－야인리담野人俚談」『황성신문』에서

17　최환, 「명대 '고사' 명명류서 연구」, 『동아인문학』 24, 동아인문학회, 2013, 162~165쪽 참조.

는 변화전진하지 못하고^{不能變化前進} 옛것에 의지하는 고루한 사람^{仍舊痼陋者}을 일컫는 속어인 '도루묵^{도로목, 도로목}'이라는 말을 주제로 논설을 싣고 있다. 전문을 옮기면 다음과 같다.

(가) 我韓之俗에 凡人之不能變化前進하고 仍舊痼陋者를 必稱曰도록목이라하느니도록목이란 者난 盖魚名也라

(나) 野人之說예 曰昔我仁廟甲子에 南遷于公州하실식 州之南錦江에 産項魚라(方言에 卽목이魚)膳官이 以供御饌이러니 上이 甞其味甚佳하시고 問其名이어시늘 膳官이 以목이 魚로 對한틱 上이 嫌其名不雅하샤 命改以銀條魚하라하시니 盖○魚ㅣ 項有銀條環之故也라 後 駕還에 上이 思銀條魚之味하시고 命內廚하샤 求進銀條魚켸하시니 味與前日大異라 乃○却之하시고 復名以목이하라하시니 自是以後난 朝野之間이 傳爲美談하야 仍稱曰 도로목이라하니 도로목이之稱더 果始此也歟아

(다) 其後에 有一宰相이 喜下俚之歌謠 而不知其詞曲腔調之如何 故로 有黠者ㅣ以善於打令으로 得寵於宰相而宰相이 每對儕友에 稱其能하고 設宴邀飮할식 歌者ㅣ發喉에 皆鄙俚之聲而無腔調可聽이라 滿座敗興而罷러니 宰相이 慚儕友하야 異日에設宴更邀하고 使歌者로 變調妙唱호틱 歌者發聲에 愈益鄙俚하야 又與前日一般이라 遂觀筵罷歸하니 時人이以此嘲笑曰도로목이 打令이라하니

(라) 嗚乎라 人之於學問事業에 安於暴棄하며 甘於卑陋하야 毫無增進之望 而固舊不變者는 皆歌者之도로목이 打令 而彼虛冒開化之名하고 實懷頑固之習하며 外假新學之目하고 內充蠻行之慾者는 反不若守舊固執者之行爲也니 如此之人은 則所謂도로목이之魚也라 何時에 能變化氣質하고 解脫此等題目也耶아 良亦咄哉로다[18]

해당 '논설'에는 중심제재라 할 수 있는 두 편의 '고사', (나)와 (다)가 삽입되고 있다. (나)는 '도루묵'이라는 속어俗語가 생긴 유래에 대한 이야기며, (다)는 이후 '도루묵'에 비견할 만한 재상宰相의 일화를 소개한 글이다. '기사체' 형식으로 서술된 두 편의 '고사'는 논설자의 직접적 의견, (라)를 효율적으로 전달하기 위한 보조 자료로 기능한다. 결국 '빈 개화의 이름을 무릅쓰고彼虛冒開化之名' '진실로 완고한 습관을 품은 것實懷頑固之習'과 '밖으로 새로운 학문의 조목을 빌리고外假新學之目' '안으로 만행의 욕심을 가득 채운 자內充蠻行之慾者'들을 비판하기 위해 해당 고사들을 논거로 활용한 것이다. 이 같은 '논변류 고사'의 작법은 기존 식자층에게 익숙했던 '논변류'의 수사법 '사류'이기도 했기 때문에, 당시 '논論'과 '설說'의 조합으로 이루어진 지면「논설」란의 명칭 속에서 '논변류 고사'의 작품들이 적극적으로 창작되었다.

'사류'는 경전經典이나 사서四書에서 '고사故事'와 '성사成辭'를 인용하여 '사의事義'를 구성하는 것이라는 점에서 '풍골風骨'『文心雕龍』[19]의 '골骨'과 밀접한 관련을 갖는다. 당시 신문의 집필진도 '고사'를 통해 '사의事義, 내용'를 구성함으로써 '골骨, 논리성'을 이룰 수 있다고 보았던 것이다.[20] 특히, 「논설」란의 경우 작자는 독자에게 감동을 주기보다는 내용을 더욱 명확하고 논리적으로 전달해야 했는데, 당시 '사류'가 활용된 '논변류 고사' 작품이 등장했던 것은 이 같은 문예의식에 기초한다.

---

18 「論說―野人俚談」, 『皇城新聞』, 1904.4.9.
19 "'風'者, 運行流蕩之物, 以喩文之情思也. 情思者, 發於作者之心, 形而爲事義. 就其所以運事義以成篇章者言之爲'風'. '骨', 樹立結構之物, 以喩文之事義也. 事義者, 情思待發, 託之以見者也. 就其所以建立篇章而表情思者言之爲'骨'"(劉永濟, 『文心雕龍校釋』, 武漢大學出版社, 2013, 87쪽).
20 유협이 「風骨」편(『文心雕龍』)에서 정의한 '골'은 언사를 적재적소에 정연하게 안배하여 얻어진 효과, 즉 내용성 또는 논리성과 깊은 관련이 있다(조성식, 「인용의 수사」, 『중국어문학지』 55, 중국어문학회, 2016, 21~22쪽 참조).

다음으로『황성신문』에서 '기사체記事體·古事'가 활용된 예는 '한문현토소설'을 들 수 있다.『황성신문』의 '한문현토소설「신단공안」' 출현시기1906.5.19~1906.12.31는 '논변류 고사'를 비롯한 '서사적논설'이 급감했던 시점과 맞물리며, 동시에 「대동고사」의 연재기간1906.4.2~1906.12.10과도 겹치는 특징을 보인다. 이는 종전 '논변류 고사'와 「고사」·「국조고사」로 양분되었던 '기사체' 서사문학의 흐름이, 1906년을 기점으로 「신단공안」과 「대동고사」로 옮겨갔음을 시사한다.

전술했듯이 「대동고사」가 '정보의 전달사실의 기록'에 치중했다면, 「신단공안」은 국내설화를 수용함으로써 허구에 기반한 '서사성'에 더욱 중점을 두었다. 그러나 '정보의 전달'을 목적으로 본연의 '기사체' 형태로 서술된 「대동고사」에서조차, 초기 연재물이었던 「고사」·「국조고사」에 비해 '허구적 제재神異性'가 확장된 특징을 보인다.[21] 이는 역사적으로 '기사체'가 직필直筆에서 허구지향적 서사로 변모하는 과정을 보인 것과 유사성을 가진다.[22] 근대 신문 속 '한문현토소설'의 발생도 이 같은 양식적 흐름에 기반을 둔 것이다.

'한문현토소설'은 '신소설'과 함께 근대시기에 집중적으로 출현하게 된 소설군이다. 그 장르의 존속은 이보상李輔相이『매일신보』에 연재한 한문현토작품1930.11.19~1942.1.14[23]까지 아우를 수 있다. 기존연구에서는 '한문현

---

21 본서 '제2장-2.-2)'을 참조.
22 조선 후기에는 이미 '傳'·'記事' 등과 같이 '직필'을 기본으로 하는 서사양식에서 작가의 입장과 견문의 차이, 기술태도, 또는 대상인물과 사건을 바라보는 작가의 시각 등과 같은 다성성(多聲性)을 수용하면서 허구지향을 드러내는 경우가 빈번하였다(진재교, 「한국 한문서사양식의 층위와 변모」, 『동아시아 서사학의 전통과 근대』, 성균관대 출판부, 2005, 234~235쪽 참조).
23 이대형, 「『매일신보』에 연재된 한문현토소설 「春桃奇遇」와 작자 李輔相」, 『민족문학사연구』 50, 민족문학사학회, 2012, 286쪽 「이보상 『매일신보』 서사물 목록」 참조.

토소설'이 고소설의 서사양식을 답습하면서도 내용에 있어서는 근대사회의 '개화'를 담고 있음에 주목하여, 고소설의 단순한 모방·재현이 아닌, '고소설'에서 '신소설'로 발전해나가는 전환기적 과정에서 교량적 역할을 한 서사장르라고 평가하고 있다.[24]

그럼에도 불구하고 '고소설'은 '황탄무계荒誕無稽'하고 '착공구허鑿空構虛'라는 종래의 비판을 받아오던 글쓰기 양식이었는데, 유생층을 주요 독자층으로 삼았던 『황성신문』이 연재소설로서 '한문현토소설'을 전면에 내세웠다는 것은 의아한 지점이다. 더욱이 '고소설'에 대한 비판은 근대지식인들에게도 예외가 아니었다.[25] 신문 외에 다른 기업적 출판 시설이 미비했던 당시 여건 아래, 소설의 유일한 발표기관이었던 근대 신문에서[26] '신소설'과 상반되는 '한문현토소설'이 지속적으로 연재되었다는 사실은 주목할 만하다.

그러나 근대지식인들이 비판하였던 '고소설'은 당시 신문에서 연재되었던 '한문현토소설'과 작자·향유층 면에서 근본적 차이를 가진다. 실제 근대지식인들이 지적했던 옛 소설은 언문諺文소설이었는데,[27] 언문을 '암글'이라 표기한 사실에서 성별로는 여성, 신분상으로는 중하층을 독자층으로 상정한 서사문학이었다. 반면 한문현토소설의 경우, 조선 후기 '야담

---

24 정환국, 「근대전환기한문소설의 성격연구」, 『한어문교육』 24, 한국언어문학교육학회, 2011, 549쪽 참조.

25 "韓國에 傳來ᄒᆞᄂᆞᆫ 小說이 太半桑園牀上의 淫談과 崇佛乞福의 怪話라 此亦人心風俗을 敗壞케 하ᄂᆞᆫ 一端이니 各種新小說을 著出하야 此를 壹掃홈이 亦汲汲ᄒᆞ다 云홀지로다"(「論說－近今 國文小說著者의 注意」, 『大韓每日申報』, 1908.7.8).

26 이재선, 앞의 책, 41쪽 참조.

27 "말홀진딕 츈향젼은 음탕교과셔오 심쳥젼은 쳐량교과셔오 홍길동젼은 허황교과셔라 홀 것이니 국민을 음탕교과로 가르치면 엇지풍속이 아름다오며 쳐량교과로 가르치면 엇지장진지망이 잇스며 허황교과로 가르치면 엇지졍대ᄒᆞᆫ긔상이 잇스릿가 우리나라 란봉남ᄌᆞ와 음탕ᄒᆞ녀ᄌᆞ의 졔반악징이 다이에셔나니 그영향이 엇더ᄒᆞ오"(이해조, 「자유종」, 『新小說·飜案(譯)小說』 4, 아세아문화사, 1978, 14~15쪽).

한문단편'에 뿌리를 두고 있다. 야담집 편저자의 상당수가 사대부경화노론계 문인였다는 점[28]을 감안한다면 적어도 '한문현토소설'은 근대지식인들에게 '황탄무계荒誕無稽'와 '착공구허鑿空構虛'의 서사문학은 아니었던 것이다. 한글신문이었던 『매일신보』에서조차 한문독자층을 겨냥하여 '한문현토소설'을 연재한 사실을 보았을 때,[29] '한문현토소설'은 당시 한문에 익숙했던 식자계층을 주요 독자층으로 상정한 서사문학이었음을 짐작할 수 있다.

'한문현토소설'은 당시 신문매체에서 역사 저술을 강조했듯이,[30] 작품의 시대적 배경과 인물의 설정을 실사에 기반을 두었다. 그리고 기존 문헌 설화의 화소話素도, 삽화揷話나 일화별 제재題材 등을 통해 적극적으로 차용하고 있다. 이는 앞서 '논변류 고사'에서 기사체故事를 1차 자료로 활용한 것과 비견할 만하다. 〈표 2〉는 「신단공안」 총 7화에서 작품의 도입부별 시대적 배경을 서술한 표이다.

다음 표에서 살펴볼 수 있듯이, 각 작품의 서두부분에 모두 국내 조선을 시대적 배경으로 설정하고 있다. 심지어 『용도공안』과 『초각박안경기初刻拍案驚奇』의 번안작으로 밝혀진 제1·2·3·5화의 경우조차도, 조선조를 배경으로 삼고 있다는 점에서 패사稗史[31]문학으로서 '한문현토소설'이 지향

---

28 김영진, 「조선 후기 사대부의 야담 창작과 향유의 일양상」, 『어문논집』 37, 안암어문학회, 1998; 김영진, 「유만주의 '한문단편'에 대한 일고찰」, 『대동한문학』 13, 대동한문학회, 2000; 이강옥, 「야담의 전개와 경화세족」, 『국문학연구』 21, 국문학회, 2010.

29 이대형, 「이보상의 신문연재 장회체 한문현토소설 연구」, 『고소설연구』 40, 한국고소설학회, 2012, 235~238쪽 참조.

30 "國史의 筆權을 發達치못ᄒ면 國性을 無以培養이오 人智를 無以增長ᄒᆯ지니 此其關係가 果何如㦲아 西人이 云ᄒ되 宗敎와 歷史가 不亡ᄒ면 其國이 不亡이라ᄒ니 迨此之時ᄒ야 文人學士는 國史著述에 對ᄒ야 着眼注意ᄒᆯ지어다"(「論說－歷史著述이爲今日必要」, 『皇城新聞』, 1908.6.3); "先히 東西各國近世史記와 有名ᄒᆫ 人物의 事蹟과 各種學業의 文字를 或 國漢文을 交用ᄒ야 譯述ᄒ며 或純國文으로ᄒ야 曉解ᄒ기를 便易케ᄒ며 感觸ᄒ기를 深切케ᄒ야"(「論說－書籍이 爲開發民智之指南」, 『大韓每日申報』, 1905.10.12).

31 別於正史而言, 記錄民間瑣事者也(漢書, 藝文志). 小說家者流蓋出於稗官(如淳注). 王者欲知

〈표 2〉「신단공안」(총 7화)의 도입부별 시대적 배경 비교

제1화 (1906.5.19)	却說 肅宗大王卽位十六年에 慶尙道晉州府城內에 一個士族이 有ᄒ니 …
제2화 (1906.5.26)	却說 正宗朝御極八載에 全羅道鎭安郡에 有一個秀才ᄒ니 …
제3화 (1906.6.9)	却說 純祖朝御極初載에 忠淸道公州郡에 一箇士人이 有ᄒ니 …
제4화 (1906.6.28)	却說 仁祖朝登極之初에 平安道平壤等地에 産出一個奇男ᄒ니 …
제5화 (1906.8.20)	昔在 英祖大王在位年間에 全羅道羅州郡에 有一個女人尹氏ᄒ야 …
제6화 (1906.9.15)	話說 本朝成廟朝時에 順興郡碧波村에 有了一個饒戶ᄒ니 …
제7화 (1906.10.10)	話說 開國四百六十四五年頃에(卽我 哲宗朝末)忠州甘勿面古江村에 有了一個士人ᄒ니 …

했던 바를 짐작할 수 있다. 전통적으로 패사는 야사野史・야승野乘・야담野談・잡사雜史 등의 말과 혼용하였는데, '언문소설'과 달리 사료史料적 가치나 기록물의 성격을 강조하는 경향을 보였다.[32]

'한문현토소설'은 단일사건을 기록한 '기사'들이 집록輯錄의 형태인 문헌설화를 거쳐 파생된 양식이기 때문에 '언문소설'의 허구성과는 본질적인 차이를 내포한다.

또한, '기사체'는 역사에서 누락된 사건을 보완하는 차원에서 기술한 것이므로 그 대상이 되는 인물의 기록은 비교적 덜 알려진 경우가 많다. 그로 인하여 사건의 진상과 신빙성을 밝히는 차원에서 그것을 경험하거나 듣게 된 제보의 경위, 실재성을 입증할 만한 부대 기록 등이 주요한 서

閭巷風俗, 故立稗官, 使稱說之. 按, 後因謂記載民間瑣細之事者曰 稗史(『中文大辭典』6, 中國文化大學印行, 1649쪽).

32 김성진,「패사・소품의 성격과 실체」,『한국한문학연구』19, 한국한문학회, 1996, 444~448쪽 참조.

사요소가 되는데,[33] 낱낱의 '기사'가 집록된 형태인 '문헌설화'나 '한문현
토소설'의 경우, 그 서사요소가 더욱 확대될 수 있는 것이다.

'한문현토소설'이 패사를 지향했다는 것은 작품마다 실존했던 인물을
배치[34]하고, 평어를 통해 해당 인물과 관련 내용이 단순히 허구가 아닌 기
록된 사건임을 강조한 점에서도 확인할 수 있다.

> 彼李琯은 何人也오 國史姓譜에 其名이 俱佚不載ᄒ니 惜哉라[35]

> 其時巡使ᄂᆞᆫ 憑諸野乘에 多以兪公拓基로 稱之어ᄂᆞᆯ 或曰非也라 李公宗誠이 嘗
> 以巡察로 過裕安이라ᄒ더라[36]

> 此宰相之是爲誰某的ᄂᆞᆫ 姑不必說出而當時에 帶得熏天灸日的勢力人이 果是何
> 人고 讀者ㅣ 可揣得之[37]

인용문에서 볼 수 있듯이, 야승野乘의 기록을 밝혀 실명을 추정두 번째 인용
문하거나, 국사國史·성보姓譜에 해당 인물의 기록이 일실逸失되었음을 애석
(첫 번째 인용문)해 하고, 때론 인명을 숨긴 채 인물에 대한 간략한 정보만
을 제시(세 번째 인용문)함으로써, 실존인물임을 강조하고 있다.[38]

---

33 조창록, 앞의 책, 290쪽 참조.
34 숙종조 진주목사 이관(李琯, 제1화), 정조조 순찰사 유척기(兪拓基, 제2화), 순조조 공주판관
    남하영(南夏永, 제3화), 인조조 평양서윤 김경징(金慶徵, 제4화), 영조조 나주군수 이관(李
    觀, 제5화), 성종조 홍주군수 최정신(崔鼎臣, 제6화), 철종조 감물면 이조판서(無名, 제7화).
35 「神斷公案」제1화, 1906.5.25.
36 「神斷公案」제2화, 1906.6.8.
37 「神斷公案」제7화, 1906.11.12.
38 이 같은 특징들은 신소설에서도 지속적으로 이어진다. 한기형(「한문단편의 서사전통과 신소

결국, 『동야휘집東野彙集』의 서문 "패관稗官 · 야승野乘은 분전墳典과 자집子集에 이롭지 못하니 굳이 문장가들이 깊이 볼만한 것이 못된다. 그러나 이문異聞을 탐구하고 기람奇覽을 넓히며, 사승史乘에 유실한 것을 보충하고 담소거리의 밑천이 되니, 또한 문장가들의 속각束閣함이 마땅하지 않다"[39]와 『동패낙송東稗洛誦』의 발문 "야사野史에서 빠진 것을 채집하고 가승家乘에서 누락된 것을 거두었다"[40]에서도 볼 수 있듯이, 허구성 이면에 '사실의 기록'을 중시했던 '문헌설화'의 양식적 특수성이 '한문현토소설'로 이어졌다고 볼 수 있다.

'한문현토소설'의 '기사체 · 파체'로서의 특징은, 이후 「별계채탐」「잡보」란을 통해 더욱 명확히 드러난다. 그 형식은 「고례채탐古例探探」「雜報」, 『황성신문』 1910.1.8의 또 다른 기획보도로서, 서사성을 가진 기사문'서사적기사'이라 할 수 있다. 당시 신문에는 서사성이 강하거나 논설의 의도를 담고 있는 기사문의 형태가 빈번했다. 다만 「별계채탐」은 기존 '서사적기사'와 달리, 장형서사의 형태를 띠며 '한문현토소설'로서의 면모도 드러내고 있다는 특징을 가진다.

    △ 一日은 李侍從이 心懷를 暢코져 月色을隨ᄒ야 寺洞 演興寺의 演劇을 觀覽次로 散步 轉進ᄒ니 胡笛一聲에 到社門이로다.[41]

<hr>

설」, 『민족문학사연구』 4, 민족문학사연구소, 1993, 133쪽)은 이해조가 『화(花)의혈(血)』 서문에서 언급한 "근일에 저술한 『박정화』, 『화세계』 『월하가인』 등은 현금에 있는 사람의 실지 사적이라"한 부분은, 시정에 회자하는 이야기를 그것과 결부된 야담식의 소설을 토대로 작품을 창작했다는 의미라고 지적했다.

39 "稗官野乘 不利於墳典子集 固文章家所不耽看 而其摻異聞博奇覽 備史乘之闕遺 資談笑之欛阤 亦文章家之不宜束閣者也"(李源命, 「東野彙集序」, 『韓國文獻說話全集』 3, 동국대학교한국문학연구소, 태학사, 1981).

40 "兒時所聞者, 幾居什之七八, 而鄙俚化爲新奇, 虛無變以典實, 類是某時某人, 明示指的, 某處某地, 可驗考證, 自有徵信而不誣者存, 採野史之闕畧, 拾家乘之遺漏"(洪稷榮, 「東稗洛誦跋」).

41 「別界探探」 제1화, 1910.2.20.

△ 强手에 强手가 又有ㅎ지라 (…중략…) 該美人을 仁港으로 盛水也不漏ㅎ게 暗暗히 搬移케ㅎ니 水原郡에 方物婆搜索도[42]

△ 中部廣幸坊下漢洞에 轉一灣ㅎ야 向南的一屋子門楣上에[43]

작품 곳곳에 등장하는 사동寺洞, 現 仁寺洞 연흥사演興社, 인항仁港, 現 仁川港, 수원군水原郡, 現 水原市], 하한동下漢洞, 現 益善洞 등의 실제지명과, 각 단락마다 방권方圈, '△'으로 구분한 면모 등으로 미루어 보건대, 「별계채탐」은 '서사적기사'의 형태로 기획된 작품임을 짐작할 수 있다.[44] 특히 「소시종투신향少侍從偸新香 노참령읍구연老參領泣舊緣」「別界探探」은 기사의 수준을 넘어 작품 창작의 의도가 개입된 경우라 할 수 있다.[45]

또한, 「소시종투신향 노참령읍구연」은 「금옥노봉타박정랑金玉奴棒打薄情郎」「今古奇觀」과 작품의 성격과 형식詩評 등 면에서 유사점을 발견할 수 있는데,[46] 이처럼 실재한 사건을 제재로 삼아 백화단편의 화소를 차용한 점은 앞서 '한문현토소설'의 특징으로 밝혔던 바와 유사한 측면이라 할 수 있다. '한문현토소설'이 사회의 '인정물태'를 함의했듯이, '서사적기사'도 단순 정보전달의 수준을 넘어 한 편의 서사로서 '사회의 사진寫眞'[47] 역할을 담당하

---

42 「別界探探」 제1화, 1910.2.24.
43 「別界探探」 제2화, 1910.3.10.
44 본서 '제3장~2.-2) 신단공안·몽조·별계채탐의 표기수단과 연재의미'를 참조.
45 「오희박정」(『만세보』, 1906.7.28)이라는 기사는 기생첩의 농간으로 패가망신하고 재물도 다 빼앗긴 채 감옥에 갇히는 어리석은 남자의 이야기를 담고 있는데, 이는 백학산인(白鶴山人)이 1909년 『대한민보』에 연재한 『만인산(萬人傘)』의 내용과 흡사하다(한기형, 「신소설형성의 양식적 기반」, 『민족문학사연구』 14, 민족문학사학회, 1999, 160쪽 참조).
46 한기형, 「한문단편의 서사전통과 신소설」, 『민족문학사연구』 4, 민족문학사연구소, 1993, 131~132쪽 참조.
47 「新聞은 社會의 寫眞」, 『매일신보』, 1912.4.29.

였다. 이 같은 '서사적기사'의 형태는『황성신문』이 폐간1910.9.14된 이후에
도『매일신보』등을 통해 지속되는 면모를 보인다.[48]

2. 국내시평時評의 출현 -「비설」·「국외냉평」

「비설」1907.8.15~1907.9.9 ·「국외냉평」1909.7.2~1910.1.29은『황성신문』에 처
음 등장한 시평 연재물이다.[49] 집필진의 의도에 따라 '재담'이나 '우언' 등
의 단형서사로 발표되기도 하고, 때론 '한시', '가사' 등 시가의 형태로 게
재되기도 하였다. 이 같은 저작물들은 과거 전통서사가 근대매체를 통해
변모·굴절된 형태를 살필 수 있는 중요한 자료이다.

그동안『황성신문』의 '시평' 연재물은 서사를 찾기 힘든 짧은 내용과
구성, 다수의 비속어가 포함된 심한 구어체적 글투로 인하여 근대시기 연
구자들의 외면을 받았다. 그러나 기존 연재물과 달리,「논설」란에서 자주
활용되었던 문답체가 연재의 적지 않은 비중을 차지하고 있다는 점은 '서
사적논설'의 이행과 변모 과정을 살필 수 있는 주요한 근거자료가 될 수
있다. 또한 비슷한 시기「사회등社會燈」『대한매일신보』국한문판 ·「시사평론」『대한
매일신보』등과 같이 유사한 성격의 '시평' 작품들이 발표되었다는 점도, 해

---

48 선행연구에서는『매일신보』(국문판 3면)에 '가정'과 관련된 추문, 소문, 고발사건이 많이 실
리는데, 기사의 내용이 단순히 정보전달의 수준을 넘어, 서사화 되어 있다는 점을 지적하고
있다(이혜진,「1910년대 초『매일신보』의 '가정'담론 생산과 글쓰기 특징」,『현대문학의 연
구』41, 한국문학연구학회, 2010, 16~24쪽 참조).
49 '시평'은 그 시대(時代) 중요 시사(時事)에 대한 비평(批評)이나 평판(評判)을 서술한 작품을
지칭한다. 1876년 개항 이후 동서양의 근대문화·지식·사상 등이 한국의 전통적인 것들과
통섭되면서 근대시기 신문·잡지 등에 '시평'을 다룬 저작물들이 출현하기 시작했다.

당논의가 요구되는 지점이라 할 수 있다.

1) 근대 신문 속 소화笑話

1906년을 전후로 단형서사가 「논설」란에서 자취를 감추게 되지만, 비슷한 유형의 작품군들은 이후 「잡보」란을 통해 지속적으로 발표된다. 실례로 1907.8.15~1907.9.9, 3면 「잡보」란에는 짧은 단평 문답체 형식의 글, 「비설」[50]을 싣고 있다. 「비설」 목록은 아래와 같다.

〈표 3〉 「비설」 목록

번호	작품명	날짜	게재란	게재면
1	塵端飛屑	1907.8.1	「잡보」	3면3단
2	塵端飛屑	1907.8.16	〃	3면2단
3	우습도다	1907.8.17	〃	3면1단
4	能見難思	1907.8.19	〃	〃
5	어리석더고	1907.8.20	〃	〃
6	國漢文問答	1907.8.21	〃	〃
7	婚姻問答	1907.8.22	〃	3면2단
8	閒中謾評	1907.8.23	〃	3면1단
9	醉餘謾題	1907.8.27	〃	3면3단
10	一片奇談	1907.8.29	〃	3면2단
11	一把笑柄	1907.8.30	〃	〃
12	第一조혼날	1907.9.2	〃	〃
13	橘仙對話	1907.9.7	〃	〃
14	滑稽小史	1907.9.9	〃	〃

「비설」은 약 한 달여간 1~2일 간격으로 총 열네 편의 작품이 발표되었다. 선행연구에서는 이들 작품을 시가로 분류했지만,[51] 몇몇 작품에 압운押

---

50 1907.8.15과 1907.8.16에 「塵端飛屑」의 명칭으로 작품이 발표된 이후로 매회 명칭이 바뀌게 되지만, 유사한 성격의 작품군이므로 본서에서는 「飛屑」로 지칭했다.

韻이 보인다는 특징 외에 시가로 볼 수 있는 근거를 찾기는 어렵다.

먼저 작품마다 '△' 표시의 연 구분은 「비설」을 시가 작품으로 볼 수 없는 이유라 할 수 있다. 선행연구에서는 이를 가사 작품의 '一', '二', '三'의 구분과 같은 분연의 표시로 보았지만, 당시 『황성신문』의 서사작품에서는 단락마다 방권方圈('△') 등 특정부호를 붙여 단락을 구분하는 방식을 취하곤 하였다.[52]

또한, 일련의 제명에서 볼 수 있듯, '○○문답問答', '○○마평䣊評', '○○만제謾題', '○○기담奇談', '○○대화對話', '○○소사小史' 등 산문에 어울리는 작명을 이루고 있다. 그뿐만 아니라 전체 작품의 구성 또한 '문답체 방식'으로 단형서사의 형태를 갖추고 있으며, 문답의 시작이나 말미에 각각 발화자를 구분하고 있는 점도 애당초 시가가 아닌 산문을 염두에 둔 표기방식이라 할 수 있다. 이 같은 문답체 형식은 기존 한글 신문의 '문답체 방식'서사적논설과 유사한 특징을 지닌다.[53] 단, 기존 단형서사에 비해 분량이 매우 짧아졌다는 점과 별도의 논평부를 기획하지 않고 오로지 대화내용만을 통해 주제의식을 전달하고 있다는 차이점을 가진다. 그로인하여 기존 단형서사에 비해 많은 구어체와 은유적인 표현 등이 다양한 해석의 여지를 남기고 있다.

　　△ 여보게 왼 世上사람이 머리를 다 깍는데 자네는 웨 아니깍나 斷髮生

51　이수진, 「근대계몽기『皇城新聞』소재 시가작품 연구」, 『온지논총』33, 온지학회, 2013, 72~73쪽 참조.

52　본서 '제3장-2.-2) 신단공안·몽조·별계채탐의 표기수단과 연재의미' 참조.

53　김영민은 '서사적논설'을 크게 서술체 방식과 문답체 방식, 토론체 방식으로 분류하였다(김영민, 「해제-근대계몽기 단형 서사문학 자료연구」, 『근대계몽기 단형서사문학 자료전집』상, 소명출판, 2003, 557~563쪽 참조).

△ 남이 아니 싹그넛가 나도 아니싹지 長髮者

△ 나는 남에게 드르니까 자네가 아니싹거셔 못싹는다고 ᄒ데그려 斷髮生

△ 허허 글셰 長髮者[54]

△여보게 世上에 무엇이 第一 무셔운가 好問生

△ᄂᆞᄂᆞᆫ 東大門밧게 關雲將畫像이 무셥데 西鄰生

△ᄂᆞᄂᆞᆫ 北村 金貫子 玉貫子 붓친 兩班이 무셥데 南隣生

△ᄂᆞᄂᆞᆫ 南山골 달각바리 生員임이 무셥데 北鄰生

△ᄂᆞᄂᆞᆫ 貞洞近處 코놉훈 親舊가 무셥데 東鄰生

△ᄂᆞᄂᆞᆫ 第一 무셔운 것이 가난 貧字데 一身이 貧ᄒ면 一身이 亡ᄒ고 一家가
貧ᄒ면 一家가 亡ᄒ고 一國이 貧ᄒ면 一國이 亡ᄒ너니 慨時生[55]

두 인용문에서, '단발생斷髮生'과 '장발생長髮者', 호문생好問生, '개시생慨時生' 등 대화자의 명칭만을 통해서도 글의 주제를 확연히 파악할 수 있도록 간결한 구성을 선택하고 있다. 기존 단형서사와 유사한 문답체토론체 형식을 기반하여 한글 구어체를 적극적으로 활용하고, 각 단락마다 방권方圈('△')으로 구분하여 전달력을 높인 것으로 보아 한문독자층과 더불어 보다 다양한 독자층한글독자층을 겨냥했음을 짐작할 수 있다.

두 작품 모두 압운押韻을 활용하고 있는데, 특히 두 번째 인용문의 경우 'ᄂᆞᄂᆞᆫ'이라는 두운頭韻과 '무셥데'라는 각운脚韻이 연이어 반복되어 운율韻律을 조성하는 면모를 보인다. 그러나 이는 시가 형식으로서의 운율이 아닌,

---

54 「塵端飛屑」, 『皇城新聞』, 1907.8.15.

55 「塵端飛屑」, 『皇城新聞』, 1907.8.16.

언어유희를 기반에 둔 기획이라 할 수 있다. 이를 통해 해학성諧謔性을 극대화시키고 있으며, 특별한 서술자의 평론 없이도 풍자를 통해 서술자의 메시지를 전달하고 있다. 이 같은 특징은 이전 단형서사와 차이점이라 할 수 있는데, 조선 후기 '소화笑話'의 형식이 단형서사의 형태로 발표된 것이라 할 수 있다.

『황성신문』「소설」란에 연재된 「신단공안」의 경우도 『고금소총』의 영향을 빚었다.[56] 매회 긴장감과 흡입력이 필요했던 신문연재소설에서 '소화'의 풍성한 이야깃거리는 반드시 필요했던 제재였는데, 「소설」란을 비롯하여 「잡보」란 연재물에서도 적극적으로 차용하였던 것이다.

1910년 이후에는 「리어약利於藥」『매일신보』, 「일소화一笑話」『매일신보』, 「소화笑話, 우슴거리」『매일신보』 등[57] 근대 소화[58]의 면모를 보이는 작품들이 지속적으로 발표되었는데, 「비설」은 이 같은 작품군의 초기적 성격을 보여주는 연재물이라 할 수 있다. 작품의 제명대로 애당초 '근거 없이 떠돌아다니는 자질구레飛屑'하고 '우슙기도우습도다'하지만, '골계滑稽'를 갖춘 산문 연재물을 기획한 것이다.

　　△ 여보 近日에 早婚을 禁흔다지요 〈未婚者〉

　　△ 그럿타오 나는 念慮업쇼 벌셔 婚姻힛시니싯 〈已婚者〉

56　본서 '제3장-1.-1) 신단공안과 고금소총 비교' 참조.
57　일제 치하 재담집과 『매일신보』의 연재물과의 관계에 대해서는 정명기의 「일제 치하 재담집에 대한 재검토」(『국어국문학』 149, 국어국문학회, 2008)를 참조.
58　기존 연구에서는 1920년대 중반까지 '소화'라는 용어가 후대의 재담을 포함하는 넓은 의미로 쓰였으며, 1920년대 후반을 전후하여 '소화'는 유머로, '재담'은 위트로 정착되어가는 양상을 읽어낼 수 있다고 하였다. '재담'은 재담꾼이 나와 구연을 하는 등의 구비적인 성향을 강하게 드러낸 반면, '소화'는 매체에 기록되어 읽는 형태로 나타난다(김준형, 「근대전환기 패설의 변환과 지향」, 『구비문학연구』 34, 한국구비문학회, 2012, 103~105쪽 참조).

△ 老兄 몃살이오 〈已婚者〉

△ 나요 스물두살이요 〈未婚者〉

△ 그람 老兄도 念慮업쇼 〈已婚者〉

그란데 나는 걱정이오 念慮는 업지마는 엇든 女子허구 婚姻ᄒ는 거시 조흘지 〈未婚者〉

△ 으ᅵ 응 婦人의 資格이오 그건 니가 지니보니ᄉᆡ 第一 몸이 康健히야 ᄒᆞ깃심듸다 第二는 마암자리가 조와야 ᄒᆞ깃십듸다 第三은 諺文字ᄅᆡ도 좀 아라야 ᄒᆞ깃십듸다 第四는 얼골도 좀…… 〈已婚者〉

△ 그럿치만 그것을 웃터케 아오 〈未婚者〉

△ 別數 업시 보고 定ᄒᆞ는 것이 第一임넨다 〈已婚者〉[59]

△ 自由自由ᄒᆞ야 우리가 증말 羈絆버슨 自由니 아무리 쮜놀기로 어느 壯士가 벼록 굴네 씨엿단 말 들어보앗나 (蚤)

△ 道德心은 우리가 第一이야 스름들은 利ᄉᆞᆺ만 보면 싸우기로 主張ᄒᆞ되 우리는 먹을 것만 만나면 ᄉᆞ랑ᄒᆞ는 同胞를 마니 請ᄒᆞ지 혼ᄌᆞ 먹는 法 업네 (蠅)

△ 行世軍 되랴거든 나를 비우게 옷에 잇스면 희게 變ᄒᆞ고 머리에 잇스면 금게 變ᄒᆞ네 시방 世上은 이리야 살 世上이데 (虱)

△ 世上에 우순것 잇데 여름밤 캉감흔데 스름의 귀쌔위로 잉ᄒᆞ고 지니가면 제가 제바람에 제손으로 제쌤치는것 (蚊)

△ 스름 잘 쌔려먹는 기집더러 蝎甫라 아니ᄒᆞ나 우리가 쌔는 데는 鬼神이 哭ᄒᆞ지마는 쌔는 놈만 英雄이지 쌜니는 놈은 病身아닌가 (蝎)[60]

---

59 「婚姻問答」, 『皇城新聞』, 1907.8.22.
60 「滑稽小史」, 『皇城新聞』, 1907.9.9.

위 두 작품은 앞서 인용한 작품과 달리 압운押韻 등 형식상의 언어유희가 존재하지 않기 때문에 문체적인 면에서는 흥미로운 부분을 찾기 어렵다. 그러나 대화의 문맥을 발화자의 명칭과 함께 살펴본다면 서술자가 의도한 골계미滑稽美를 확인할 수 있다.

첫 번째 인용문에서, 조혼을 금한다는 소식에 아무 염려도 없다는 사람의 명칭은 '이미 혼인한 사람已婚者'이다. 그의 경험을 통해 미혼자未婚者에게 일러주는 신붓감의 조건들과 그것을 미리 알아보는 방법은 실소를 불러일으키기에 충분하다. 이는 조혼을 금하는 시대상에 대한 비판이나 교훈의 목적이라기보다는 해당 소재를 통한 웃음유발의 성격이 더 강한 것이다.

두 번째 인용문에서는 조蚤, 승蠅, 슬蝨, 문蚊 갈蝎이 차례로 등장하여 인간세상을 풍자한다. 누구보다 자유自由로운 벼룩蚤과, 도덕심道德心 많은 파리蠅, 그리고 이蝨, 모기蚊, 갈충蝎 등의 입을 빌려 인간세상을 풍자하고 있다. 동물우언에 이용하여 사회를 비판하던 방식[61]은 전통적인 글쓰기 방식 가운데 하나였다. 따라서 동물우언은 야담, 설, 전 등에 수용되어 다양한 형태로 향유되었는데,[62] 근대 시기에 와서는 이 같은 글쓰기가 「논설」에서도 차용되어 발표되었던 것이다.

특히 『황성신문』은 동시대 여타 신문들에 비해[63] 동물우언형식의 글들

---

[61] 동물설(動物說)은 전통적인 한문학의 한 갈래인 '說'을 이용하여, 동물에 관한 설화나 기이한 사실, 또는 동물 세계에서 일어난 일을 우언(寓言)으로 하여 인간 본성이나 현실 사회를 풍자(諷刺)하고 암유(暗喩)하기 위한 목적으로 지어진 일련의 작품을 지칭한다(윤승준, 「조선시대 '동물설'에 대한 일고찰」, 『한문학논집』 15, 근역한문학회, 1997, 227쪽 참조).

[62] 설화의 흥미성을 추구하면서도 이를 통해 교훈적 의미나 세교적 효용성에 가치를 둔 것이 '野談'에 수용된 동물우언이라면, '傳'에 수용된 동물우언은 '擧事直筆'하여 '傳範於後'하려는 '傳'의 본질적인 성격으로 인하여 단편적인 하나의 사건, 동물의 기적이행을 통해 인간 사회에 귀감이 될 만한 규범적 가치를 끌어내려 하였다. 그에 비해 '說'에 수용된 동물우언은 특정문제(특히 정치적·사회적 문제)에 대해 자신의 주장을 구체적으로 펼치는 '說'의 본질적 성격과 관련하여 현실에 대한 우의와 비판의 특성이 두드러진다(위의 글, 108~109쪽 참조).

이 다수 존재한다. 이는 과거 한문산문형식을 적극적으로 수용한『황성신문』의 특징으로, 해당시기에 이르러서는「논설」란을 비롯하여「잡보」란의 다양한 연재물에까지 확대 적용된 것이라 할 수 있다. 단, 기존 작품에서는 서술자 평 등을 통해 주제의식을 명확히 전달한 것에 비해「비설」에서는 내용과 형식상의 희화에 비중을 줌으로써, 시평時評을 함의한 근대 소화의 형식을 갖추게 된 것이다.「비설」에서 보이는 '시평'의 면모는 약 2년 뒤,「국외냉평」을 통해 보다 구체적인 형태를 띠게 된다.

2) 소화에서 시평으로

「국외냉평」은 1909년 7월 2일부터 1910년 1월 29일까지2면 6단 총 129편을 연재한 글이다. '국외냉평局外冷評'이란 명칭에서 알 수 있듯, 여러 사회적 이슈에 대하여 '해당 사건事件에 관계關係없는' 논평자가 중립적인 시각을 유지하며 서술한 글이다. 따라서 작품마다 시대상을 반영하는 주제를 함의하고 있다.「국외냉평」목록은 다음과 같다.

〈표 4〉「국외냉평」목록

번호	작품명64	날짜	번호	작품명	날짜
1	淸國廣西講武學	1909.7.2	5	腰下에	1909.7.9
2	龍山江上에	〃	6	(甲)南村某大官三兄弟는	1909.7.10
3	官民社會宴會席에	1909.7.3	7	近日 政界社會가	1909.7.13
4	日語를	〃	8	好雨晴 南風薰ᄒᆞ니	1909.7.14

63　문한별에 의하면, 근대전환기 우화체 단형서사는 신문과 학회지 두 매체에 집중되어 수록되었는데, 근대신문에 수록된 작품으로는『조선크리스도인회보』에 3편,『그리스도신문』에 1편,『독립신문』에 6편,『협성회회보』에 1편,『매일신보』에 4편,『제국신문』에 7편,『대한매일신보』에 6편,『경향신문』에 8편,『대한민보』에 1편이 각각 수록되어 있다고 설명했다(문한별,「근대전환기 우화체 서사의 특질연구」,『국어문학』58, 국어문학회, 2015, 359쪽 참조).

번호	작품명[64]	날짜	번호	작품명	날짜
9	一果園主가	1909.7.15	41	至今 좀체 놉은	1909.8.26
10	東方君子國에	1909.7.16	42	連日大雨가	1909.8.27
11	政界에	1909.7.18	43	近夜 鍾街大路上에	1909.8.29
12	(夫)아ー 먹구 십어	1909.7.20	44	우리 飛行船研究	1909.8.31
13	沈大官某氏의	1909.7.21	45	壯士가, 나면	1909.9.1
14	近日에	1909.7.22	46	西北의 水災는	1909.9.2
15	旱乾이	1909.7.23	47	여보 委員丈	1909.9.3
16	一富翁家에셔	1909.7.24	48	各新聞廣告欄을	1909.9.4
17	外國의	1909.7.25	49	坐ㅎ야라 보쟈	1909.9.5
18	淸國의	1909.7.27	50	淸國政府는	1909.9.7
19	唐德宗時에	1909.7.28	51	허 至今은	1909.9.8
20	有一獸焉ㅎ니	1909.7.29	52	이제는, 經濟問濟가	1909.9.10
21	△甲乙酬酌▽	1909.7.30	53	團, 團, ㅎ기에	1909.9.11
22	外面에는	1909.7.31	54	여보 貴重ᄒ	1909.9.12
23	我國人帽子前面에는	1909.8.1	55	이 貧殘ᄒ	1909.9.14
24	(甲)鍾路白木廛뒤	1909.8.4	56	近日에는	1909.9.15
25	旣往에는	1909.8.5	57	여보 李顧問大監은	1909.9.16
26	齋屛洞門에	1909.8.6	58	허 棍杖을	1909.9.17
27	弄世子曰	1909.8.8	59	衛生事業實施코져	1909.9.18
28	日熱漸酷ㅎ니	1909.8.10	60	我國의	1909.9.19
29	樽浦는	1909.8.11	61	國債는	1909.9.21
30	新聞紙 一張도	1909.8.12	62	病菌의	1909.9.22
31	矯氣도	1909.8.13	63	近日 外方에셔	1909.9.23
32	爾爲狐爲魔ㅎ고	1909.8.14	64	아, 져 大臣보게	1909.9.24
33	近日 財政이	1909.8.17	65	學者란 것은	1909.9.25
34	天下에	1909.8.18	66	前孤兒院主李愚璿氏事는	1909.9.26
35	여보○○○氏	1909.8.19	67	淸國政府는	1909.9.28
36	만만ᄒ 놈은	1909.8.20	68	近日은	1909.9.30
37	所謂 開明國人은	1909.8.21	69	安東의	1909.10.1
38	身數가	1909.8.22	70	李勝用氏 等 數三人은	1909.10.2
39	某團員은	1909.8.24	71	度支部次官 荒井氏가	1909.10.3
40	여보 尹資憲大監	1909.8.25	72	世上에	1909.10.5

번호	작품명[64]	날짜	번호	작품명	날짜
73	安東座首先生은	1909.10.6	102	我國社會는	1909.11.14
74	我國의	1909.10.7	103	風說이라	1909.11.16
75	內閣이	1909.10.8	104	世界의	1909.11.17
76	日昨 大韓民報插畵를	1909.10.9	105	우리가	1909.11.23
77	古調에	1909.10.10	106	某會에셔는	1909.11.24
78	勸諭委員 다 보왓네	1909.10.12	107	近日小春天氣가	1909.11.25
79	安東所謂士林諸氏여	1909.10.14	108	近日에	1909.11.26
80	日本에셔는	1909.10.15	109	債帳泰山곳고	1909.11.27
81	濟州島民은	1909.10.16	110	我國의	1909.11.28
82	地方人民은	1909.10.17	111	昨夜에	1909.11.30
83	昨日에	1909.10.19	112	國是游說團이	1909.12.1
84	安東金氏宗約所는	1909.10.20	113	近日에	1909.12.2
85	各道港市에	1909.10.22	114	軍隊는	1909.12.3
86	오날맘 月世이	1909.10.23	115	近日政界에	1909.12.4
87	度支部에셔	1909.10.24	116	近日寒威는	1909.12.14
88	某敎會에셔는	1909.10.26	117	一進會員은	1909.12.22
89	淸國에셔는	1909.10.27	118	所謂國民報는	1909.12.23
90	美國에셔	1909.10.28	119	今番一進會合邦聲明書에	1909.12.24
91	已往 科擧時代에	1909.10.29	120	今日은[65]	1910.1.1
92	仁同張氏는	1909.10.30	121	新年에는	1910.1.5
93	成均館에셔	1909.10.31	122	近日에는	1910.1.6
94	그게 왼 事端인고	1909.11.2	123	子息을	1910.1.7
95	豪傑도	1909.11.3	124	近日에	1910.1.8
96	世事는	1909.11.4	125	國民報의	1910.1.9
97	安東의	1909.11.6	126	一進會가	1910.1.11
98	西山大師詩日	1909.11.10	127	一進會는	1910.1.14
99	우리 大韓에	1909.11.11	128	國內各社會가	1910.1.18
100	쏭을 싸고	1909.11.12	129	病蹲흔	1910.1.29
101	近日政界物情 좀 보게	1909.11.13			

64　「국외냉평」의 개별작품들은 1909년 7월 30일 자 작품(△甲乙酬酌▽)을 제외하고는 모두 제명(題名)이 없는 관계로, 본문 첫 어절을 가제(假題)로 정하였다.

65　1910년 1월 1일 자 작품의 편명은 예외적으로 「국외온평(局外溫評)」으로 표기되어 있다.

「국외냉평」은 앞서 「비설」과 같이 '문답체'·'토론체' 등의 전달방식과 비유적 표현법들을 활용하고 있다. '문답체토론체' 형식은 근대시기 단형서사에 자유 사용되던 서술방법 중 하나이다.[66] 이 같은 문답체 형식이 종종 동물우언의 형태로 서술된 작품들이 많았는데, 앞서 「비설」에서처럼 「국외냉평」에서도 동물우언의 작품이 있어 주목할 만하다. 해당 작품은 이전 『대한매일신보』에서 발표된 작품「六畜爭功」이기도 하다. 두 작품을 소개하면 다음 〈표 5〉와 같다.[67]

첫 번째 인용문은 「국외냉평」에 발표된 작품이다. 한 부옹富翁의 잔칫날에 소, 말, 닭, 개, 돼지 등 다양한 가축들이 등장하여 그들 가운데 누가 희생犧牲될 지를 논의하는 장면이 등장한다. 소와 말, 닭, 개는 자신들이 그동안 주인主人에게 베풀었던 공로功勞들을 열변하지만, 돼지만이 스스로 공로가 없다고 판단하여 헌신獻身을 결심한다. 토론 중 가축들이 열변했던 공로의 내용들은 글을 읽는 모든 독자들이 알만한 해당 동물들의 보편적인 속성들로서, 충분히 예측 가능한 내용들을 가축들의 입을 빌려 흥미롭게 서술하고 있다.

두 번째 인용문은 『대한매일신보』에 소개된 「육축쟁공六畜爭功」이다. 「육축쟁공」에서 돼지는 여타 동물들의 잘못을 낱낱이 비판하는 역할을 담당하고 있다. 일본사람을 위해 일을 하는 소와 그들에게 필요한 유마留馬로

---

66 김영민, 『한국의 근대신문과 근대소설』, 소명출판, 2006, 126쪽 참조.
67 기존 연구(김준형, 앞의 글, 106~100쪽)에서 「猪願就死」(『攪睡襍史』)와 「六畜爭功」(『大韓每日申報』)의 차이점을 언급한 바 있다. 시기적으로 보았을 때 「猪願就死」가 「局外冷評」(『皇城新聞』)과 「六畜爭功」 등에 영향을 주었을 것으로 짐작된다. 내용은 대동소이하지만, 「猪願就死」에서 토론을 주관하던 주인의 역할이 「局外冷評」과 「六畜爭功」에서는 전혀 찾아볼 수 없다는 차이점을 가진다. 근대 매체에서 주인의 대화내용을 생략하며 동물들의 대화로만 꾸민 것은 동물우언의 효과를 극대화시키고, 대화의 분량을 줄이기 위한 기획이라 할 수 있다.

〈표 5〉「국외냉평」(『황성신문』)과 「육축쟁공」(『대한매일신보』)의 비교

「국외냉평」, 『황성신문』, 1909.7.24	「육축쟁공」, 『대한매일신보』, 1908.1.29
△一富翁家에셔 大宴을 設ᄒ올시 其家에 飼畜ᄒᄂ 牛, 馬, 鷄, 犬, 豚이 會議曰 主家의 宴日이 只隔ᄒ니 畢竟은 吾儕中에셔 犧牲을 供ᄒ올지라 誰가 몬져 獻身ᄒ올고 牛曰 我ᄂ 主人에게 耕田의 功이 有ᄒ오 馬曰 我ᄂ 主人에게 運輸의 功이 有ᄒ오 鷄曰 我ᄂ 主人에게 報時의 功이 有ᄒ오 犬曰 我ᄂ 主人에게 守盜의 功이 有ᄒ오 最末에 豚이 默默而坐ᄒ얏다가 乃曰 물스려라 ᄒ더라 評曰 嗚乎라 世上天下에 但 食主人之祿而無尺寸之報者ㅣ 豈不以畜豢之豚으로 爲戒哉아	▲門外牧畜場에셔 六畜이 會集ᄒ야 各其功勞를 誇張ᄒ다 (牛)나ᄂ 鄕曲道路로 周行ᄒ면셔 主人家일만ᄒ쌘 아니라 놈의 田을 耕ᄒ기와 놈을 卜을 駄ᄒᄂᄃ 善ᄒ여도 밋질 不善ᄒ여도 칙직질ᄒᄂ 것을 不計ᄒ고 他國사람의 일이라도 力을 不惜ᄒ고 잘ᄒ여주지 (馬)나ᄂ 重ᄒ나 輕ᄒ나 실탄말도 못ᄒ고 盡死力而卜駄ᄒᄂᄃ 近日에ᄂ 尤極困難ᄒ거슨 日兵인지 무엇인지 留馬로 執ᄒ야 各地方으로 驅馳ᄒ니 여물죽도 어옛시 엇어 먹지 못ᄒ고 짐삭도 잘 밧지 못ᄒ지 (狗)나ᄂ 大門으로 방을 슘고 外賊을 직히노라니 晝夜장천 든잠노 잘못즈지 (鷄)나ᄂ 數萬長安家 // 戶 // 깁히든잠 깁히든쑴 어셔 씨라고 목을 느리고 홰를 치면셔 울어 째를 일치 안코 警告ᄒ니 사름이 다씨여 제재 일을 ᄒ지 (羊)나ᄂ 性質이 元來純良ᄒ야 남이 이리 來하라면 이리 來ᄒ고 뎌리 往하라면 뎌리 往ᄒ야 指揮命令을 恒常順從ᄒ니 使ᄒ기는 第一이지 (豕)여보게 즈닉들 功勞라고 즈랑ᄒ지마ᄂ ○他國사람의 일을 잘ᄒ여 주니 칫직 마져 쓰지 ○짐삭도 못밧고 돈이니 죽도 못엇어먹어 쓰지 ○밧겻 적 직혀셔 네집안이 평안ᄒ냐 ○스름이 다 씨여셔 놈의 奴隷가 되엿ᄂᄂ냐 ○남의 指揮만 順從ᄒ니 몃날이나 便ᄒ올손야 ○즈네들 쌘쌘도스럽다 아모 功勞도 업ᄂ 나만도 못ᄒ다 羹으로나 在ᄒ여라

징발되는 말, 진정한 도적을 지키지 못한 개, 자국민을 진정 일깨우지 못한 닭, 남에게 순종만 하는 양들에게, 차라리 죽어 국으로 끓여지는 것이 낫다고 주장한 것이다. 「국외냉평」에서 돼지가 스스로 공로가 없다고 판단하여 헌신獻身을 결심하는 내용과는 상반된 면모를 보인다.

「육축쟁공」에서 돼지의 비판적인 발화내용이 「국외냉평」에서는 헌신의 내용으로 바뀌지만, 작품 말미에 별도의 서술자 논평부분을 첨가하면서 비평의식을 보다 직접적으로 전달할 수 있게 되었다. 논평부의 시작을 '評曰', '記者ㅣ曰', '聽者曰', '局外生曰' 등으로 본문과 구분하는 방식은 이전

「논설」란의 '서사적논설'의 형식과 동일한 방식이라 할 수 있다.[68]

「국외냉평」이 연재된 신문지면을 통해서도 '서사적논설'과의 연관성을 짐작할 수 있다. 앞서 「비설」이 신문 3면에 발표되었던 반면, 「국외냉평」은 「논설」과 함께 줄곧 신문 2면에 연재되었다. 『황성신문』이 신문 3면에 「고사」 · 「소설」 등의 서사문학을 싣고 신문 2면에는 「논설」과 더불어 시사를 담은 잡보기사들을 발표한 것에 미루어보았을 때, 「국외냉평」의 2면 연재는 그 시사성時事性에 비중을 둔 것으로 사료된다.

논평부의 '주인에 녹을 받고도 조금의 보답조차 없는 자食主人之祿而無尺寸之報者가 어찌 부잣집 돼지로써 경계삼지 않겠는가豈不以富家之豚爲戒哉'라는 내용으로 미루어보았을 때, 어려운 시국에서도 제 역할을 하지 못하는 관리들을 비판 · 경계하고 있는 작품이라 할 수 있다.

「국외냉평」에는 이 같은 동물우언의 작품[69]도 존재하지만, 당시의 시대상을 비판 · 풍자한 '소화' 작품들도 다수 발표되었다. 이는 앞서 「비설」의 성격과 유사하다고 볼 수 있다. 단 「비설」에서는 골계적인 요소에 비중을 두었던 반면, 「국외냉평」에서는 상대적으로 사회 비판적인 주제들을 보다 직접적으로 전달하고 있다. 이 같은 면모는 별도의 논평부가 없었던 「비설」과 달리 다수의 작품에서 논평부를 부기하고 있다는 점에서도 확인할 수 있다.[70]

---

68 기존 「논설」란에서는 '서사적논설'의 형태로 다양한 작품들을 싣고 있었는데, 1906년을 전후로 「논설」란에서 자취를 감춤에 따라 '서사적논설'은 「잡보」란의 연재물을 통해 그 속성을 이어간 것이라 할 수 있다.

69 「局外冷評」, 『皇城新聞』, 1909.7.29; 「局外冷評」, 『皇城新聞』, 1910.1.29.

70 논평부가 없는 작품이라 할지라도 대화 내용을 통하여 당면했던 사회문제를 비판의 대상과 함께 구체적으로 언급하는 특징을 보여주고 있다.

△ 身數가 否塞흔 놈은, 잡바져도, 코가 ꀿ진다더니 我國人을 두고 準備한, 말이여 如此히 財政이 恐慌하야 人民의 血脈이 枯竭한 今日에 ꀳ 天災가 荐至하야 西道에Ꝇ 連日暴雨에 人命渰死와 家屋頹沒과 畜産漂失이 不計其數라 ꝴ고 南道에Ꝇ 自春旱乾에 農作이 判歇ꝴ야 未久에 餓莩가 相屬ꝴ깃다니 此를 將次 엇지 하잔 말인가 (憂世生) 왜 我國만 然하다던가 日本도 亦然ꝴ다네 關西의 地震과 大坂의 火災와 三島의 藥庫爆發이, 다 如干災變인가 (廣聞子) 허, 이 사Ꝋ, 그말 말게 日本은, 암만, 그러타라도 政府에셔 救恤方針을 講究ꝴ야 其被害흔 人民을 拯濟ꝴ깃지만 我國政府야 人民이, 다, 죽던가 살던가 相關ꝴ깃나 (憂世) 그러치만Ꝇ 苟有人心이면, 혈마 生覺잇깃지 (廣聞)

評曰 哀我同胞여 受災何辜오 卽當上訴於玉皇香案前ꝴ리라[71]

△ 新年에Ꝇ 韓國에 開明星이、빗취엇나、內腫病이、들엇나、外面으로 觀ꝴ면 所謂一進會合邦問題도 影響이 無ꝴ고 內面으로 忖度ꝴ면、엇덧코엇덧라ꝴꝆ 傳說이 有ꝴ니、되지도 못홀 言論은 不一흔가부데마넌、四千餘年歷史舊國이、그딕지 容易ꝴ깃나 東洋平和가 此自로 歸定이 有홀걸[72]

첫 번째 인용문은 자국의 앞날을 걱정하는 '우세생憂世生'과 이를 전혀 개의치 않는 '광문자廣聞子'의 대화내용을 통하여, 주변국인 일본과 달리 동일한 재해경제공황, 자연재해 등 속에서도 구휼방침을 전혀 강구하지 못하는 조선정부의 무능함을 드러내고 있다. 말미의 논평에서도 '불쌍한 우리 동포들은 이 재앙들을 허물할 곳이 없으니, 옥황상제 향안香案 전에 상소나

71 「局外冷評」, 『皇城新聞』, 1909.8.22.
72 「局外冷評」, 『皇城新聞』, 1910.1.5.

하라'는 냉소冷笑적 표현으로, 어찌할 도리가 없는 현실을 비판하고 있다.

그 밖에도 타국과 비교하여 국내자산가[73]나 정계인물[74] 등을 비판하는 내용들까지 다양한 시사문제를 다루고 있다. 특히, 한일강제병합이 가까워지는 1909년 말에는 희언戱言의 성격이 많은 부분 퇴색되고, 보다 시대비판적인 색깔을 뚜렷이 드러낸다. 그 실례로 '일진회 합방문제一進會合邦問題'을 다룬 두 번째 인용문을 들 수 있다.

'일진회 합방문제'는 1909년 12월 4일 100만 일진회 회원의 이름으로 대한제국 순종과 내각, 통감부에 「일한합방상주문日韓合邦上奏文」을 제출하고, 대한제국 2,000만 동포 앞으로 일한합방 촉구 성명서를 발표한 사건을 지칭한다. 『황성신문』에서는 12월 5일 「잡보」 2면에 일진회성명서를 소개하며, 일진회 회장 이용구와 소네통감을 비판하였는데,[75] 당시 「국외냉평」에서 이 같은 시대상을 반영한 작품들[76]이 다수 발표되었다.

『대한매일신보』국한문판에서도 「국외시평」과 유사한 성격의 「사회등」1909. 11.17~1910.5.24이란 명칭의 고정란이 존재했다.[77] 논설이 시론時論의 성격을 가졌다면, 「사회등」은 시평時評의 성격을 가진 작품이다. 기존 연구에서는 작

---

73 「局外冷評」, 『皇城新聞』, 1909.7.25.

74 「局外冷評」, 『皇城新聞』, 1909.7.27.

75 "一進會長 李容九氏는 全會總務員 四名을 帶同ᄒ고 昨日午前十一時에 曾禰統監을 統監府에 訪問혼 後 何等關係가 有혼 聲明書를 提出ᄒ얏는ᄃᆡ 曾禰統監은 默默히 一言도 答지 아니ᄒ고 該聲明書를 受接ᄒ얏다더라"(「雜報-聲明書提出」, 『皇城新聞』, 1909.12.5).

76 「局外冷評」, 『皇城新聞』, 1909.12.22; 「局外冷評」, 『皇城新聞』, 1909.12.23; 「局外冷評」, 『皇城新聞』, 1909.12.24; 「局外冷評」, 『皇城新聞』, 1910.1.5; 「局外冷評」, 『皇城新聞』, 1910.1.8; 「局外冷評」, 『皇城新聞』, 1910.1.11; 「局外冷評」, 『皇城新聞』, 1910.1.14; 「局外冷評」, 『皇城新聞』, 1910.1.18.

77 「社會燈」(『대한매일신보』 국한문판)은 '애국계몽기 가사'가 실린 연재란으로서, 「시사평론」(『대한매일신보』 국한문판)과 함께 일찍이 주목을 받아왔지만, '애국계몽기 가사' 외 여타 서사 연재물에 대해서는 논의가 진척되지 못하고 있다. 이에 대한 자세한 논의는 추후연구를 통해 진행할 예정이다.

품 속에 등장하는 '記者'라는 호칭을 「猛鞭光陰」(1908.10.15), 「含笑受怨」(1908.11.17), 「舊面新話」(1908.11.9) 통해 당시 「대한매일신보」의 주필이었던 단재 신채호가 「사회등」을 저술했다고 보고 있다.[78] 이 같은 주장을 근거한다면 「국외냉평」에 빈번히 등장총 9회하는 '기자'라는 어휘도 주필을 가리키는 호칭으로, 「사회등」과 같이 「국외냉평」 또한 시평時評의 성격을 띤 작품으로 볼 수 있는 것이다. 따라서 「국외냉평」을 「논설」과 함께 신문 2면에 배치한 것도 「논설」의 '시론時論'을 보충하는 역할'時評'로서 지면을 기획한 것이라 할 수 있다.

'시평'은 짧은 길이 속에서 비평 기능을 수행해야 하기 때문에 「논설」에서 보이는 논리적인 설득 보다는 직설적인 비판이 주를 이루며, 앞서 소개한 간결한 문답이나 동물우언을 비롯하여 짧은 시가형태 등을 통해 전달력을 높이고 있다. 다음은 「국외냉평」에 수록된 시가형태의 작품들이다.

△ 坐ㅎ야라 보쟈 立ㅎ야라 보쟈 立ㅎ야도 爾가 아니오 坐ㅎ야도 爾가 아니로고나 爾가, 아닌 爾로 坐ㅎ야 演說은 可怪ㅎ고 可憎ㅎ도다 爾貌樣이 如彼ㅎ니 爾演說을 可知로다 嗚呼라 龜頭剝落生莓苔라ㅎ던 正直豪傑士가 果有孫이로고 評曰 每聞有不肖孫이오 未聞有光於祖者ㅎ니 祖若有靈이면 可曰 吾孫가[79]

△ 團, 團, ㅎ기에 團이, 무엇인고, ㅎ얏더니 團字가 아니라 圜字의 訛傳일네 그려 然ㅎ면 遊說團이, 아니라 遊說圜이게, 與否잇나, 내 쥬먹 九九드러보랴나

78 김주현, 「사회등가사 저자로서의 신채호」, 『어문학』 114, 한국어문학회, 2011, 338~344쪽 참조.
79 「局外冷評」, 『皇城新聞』, 1909.9.5.

每日 一人에 五圜式이면 七十團員에게 五七三十五, 三百五十圜, 一個月에 一萬

五百圜이니 團이 多數인가 圜이 多數인가 至今은 每事가 從多數取決ᄒ너니

評曰 古人은 魚魯를 不辨이더니 今人은 團圜을 難辨ᄒ니 團兮圜兮며 圜兮團兮

로다[80]

△ 오날밤 月色이, 하조ᄒ니 落望歌나 하여보셰 社會를 團合ᄒ쟈 世事가 板

蕩하니 國民의 落望이오 法律을 硏究ᄒ쟈 司法權을 委任ᄒ니 法學者의 落望이

오 學校를 設立ᄒ쟈 財政이 絶乏ᄒ니 敎育家의 落望이오 新聞紙를 發刊ᄒ쟈 言

權이 無由ᄒ니 執筆者의 落望이오, 오금은 쓰쟈 殘錢分업스니 蕩子輩의 落望일

셰, 아셔라 마러라, 그리를 마러라 落望을 變ᄒ야 希望을 두어라 希望이 變ᄒ

면 實望이 되리라, 흥

評曰 里巷歌謠之詩가 有正有變ᄒ니 觀風者ㅣ 採之ᄒ야 續諸三百篇之末이 未

知何如오[81]

위 세 작품은 규칙적인 압운이 들어간 작품이다. 첫 작품의 경우, 말미

에 서술된 "龜頭剝落生莓苔거북머리 벗겨지고 이끼 끼어"라는 대목은 '이백李白'의

「양양가襄陽歌」中 한 소절로, 진晉 대에 양양襄陽, 峴山 도독都督으로 부임한 '양

호羊祜'가 죽자, 산 위에 비석을 세우고 많은 사람들이 눈물을 흘렸다고 한

다. '이백李白'은 술주정뱅이였던 '산간山簡'과 자신을 동일시하면서, '양호羊

祜'처럼 어진 정치를 못할 바에는 명을 재촉하지 않는 게 상책이라며 술을

예찬하였는데, 이는 당시 정직한 호걸사가 없던 세태를 비판한 것이다. 한

---

80   「局外冷評」, 『皇城新聞』, 1909.9.11.

81   「局外冷評」, 『皇城新聞』, 1909.10.23.

일 강제병합 방침을 결정1909년 7월 6일되고 간도협약까지 체결1909년 9월 4일
되는 상황 속에서 아무런 비판이나 대안이 없었던, 정계인물들에 대한 질
타를 해당 소절에 빗대어 드러낸 것이라 할 수 있다.

　두 번째 작품은 '단團'·'환團'의 유사한 '음'을 통해 운율을 맞추었는데,
음音 뿐만 아니라 한자 형태의 유사함을 이용하여 '유세단遊說團'에 대한 비
판의 내용을 서술하였다. 국시유세단國是遊說團은 조선에 대한 일본 통치의
당위성을 홍보하기 위해 조직된 친일 단체로 1909년 7월에 일진회 회원
인 고희준高羲駿의 주도로 출범하였다.[82] 당시 『대한매일신보』 등의 신문에
서는 '국가를 일망亡케 하고 국민을 미혹迷惑케 하는'[83] 국시유세단에 대
해 일제히 성토聲討하였다.[84] 인용문에서 '유세단遊說團인지 유세환遊說團인지'
하는 대목은 당시 국시유세단 위원에게 지급되는 일당이 많았음을 우회
적으로 비판하는 대목이라 할 수 있다. 실제 이 같은 혜택을 좇아 유세단
위원이 된 이완용李完用의 친족 이승용李勝用을 조롱하는 시평 작품이 게재되
기도 하였다.[85] 해당 시기를 기점으로 하여 이 같은 사회상을 담은 시가

---

[82]　"去二十七日에 中部演興社에셔 國是遊說團發起會를 開ㅎ얏ᄂᆞ딕 任員은 高羲駿 申光熙 芮宗
　　錫 리善求 鄭達永 鄭應셜 等 諸시로 選定ㅎ고 八月二日에 發起總會를 再開ㅎ고 種種案件을
　　協議ㅎ기로 決定ㅎ얏다더라"(「雜報－遊說團發起會」, 『大韓每日申報』, 1909.7.30).
[83]　"累度條約을 締結ㅎ야 國家를 日亡케 ㅎᄂᆞ 新舊政府도 壹遊說團이며 韓日利害共同主義를 提唱
　　ㅎ야 國民을 迷惑케 ㅎᄂᆞ 前後 각會黨도 壹遊說團이며"(「論說－國是遊說團」, 『大韓每日申報』,
　　1909.8.6).
[84]　"乃者某某諸氏가 國是游說團을 發起ㅎ야 議論도 敷演ㅎ고 規則도 製定ㅎ며 人員을 十三道에
　　派遣ㅎ야 波蕩흔 人心을 說之誘之勸告之威喝之ㅎ야 一定흔 圈子內로 期於히 驅入코자 心計가
　　秘密ㅎ고"(「論說－國是游說團」, 『皇城新聞』, 1909.8.5).
[85]　"△李勝用氏 等 數三人은 本來 頑固兩班이신딕 國是游說團에셔 地方에 勸諭委員을 派送ㅎ면
　　每日 五圜旅費를 支給흔다ᄂᆞ 說을 聞ㅎ고 窮士위 下策으로 該團에 入參ㅎ야 頭髮을 薙ㅎ며
　　帽子를 着ㅎ고 地方에 派送ㅎ기를 苦待ㅎᄂᆞ딕 病騷를 因ㅎ야 遊說를 停止힘이 五圜旅費ᄂᆞ 杳
　　然無期ㅎ고 一身生計ᄂᆞ 去益困窮이라 有時로 光光頭를 撫ㅎ면셔 長憂短歎을 發ㅎ야 曰 此漢
　　八字에 每日 五圜金이 何有리오 ᄒ다더군, 아니되ᄂᆞ 人은 잡싸져도 코가 싀져 評曰 縱不能遊說
　　於地方ㅎ야 得喫日費五圜이나 因此而斷髮着帽ㅎ야 可以買紳士名이오 可以作官人樣이니 得

형태의 작품들이 연이어 발표되기 시작했다.[86]

세 번째 작품인 낙망가落望歌, 희망을 잃은 노래 또한 이 같은 사회적 분위기 속에서 발표된 작품이라 할 수 있다. 사회정치, 법률사법권, 학교교육, 신문언론 등에 대한 비판·기롱을 '낙망落望'과 '희망希望', '실망實望'의 압운을 통해 전달하고 있다.

또한 도입부에서 서술된 "오날밤 月色이, 하조흐니 落望歌나 하여보셰"는 마치 판소리의 아니리를 연상시킨다. 자칫 무거울 수 있는 작품 분위기를 이 같은 음조의 문장[87]을 통하여 흥을 고조시키고, 때론 권주가勸酒歌[88]를 통해 독자의 이목을 집중시키기도 했다. 이처럼 전체 129편의 「국외냉평」에는 당대 정치·사회문제에 대한 주제들을 다양한 방식으로 구현하고 있는데, 신문의 다양한 독자층과 가독성의 측면을 고려한 선택이었다고 볼 수 있다.

본 장에서 살펴본 『황성신문』의 「비설」과 「국외냉평」은 전통적 '소화' 형식이 근대매체를 통해 '시평'으로 변화된 면모를 확인할 수 있는 연재물

失이 相半矣라 勿搔頭而發嘆也어다"(「局外冷評」, 『皇城新聞』, 1909.10.2).

86　「局外冷評」, 『皇城新聞』, 1909.9.17; 「局外冷評」, 『皇城新聞』, 1909.9.24; 「局外冷評」, 『皇城新聞』, 1909.10.16; 「局外冷評」, 『皇城新聞』, 1909.10.17; 「局外冷評」, 『皇城新聞』, 1909.10.23; 「局外冷評」, 『皇城新聞』, 1909.11.2; 「局外冷評」, 『皇城新聞』, 1909.11.4; 「局外冷評」, 『皇城新聞』, 1909.11.12; 「局外冷評」, 『皇城新聞』, 1909.11.13; 「局外冷評」, 『皇城新聞』, 1909.11.23; 「局外冷評」, 『皇城新聞』, 1909.11.24; 「局外冷評」, 『皇城新聞』, 1909.12.2; 「局外冷評」, 『皇城新聞』, 1909.12.4; 「局外冷評」, 『皇城新聞』, 1909.12.14; 「局外冷評」, 『皇城新聞』, 1910.1.6.

87　"近日 寒威는 果是凌陰世界로구나 오릭간만에 冷評이나 흔번 ᄒ야볼가"(「局外冷評」, 『皇城新聞』, 1909.12.14).

88　"△世事는 琴 三尺이오 生涯는 酒 一盃라니, 우리 酒 一盃나, 노나보세, 허 조혼 말일셰만 所乏者] 孟嘗君일셰, 이 사람 至今은 孟嘗君所用업네, 자닉 武内大臣을 相從ᄒ게 武内大臣이, 어딕 계신가 武内大臣의 行止는 定處업지, 그리ᄒ면, 나 路費좀 取貸ᄒ야주게 武内大臣 차자 보깃네, 웅 路費取貸ᄒ야쥬면, 그 돈으로, 술 사먹게 評日 金融이 枯渴에 無一分濁酒價ᄒ야 欲訪武内大臣타가 反受友人之嘲ᄒ니 無錢天地少英雄에 空囊羞澁可奈何오"(「局外冷評」, 『皇城新聞』, 1909.11.4).

이다. 당시 집필진들이 '논변류 고사'를 통해 「논설」란을 더욱 풍성하게 만들었듯이, 「비설」·「국외냉평」의 다양한 언술 형식도 근대화의 과정 속에서 생산된 새로운 서사양식이라고 할 수 있다.

3. 해외 풍속기사의 연재-「세계기문」

『황성신문』은 1905년을 기점으로 자국사뿐만 아니라 세계에 대한 관심으로 변화를 보이게 된다. 해당시기 급증한 「광고」란의 해외 서적광고와, 「논설」란의 외서에 대한 소개글[89] 등을 그 예로 들 수 있는데, 그 배경에는 학부學部 및 민간 출판사를 중심으로 다수의 서학서들이 간행되어 교과서로 활용되었던 국내 환경과도 연관 지을 수 있다. 이후 『황성신문』은 1909년을 기점으로 「세계기문」 등의 다양한 해외기사들이 동시다발적으로 연재되기 시작하였다. 당시 해외기사들은 공통적으로 신문 1면에 발표되었는데, 『황성신문』이 폐간되는 시점까지 「담총」과 「담설」, 「진담」 등 다양한 제명으로 연재를 이어갔다.

특히, 이 책에서는 『황성신문』의 해외기사 가운데, 1909년 3월 11일부터 1909년 12월 3일까지 약 9개월간 139편 발표된 「세계기문」에 주목하였다. 「세계기문」은 개별 작품마다 당시 지식인들이 주목했던 주변국에 대한 시선들을 온전히 담고 있다. 그럼에도 불구하고 흥미로운 풍속 위주의 토막식 기사들과, 동일 지면에 발표된 수많은 이칭異稱의 기사들로 인하여, 일

89　본서 '제2장-1.-3) 근대의 독후설'을 참조.

련의 연재물에 대한 기획 의도나 문학사적 가치를 파악하기 어렵게 한다.

해당시기 단편 연재물에 대한 고찰은 한일강제병합시기 『황성신문』이 추구했던 방향이나 기사의 논조 및 변화 추이 등을 파악하기 위해 선행되어야 할 작업이라 할 수 있다. 본장에서는 먼저 「세계기문」을 중심으로 해외 기사가 발표된 배경이나 의미 등을 고찰할 것이며, 더불어 세계지리 교과서로서 널리 활용된 『사민필지』와의 비교를 통해 개별 연재기사들에 내한 특징을 논의하고자 한다.

1) 세계기문과 서학서의 유입

『황성신문』은 해외소식을 '기문奇聞'이라 명칭하며, 1면 주요기사로 내세우게 된다. 『황성신문』은 「대동고사」 이후 다시 1면에 기획 연재물을 게재하며, 독자의 이목을 집중시켰다. 비슷한 시기 2면에는 「논설」과 함께 「국외냉평」 등 시사時事를 담은 기사가 게재되었으며, 3면에는 「명소고적」 등 국내 고적·고사 등에 대한 정보를 담은 연재물이 장기간 발표되었는데, 이를 통해 『황성신문』은 각 연재기사의 성격에 따라 지면을 달리하여 게재했음을 확인할 수 있다.

「세계기문」은 연재기간1909.3.11~1909.12.3 동안 「세계잡조世界雜俎」1909.3.12~1909.3.16/1909.4.1~1909.4.3 ·「세계신성世界新聲」1909.6.30~1909.7.2/1909.7.6 ·「신성新聲」1909.7.17~1909.8.1 ·「세계일람世界一覽」1909.7.3~1909.7.4 등으로 편명을 바꿔가며 전체 139편의 작품을 발표하였다. 그 외에도 「담총談叢」·「담설談屑」·「이문진담異聞珍談」·「기문진담奇聞珍談」 등 이칭異稱의 연재물들이 「세계기문」과 날짜를 달리하여 발표된 바 있다. 해당 연재물들도 세계 각국의 정보를 소개한 기사들로 「세계기문」과 유사한 성격을 가지지만, 소재의 선택이나 서술방식에 있어 상이한 면모를 확인할 수 있다.[90] 특히, 1909년 7월 2일 자『황성신문』에는 「담총」과 「세계신성」이 각각 3면과 1면에 동시에 발표된 적이 있어, 애당초 서로 다른 기획에서 출발한 연재물이라 할 수 있다.

이같은 연재기사들은 기존 해외신문기사들을 번역·전재하여 당시 세계 정세와 소식을 소개했던 「전보電報」·「외보外報」란의 기사[91]와 달리, 독자의 이목을 끌만한 국가별 풍속 기사를 지속적으로 연재함으로써 해외 열강들에 대한 문화와 풍습, 환경, 국민성 등의 종합적 정보를 제공하고 있다는 특징을 가진다. 「세계기문」의 전체 기사 목록을 정리하면 다음 표와 같다.

〈표 6〉「세계기문」 기사 목록

번호	기사명	날짜	번호	기사명	날짜
1	北極구린란트에셔는	1909.3.11	11	世界各國中盲人의	1909.3.14
2	南米아센스國에셔는	〃	12	倫敦에셔는	〃
3	倫敦警視廳의	〃	13	米國敎育에는	〃
4	濠洲北方뉴기냐島에셔는	〃	14	世界에	1909.3.16
5	米國의石油王	1909.3.12	15	米國시카고市의	〃
6	아고횐쇼, 라구노-라	〃	16	一月十二日米國	〃
7	米國政府는	1909.3.13	17	二月二日米國	1909.3.17
8	前塞爾維王미란의	〃	18	米國紐育월드新聞社에셔는	〃
9	스라, 에되스스 칼터라	〃	19	前市加古大學校長	〃
10	日本廣島縣居호는	〃	20	法國巴里의	〃

90 「담총(談叢)」·「진담(珍談)」 등의 연재물에 대한 특징은 본서 '제4장-3.-2)'에서 후술하고자 한다.

91 『황성신문』은 1900년 1월부터 로이터통신사와 계약을 체결하고 뉴스를 공급받았지만, 청국 의화단사건으로 인하여 전선(電線)이 불통하게 되자 상해·만주를 경유하여 오던 로이터통신도 약 6개월 만에 중단하게 되었다. 이후『황성신문』을 비롯한 당시 국내 신문들의 외국뉴스 보도는 해외신문 기사를 번역·전재하는 것으로 대체하였다(박정규, 「개화기의 외국뉴스고」, 『한국언론학보』 13, 한국언론학회, 1980, 47~53쪽 참조).

번호	기사명	날짜	번호	기사명	날짜
21	狂者의勝利	1909.3.18	53	獨逸뮤헨 府에셔는	〃
22	英國의養老金	〃	54	米國아소나케	〃
23	酸素의興奮劑	〃	55	千九百四年來의	1909.4.3
24	猿語研究	〃	56	米國紐育市에셔는	〃
25	蜘蛛絲의長	1909.3.19	57	世界에 開明國中	1909.4.4
26	白覆盆子	〃	58	米國펜실벤냐	〃
27	世界最大의有益貯水池	〃	59	鰊魚産出地로	1909.4.6
28	陸軍의氷滑隊	〃	60	全世界의	〃
29	各國元首一分間의收入	1909.3.20	61	伊太利에셔는	〃
30	自働車를不乘ᄒᆞᄂᆞᆫ君主	〃	62	阿弗利加사하라	1909.4.7
31	珈琲의葉卷烟	〃	63	獨國의 人口는	〃
32	公益事業은千秋不滅	〃	64	米國시카고 市에	1909.4.13
33	公果自由國의	1909.3.21	65	大英博物館에	〃
34	米國人하이람	〃	66	英國리봐-불 市의	1909.4.14
35	各國皇室에셔	〃	67	土耳其人은	1909.4.17
36	獨逸國	1909.3.23	68	布哇島政府는	〃
37	電送寫眞法	〃	69	露西亞에는	1909.5.7
38	法國某雜誌에	〃	70	今番法國의	〃
39	近日歐米上流社會는	1909.3.24	71	前日 英國의	1909.5.13
40	英國陸軍에	〃	72	英國의노-뷔틔 市의	〃
41	世界에人口가	1909.3.25	73	法國巴里에셔는	1909.5.14
42	米國엘大學校敎授	〃	74	紐育에 在ᄒᆞᆫ는	1909.5.30
43	世界中植物種目의	1909.3.27	75	英國흐스레	〃
44	地球兩極이	〃	76	白耳義國國會에셔	〃
45	佛國의南部	1909.3.30	77	我國에는	1909.6.8
46	英領加奈陀의	〃	78	米國픳터바그에	〃
47	近來米國好事家의	1909.3.31	79	一千九百五年十月以後로	〃
48	昨年冬에뷜몬트州의	〃	80	西班牙國에	〃
49	世界現存ᄒᆞ書籍中	〃	81	緬甸人 等은	1909.6.9
50	英國下議院에셔	1909.4.1	82	英國海員中에	〃
51	今回 勃牙利議會에셔는	〃	83	英國의 犯罪學者	〃
52	倫敦지-부사이드에	1909.4.2	84	슈쓰라나드라 ᄒᆞᆫ는	〃

번호	기사명	날짜	번호	기사명	날짜
85	二十世紀에 文運이	1909.6.10	113	佛國에서는	1909.7.6
86	近日 루이넉손 造船所內에	1909.6.11	114	天主敎에서	1909.7.7
87	本年三月에 法國巴里에서	1909.6.12	115	美國遊歷家로	1909.7.8
88	現好호 世界各國의	1909.6.13	116	美國紐育市	1909.7.14
89	클셀드 博士의	1909.6.15	117	婦人에게는	1909.7.17
90	倫敦典當局庫間에는	1909.6.17	118	最近에	1909.7.31
91	俄羅斯皇帝	〃	119	視背鏡	1909.8.1
92	墨西哥國은	〃	120	日本滿州에	1909.11.2
93	獨逸國內에서	〃	121	獨逸國에서는	1909.11.4
94	現今 巴里에셔는	〃	122	某飛行家는	〃
95	萬國速記協會에서는	〃	123	米國飛行家	〃
96	米國一富豪의	1909.6.18	124	佛國飛行家	〃
97	英國倫敦에서	〃	125	瑞典人 某氏는	〃
98	米國껜 州州會에셔는	1909.6.19	126	握手禮의 起源	1909.11.12
99	瑞西國에셔는	1909.6.20	127	漫游客과 伊國	〃
100	世界中 波羅的海와	〃	128	最重호 腦	1909.11.13
101	獨逸索遜의	1909.6.23	129	選擧强制	〃
102	中央亞米利加에셔	〃	130	長少相境	〃
103	墨西哥에는	〃	131	珊瑚製寺院	1909.11.14
104	日本에셔는	〃	132	觀相者千人	〃
105	今回에 誕生호	1909.6.24	133	世界最古國旗	1909.11.18
106	米國뻘지니아함튼 學校는	〃	134	摩人의 戰術	1909.11.20
107	本報前号世界奇聞에	1909.6.25	135	鰻魚心臟	1909.11.23
108	南洋濠太利亞州의	1909.6.27	136	嗜烟島民	〃
109	電氣大王이라	1909.6.30	137	法人의 地質硏究	1909.11.26
110	歐米人은	1909.7.2	138	未承諾接吻罰金二百五十圓	1909.11.27
111	現今 世界各國 大圖書館에	1909.7.3	139	皇帝가 牧師兼職	1909.12.3
112	世界各國君主及大統領의	1909.7.4			

위 표에서 볼 수 있듯이, 「세계기문」은 세계 각국에 대한 사건별 짧은 기사들을 소개한 연재물이다. 한 지면에 1~6편의 기사를 약 9개월 동안

발표했는데, 총 139편에 이른다. 특히 연재 초기에는 세계 열강에 대한 정보를 통해 국가의 지향점이나 자국민의 의식 변화 등을 촉구한 비판조의 기사가 다수 게재되었다.

> △公益事業은 千秋不滅 英國 리텀市에 居ㅎ든 一勞働者 二百前 自己 臨終時에 同地 貧民敎育部에 金五磅을 寄付ㅎ얏ᄂᆫᄃᆡ 該 敎育部ᄂᆫ 此로 地段을 買ㅎ야 此에셔 ᄲᅥ하ᄂᆫ 者로 現今ᄭᅡ지 貧民敎育에 用ᄒᆫ 金額이 十萬磅이오 同地段 時價ᄂᆫ 五十萬磅이라더라[92]

> △米國 엘大學校 敎授 아핀픗쉐氏 의 計筭을 據ᄒᆫ 즉 肺病으로 因ㅎ야 世界에 消費되ᄂᆫ 金額이 一年에 大約 十億萬圓에 達하ᄂᆫᄃᆡ 肺病에 死ᄒᆞᄂᆫ 人이 每年에 十三萬八千人 以上이오 一人이 平均 三年間 醫藥費가 三千圓은 될지라 我同胞ᄂᆫ 公益을 爲ㅎ야 肺病을 極히 注意ㅎ여야 ᄒᆞ깃다더라[93]

첫 번째 인용문은, 영국 한 노동자가 지역 빈민을 위해 돈을 기부하고 교육부는 해당 돈으로 빈민교육貧民敎育에 사용한 현황을 소개한 기사이다. 제목에서 알 수 있듯이, 공익사업公益事業의 중요성을 설파한 것으로 당시 전무했던 국내 공익사업에 대한 필요성을 역설한 기사이다.

두 번째 인용문은 세계 폐병肺病 치료에 소비되는 연간 의약비醫藥費에 대한 정보를 서술한 기사이다. 특히 기사 말미에 '공익公益을 위해 우리 동포는 폐병을 극히 주의하라'는 당부의 문구까지 부기하고 있어, 자국민에 대

92　「世界奇聞」, 『皇城新聞』, 1909.3.20.
93　「世界奇聞」, 『皇城新聞』, 1909.3.25.

한 의식 변화 및 견문을 쌓게 할 목적에서 발표한 기사라고 할 수 있다. 이는 앞서, 『황성신문』이 연재했던 사회비판적 성격의 시평時評 기사물「飛屑」・「局外冷評」과 유사한 성격으로, 단 사건의 배경이 국내가 아닌 해외로 확대되었다는 차이점을 가진다. 같은 시기 『대한매일신보』에서도 국내사건에 초점을 맞춘 시평 작품들「社會燈」・「시사평론」이 연재되었는데, 「세계기문」에 이르러 해외 기사를 소재로 하여 자국의 상황이나 실태를 비교한 기사가 연재되기 시작한 것이다. 그러나 「세계기문」은 연재가 거듭될수록, 기문奇聞[94]이라는 제목에 맞추어 나라별 진기珍奇한 소재들을 기사화했다.

앞서 언급했듯이, 「세계기문」은 연재기간 동안 종종 「세계잡조」, 「세계신성」, 「신성」, 「세계일람」 등으로 편명을 바꿔가며 작품을 게재했다. 그 가운데 「세계잡조」는 해외 단신 가운데에서도 대통령리무진 구입비,[95] 세계에서 가장 높은 여관,[96] 나라별 인구변화[97] 등 잡다한 기사내용을 다루고 있으며, 「세계일람」은 세계 각국의 도서관 소장 서적 수,[98] 세계 각국 군주와 대통령의 수입[99] 등의 각종 목록이나, 종류를 나열하고 있다. 또한 「세계신성」・「신성」은 에디슨의 현재 활동[100]이나, 구미인의 다양한 애완용 동물의 종류나 풍조,[101] 무선 어형수뢰 연구 상황[102] 등을 말하는 등 새로운 사실을 전하는 데 특징을 가진다. 각 이칭의 기사들은 대체로 큰 차

---

94 奇聞 : 珍しいうはさ. 珍しい話. (『大漢和辭典』3, 大修館書店, 577쪽).
95 「世界雜組」, 『皇城新聞』, 1909.3.13.
96 「世界雜組」, 『皇城新聞』, 1909.3.16.
97 「世界雜組」, 『皇城新聞』, 1909.4.3.
98 「世界一覽」, 『皇城新聞』, 1909.7.3.
99 「世界一覽」, 『皇城新聞』, 1909.7.4.
100 「世界新聲」, 『皇城新聞』, 1909.6.30.
101 「世界新聲」, 『皇城新聞』, 1909.7.2.
102 「世界新聲」, 『皇城新聞』, 1909.7.6.

이가 없이 유사한 성격의 내용들을 담고 있다. 단지 각 기사의 특징을 부각시키기 위해 편명을 달리한 것으로, 「세계기문」의 동일 범주 안에서 작품을 살펴보아야 할 것이다.

『황성신문』에서는 을사늑약[1905년]을 전후로 해외 열강과 주변국에 대한 관심을 뚜렷이 드러내기 시작한다. 1905년 이후 급증한 「광고」란의 해외 서적광고와,[103] 「논설」란의 외서에 대한 소개글[104] 등을 그 예로 들 수 있다. 「논설—축하서적지다수祝賀書籍之多售」『황성신문』, 1905.4.11에서는 본사 발간의 서책들이 독자들에게 알려지지 않다가, '우연히 한 번 지면상에 게고하였더니偶一揭告於本紙上矣러니', 매진을 기록했음을 전하고 있다. 지면상에 게고한 것은 「광고」란1905.4.3에 실린 「서책발수광고書冊發售廣告」[105]를 지칭하는데, 『법국혁신전사』, 『파란전사』, 『미국독립사』 등 서양 역사류를 포함한다.[106] 이 같은 면모는 국내에서 세계정세에 대한 관심과 함께 다수의 번역서들이 집중적으로 발행되기 시작했던 시점과 때를 같이한다. 황성신문사를 비롯한 민간 출판사·인쇄소의 본격적인 활동과 신설의 증가가 보인 것 역시 1905년 이후였는데, 당시 국내 출판운동이 애국계몽운동의 일환으로 외서의 번역과 출판 및 보급의 중요성을 인지했던 것이라 할 수 있

---

103 『皇城新聞』은 발행된 12년 동안 전체 751종의 서적광고를 게재했는데, 1905년 이전에는 단 25종에 불과했다(황영원, 「근대전환기의 서적과 지식체계 변동」, 『대동문화연구』 81, 성균관대 동아시아학술원, 2013, 324쪽 참조).

104 본서 '제2장-1.-3)-(2) 근대독후설의 성격'을 참조.

105 "書冊發售廣告 法國革新戰史 五十戔 波蘭戰史 四十戔 美國獨立史 四十戔 皇城新聞社"(「廣告」, 『皇城新聞』, 1905.4.3).

106 당시 역사서의 출판도 이상한 현상을 볼 수 있는데, 1895년에서 1900년까지는 주로 학부와 황성신문사에서 서양사에 관한 개설적 저작을 주로 출판했으나, 1901년부터 이러한 저술물이 뜸하게 된다. 그러다 1905년부터 폭발적으로 늘어나서 1908년에 가장 많은 종수를 발행하고, 1909년부터는 신간목록에서 사라지게 된다(강명관, 「근대계몽기 출판운동과 그 역사적 의의」, 『민족문학사연구』 14, 민족문학사학회, 1999, 64~71쪽 참조).

다.[107] 1909년에 이르러 「세계기문」을 비롯한 해외 단편 기사들이 신문에 장기간 연재된 것도 이 같은 국내 출판운동의 흐름이 반영된 결과라 볼 수 있다.

「세계기문」의 기사내용에 있어서는 당시 출판된 서학서들의 영향을 언급하지 않을 수 없다. 『황성신문』은 창간 초기부터 근대 지식 형성과 보급에 있어 서학서[108]의 필요성을 크게 강조한 바있다. 실례로 『태서신사남요』[109]에 대해 '우리 국민이 이 책을 먼저 읽고 구허한 견해와 막힌 흉금을 변화하면 또한 선입先入의 주견이 있을 것이니, 곧 태서신사는 자와 저울로 헤아림이 있는'[110] 책이라 소개할 만큼, 근대지식의 잣대이자 매개체로서 서학서를 중요시 여겼던 것이다. 『태서신사남요』가 서구의 근대의 역사를 서술했다면, 『사민필지』는 세계의 지리지식과 문화를 소개한 서적이다. 『사민필지』는 1906년에 수정판, 1909년에 제3판이 출간된 바 있는

---

107 1900년경까지 신식출판물의 절대 다수는 학부편집국의 산물이었다. 1905년 이전까지 출판 활동(신식출판물)에 관계된 민간 출판사·인쇄소는 탑인사·광인사·광문사·박문사·황성 신문사 등으로 정리할 수 있다. 인쇄소가 폭발적인 증가를 보인 것은 1905년 을사늑약 이후이다. 출판사(인쇄소)의 신설빈도 추이를 살펴보면 1905년 2개소, 1906년에 6개소(3개소), 1907년에 12개소(4개소), 1908년에 19개소(9개소), 1909년에 4개소(7개소), 1910년에 3개소(1개소)이다(강명관, 위의 글, 50~56쪽 참조).

108 1895년 근대식 학제 도입이후 학부에서는 『태서신사남요(泰西新史攬要)』, 『공법회통(公法會通)』, 『서례수지(西禮須知)』, 『지구약론(地球略論)』 등 다수의 번역 서학서들이 출판되어 교과서로 활용되었다(강미정·김경남, 「근대 계몽기 한국에 수용된 중국 번역 서학서」, 『한국에 영향을 미친 중국 근대지식과 사상』, 경진, 2019, 54~61쪽 참조).

109 『태서신사남요(泰西新史攬要)』는 로버트 맥켄지(Rovert Mackenzie, 한어명 馬懇西)가 1880년 영국에서 서술한 『19세기-역사(The 19th Cebntury-A History)』(London, T. Lelsan and Sons)를, 티모시 리처드(Timothy Richard, 한어명 李提摩太)가 1895년 상해에서 번역한 것으로, 대한제국 건양2(1897)년 6월 학부에서 교과용도서로서 한문본과 언역본 2종을 발행하였다(허재영, 「광학회 서목과 『태서신사남요』를 통해 본 근대 지식 수용과 의미」, 『독서연구』 35, 한국독서학회, 2015, 229~231쪽 참조).

110 "凡我韓人이 此書를 先讀ㅎ야 其拘墟의 見과 膠滯의 胸을 化ㅎ면 쯘흔 可히 先入의 主가 有흘 지니 (…중략…) 然則 泰西新史란 者는 尺의 量이 有ㅎ며 衡의 量이 有흔 者오"(「論說」, 『皇城新聞』 1899.7.29).

데,[111] 당시 『황성신문』의 「광고」[112]를 통해 『사민필지』가 경신학교[113] 등의 지지地誌 교과서로 활용되었음을 살펴볼 수 있다. 당시 『소학만국지지』·『중등만국지지』 등 여타의 세계지리 교과서들에 비해, 『사민필지』는 국내의 시각에서 세계의 문화와 풍속 등을 자세히 소개하고 있으며,[114] 한문본1895년의 경우 국가별 설명의 말미에 작가의 평설評說을 부기하여 언급된 상황에 대한 가치나 의의를 평가·설명하고 있다.[115] 이를 통해 당대 지식인들의 주변국에 대한 주요 관심사나 자국의 선별과제로 여겼던 요소들을 확인할 수 있다는 점에서, 이 책에서는 「세계기문」과의 연관성에 주목하였다.

예컨대, 『사민필지』[116]에서는 러시아에 대해, "해마다 새로운 학설로 만

---

111 『사민필지』의 경우도 헐버트(Hulbert, H. B.)가 1886년 육영공원의 교사로 취임한 뒤, 저술한 지리 교과서이다. 1889~1893년 초판인 한글본이 출간되었고 1906년에는 수정판, 1909년에는 제3판이 출간되었다. 특히, 1895년에는 조선 의정부주사 백남규(白南圭)와 이명상(李明翔)이 한글본을 한역하고, 김택영(金澤榮)이 찬(撰)하여 조선의정부편사국(朝鮮議政府編史局)에서 한역본으로 간행할만큼 상하 여러 계층의 이목을 집중시킨 출판물이었다고 볼 수 있다(김형태, 「한문본 사민필지의 유서적 특성연구」, 『열상고전연구』 70, 열상고전연구회, 2020, 195쪽 참조).

112 「廣告-學員募集廣告」, 『皇城新聞』, 1907.10.12~1907.10.16; 「廣告-學員募集廣告」, 『大韓每日申報』, 1907.10.12~1907.10.16.

113 언더우드(H. G. Underwood)가 1885년 4월 5일 조선에 입국하여 1886년에 고아원을 창설하였는데, 해당 기관은 이후 경신학교(儆新學校)로 발전하게 된다. 1908년 경신학교 중등과의 교과목은 성경, 사서, 동서양역사, 만국지지, 지문학(地文學), 중등생리, 중등물리, 중등화학, 국가학 등이 있었다(강영택, 「초기 기독교학교의 신앙교육 비교 고찰」, 『신앙과학문』 17(2), 기독교학문연구회, 2012, 20~23쪽 참조).

114 『小學萬國地誌』는 일본지리서를 저본으로 일본인 번역관 등에 의해 편찬되었으며, 대략 100여개 국가나 지역의 지형, 기후, 토양, 역사, 문화, 도시, 인구, 상공업, 자원, 물산 등을 망라하고 있다. 『中等萬國地誌』는 일본 矢津昌永의 『中學萬國地誌』를 번역·편찬한 것이다(강창숙, 「근대계몽기 세계지리 교과서 『小學萬國地誌』의 내용체계와 서술방식」, 『한국지역지리학회지』 19, 한국지역지리학회, 2013, 747~763쪽; 「근대계몽기 세계지리 교과서 『中等萬國地誌』의 내용체계와 근대 지식의 수용과 변용」, 『문화역사지리』 28, 한국문화역사지리학회, 2016, 1~19쪽 참조).

115 김형태, 앞의 글, 215~219쪽 참조.

116 본서에서는 국립중앙도서관 소장 한문본 『士民必知』(白南圭·李明翔 譯, 1895)을 저본으로

드는 책들이 거의 만가지이며, 장님과 귀머거리와 절름발이와 벙어리인 사람에 이르더라도 또한 모두 학당에 들어가니, 온 나라 안에 배우지 못하는 사람이 없다"[117]고 소개한다. 우리나라 최초의 국립도서관 설립은 국가 주도가 아닌 민간의 주도로 시작되었는데, 1906년 2월 이범구李範九, 이근상李根湘, 박용화朴鏞和, 민형식閔衡植, 윤치호尹致昊, 이봉래李鳳來 등이 모여 대한도서관 설립을 발기하였다. 이후로도 궁내부에 설치된 대한도서관을 확장하는 등 지속적으로 왕실 내에서 국립도서관을 개관하기 위한 준비가 진행되었는데, 1911년 5월 총독부 취조국에 그간 수집했던 모든 장서를 빼앗기게 되면서 결국 폐관되었다.[118]

또한 장애인 교육의 경우, 주로 가정에서 부모에 의해 이루어지다가, 개신교 선교사들에 의해 본격화되기 시작하였다. 특히, 감리교 여성 의료선교사인 로제타 셔우드 홀[1865~1951]은 1898년 6월 광혜여원에 별도의 방을 마련하여 맹인 교육을 실시하여 1909년에는 농聾교육까지 확대平壤盲啞學校하였다. 1910년 일제로부터 '평양맹아학교'로 정식 인가를 받았으며 당시 총 학생수는 26명이었는데, 영세했던 규모를 짐작할 수 있다.[119] 따라서 국가에 새로운 학설이 담긴 책들이 넘쳐나며, 장애인을 비롯하여 누구든 차별 없이 배울 수 있는 러시아의 교육 환경에 대한 소개는 당대 지식인들은 물론 일반 독자들에게까지 자국의 현실을 직시하고 근대 의식을 고취하기 위한 기획이었다고 할 수 있다.

삼았으며, 원문에 대한 띄어쓰기 및 해석은 『한문본 역주 사민필지』(김형태·고석주, 소명출판, 2020)에 따랐음을 밝힌다.

117 "歲以新說成書者 近萬數以及瞽聾跛喑之人 亦皆入學 擧一國之內無不學之人"(『士民必知』卷之一).

118 송승섭, 『한국도서관사』, 한국도서관협회, 2019, 212~216쪽 참조.

119 정창권, 『근대장애인사』, 사우, 2019, 63~77쪽 참조.

그밖에도 『사민필지』에서 다루는 국가별 정보는 지리적 위치·면적·인구·문화·역사·문물·교육·군사·정치제도·풍속·언어 등 한층 다양하고 객관적이다. 이는 『사민필지』가 애당초 세계지리서지리교과서로 기획되었기 때문이다. 반면 「세계기문」은 신문연재기사로서 한정된 지면에 독자의 이목을 집중시킬 만한 특정사건이나 소재의 선택이 필요했다. 따라서 국가별 흥미로운 풍속과 민족적 기질 등 세부적이고 부가적인 정보의 전달에 보다 집중하였으며, 때론 객관성이 떨어지는 정보도 '기문奇聞'이라는 편명아래 상대적으로 자유롭게 소개하였다.

「세계기문」에 연재된 '러시아' 국가에 대한 기사를 살펴보면, 세계에서 가장 맹인이 많은 나라로 소개하며 전체 인구 대비 맹인의 비율까지 수치로 보여주고 있고,[120] 더불어 '세계 각국 도서관이 소장한 서적수를 비교하며 그 가운데 러시아가 3위'[121]에 해당함을 언급하고 있다. 이는 앞서 『사민필지』에서 '만가지의 책'과 '장님이 학당에 다닐 수 있다.'는 러시아 국가에 대해 서술한 풍속기사와 연관지을 수 있는 대목으로, 이에 대한 지엽적인 정보를 제공하고 있음을 알 수 있다. '풍속의 습관은 바람과 같아서, 바람은 부는 대로 통하고 습관은 보는대로 변한다'[122]고 한 것처럼, 독자들에게 문명국의 다양한 풍속을 인지시킴으로써, 세계적 동향의 파악과 자국이 나아가야할 길을 직시하도록 한 것이다. 이는 '당대 지식인의

---

120 "△世界各國中盲人의 最多훈 國은 露國인딕 露國은 人口一千八人에 對호야 盲人一人의 比例라더라"(「世界雜組」, 『皇城新聞』, 1909.3.14).

121 "△現今 世界各國 大圖書館에 所藏훈 書籍數를 據훈 즉 大略 如左호다더라 冊券數의 多募로 順序를 定훈 (…중략…) 俄國聖彼得堡帝國圖書舘 一, 五〇〇, 〇〇〇"(「世界一覽」, 『皇城新聞』, 1909.7.3).

122 "빅셩은 셧셧훈 셩품이 업고 풍속은 뎡훈 습관이 업셔셔 빅셩의 셩품은 물과 굿고 풍속의 습관은 바름과 굿호니 물은 인도호는 딕로 흐르고 빅셩은 굿르치는 딕로 화호며 바름은 부는 딕로 통호고 습관은 보는 딕로 변호느니라"(「긔셔-긔화의본짓」, 『대한매일신보』, 1909.9.10).

문명적 시선이 단순히 전통문화의 와해나 개조, 또는 수정의 차원이 아닌 풍속 계몽담론의 지속적 유포를 통하여 국민의 근대적 의식 고취를 기획하고 있었음'[123]을 알 수 있게 한다.

2) 대륙별 풍속기사와 계몽담론

「세계기문」 연재기사는 전세계 다양한 풍속과 민족적 기질, 문화 등을 소재로 삼음으로써, 세계 열강과 주변국을 모델로한 계몽담론을 펼치고 있다. 전체 139편의 기사를 대륙별로 분류하면 아래 표와 같다.

〈표 7〉 대륙별 「세계기문」 기사 분류

대륙(편수)	기사 일련 번호
유럽(85)	1·3·6·8·11·12·14·20·21·22·23·27·28·29·30·31·32·35·36·38·39·40·45·46·50·51·52·53·55·61·63·65·66·67·69·70·71·72·73·75·76·77·79·80·82·83·85·86·87·88·89·90·91·93·94·97·99·100·101·104·105·107·110·111·112·113·114·118·119·121·122·124·125·126·127·128·129·130·131·132·133·134·136·137·139
아메리카(34)	2·5·7·9·13·15·16·17·18·19·26·34·37·42·47·48·54·56·58·64·68·74·78·92·95·96·98·102·103·106·109·116·120·138
아시아(9)	10·41·43·49·57·81·84·115·123
아프리카(3)	24·33·62
오스트레일리아(2)	4·108
기타(6)	25·44·59·60·117·135

위 표에서 볼 수 있듯이, 많은 기사들이 유럽을 소재로 하고 있다. 이 같이 유럽에 대한 편중된 서술은 『사민필지』를 비롯한 여타 세계지리 교과서에 공통적으로 나타나는 특징이다. 이는 세계지리서의 편찬과 번역시

---

123 이병철, 「근대풍속 계몽담론 소고」, 『한국사상과 문화』 73, 수덕문화사, 2014, 77~79쪽 참조.

많은 부분 유럽의 지리서를 저본으로 삼은 결과일 수 있으며,[124] 더불어 당대 지식인들을 중심으로 개화 및 사회진화의 논리가 추구했던 방향과 해당 유럽국가에 대한 관심의 정도를 짐작할 수 있게 한다.

다음은 유럽 국가 가운데, 독일에 대한 정보를 다룬 기사이다.

△ 獨逸國루|네벨히의옥|루젠市에셔ᄂᆞᆫ近日에一家의家長된男子가午后上一時以後ᄂᆞᆫ自宅을離지못ᄒᆞ기로法律를發布ᄒᆞ얏ᄂᆞᆫ티此를違反ᄒᆞ者ᄂᆞᆫ金五圓의科料를出ᄒᆞ티夫妻가各各半額을負擔ᄒᆞᆫ다더라[125]

△ 獨逸國에셔ᄂᆞᆫ 速射砲을 附置ᄒᆞᆯ 自働車를 製造ᄒᆞ얏ᄂᆞᆫ티 此ᄂᆞᆫ 飛行機를 射擊ᄒᆞ랴ᄂᆞᆫ 目的이라더라[126]

첫 번째 기사에서는 '독일 가장家長의 통금시간과 벌금'이라는 흥미로운 소재를 다루고 있다. 집안의 가장인 남성이 오후 1시 이후에 자택을 떠날 때에는 금 5환을 과료로 내는 것으로 부부가 반액씩 부담한다는 조항을 상세히 설명해주고 있다. 다음 인용 기사에서는 '독일의 비행기 사격을 위한 속사포 자동차'라는 당시 국내에는 생소했던 장갑차에 대한 기사를 통해 이목을 집중시키고 있다. 『사민필지』에서도 '독일 국민들에게 걷는 많은 세금을 통해 나라의 부유함을 언급한 것'[127]과, '강력한 군사현황에 대

---

124 『소학만국지지』에서 유럽대륙에 대한 정보는 다른 대륙의 국가들에 비해 상세하고 정확하게 서술되어 있다. 이는 당시 유럽에 대한 편찬 저자들의 관심도가 높았다고 볼 수도 있으며, 저본 으로 삼은 일본 서적이 유럽의 지리서를 번역하거나 참고한 서적임을 시사해 준다(강창숙, 앞의 글, 754~756쪽 참조).
125 「世界奇聞」, 『皇城新聞』, 1909.3.23.
126 「世界奇聞」, 『皇城新聞』, 1909.11.4.

해 서술한 내용'[128]을 확인할 수 있다.

실제 독일은 오토 폰 비스마르크Otto von Bismarck 총리가 조직한 1884~1885년의 베를린 회의 이후 유럽의 패권국가로 발돋움하기 위한 욕망을 분명히 드러내기 시작했다. 이후 카이저 빌헬름 2세가 세계정책Weltpolitik을 강력히 추진하며 1897년부터 군사력을 대규모 확대했는데,[129] 당시 대한제국 내 강력한 군사력의 필요성과 넉넉한 국가의 재정의 필요성 등을 역설하기 위한 기사였다고 볼 수 있다. 전체 유럽국가 가운데 독일을 언급한 기사는 8편이 확인되는데,[130] 독일을 비롯한 유럽국가에 대한 기사들은 많은 부분 자국이 본받아야 할 대상으로서 문명국의 면모를 서술하고 있다. 그러나 경우에 따라서는 부정적인 풍속 기사를 통해 자국의 반면교사로 삼기도 한다. 대표적인 예로 스페인에 대한 기사를 들 수 있다.

스페인은 19세기 내내 자유파와 보수파 사이의 내전으로 인해 나라 안팎으로 혼란이 가중화되던 시기였다. 또한 1898년에 미국과의 전쟁에서 패한 뒤 파리에서 강화조약을 맺게 되면서, 유럽서남부의 주변국으로 전락하고 말았다.[131] 이 같은 스페인의 몰락의 원인으로 「세계기문」은 그들의 야만적이고 기이한 풍습에 주목하였다.

△ 西班牙國에 챠비온이라 稱ᄒᆞᄂᆞᆫ 者ㅣ 有ᄒᆞ야 野牛와 戰鬪ᄒᆞ기를 好홈으로

---

127 "稅課之入歲爲三百百萬圓 此其富雄諸國者也"(『士民必知』 卷之一)

128 "其陸軍六十萬人 海軍二萬人 火輪戰艦百艘 鐵甲大艦二十七 强大之勢蓋俄之次也"(『士民必知』 卷之一)

129 에밀리 S. 로젠버그, 『하버드-C.H. 베크 세계사—1870~1945』, 민음사, 2018, 449~450쪽 참조.

130 「세계기문」에서 독일에 대한 기사는 총 8편이 등장한다. 「世界奇聞」, 1909.3.23(19); 「世界雜組」, 1909.4.2(28); 「世界雜組」, 1909.4.3(29); 「世界奇聞」, 1909.4.7(31); 「世界奇聞」, 1909.6.17(54); 「世界奇聞」, 1909.6.23(59); 「新聲」, 1909.7.31(68); 「世界奇聞」, 1909.11.4(70).

131 신정환·전용갑, 『두개의 스페인』, 한국외대 지식출판원, 2011, 143~147쪽 참조.

鬪牛라는 稱號를 得ᄒ얏는듸 該氏는 二十五年間에 다만 一個의 武器를 持ᄒ고 勇猛ᄒᆫ 野牛와 鬪ᄒ야 博殺ᄒᆫ 數가 三千五百頭에 達ᄒ얏다더라[132]

△摩洛哥와 西班牙間에 數月來 戰爭ᄒᆷ은 世所共知ᄒᆫ 바어니와 某報를 據ᄒᆫ 즉 摩洛哥土人은 西軍을 對ᄒᆯ 時에 自己의 帽服을 畜犬에게 覆ᄒ야 擬似兵을 作ᄒᆫ 後 該軍隊를 西軍에게 向ᄒ야 放ᄒᆫ 後 自己는 其後를 隨ᄒ야 西陣의 紊亂ᄒᆷ을 乘而猛擊ᄒ다더라[133]

첫 번째 기사는 스페인의 한 투우사가 25년간 들소와 싸워 죽인 숫자가 3천 5백 마리에 달한다는 내용이다. 이 같은 '투우풍습'은 당시 끊임없는 내란과 국제분쟁을 겪고 있는 스페인에 대한 국민성을 파악하는 척도로 작용한 것이다.

『사민필지』에서도 글의 말미에 '투우의 풍습'을 소개하며, "이 때문에 사람을 죽음에 이르게 함이 많으니 이것은 비록 풍속이 기이하다고 할 만한 것이지만 또한 그 사람들의 싸움하기 좋아하는 성품을 알 수 있다"[134]라는 평설을 하였다. '재물이 매우 넉넉하지 못하고, 다른나라와 비교하여 그 도로를 잘 닦지 못했다'[135]는 혹평과 함께, 당시 스페인을 바라본 국내의 시각을 알 수 있는 대목이다.

특히, 국내에서 스페인을 부정적으로 바라본 것은 모로코 영토 분쟁과 연관이 깊다. 주지하듯 19세기 말엽 스페인은 유럽 열강들과 함께 아프리

---

132 「世界奇聞」, 『皇城新聞』, 1909.6.8.
133 「世界奇聞」, 『皇城新聞』, 1909.11.20.
134 "以此多致斃 此雖風俗之可怪者 而亦可以知其人好戰之性云"(『士民必知』卷之一).
135 "財不甚富 (…중략…) 比他國 不甚修其道路也"(『士民必知』卷之一).

카 식민지 쟁탈전에 뛰어들었는데, 1906년 알헤시라스Algeciras에 모인 열
강들이 스페인의 모로코 북부 지배권을 인정해 주었다. 그러나, 모로코는
그들의 의견이 고려되지 않은 회담 결과에 크게 저항했으며, 1909년 바랑
코 델 로보에서 벌어진 전투에서는 모로코가 스페인 군대를 크게 물리치
기도 했다.[136] 『황성신문』 「외보外報」에서도 모로코문제摩洛哥問題[137] 대해 당
시 국제적 분위기를 전하고 있다. 두 번째 인용문도 모로코 사건을 전하는
기사이다. 다만 모로코와 스페인 양국 간 수 개월에 걸친 전쟁을 소개한
것 외, 모로코인들의 특별한 전투방식을 소개하며 독자의 관심을 이끌었
다는 특징을 가진다.

'〈표 7〉 대륙별 「세계기문」 기사 분류'에서 볼 수 있듯이 아메리카에
대한 기사의 비중도 다소 높은 편인데, 대부분 미합중국에 대한 정보를 소
개한 기사라 할 수 있다. 「세계기문」은 여타 세계지리서와 달리 국가별 흥
미로운 풍속들을 소개한 신문연재기사이기 때문에, 주요 국가에 대해서
는 수차례에 걸쳐 다양한 기사들을 게재했기 때문이다. 『사민필지』에서
도 미합중국이라는 나라에 대해 세계에서 가장 재물이 풍부한 나라로 소
개하고 있을 만큼,[138] 선망의 대상으로서 해당 국가를 인지했을 가능성이
높다. 따라서 「세계기문」에서도 미합중국에 대한 다수의 기사들이 국가
의 재력 뿐만 아니라 국민 개인의 풍족함까지도 주요 소재로 삼고 있다.

---

136 서희석, 「한권으로 읽는 스페인 근현대사」, 을유문화사, 2018, 315~320쪽 참조.
137 "摩洛哥問題 摩洛哥國은지부로다 海峽을 隔ᄒ야 西班牙와 相對ᄒ고 (…중략…) 然而摩洛哥國人
이歐洲列國이 互相排擠ᄒ야其獨立을 奪치못홈을 稔知ᄒᄂᆫ 故로此를 利用ᄒ야 紛擾를 釀成ᄒ
야 國內의 紛擾가 不息홈으로 今番에 法西兩國이 再次活動ᄒ다더라"(「外報」, 『皇城新聞』,
1906.12.8).
138 "今天下最號富饒 其財額大槩六萬七千百萬圓云 (…중략…) 稅入四百百萬圓"(『士民必知』卷之二).

△ 米國의 石油王 롯쿠훼라氏ᄂᆞ 一月廿一日 시카고大學을 爲ᄒᆞ야 年年四萬弗의 純益이 有ᄒᆞᆫ 私產百萬弗을 寄付ᄒᆞ얏ᄂᆞᄃᆡ 此金額과 氏가 同大學에 最初붓터 寄付ᄒᆞᆫ 金額을 合筭ᄒᆞ면 二千四百八十萬弗의 巨額에 達ᄒᆞ얏다니 可謂富家翁의 寄付法이로다[139]

△ 紐育에 在ᄒᆞᄂᆞ 레큐아라 稱ᄒᆞᄂᆞ 夫人이 鉄道事故를 因ᄒᆞ야 膝關節에 負傷ᄒᆞᆷ으로 天父의 祈禱ᄒᆞᆯ 時에 跪望ᄒᆞᆷ을 不得ᄒᆞ야 精神慰安에 一大缺点을 生하얏ᄉᆞᆫ 즉 紐育鉄道會社에셔 四千圜의 賠償을 得케 ᄒᆞ라고 裁判所에 呈訴ᄒᆞᆫ 바 同裁判所判事ᄂᆞ 此를 至當ᄒᆞᆫ 事로 認定ᄒᆞ야 右會社에 賠償을 命ᄒᆞ얏다더라[140]

첫 번째 기사문에서는 미국의 석유왕 록펠러John Davison Rockefeller가 시카고 대학을 위하여 100만 달러를 기부했고, 지금까지 시카고 대학에 총 기부한 금액이 2,480만 달러에 달하였다는 내용을 소개하고 있다. 특히 「세계기문」에서는, 록펠러에 대해 미국 시카고 대학교 기념도서관 건설비 가운데 60만 달러를 기부했다는 기사[141]까지 게재하였다. 그 밖에도 '미국 1년간 금니를 사용하는 금액'[142]과 '미국의 밀小麥업자의 수익량',[143] '미국 부호富豪 딸이 받은 결혼선물'[144] 등 미국인들의 재력에 초점을 맞춘 기사들이 다수 발표되었다.

앞서 독일 기사에서처럼, 국가 재력에 대한 관심은 동시에 국민 개인이

---

139 「世界雜組」, 『皇城新聞』, 1909.3.12.
140 「世界奇聞」, 『皇城新聞』, 1909.5.30.
141 「世界奇聞」, 『皇城新聞』, 1909.3.17.
142 「世界奇聞」, 『皇城新聞』, 1909.3.31.
143 「世界奇聞」, 『皇城新聞』, 1909.4.13.
144 「世界奇聞」, 『皇城新聞』, 1909.6.18.

부담해야 하는 세금·벌금 등[145]에 대한 관심으로 이어지기도 하며, 다른 한 편에서는 국가나 기업이 자국민에게 제공하는 배상금에 초점을 맞추기도 한다. 두 번째 인용기사를 살펴보면 한 개인이 뉴욕의 철도사고로 인해 거액의 배상금을 받았다는 내용을 담고 있다. 국가의 큰 재력은 국민들에게 걷는 세금에 기반하지만, 그 재력으로 인하여 자국의 국민들도 혜택을 누릴 수 있음을 환기시키는 기사라 할 수 있다.

이처럼 유럽 열강과 미합중국에 대한 정보는 당시 조선과의 이질적인 부분에 초점을 맞추며 자국이 지향해야 할 근대화의 면면에 대한 실례로 보여준 것이었다면, 아시아 국가에 대한 기사들은 '소인국의 발견',[146] '마기찰법'[147]·'귀마'[148] 등, 다수 비현실적이고 기이한 소재들을 통해 미개화된 비문명국으로서의 면모를 드러내고 있다. 그뿐만 아니라 아프리카와 오스트레일리아를 포함한 기타 국가들을 소개한 기사에서도 동식물, 곤충 등을 주요 소재로 다루고 있어, 당시 조선이 주변국을 바라본 시각을 확인할 수 있다. 이는 1895~1910년에 발행된 일련의 역사류 저작들이 '본받아야 할 대상으로 유럽 근대국가의 태동을 다룬 것'과, '반면교사로서의 의미가 있는 비유럽국가의 식민지 전락사를 다룬 것'으로 분류할 수 있는 것[149]과 일맥 상통한다고 볼 수 있다.

---

145 '뉴욕시에서 시행된 침뱉기 금지법을 통해 매일 2백여 명이 부담하는 벌금'(「世界雜俎」, 1909.4.3)와 '하와이에서 23세 이상 미혼자에 대해 미혼세를 과징하는 법안'(「世界奇聞」, 1909.4.17), '멘주에서 30세 이상 남성미혼자 과징하는 법안'(「世界奇聞」, 1909.6.19), '북미에 아내의 승낙을 얻지 않고 입맞춤을 하다가 벌금을 낸 사건'(「世界奇聞」, 1909.11.27) 등을 찾을 수 있다.

146 「世界奇聞」, 『皇城新聞』, 1909.7.8.

147 「世界奇聞」, 『皇城新聞』, 1909.11.2.

148 「世界奇聞」, 『皇城新聞』, 1909.6.9.

149 강명관, 「근대계몽기 출판운동과 그 역사적 의의」, 『민족문학사연구』14, 민족문학사학회, 1992, 67쪽 참조.

「세계기문」의 연재가 종료된 이후1909.12.3로도 신문이 폐간되는 시점 1910.9.14까지 「담총談叢」, 「진담珍談」 등 약 150여 편의 해외기사들이 연재를 이어갔다. '담총', '진담' 등의 편목에서 알 수 있듯이 「세계기문」에 비해 기이奇異한 소재가 현저히 줄어들었다고 볼 수 있다. 「담총談叢」·「진담珍談」은 '우리나라의 국회國花로서 도화桃花를 정함을 주장하는 글',[150] '청국의 한 여사가 일본 유학생으로 가서 자유결혼을 제창한 사건',[151] '프랑스 육군에서 채용한 자동선차自働船車의 성능을 논한 글'[152] 등 「세계기문」에 비해 사회비판적인 주제의 기사들을 담고 있다.

'담총'이란 제명은 전통적으로 연암 박지원의 글을 모은 『담총외기談叢外記』 등에서도 쓰였듯이, 한문단편에 활용하던 제명으로 짐작할 수 있다. 근대에 이르러 『대한흥학보』1909.3.20~1910.5.20에서도 「담총」란에서는 비판적인 '논설'을 담았으며 그보다 앞서 『서북학회월보』에도 '담총'이란 명칭을 사용하며, 비판조의 대화체 서사를 실었다.[153] 특히, 『대한흥학보』에서는 편집자 논평 형식을 담고 있는데, 『황성신문』의 「담총」에서도 초기 기사에는 편집자 논평 형식[154]을 보이기도 한다. 이는 '담총'이라는 표제 자체가 당시 개화사상 및 사회비판을 담은 단편기사를 지칭한 것이었다고 볼 수 있다. 따라서, 「세계기문」의 연재가 종료된 이후에도 「담총」·「진담」의 기사 내에 기이한 소재를 다룰 경우, '기문奇聞'[155]의 편명으로

---

150 「談叢」, 『皇城新聞』, 1909.7.1.

151 「談叢」, 『皇城新聞』, 1909.7.8.

152 「珍談」, 『皇城新聞』, 1909.12.19.

153 전은경, 「근대계몽기 서북지역 잡지의 편집 기획과 유학생 잡지의 상관관계」, 『국어국문학』 183, 국어국문학회, 2018, 253~266쪽 참조.

154 「談叢」, 『皇城新聞』, 1909.7.1.

155 「奇聞」, 『皇城新聞』, 1910.6.5; 「奇聞」, 『皇城新聞』, 1910.8.23.

구분을 주거나, 기존 '진담'이란 편명에 '이문진담異聞珍談 · 기문진담奇聞珍談' 등으로 변화를 주기도 했다.

『황성신문』에 연재된 일련의 해외 기사들이 모두 국민의 근대 의식 고취라는 목표 아래 있었음은 자명하다. 풍속 계몽담론을 전개했던 「세계기문」의 연재가 한 축을 이루었다면, 다른 한 편에서는 「담총」 등의 다양한 표제어를 통해 기사의 성격을 변형해가며 새로운 시도와 가능성을 모색했다고 볼 수 있다. 결국 1909년 12월 3일 자로 「세계기문」의 연재가 종료되면서, 「세계기문」의 역할은 온전히 「담총」 · 「진담」의 기사들이 담당하게 되었다. 보다 개화사상과 사회비판적 성격이 강해진 해외기사들은 『황성신문』이 폐간되는 시점까지 꾸준히 연재를 이어가게 된다.

제5장
결론, 맺지 못한 이야기

이 책에서는 『황성신문』의 다양한 지면을 통해 발생·분화의 과정을 겪었던 서사문학의 흐름과 특징을 구명하면서, 단일매체의 통시적 관점에서 근대서사의 발생과 형성과정을 살펴보고자 하였다. 이는 근대매체 「소설」란의 발생이 단순히 서구나 일본 정론지의 영향뿐만 아니라, 전통 산문양식의 차용과 변용 및 독자층의 확대, 국내 출판운동 등의 내적 준비과정을 거쳤음을 증명하려는 의도였다. 따라서 이 책은 『황성신문』 소재 서사작품을 중심으로, 근대서사의 발생에 직간접적으로 영향을 준 기존 산문양식이나 문헌자료와의 비교분석을 통해 『황성신문』의 창간부터 폐간까지 12년간 전개되었던 서사문학의 종합적 검토를 시도하고자 한 것이다. 이를 위해 『황성신문』의 서사문학을 크게 단형서사제2장와 장형서사제3장 부분으로 나누어 정리하고, 추후 전개되는 서사문학양상제4장에 대해서도 조망하였다.

단형서사와 장형서사에 대한 구분은 매체 속 서사문학의 출현시점만을 기준한 것이 아닌, 각기 다른 게재지면에 따른 문체적 변화와 기획 의도 등의 측면을 근거한 것이다. 따라서 '고사'라는 화소語素를 함의한 연재물에 주목하여 신문지면의 정착과정에서 발생한 각 서사문학의 연원과 특징, 변별점 등에 대해 검토해보았다.

먼저 단형서사 가운데는 「논설」란의 '논변류 고사'와 '독후설' 및 「고사」란의 「고사」, 「잡보」란의 「국조고사」와 「대동고사」 등의 작품을 대상으로 하였다. 당시 「논설」란에는 근대소설의 초석이 되는 과도기적 문학양식인 '서사적논설'이 출현하였다. 그 배경에는 '논설'이라는 어휘가 당시 한자 문화권에서 통용되던 의미와 연관 지을 수 있는데, '논설'이란 명칭이 전통산문양식인 '논설·논변류'에서 출현한 것이기 때문이다. 근대초기 '논설'이 「EDITORIAL Leitartikel」의 번역어로서 특정 지면의 역할을 부여받게 되면서, '논변류'를 포함한 기존 산문양식들이 착종되어 다양한 형태로 구현되었다고 볼 수 있다. 따라서 '서사적논설' 또한 '논설·논변류'의 속성을 복합적으로 보여주게 된다. 그 가운데 '사류事類'의 수사법直用·綜合·假設으로 다양한 '고사'들을 원용한 '논변류 고사'는, 『황성신문』의 주요독자층인 유생층을 대상으로 한 주요한 글쓰기 전략이 될 수 있었다.

따라서 근대 논변류 양식인 '독후설'의 경우에도, 「논설」란의 성격이 변화되고 정착되는 과정 속에서 그 주제와 형식을 바꿔가며 지속적으로 발표되었다. 특히 황성신문사의 2차 지면개편1905.4.1 시점은 사회적으로 애국계몽을 위한 도구로서 외적 번역의 필요성이 강조되던 상황이었는데, 해당 지면개편을 기점으로 '독후설'의 소재가 동양의 고사에서 서양의 역사전기류로 옮겨가게 되었으며, 이를 통해 단형서사의 게재 횟수가 급감하던 시점1906에도 꾸준한 연재를 이어가며 그 빈자리를 대체할 수 있었다. 『월남망국사越南亡國史』와 『의대리건국삼걸전意大利建國三傑傳』이 '번역·번안' 소설로서 국내에 출판되기 이전, 기존 독후설 형식을 빌려 「논설」란에 발표된 것도 이 같은 배경에 근거한다.

'논변류 고사'와 '독후설'뿐만 아니라 「고사」·「국조고사」·「대동고사」 등의 고사 연재물도 세 차례에 걸친 지면개편1899.11.13/1905.4.1/1906.4.2과 운영·집필진의 교체 등으로 인해 연재와 중단을 거듭하면서도 당대 독자층의 수요가 뒷받침되면서 「고사」란과 「잡보」란 등에서 연재를 이어갔다. 그 가운데 「대동고사」는 3차 지면개편1906.4.2과 함께 출현한 연재물로서, 앞서 「고사」·「국조고사」에 비해 작품에서 다루는 시기나 제재, 주제의식 등에서 한층 다양해진 면모와 함께 문체상의 변모도 확인할 수 있다.

이 같은 단형서사의 출현과 변모가 이어지는 과정 속에서, 「소설」란에는 한문현토소설「신단공안」, 「잡보」란에서는 서사적기사「별계채탐」가 장형서사의 형태로 연재되기 시작했다. 장형서사의 경우에도 작품의 시대적 배경 및 인물의 설정이 실사에 기반을 두었는데, 기존 문헌설화의 화소도, 삽화揷話나 일화별 제재題材 등을 통해 적극적으로 차용하고 있다. 그 과정에서 개연성이 떨어지는 원혼소재 등을 배제·변용하여 보다 합리적인 해결책과 개연성 있는 송사과정을 그리기도 하고「신단공안」, 실제 사건을 채탐하여 서사문학의 형식으로 재구성하는 면모「별계채탐」를 보이기도 하였다. 특히 「신단공안」의 경우, 과거 평비본에서 찾기 힘든 속화된 내용의 '협비'와 국문으로 이루어진 '한글협비'라는 독특한 형태를 발견할 수 있다. 이는 전통적 문예양식을 근대 매체 속에 효과적으로 활용한 예로, 주필의 의견을 직간접적으로 개진했던 기존 단형서사보다 한 단계 발전된 형태이며, 신문사에 처해진 내·외적 문제경영난·일제언론탄압 등를 극복하기 위한 기획의 일환이었다고 할 수 있다.

이 같은 『황성신문』의 지면정착과정에서 발생한 각 서사문학 작품의 특징과 변별점 등은 '기사체'가 적용된 방식과 그 역할을 중심으로 살펴볼 수 있다.제4장-1 그 일련의 모습은 기존 전통산문양식에 근거한 근대의 서사문학들이 신문이라는 매체의 성격과 각 지면의 특성에 맞추어 정련화되는 과정을 거쳤음을 보여준다.

또한, 이 책에서 주목한 논변류 고사「논설」 1899~1908를 비롯한 독후설'고사' 1989~1904; '역사전기류' 1905~1910, 고사 연재물「고사」 1899~1900; 「국조고사」 1903; 「대동고사」 1906 등의 전개과정과 한문현토소설「신단공안」 1906; 「별계채탐」 1910, 한글소설「몽조」 1907의 존재, 그리고 '한글협비' 및 원권圓圈('○'), 방점方點('▲'), 연점連點('…')의 문장부호 사용 등은 근대서사문학의 내적 발전과정을 보여주는 대표적 사료로서 『황성신문』을 거론할 수 있는 근거가 된다. 해당 논의들은 근대소설의 발생·형성과정이라는 문학사연구의 중심과제와 맞닿아 있을 뿐만 아니라, 근대의 단형서사와 장형서사가 상호 영향관계 속에서 발생·전개되었음을 보여준다는 점에서 큰 의미를 둘 수 있다.

따라서, 이 책 제4장-2.와 제4장-3.에서는 1906년 본격적인 장형서사「소설」란의 등장 이후로도 국내 시평時評과 해외풍속기사로 이어지는 단형서사의 흐름에 주목하였다. 해당 기사들은 전통적 소화 형식이 근대매체를 통해 시평으로 변화된 면모와 함께, 애국계몽운동의 일환으로 진행된 출판운동의 흐름 등을 확인할 수 있는 연재물이다. 앞서 『황성신문』의 집필진들이 단형서사와 장형서사를 통해 「논설」란·「소설」란 등을 풍성하게 만들었듯이, 국내시평과 해외풍속기사의 다양한 언술형식도 근대화의 과정 속에서 생산된 새로운 서사양식이라고 할 수 있다.

새로운 서사양식의 출현에는 분명, 내재적 요인과 외부적 요인을 함께 거론해야 할 것이다. 기실 이 책에서는 많은 부분 내재적 요인에만 초점을 맞추고 있어, 근대서사의 다층적 면모를 보여주기에는 미흡한 지점이 많다. 이를 보완하기 위해서는 동시기 일본 및 중국 근대매체의 영향관계 등 외부적 요인에 대한 검토가 필요하다. 『황성신문』의 경우 주필이었던 장지연, 박은식, 신채호 등의 영향으로 특히 중국 매체에 적지 않은 영향을 받았을 것으로 짐작된다.[1]

당시 국내 신문에 영향을 주었을 것으로 판단되는 중국의 근대매체로는 『신보申報』, 『점석재화보點石齋畫報』, 『시무보時務報』, 『청의보淸議報』, 『신민총보新民叢報』, 『시보時報』, 『절강조浙江潮』, 『민보民報』, 『중국일보中國日報』, 『동방잡지東方雜誌』, 『신주일보神州日報』 등을 들 수 있다. 이들 매체는 아편전쟁 이후 신해혁명 이전까지의 기간 동안 주요 담론을 생산하는 데 큰 영향을 미쳤던 신문·잡지들이다.[2] 특히, 매체의 고정칼럼으로 시사단평란이 처음 등장한 『청의보』1899년, 제26책와, 시평의 성격이 보다 구체화된 『신민총보』와 『시보』는 국내 신문의 발행형식과 절차뿐만 아니라 문체 및 사상적인 측면에서도 적지 않은 영향을 미쳤을 것으로 판단된다. 이들 매체와의 영향관계에 대한 고찰은 국내 출판운동의 흐름뿐만 아니라 동아시아 전체의 근대화 과정을 확인하는 작업과 맞물려 있다. 더불어 논의의 흐름상

---

1   김영문, 「장지연의 양계초 수용에 관한 연구」, 『중국문학』 42, 한국중국어문학회, 2004; 최형욱, 「조선의 양계초 수용과 양계초의 조선에 대한 인식」, 『동아시아문화연구』 45, 한양대 동아시아문화연구소, 2009; 김현우, 「박은식의 양계초 수용에 관한 연구」, 『개념과소통』 11, 한림과학원, 2013 참조.

2   홍준형, 「시사단평과 근대매체 산문의 계보」, 『중국어문논역총간』 27, 중국어문논역학회, 2010; 문정진, 「중국 근대 상하이의 매체와 커뮤니케이션」, 『중국현대문학』 56, 한국중국현대문학학회, 2011; 문정진, 「중국 근대매체와 지식으로서의 조선」, 『중국현대문학』 61, 한국중국현대문학학회, 2012 참조.

이 책의 범위에서 제외한 「전보」·「외보」란에 대한 검토 역시, 이들 국외 매체를 대상으로 한 연구 속에서 함께 진행되어야할 부분이다.

이 책에서 중요하게 거론된 고사 연재물에 대한 논의조차도 아직 남은 과제가 산적하다. 해외풍속기사와 동시기 발표되었던 「명소고적」에 대한 부분이다. 「명소고적」은 1909년 7월 3일부터 10월 23일까지 88회총 118편를 연재하였다.[3] 첫 회인 1909년 7월 3일부터 9월 16일까지는 3면에 연재하였으며, 이후 1909년 9월 17일부터 1면 5단으로 연재지면을 옮겨 마지막까지 연재를 지속하였다.

「명소고적」은 내용의 주제에 따라 명칭을 수시로 변경하였지만, 대부분 옛 고적지를 중심으로 관련이야기를 소개하고 있다. 앞서 『황성신문』의 '고사' 연재물이었던 「고사」, 「국조고사」, 「대동고사」와 주제 및 소재, 내용구성 등에서 많은 부분 유사성을 띠고 있어, 「명소고적」 또한 '고사'라는 키워드를 중심에 둔 동일유형의 기획연재물로 접근할 필요가 있다. 이 같은 추정은 『황성신문』의 각 '고사' 연재물이 발표되었던 시기에서도 드러난다. 「고사」는 경자년庚子年, 1900년, 「국조고사」는 계묘년癸卯年, 1903년, 「대동고사」는 병오년丙午年, 1906년으로 한결같이 식년式年 시기임을 확인할 수 있는데, 「명소고적」이 발표된 시기도 기유년己酉年, 1909년으로 3년 단위의 식년연재를 유지하고 있음을 확인할 수 있다.

이는 『황성신문』이 창간 초기부터 자국사에 대한 지식전달이나 이해의 폭을 넓히고자 하는 시도들을 지속했음을 방증하는 것인데, 이 같은 시도들은 당시 『황성신문』뿐만 아니라 『시사총보』「國朝故事」·「古事奇譚」(1899.8.7~

---

3 1909.7.8·1909.10.19·1909.10.22을 제외한 모든 날에 연재를 지속함.

1899.8.15)·『대한매일신보』「대한고적」(1907.7.2~1908.7.4)·『만세보』「三韓故事」·「本朝故事」·「三韓遺蹟」(1906.7.24~1907.6.29)·『서우』「我東古事」(1906.12.1~1908.5.1) 등에서도 확인할 수 있다. 해당 '고사' 연재물은 전통산문 양식의 계승·수용, 문체 연구 등을 통해 근대시기 단형서사의 특징을 밝히는 데 중요한 자료가 될 뿐만 아니라, 근대시기 고서·고전간행사업이 광범위하게 일어날 수 있었던 사회적 토대나 문헌 간 레퍼런스 연구 등에도 중요한 근거로 활용될 수 있다. 그럼에도 불구하고 '고사' 연재물에 대한 더딘 연구진척은 분명 아쉬운 점이다. 이는 대부분의 '고사' 작품에 대한 정확한 저자나 참고문헌 정보를 확인하기 어렵기 때문이다. 더불어 작품마다 매우 소략한 일회성의 내용들과, 유기적이지 못한 주제와 소재, 모호한 연재중단 등이 저자추정을 더욱 어렵게 하면서 연구의 진척을 가로막는 이유로 작용했을 것이다. 『황성신문』 연재물의 경우, 최근 김주현[4]과 필자[5]를 중심으로 저자 고증이 진행된 바 있지만, 여전히 「명소고적」을 비롯하여 동시기 수많은 연재물에 대한 논의 및 저자 고증의 문제들이 남아 있다.

해당 과제와 관련하여 추가적으로 논의해야 할 부분은, 『황성신문』 기사의 지면배치에 대한 검토이다. 이는 당시 집필진의 근대 신문에 대한 기획을 살펴볼 수 있는 작업으로, 시기별 『황성신문』이 추구했던 방향과 지면 성격의 변화를 면밀히 고찰할 수 있다. 『황성신문』의 창간 초기에는 지면 구분의 성격이 모호했다고 볼 수 있다. 신문 1면에 논설·별보·관보를 배치하는 것 외에는, 「사설」·「잡보」·「전보」·「외보」·「광고」·「본사고

---

4   김주현, 「황성신문에 실린 신채호 작품의 발굴 연구」, 『한국근현대사연구』 87, 한국근현대사
    학회, 2018.
5   반재유, 「황성신문 고사연재물의 저자규명 시론」, 『한국문학과예술』 33, 숭실대 한국문학과
    예술연구소, 2020.

백」 등은 기사의 중요도에 따라 배치를 달리하였기 때문이다. 그러나 1차 지면 개편인 1899년 11월 13일부터 3면에 「기서」·「고사」·「사조」란 등 이 추가되었고, 12월 11일에는 「논설」이 2면으로 고정되는 등, 기사의 성격에 따른 지면구분을 점진적으로 시도한 흔적이 보인다. 더불어 '고적·고사'나 '국내시평', '해외풍속기사' 등 다양한 성격의 연재물이 성행하는 1909년에는 대체로 1면에 「사고」·「관보」·「외보」·「세계기문」, 2면에 「논설」·「국외냉평」·「사조」·「잡보」, 3면에 「잡보」·「명소고적」, 3·4면에 걸쳐 「광고」가 실렸다. 「외보」를 비롯해 「세계기문」 등의 해외기사들을 1면에 배치한 것에는 당시 신문이 추구했던 방향과 기획의 변화를 확인할 수 있는 근거가 된다.

그뿐만 아니라 같은 시기 「국외냉평」은 시사적인 성격을 가지고 있기 때문에 「논설」과 함께 신문 2면에 연재되었으며, 「명소고적」은 「소설」이나 「고사」 등 문예적 성격의 작품들을 연재한 3면으로 구분[6]하여 실음으로써 각 지면의 특징을 부각시킨 면모를 확인할 수 있다. 앞서 「대동고사」의 경우, 1906년 4월 2일부터 1906년 12월 10일까지 1면에 게재한 바 있는데, 「세계기문」이 연재를 시작한 1909년 3월 11일 이후부터는 해외기사가 1면 기사로 대체된 것이다. 실상 이 책에서 주목하고자 했던 근대시기 다양한 서사문학의 발생과 변화, 소멸 등이 단일한 경로에 의한 것이 아닌 다층적 요인에서 비롯된 것임은, 이 같은 지면배치를 비롯한 매체적 특성과 신문기획 등에 대한 고찰 없이는 그 실체를 논의하기가 어렵다.

이상 남은 과제에 대한 논의들이 진척될 때, 『황성신문』이 몇몇 특정

---

6   「명소고적」은 연재가 끝나기 약 1개월 동안(1909.9.17~1909.10.23/35편)에는 1면에서 해외연재기사들과 번갈아 발표되었다.

주필에 의해 주도된 신문이 아닌 근대시기 국내언론과 문학사의 흐름이 오롯이 반영된 매체로서 그 실체와 가치를 드러낼 수 있을 것이다. 이 책에서 맺지 못한 논의들은 후일 과제로 남기며 이 글을 마무리한다.

참고문헌

1. 국내 자료

강효석, 『大東奇聞』, 漢陽書院, 1926.

고려대 소장본 『時事叢報』.

국립중앙도서관본 『國朝故事』, 『國朝彙言』.

국립중앙도서관본 『士民必知』, 1895.

김영민·구장률·이유미 편, 『근대계몽기 단형서사문학 자료전집』, 소명출판, 2003.

독립신문영인간행회 편, 『독립신문』, 갑을출판사, 1981.

동국대 한국문학연구소 편, 『韓國文獻說話全集』, 태학사, 1981.

무악고소설연구회 편, 『한국고소설관련자료집』 1, 태학사, 2001.

_____, 『한국고소설관련자료집』 2, 이회, 2005.

민관동, 『중국고전소설사료총고(한국편)』, 아세아문화사, 2001.

박지원, 신호열·김명호 역, 『燕巖集』, 돌베개, 2007.

_____, 이가원 역, 『熱河日記』, 양우당, 1988.

서울대 규장각본 『國朝故事』, 『司法稟報』, 『人物考』

서거정, 박경신 역, 『태평한화골계전』, 국학자료원, 1998.

성균관대 존경각본 『龍圖公案』.

영남대 소장본 『時事叢報』.

유원표, 이성혜 역, 『역주 몽견제갈량』, 산지니, 2015.

이 옥, 실시학사 고전문학연구회 역, 『역주 이옥전집』, 소명출판, 2001.

한국문화간행회 편, 『황성신문』, 경인문화사, 1994.

한국신문연구소 편, 『대한매일신보』, 사단법인 한국신문연구소, 1976~1977.

한기형·정환국 역, 『譯註 神斷公案』, 창작과비평사, 2007.

『古今笑叢』(油印本), 民俗學資料刊行會, 1958.

『국역 대동야승』, 민족문화추진회, 1971.

『時事叢報-영남대학교 중앙도서관 소장 희귀도서 총간』, 영남대 출판부, 1973.

『新小說·飜案(譯)小說』, 아세아문화사, 1978.

『歷史·傳記小說』, 아세아문화사, 1980.

『標點影印 韓國文集叢刊』, 민족문화추진회, 1988~2012.

『한국 개화기 학술지 총서』, 아세아문화사, 1976~1989.

『한국구비문학대계』, 한국정신문화연구원, 1980~1992.

『한국구전설화』, 평민사, 1990.

2. 국내 논저

강만생, 「『皇城新聞』에 나타난 개혁구상에 관한 연구」, 연세대 석사논문, 1986.

_____, 「『皇城新聞』의 현실개혁구상연구」, 『학림』 9, 연세사학연구회, 1987.

강명관, 「漢文廢止論과 愛國啓蒙期의 國漢文論爭」, 『한국한문학연구』 8, 한국한문학회, 1985.

_____, 「근대계몽기 출판운동과 그 역사적 의의」, 『민족문학사연구』 14, 민족문학사학회, 1992.

강민구, 「영조대 문학론과 비평에 대한 연구」, 성균관대 박사논문, 1998.

강영택, 「초기 기독교학교의 신앙교육 비교 고찰」, 『신앙과학문』 17-2, 기독교학문연구회, 2012.

강진옥, 「원혼설화에 나타난 원혼의 형상성 연구」, 『구비문학연구』 12, 한국구비문학회, 2001.

강창숙, 「근대계몽기 세계지리 교과서 『小學萬國地誌』의 내용체계와 서술방식」, 『한국지역지리학회지』 19, 한국지역지리학회, 2013.

_____, 「근대계몽기 세계지리 교과서 『中等萬國地誌』의 내용체계와 근대 지식의 수용과 변용」, 『문화역사지리』 28, 한국문화역사지리학회, 2016.

구장률, 「근대지식의 수용과 소설 인식의 재편」, 연세대 박사논문, 2009.

김경미, 조혜란 역, 『절화기담, 포의교집』, 여이연, 2003.

김경완, 「개화기소설 「夢潮」에 나타난 기독교정신」, 『숭실어문』 15, 숭실어문학회, 1999.

김기주, 「皇城新聞에 관한 考察」, 『論文集』 8, 호남대학교, 1987.

김성연, 『영웅에서 위인으로』, 소명출판, 2013.

김성진, 「패사·소품의 성격과 실체」, 『한국한문학연구』 19, 한국한문학회, 1996.

김영문, 「장지연의 양계초 수용에 관한 연구」, 『중국문학』 42, 한국중국어문학회, 2004.

김영민, 「역사·전기소설 연구」, 『애산학보』 19, 애산학회, 1996.

_____, 「한말의 〈서사적논설〉 연구」, 『작가연구』 2, 새미, 1996.

_____, 『한국근대소설사』, 솔, 1997.

_____, 「한국 근대소설 발생과정 연구」, 『국어국문학』 127, 국어국문학회, 2000.

_____, 「근대계몽기 단형서사 문학자료 연구」, 『현대소설연구』 17, 한국현대소설학회, 2002.

_____, 『한국근대소설의 형성과정』, 소명출판, 2005.

_____, 『한국의 근대신문과 근대소설』, 소명출판, 2006.

_____, 『한국의 근대신문과 근대소설』 2, 소명출판, 2008.

_____, 「근대 매체의 독자 창작 참여제도연구(1)」, 『현대문학의 연구』 43, 한국문학연구학회, 2011.

_____, 『문학제도 및 민족어의 형성과 한국 근대문학』, 소명출판, 2012.

김영진, 「조선후기 사대부의 야담 창작과 향유의 일양상」, 『어문논집』 37, 안암어문학회, 1998.

_____, 「유만주의 '한문단편'에 대한 일고찰」, 『대동한문학』 13, 대동한문학회, 2000.

김영화, 「한국·일본의 명대 백화단편소설 번역·번안 양상」, 고려대 석사논문, 2011.

김영희, 「『대한매일신보』 독자의 신문 인식과 신문 접촉양상」, 『대한매일신보연구』, 커뮤니케이션북스, 2004.

김원중, 「用事攷」, 『중국어문학』 23, 영남중국어문학회, 1994.

김유원, 「영문판 독립신문의 논조에 관한 연구」, 중앙대 박사논문, 1991.

김윤조, 「한문산문 '論'의 형식과 문체적 특징」, 『대동한문학회지』 39, 대동한문학회, 2013.

김재영, 「근대계몽기 소설 개념의 변화」, 『현대문학의 연구』 22, 한국문학연구학회, 2004.

김주현, 「개화기 토론체 양식 연구」, 서울대 석사논문, 1989.

_____, 「〈월남망국사〉와 〈의대리건국3걸전〉의 첫 번역자」, 『한국현대문학연구』 29, 한국현대문학회, 2009.

_____, 「사회등가사 저자로서의 신채호」, 『어문학』 114, 한국어문학회, 2011.

_____, 「신단공안의 저자규명」, 『한국현대문학연구』 56, 현국현대문학회, 2018.

_____, 「황성신문에 실린 신채호 작품의 발굴 연구」, 『한국근현대사연구』 87, 한국근현대사학회, 2018.

김준형, 「근대전환기 패설의 변환과 지향」, 『구비문학연구』 34, 한국구비문학회, 2012.

김중하, 「개화기 토론체소설연구」, 『관악어문연구』 3, 서울대 국어국문학과, 1978.

김찬기, 「근대계몽기 전 양식의 근대적 성격」, 『상허학보』 10, 상허학회, 2003.

_____, 『한국 근대소설의 형성과 전』, 소명출판, 2004.

_____, 「근대계몽기 신문잡지 소재 인물 기사 연구」, 『근대계몽기 단형서사문학 연구』, 소명출판, 2005.

김헌선, 「건달형 인물이야기의 존재양상과 의미」, 『경기어문학』 8, 경기대 국어국문학회, 1990.

김현우, 「박은식의 양계초 수용에 관한 연구」, 『개념과 소통』 11, 한림과학원, 2013.

김형중, 「한국 애국계몽기 신문연재소설 연구」, 한림대 박사논문, 1999.

김형태, 「한문본 사민필지의 유서적 특성연구」, 『열상고전연구』 70, 열상고전연구회, 2020.

_____ · 고석주, 『한문본 역주 사민필지』, 소명출판, 2020.

노관범, 「대한제국기 박은식과 장지연의 자강사상 연구」, 서울대 박사논문, 2007.

_____, 「김택영과 개성문인」, 『민족문화』 43, 한국고전번역원, 2014.

도면회, 「대한제국기 재판제도의 구 제도와의 연속성과 단절성」, 『제109회 韓國法史學會 定例學術發表會』, 韓國法史學會, 2014.

_____, 『한국 근대 형사재판제도사』, 푸른역사, 2014.

동방한문학회 편, 『한국한문학의 이론 산문』, 보고사, 2007.

리의도, 「띄어쓰기 방법의 변해 온 발자취」, 『한글』 182, 한글학회, 1983.

문정진, 「중국 근대 상하이의 매체와 커뮤니케이션」, 『중국현대문학』 56, 한국중국현대문학학회, 2011

_____, 「중국 근대매체와 지식으로서의 조선」, 『중국현대문학』 61, 한국중국현대문학학회, 2012.

문한별, 「한국 근대 소설 양식의 형성과정 연구」, 고려대 박사논문, 2007.

_____, 「『독립신문』수록 단형서사와 '설'문학의 연계성 고찰」, 『한국문학이론과 비평』 38, 한국문학이론과 비평학회, 2008.

_____, 『한국 근대소설 양식론』, 태학사, 2010.

_____, 「근대전환기 우화체 서사의 특질연구」, 『국어문학』 58, 국어문학회, 2015.

민병수, 『한국한문학개론』, 태학사, 1996.

박소현, 「과도기의 형식과 근대성」, 『중국문학』 63, 한국중국어문학회, 2010.

박일용, 「開化期 敍事文學의 一研究」, 『관악어문연구』 5, 서울대 국어국문학과, 1980.

박정규, 「개화기의 외국뉴스 고」, 『한국언론학보』 13, 한국언론학회, 1980.

박주원, 「1900년대 초반 단행본과 교과서 텍스트에 나타난 사회담론의 특성」, 『근대계몽기 지식의 발견과 사유지평의 확대』, 소명출판, 2006.

박희병, 「조선후기 야담계 한문단편소설 양식의 성립」, 『한국학보』 7-1, 일지사, 1981.

_____, 「야담과 한문단편 장르 규정의 몇 가지 문제에 대하여」, 『한국한문학연구』 8, 한국한문학

회, 1985.

배수찬, 『근대적 글쓰기의 형성과정연구』, 소명출판, 2008.

배정상, 「『대한매일신보』의 서사수용과정과 그 특성연구」, 『현대문학의 연구』 27, 한국문학연구학회, 2005.

_____, 「이해조 문학연구」, 연세대 박사논문, 2012.

백진우, 「漢文 野談文學 속 論評의 樣相과 機能에 대하여」, 『고전과 해석』 6, 고전한문학연구학회, 2009.

서희석, 「한권으로 읽는 스페인 근현대사」, 을유문화사, 2018.

섭건곤, 『양계초와 구한말 문학』, 법전출판사, 1980.

성현경, 『광한루기 역주 연구』, 박이정, 1997.

손병국, 「한국고전소설에 미친 명대화본소설의 영향」, 동국대 박사논문, 1990.

_____, 「개화기 신문연재소설에서의 명대백화단편소설수용양상」, 『동악어문논집』 35, 동악어문학회, 1999.

송민호, 『한국 개화기소설의 사적연구』, 일지사, 1975.

송승섭, 『한국도서관사』, 한국도서관협회, 2019.

송윤미, 「당 제도와 우이당쟁을 통하여 본 〈주진행기〉 서사의 비평적 고찰」, 『중국문학연구』 32, 한국중문학회, 2006.

송혁기, 「조선시대 문학비평에 나타난 기사의 사실성과 문학성」, 『동방한문학』 39, 동방한문학회, 2009.

송현호, 「애국계몽기의 문학개혁운동과 문학론」, 『인문논총』 8, 아주대 인문과학연구소, 1997.

신용하, 『갑오개혁과 독립협회운동의 사회사』, 서울대 출판부, 2001.

신정환·전용갑, 『두개의 스페인』, 한국외국어대학교 지식출판원, 2011.

심경호, 「조선후기소설고증(1)」, 『한국학보』 56, 1989.

심재기, 『국어문체 변천사』, 집문당, 1999.

심재숙, 「근대계몽기 신작 고소설의 현실대응양상 연구」, 고려대 박사논문, 2000.

심재우, 「조선후기 人命사건의 처리와 檢案」, 『역사와 현실』 23, 한국역사연구회, 1997.

안종묵, 「皇城新聞의 愛國啓蒙運動에 關한 硏究」, 한국외대 박사논문, 1997.

_____, 「皇城新聞 발행진의 정치사회사상에 관한 연구」, 『한국언론학보』 46-4, 한국언론학회, 2002.

양승민, 「애국계몽기 우언의 존재 양식과 그 역사적 의의」, 『우리문학연구』 13, 우리문학회, 2000.

_____, 『우언의 서사문법과 담론양상』, 학고방, 2008.

양진오, 「기독교수용의 문학적 방식과 그 의미에 관한 연구」, 『어문학』 83, 한국어문학회, 2004.

양현승, 『한국 '설'문학 연구』, 박이정, 2001.

오석환, 「창강 김택영의 『중편연암집서』에 대하여」, 『한문고전연구』 5, 한국한문고전학회, 1995.

오영섭, 「韓國近代 封建的 社會身分制 및 風習의 改革實態」, 『史學志』 31, 檀國史學會, 1998.

오혜진, 「근대추리소설의 기원연구」, 『한민족문화연구』 29, 한민족문화학회, 2009.

우림걸, 「梁啓超 역사·전기소설의 한국적 수용」, 『한중인문학연구』 6, 중한인문과학연구회, 2001.

_____, 『동아시아 언어문화연구』, 국학자료원, 2001.

유영은, 「개화기 단형서사체 연구」, 서울대 석사논문, 1989.

유춘동, 「〈수호전〉의 국내 수용 양상과 한글번역본 연구」, 연세대 박사논문, 2012.

윤성룡, 「1906년도 신문연재 한문체소설 연구」, 고려대 박사논문, 2015.

윤승준, 「朝鮮時代 '動物說'에 대한 一考察」, 『한문학논집』 15, 근역한문학회, 1997.

_____, 「조선후기 동물우언의 전통과 우화소설」, 단국대 박사논문, 1997.

_____, 「근대계몽기 단형 서사문학과 우언」, 『동양학』 38, 단국대 동양학연구소, 2005.

이강엽, 『토의문학의 전통과 우리소설』, 태학사, 1997.

이강옥, 「야담의 전개와 경화세족」, 『국문학연구』 21, 국문학회, 2010.

이광린, 『한국개화사연구』, 일조각, 1969.

_____, 「『皇城新聞』연구」, 『동방학지』 53, 연세대국학연구원, 1986.

이대형, 「이보상의 신문연재 장회체 한문현토소설 연구」, 『고소설연구』 40, 한국고소설학회, 2012.

_____, 「『매일신보』에 연재된 한문현토소설 「春桃奇遇」와 작자 李輔相」, 『민족문학사연구』 50, 민족문학사학회, 2012.

이동근, 『조선후기 「전」 문학연구』, 태학사, 1991.

이병철, 「근대신문의 논설텍스트와 서사관계」, 『한국사상과 문화』 68, 한국사상문화학회, 2013.

_____, 「근대풍속 계몽담론 소고」, 『한국사상과 문화』 73, 수덕문화사, 2014.

이상우·류창하, 『현대신문제작론』, 나남, 1993.

이수진, 「근대계몽기 『皇城新聞』 소재 시가작품 연구」, 『온지논총』 33, 온지학회, 2013.

이승재, 「옛 문헌의 각종 부호를 찾아서」, 『새국어생활』 12-4, 국립국어원, 2002.

이연종, 「乾達傳承의 文學史的 意義 – 『神斷公案』 제7화를 중심으로」, 『國語國文學 論文集』 13, 동국대 국어국문학회, 1988.

이연희, 「백당 현채 연구」, 성균관대 박사논문, 2006.

이용범, 「무속에 대한 근대 한국사회의 부정적 시각에 대한 고찰」, 『한국무속학』 9, 한국무속학회, 2005.

이재선, 『한국개화기 소설 연구』, 일조각, 1972.

_____, 「개화기 서사문학의 두 유형」, 『국어국문학』 68·69, 국어국문학회, 1975.

_____, 『한국단편소설연구』, 일조각, 1975.

이종건·이복규, 『한국한문학개론』, 보진재, 1991.

이종찬, 『한문학개론』, 이우, 1989.

이치홍, 「〈서사건국지〉연구」, 『비교문학』 11, 한국비교문학회, 1986.

이헌홍, 「朝鮮朝 訟事小說 研究」, 부산대 박사논문, 1987.

_____, 『한국송사소설연구』, 삼지원, 1997.

이혜진, 「1910년대 초 『매일신보』의 '가정'담론 생산과 글쓰기 특징」, 『현대문학의 연구』 41, 한국문학연구학회, 2010.

이훈옥, 「장지연의 변혁사상 연구」, 인하대 박사논문, 1989.

임기현, 「반아 석진형의 「夢潮」연구」, 『현대소설연구』 39, 한국현대소설학회, 2008.

임상석, 『20세기 국한문체의 형성과정』, 지식산업사, 2008.

임성래, 「〈두껍전〉연구」, 연세대 석사논문, 1981.

_____, 「영웅소설의 유형연구」, 연세대 박사논문, 1986.

_____, 「까치전 연구」, 『어학연구』2, 순천대 어학연구소, 1990.

_____, 『조선후기의 대중소설』, 보고사, 2008.

임유경, 「조선후기 역사·전기문학의 후대계승」, 『대동한문학』 27, 대동한문학회, 2007.

_____, 「『서북학회월보』의 「인물고」 구성과 서술의식」, 『한문학보』 19, 우리한문학회, 2008.

전은경, 「근대계몽기 서북지역 잡지의 편집 기획과 유학생 잡지의 상관관계」, 『국어국문학』 183, 국어국문학회, 2018.

정명기, 『야담문학연구의 현단계』 1~3, 보고사, 2001.

_____, 「일제 치하 재담집에 대한 재검토」, 『국어국문학』149, 국어국문학회, 2008.

정선태, 「개화기 신문 논설의 서사 수용 양상에 관한 연구」, 서울대 박사논문, 1999.

_____, 『개화기 신문 논설의 서사수용 양상』, 소명출판, 1999.

정선희, 「朝鮮後期 文人들의 金聖嘆 評批本에 대한 讀書 談論 硏究」, 『東方學志』129, 연세대 국학연구원, 2005.

정진석, 『한국언론사』, 나남, 1990.

정창권, 『근대장애인사』, 사우, 2019.

정하영, 「〈廣寒樓記〉 評批 硏究」, 『한국고전연구』 1, 한국고전연구학회, 1995.

정환국, 「『神斷公案』 제7회 〈魚福孫傳〉 연구」, 성균관대 석사논문, 1994.

_____, 「애국계몽기 한문소설의 현실인식」, 『민족문학사연구』 8, 민족문학사연구소, 1995.

_____, 「조선후기 인물기사의 전개와 그 성격」, 『한국한문학연구』 29, 한국한문학회, 2002.

_____, 「애국계몽기 한문현토소설의 존재방식」, 『고전문학연구』 24, 한국고전문학회, 2003.

_____, 「근대계몽기 역사전기물 번역에 대하여」, 『대동문화연구』48, 성균관대 동아시아학술원, 2004.

_____, 「송사소설의 전통과 「神斷公案」」, 『한문학보』 23, 우리한문학회, 2010.

_____, 「근대전환기한문소설의 성격연구」, 『한어문교육』 24, 한국언어문학교육학회, 2011.

정훈식, 「〈金鳳本傳〉의 구조와 서사적 전통」, 부산대 석사논문, 1997.

조경덕, 「구한말 소설에 나타난 기독교의 의미」, 『우리어문연구』 34, 우리어문학회, 2009.

조관희, 「중국 고전소설 평점연구」, 『중국소설논총』16, 한국중국소설학회, 2002.

_____, 『中國古代小說讀法』, 보고사, 2012.

조남현, 「개화기 소설의 생성과 전개」, 『소설과 사상』 11, 고려원, 1995.

조상우, 「〈皇城新聞〉 소재 한문소설 〈別界探偵〉 연구」, 『한국언어문학』 65, 한국언어문학회, 2008.

_____, 「애국계몽기 한문소설 〈어복손전〉연구」, 『국문학논집』 18, 단국대학교, 2002.

_____, 『애국계몽기 한문산문의 연구』, 다운샘, 2002.

_____, 「애국계몽기의 우언에 표출된 계몽의식」, 『동양학』 34, 단국대 동양학연구소, 2003.

조성면, 『대중문학과 정전에 대한 반역』, 소명출판, 2002.

조성식, 「인용의 수사」, 『중국어문학지』 55, 중국어문학회, 2016.

조지만, 『조선시대의 형사법』, 경인문화사, 2007.

조창록, 「기사의 양식적 특성과 작품 세계」, 『동방한문학』 39, 동방한문학회, 2009.

조혜란, 「〈한당유사〉연구」, 『한국고전연구』 1, 한국고전연구회, 1995.

주혜영, 「황성신문 논설기사의 계량적 분석」, 세종대 석사논문, 2002.

중한인문과학연구회, 『동아시아 언어문화연구』, 국학자료원, 2001.

증천부, 「韓國小說의 明代擬話本小說 受容의 一考察」, 부산대 석사논문, 1988.

_____, 「한국소설의 명대 화본소설 수용 연구」, 부산대 박사논문, 1995.

진재교, 『동아시아 서사학의 전통과 근대』, 성균관대 출판부, 2005.

채 백, 「한국 근대신문 형성과정에 있어서 일본의 역할에 관한 연구」, 서울대 박사논문, 1990.

_____, 「〈독립신문〉잡보의 내용 및 보도방식에 관한 분석연구」, 『한국언론학보』 35, 한국언론학회, 1995.

_____, 「〈황성신문〉의 경영연구」, 『한국언론학보』 43-3, 한국언론학회, 1999.

_____, 「『독립신문』의 참여인물연구」, 『한국언론정보학보』 36, 한국언론정보학회, 2006.

천해봉, 『한국전적인쇄사』, 범우사, 1990.

최경숙, 「皇城新聞의 啓蒙思想에 關한 硏究」, 영남대 박사논문, 1991.

_____, 『황성신문연구』, 부산외대 출판부, 2010.

최기영, 「『皇城新聞』의 역사관련 기사에 대한 검토」, 『한국근현대사연구』 2, 한국근현대사학회, 1995.

_____, 「초기신문사 연구의 새로운 자료」, 『한국근현대사연구』 3, 한국근현대사학회, 1995.

최기주, 「황성신문에 관한 고찰」, 『호남대학교학술논문집』 8-1, 호남대, 1987.

최 식, 「애국계몽기의 사상과 문학」, 『한문학보』 9, 우리한문학회, 2003.

최원식, 『이조후기 한문학의 재조명』, 창작과비평사, 1983.

_____, 『한국근대소설사론』, 창작사, 1986.

_____, 「반아 석진형의 〈夢潮〉」, 『한국 계몽주의 문학사론』, 소명출판, 2002.

최윤희, 「평비본 〈홍백화전〉의 이본고찰과 평비연구」, 『어문논집』 64, 민족어문학회, 2011.

최 준, 『한국신문사』, 일조각, 1960.

최창식 · 채백, 「한국 근대신문 기사제목의 형성과 발전」, 『한국언론정보학보』 43, 한국언론정보학회, 2008.

최형욱, 「양계초의 소설계혁명이 구한말 소설계에 미친영향」, 『중국어문학논집』 20, 중국어문학연구회, 2002.

_____, 「조선의 양계초 수용과 양계초의 조선에 대한 인식」, 『동아시아문화연구』 45, 한양대 동아시아문화연구소, 2009.

최 환, 「명대 '고사' 명명 류추 연구」, 『동아인문학』 24, 동아인문학회, 2013.

한기형, 「한문단편의 서사전통과 신소설」, 『민족문학사연구』 4, 민족문학사연구소, 1993.

_____, 「신소설 형성의 양식적 기반」, 『민족문학사연구』 14, 민족문학사연구소, 1999.

_____, 『한국 근대소설사의 시각』, 소명출판, 1999.

한 매, 「조선후기 김성탄 문학비평의 수용양상 연구」, 성균관대 박사논문, 2002.

한영균, 「근대계몽기 국한혼용문의 유형 · 문체특성 · 사용양상」, 『구결연구』 30, 구결학회, 2013.

한원영, 「한국개화기 신문연재소설연구」, 청주대 박사논문, 성균관대 동아시아학술원, 1989.

_____, 『신문연재소설연구』, 일지사, 1990.

한의숭, 「19세기 한문중단편소설연구」, 경북대 박사논문, 2011.

한혜경, 「소설평점의 기능에 관한 고찰」, 『중국어문학지』 2, 중국어문학회, 1995.

허재영, 「광학회 서목과『태서신사남요』를 통해 본 근대 지식 수용과 의미」, 『독서연구』 35, 한국 독서학회, 2015.

홍석호, 「대한제국기『時事叢報』의 논설에 나타난 현실인식과 개혁론 연구」, 연세대 석사논문, 2003.

홍성대, 「개화기한문소설고」, 고려대 교육대학원 석사논문, 1983.

홍준형, 「시사단평과 근대매체 산문의 계보」, 『중국어문논역총간』 27, 중국어문논역학회, 2010

황영원, 「근대전환기의 서적과 지식체계 변동」, 『대동문화연구』 81, 성균관대 동아시아학술원, 2013

황종원 외, 『한국에 영향을 미친 중국 근대지식과 사상』, 경진, 2019.

3. 국외 자료 및 논저 · 역서

David L. Rolston, 조관희 역, 「中國 傳統小說과 小說評點(3)」, 『中國小說硏究會報』 41, 한국중국 소설학회, 2000.

_____, 조관희 · 신병철 역, 「전통시대의 중국 소설과 소설평점(1)」, 『중국소설연구회 보』 37, 한국중국소설학회, 1999.

Emily S. Rosenberg, 『하버드-C.H.베크 세계사-1870~1945』, 민음사, 2018.

Wolfgang Bauer, "The Tradition of the 'Criminal Cases of Master Pao' Pao kung-an (Lung-t'u kung-an)", ORIENS 23 · 24, 1974.

Young J. Allen · 蔡爾康, 玄采 역, 『中東戰記』, 황성신문사, 1899

桂萬榮, 박소현 · 박계화 · 홍성화 역, 『棠陰比事』, 세창출판사, 2013.

凌濛初, 『拍案驚奇拍案驚奇』, 三民書局, 1990.

_____, 조관희 역, 『二刻拍案驚奇』, 春風文藝出版社, 1994. 魯迅, 『中國小說史略』, 살림, 1998.

梁啓超, 『飮氷室文集』, 廣智書局, 1905.

_____, 류준범 · 장문석 역, 『이태리건국삼걸전』, 지식의풍경, 2001.

_____, 안명철 · 송엽휘 역, 『역주 월남망국사』, 태학사, 2007.

劉永濟, 『文心雕龍校釋』, 武漢大學出版社, 2013,

劉勰, 周振甫 注, 『文心雕龍注釋』, 里仁書局, 1984.

_____, 이민수 역, 『文心雕龍』, 을유문화사, 1984.

_____, 성기옥 역, 『文心雕龍』, 지식을만드는지식, 2012.

方正耀, 홍상훈 역, 『中國小說批評史略』, 을유문화사, 1994.

徐復觀, 윤호진 역, 『漢文文體論 硏究』, 태학사, 2000.

徐師曾, 『文體明辯』, 昨晟社, 1984.

沈謙, 『文心雕龍之文學理論與批評』, 華正書局, 1981.

陳蒲淸, 오수형 역, 『中國寓言文學史』, 태학사, 1996.

陳蒲淸 · 權錫煥, 『韓國古代寓言史』, 岳麓書社, 2004.

陳必祥, 심경호 역, 『漢文文體論』, 이회, 1995.

抱甕老人, 조영암 역, 『今古奇觀』, 正音社, 1967.

馮夢龍, 『驚世通言』, 三民書局, 1983.

_____, 『醒世恒言』, 三民書局, 1988.

_____, 『喩世明言』, 三民書局, 1998.

黃衛總, 이성현 역, 「전통시기 중국소설 평점에서의 작가(권위)와 독자(1)」, 『중국소설연구회보』
　　　　51, 한국중국소설학회, 2002.

우리 연구소는 '근대 한국학의 지적 기반 성찰과 21세기 한국학의 전망'이라는 아젠다로 HK+ 사업을 수행하고 있습니다. '한국학이 무엇인가' 하는 점은 물론 관점에 따라 달라질 수 있을 것입니다. 하지만 개항과 외세의 유입, 그리고 식민지 강점과 해방, 분단과 전쟁이라는 정치사회적 격변을 겪어 온 우리가 스스로를 어떤 존재로 규정해 왔는가의 문제, 즉 '자기 인식'을 둘러싼 지식의 네트워크와 계보를 정리하는 일은 반드시 필요한 작업이라고 생각합니다. '자기 인식'에 대한 탐구가 그동안 없었던 것은 아니지만, 현재 제도화되어 있는 개별 분과학문들의 관심사나 몇몇 지식인들을 대상으로 한 제한적인 논의였음을 부인하기는 어려울 것 같습니다. 이러한 현실에서 '한국학'이라고 불리는 인식 체계에 접속된 다양한 주체와 지식의 흐름, 사상적 자원들을 전면적으로 복원하고자 하는 것이 바로 저희 사업단의 목표입니다.

'한국학'이라는 담론/제도는 출발부터 시대·사회적 영향을 강하게 받아왔습니다. '한국학'이라는 술어가 우리의 입에 오르내리기 시작한 것도 해외에서 진행되던 지역학으로서의 '한국학'이 반향을 불러일으키면서부터였습니다. 그러나 '한국학'이란 것이 과연 하나의 학문으로서 성립할 수 있느냐 하는 질문에 답을 얻기도 전에 '한국학'은 관주도의 '육성' 대상이 되었습니다. 이에 대응하여 실천적이고 주체적인 민족의식을 강조하는 '한국학'은 1930년대의 '조선학'을 호출하였으며 실학과의 관련성과 동아시아적 지평을 강조하기도 하였습니다. 그 가운데 근대화, 혹은 근대성은 서로 다른 맥락에서 '한국학'을 검증하였고, 이른바 '탈근대'의 논의는 의심 없이 받아들여지던 핵심 개념이나 방법론에 문제를 제기하기도 하였습니다.

'한국학'이 이와 같이 다양한 맥락에서 논의되어 온 것은 그것이 우리의 '자기인식', 즉 정체성 문제와 관련되어 있기 때문일 것입니다. 대한제국기의 신구학 논쟁이나 국수보존론, 그리고 식민지 시기의 '조선학운동'은 물론이고 해방 이후의 '국학'이나 '한국학' 논의 역시 '자기인식'에 대한 시대적 요구에 응답하려는 노력이었을 것입니다. 우리가 '한국학'의 지적 계보를 정리하는 것에 만족하지 않고 21세기의 전망을 제시하고자 하는 이유도, '한국학'이 단순히 학문적 대상에 대한 기술이나 분석에 그치지 않고 우리의 현재를 성찰하며 더 나아가 미래를 구상하고 전망하려는 노력에 직간접적으로 연결된다고 보기 때문입니다. 주지하듯 근대가 이룬 성취 이면에는 깊고 어두운 부면이 있습니다. 그리고 이 명과 암은 어느 것 하나만 따로 떼어서 취할 수 없는 한 덩어리일 가능성이 있습니다. 21세기 한국학은 근대에 대한 성찰을 통해 이 질곡을 해결해야 하는 시대적 요구에 응답해야만 하는 과제를 안고 있습니다.

연세근대한국학 HK+ 학술총서는 이러한 과제를 수행하는 과정에서 나오는 성과물을 학계와 소통하기 위한 시도입니다. 학술총서는 연구총서와, 번역총서, 자료총서로 구성됩니다. 연구총서를 통해 우리 사업단의 학술적인 연구 성과를 학계의 여러 연구자들에게 소개하고 함께 논의를 진전시키고자 합니다. 번역총서는 주로 외국인들에 의해 이루어진 조선/한국 연구를 국내에 소개하려는 목적에서 기획되었습니다. 특히 동아시아적 학술장에서 '조선학/한국학'이 어떻게 구성되고 작동하여 왔는지를 살펴보려고 합니다. 또한 자료총서를 통해서는 그동안 소개되지 않았거나 불완전하게 알려진 자료들을 발굴하여 학계에 제공하려고 합니다. 새롭게 시작된 연세근대한국학 HK+ 학술총서가 소기의 목적을 달성할 수 있도록 여러 연구자들의 관심과 격려를 부탁드립니다.

2019년 10월

연세대 근대한국학연구소 인문한국플러스HK+ 사업단